오기 마치의 모험 3

 재생종이로 만든 책

솔 벨로

# 오기 마치의 모험 3

이태동 옮김 · 작품해설

펭귄클래식코리아

오기 마치의 모험 3

초판 1쇄 발행  2011년 11월 15일
초판 4쇄 발행  2022년 12월 26일

지은이 | 솔 벨로   옮긴이 | 이태동

발행인 | 이재진   단행본사업본부장 | 신동해   편집장 | 김경림
마케팅 | 최혜진 이은미   홍보 | 반여진 최새롬 정지연
국제업무 | 김은정   제작 | 정석훈

**브랜드 펭귄클래식코리아**
주소 경기도 파주시 회동길 20 웅진씽크빅 단행본사업본부 펭귄클래식코리아
문의전화 031-956-7213(편집) 02-3670-1123(마케팅)
홈페이지 www.wjbooks.co.kr
페이스북 www.facebook.com/wjbook
포스트 post.naver.com/wj_booking

발행처 ㈜웅진씽크빅
출판신고 1980년 3월 29일 제406-2007-000046호

THE ADVENTURES OF AUGIE MARCH
Copyright ⓒ 1949, 1951, 1952, 1953, The Estate of Saul Bellow
Copyright renewed ⓒ 1977, 1979, 1980, 1981, The Estate of Saul Bellow
All rights reserved
Korean translation copyright ⓒ 2011 by Woongjin Think Big Co., Ltd.
This edition published by arrangement with The Estate of Saul Bellow c/o
The Wylie Agency(UK) Ltd. through Milkwood Agency Co.
이 책의 한국어 판 저작권은 밀크우드 에이전시를 통한 와일리 에이전시 사와의
독점계약으로 ㈜웅진씽크빅이 소유합니다. 신저작권법에 의하여 한국 내에서
보호를 받는 저작물이므로 무단 전재와 무단 복제를 금합니다.

Penguin Classics Korea is the Joint Venture with Penguin Books Ltd.
arranged through Yu Ri Jang Literary Agency. Penguin and the associated logo
are registered and/or unregistered trade marks of Penguin Books Limited.
Used with permission.
펭귄클래식 코리아는 유리장 에이전시를 통해 펭귄북스와 제휴한
㈜웅진씽크빅 단행본개발본부의 브랜드입니다. 펭귄 및 관련 로고는
펭귄북스의 등록 상표입니다. 허가를 받아야만 사용할 수 있습니다.

한국어 판 ⓒ 웅진씽크빅, 2011

ISBN 978-89-01-13346-1 04800
ISBN 978-89-01-08204-2 (세트)

* 잘못된 책은 바꾸어 드립니다.
* 책값은 뒤표지에 있습니다.

차례

오기 마치의 모험 3 · 7

작품해설 / 솔 벨로의 문학 세계 · 309
작가 연보 · 322
옮긴이 주 · 326

# 17장

 우리 중의 어떤 사람은 태어나서 존재하는 대가가 무엇이며 인간의 수명에 대한 현실이 어떻다는 것을 발견하는 데 꽤 오래 걸린다. 이런 사실을 아는 데 시간이 얼마나 걸리나 하는 건 사회적인 사탕발림이 얼마나 빨리 녹느냐 하는 데 있다. 그러나 이것이 녹았을 때 입맛이 달라지며, 어두운 놀라움으로 점철돼 시선을 가득 채우는 다른 면을 알게 되는데, 다른 면이란 인간이 어떤 면에서 큰 형이상학적 실체에서 태어났다가 어느 순간에 돌아갈지 모른다는 것이다. 어느 순간에, 어쩌면 다음 순간에 그렇게 될지도 모른다.
 어쨌든, 그 불쌍한 비즈코초는 내 머리를 깨뜨렸으며, 자신은 한쪽 다리가 부러졌다. 그래서 테아는 총으로 쏘아버렸다. 나는 의식을 잃어서 총소리를 듣지 못했다. 테아와 하신토는 나를 끌어다 그녀의 말에 태웠다. 소년은 나와 함께 말에 올라 나를 음식이 든 부대처럼 붙잡았다. 내 머리에선 피가 흘러내렸고 또한 아랫니가 몇 개 부러졌다. 내가 하신토의 팔에 매달린 채 병원으로 옮겨지는 동안 테아가 신호용으로 사용했던 밴다나가 너무나 피에 젖어 더 이상 피를 흡수하지 못했다. 병원에 거의 도착했을 때, 나는 몸을 일으켜 신음하면서 "독수리는 어디 있나요?" 하고 말했다.

사냥 중에 난 사고가 이것보다 더 심하더라도 테아는 결코 눈물을 흘리지 않을 것이다. 그녀는 울지 않았다. 기절해서인지 피를 너무 많이 흘려서인지 또는 귀에 털이나 흙이 들어가서 귀가 먹었는지 그녀가 캘리굴라를 심히 저주하는 걸 듣지 못하고 다만 쳐다보았다. 나는 손으로 머리에 물결같이 찢어진 자국과 잔디처럼 뜯겨진 곱슬머리와 머리 위의 주름살 등을 만져보았다. 내 다리를 꽉 쥔 그녀의 손에 피가 얼마나 흐르는지 어렴풋이 보였다. 파랗게 질렸던 그녀의 얼굴이 붉게 상기돼 있었다. 이런 순간엔 시야가 좁아지기 때문에 그녀 얼굴은 모자 위에 끈을 꿰도록 만들어놓은 쇠고리 구멍으로 보이는, 작은 점만 한 빛으로 보였고, 콧마루와 입술에서 열을 내뿜으며 내 앞에 다가와 보였다.

나는 다시 소리를 들을 수 있게 되었다. 어린애들이 고함 치는 소리가 들렸다.

"독수리 주인이다!(*Es elamo del águila!*)"

독수리! 누군가 터키식 깃털 바지를 입고 부리로 쪼며 하늘 높이 어딘가를 빙빙 돌고 있었다. 하늘은 꽤 멀어 보였다. 나는 하늘 밑바닥을 따라 기어가는 것같이 느껴졌다. 테아가 말했다.

"당신, 이 하나가 빠졌어요."

나는 고개를 끄덕였다. 나는 빠진 곳이 어딘가를 알았다. 그러나 인간은 어차피 곧 이가 빠지게 되리라.

병원 마당에서 두 여자가 접지식 들것을 가지고 와서 나를 실었다. 나는 퍽 약해져서 의식을 찾는 듯하다 또다시 잃었다. 그러나 병원 안뜰을 지날 때, 나는 의식을 회복하고 유난히 아름다운 날씨에 대해 경탄했다. 다음 순간 비즈코초가 죽은 건 나 때문이라고 생각했다. 비즈코초는 게릴라들이 넘어지며 총을 쏘는 야만적인 사파티스타의 야간 전투에서 살아남았으며, 인간들이 십자가에서 처형돼 시체의 배에 개미가 가득 차 있을 그때 그 자리에 있었던 것을 생각해 봤다. 이런 말을 죽게끔 한 것은 나였다고 생각했다.

단춧구멍에 꽃을 단 의사가 내 앞으로 와서 웃음을 지었다. 하지만 그는 근본적으로 우울한 사람이었다. 그의 진찰실은 약과 에테르 냄새로 코를 찔렀다. 이곳에서 마신 에테르 냄새가 며칠 동안이나 내게서 풍겼다. 계속 구역질이 났다. 머리에는 온통 붕대를 감았고, 얼굴은 할퀸 자국에 피딱지가 앉아 뻣뻣하게 죄어 왔다. 나는 죽과 칠면조 고깃국밖에 먹을 수가 없었고, 혼자 일어설 수조차 없었다. 터번처럼 붕대를 두른 머리에 수도꼭지나 분출구가 있는 것처럼 슛 소리가 났다. 진통과 슛 소리 때문에 나는 그 우울한 의사가 치료를 잘못하지 않나 의심하고, 멕시코인들이 살육과 질병, 장례식 등에 아주 무심하기 때문에 두개골에 대해 걱정했으나 후에 의사가 잘 치료했다는 것이 드러났다. 나는 그때 앓아서 체중이 줄었고 눈과 볼은 폭 패였으며 이는 빠져 있었다. 붕대를 감은 나는 엄마를 닮은 것 같기도 하고 때때로 내 동생 조지를 닮은 것 같기도 했다.

그런데 할퀸 상처가 아물고 두통이 조금 멈춘 후에도 나는 쉴 새 없이 괴로워했다. 그 까닭을 몰랐다. 테아 역시 대단히 불안해했다. 캘리굴라가 날아가 버리고 불쌍한 비즈코초가 절벽 위에서 발길질을 해서 내 머리가 이렇게 다친 것이 그녀를 크게 실망시켰다. 내가 독수리를 길들이는 길을 계획하고 시행하다 다쳐서 무능력하게 된 것 때문에 그녀의 격렬하고 대담한 성격을 억제한다는 것은 어려운 일이었다. 테아는 캘리굴라를 인디애나의 아버지 친구분이 경영하는 트리아논 동물원으로 보냈다. 텍사르카나에 있는 그 늙은 사막 쥐가 이 소식을 들으면 매우 기뻐하겠지. 나는 절름거리며 나가, 대바구니 상자에 넣어서 마차에 실린 독수리를 보았다. 성숙해서 머리 윗부분에 흰털이 나기 시작했고, 눈에 나타난 오만은 조금도 줄지 않았으며, 부리는 여전히 무섭게 쪼을 준비를 했다.

"잘 가거라, 캘리그."

내가 말했다.

"잘 가, 속 시원하게 가는구나, 이 가짜 독수리야."

테아가 말했다. 테아와 내 희망은 산산이 부서졌고, 기대가 조롱당한 듯하여 눈물이 핑 돌았다. 독수리 훈련 때 쓰던 긴 장갑과 두건은 오랫동안 구석에 팽개쳐져 잊혀 갔다.

테아가 몇 주일 동안 곁에서 신경을 쓰며 간호를 할 때, 그녀가 어떤 불안한 표정을 짓지 않으면, 얼굴에 다른 아무런 표정이 없다는 것이 차차 분명해졌다. 회복되기 시작하자 나는 그녀가 이와 같은 표정을 지으면서 나를 위해 나와 함께 있는 것을 원치 않았다. 우리는 희생한다는 것에 대해 서로 다르게 주장했다. 다시 말하면 그녀는 내가 혼자 있는 것을 원치 않았고, 나는 그녀가 뱀 사냥 가는 것을 원치는 않지만, 밖으로 나가야 한다고 주장했다. 그러나 어떤 사람이 그녀에게 울긋불긋한 독사가 있다고 귀띔해 주자, 내가 이런 큰 상처를 입어 붕대를 머리에 감은 채 소리를 못 듣고 수척한 모습으로 누워 있을 때, 내게 보여 준 인내의 표정 중에서 나타나지 않았던 것 즉 보이지 않았던 것은, 그녀가 이러한 뱀 잡는 꿈을 꾸고 있다는 것이었다. 나는 그녀가 지루하여 움직이는 게 필요하다는 걸 알았다.

처음 그녀는 나를 만족시키려고 산돼지와 그와 비슷한 동물들을 사냥하러 갔으나 그다음엔 산에서 뱀을 잡아 마대에 넣어 집으로 가져왔다. 그녀가 좋아하는 일이었으므로 나는 그것에 대해 불평하지 않았다. 그녀의 뱀 잡는 기술이 매일 눈에 띄게 발전했다. 다만 그녀가 혼자 가는 것을 원치 않아서 하신토 말고 다른 친구와 같이 가도록 권했다. 마을엔 사냥을 같이 가는 짝이 있어서 때로는 의사와, 때로는 젊은 탈라베라와 같이 가기도 했다.

그래서 나는 긴 가운에 붕대를 감고 혼자 이 별장 주위를 서성거리며, 짚 속에서 꿈틀거리며 혀를 내두르는 뱀들이—나는 이 뱀들에게 차가운 시선을 보냈다.—진열된 현관을 따라 정원으로 나갔다. 내가 차가운 시선을 보낸 건 무서워서라기보다 적개심 때문이었다. 결국 나는 독수리를 훈련시켜 야생동물에 대해 약간 알게 되었고, 어느 정도의 용기도 생긴 것이다. 나는 늘 용감한 척할 필요도 없었고 모든 동물들을 다 사랑할 필요도 없었다. 그곳에서 썩은 망고나 건초 냄새 같은 뱀 냄새가 났다. 우리가 큰 이구아나를 사냥한 곳에서 났던 냄새와 똑같은 냄새였다.

나는 지나치게 불안하지 않을 때는 쇠가죽 의자에 앉아 『유토피아』를 읽었다. 아직 이질기가 있어 아침에는 종종 배를 움켜쥐고 캘리굴라의 옛 처소인 화장실로 달려갔다. 화장실 문은 항상 열려 있어서 마을의 전경을 한눈에 내려다볼 수 있었다. 지금은 더위가 지난 늦가을이라, 마을의 풍경은 매우 아름다웠다. 이곳은 실제로 계절의 구분은 없지만 몹시 거친 일기의 변화가 북쪽이나 남쪽에서 몇 달마다 나타났다. 매일 맑은 날이 계속되었고, 하늘의 힘찬 기운이 이끼 낀 기왓장 위에 조용히 깔렸다. 이 푸른 하늘을 쳐다볼 마음의 여유가 생기자, 책에서 느꼈던 것처럼 많은 것을 보상받았다. 그렇지 않았으면 나는 마치 바보가 된 듯이 우울하게 목적 없이 돌아다녔을 것이다. 뺨은 쏙 들어갔고, 광대뼈는 툭 튀어나왔으며, 눈을 좀 더 크게 뜨면 볼 수 있을 불안한 감정으로 인해 약간 졸린 듯이 보였다. 나는 인디언식의 콧수염을 길렀다.

테아는 커피를 마신 후, 내게 다녀오겠다는 말을 하고 쇠고리 장식이 달린 솜브레로 모자를 쓰고 말이 있는 곳으로 나갔다. 나는 밖으로 나와 그녀가 약간 무거워 보이는 단단한 몸으로 안장에 앉는 걸 보곤 했다. 그녀는 내가 자기와 같이 있기를 원치 않는가를 물어보지 않고 다만 오후에 산책하라고만 했다. 나는 그렇게 하겠다고 했다.

몰턴과 이기가 찾아왔다. 몰턴이 말했다.

"볼링, 건강이 아주 나쁜 것 같군."

그래서 나는 슬픈 기분까지 들고 마음속의 불길한 생각 때문에 우울해졌다.

올리버의 애인인 스텔라 역시 내가 정원 담장에서 그녀와 얘기할 때보다 더 약해 보인다고 염려했다. 나는 그녀에게도 역시 어떤 어두운 그림자가 감돌고 있는 걸 보았다. 나는 요즘 레몬빛의 테킬라를 상당히 많이 마시고 있어서 그녀에게 같이 마시자고 권했으나 거절당했다.

"같이 마실 수 있었으면 좋겠어요. 가까운 시일에 그렇게 하도록 하겠어요. 당신과 얘기하고 싶어요. 그러나 당신도 알고 있겠지만, 우리는 카를로스 퀸토에서 거처를 옮겨야 해요."

그녀는 유감스러운 듯이 말했다. 나는 그 사실을 몰랐다. 그런데 내가 그 이유를 알기도 전에 홀쭉한 올리버가 큼직한 발목에 비단양말을 대님으로 매어 신고 작고 붉은 입술을 부루퉁해 가지고 꽃밭을 밟으며 왔다. 그는 나에게 한마디 말도 없이 그녀를 담장으로 데리고 가버렸다.

그에게 무슨 일이 생겼을까?

몰턴은 그가 질투한다고 했다.

"그리고 그녀는 이사한다고 말하던데."

"맞아, 올리버는 일본인 별장에 세들었는데, 그 주인이 나가사키로 돌아가야 하거든. 그리고 카를로스 호텔 하녀들이 스텔라를 무시한다고 올리버가 말하더군. 그들이 결혼하지 않았기 때문이겠지. 내가 그런 아가씨를 가졌다면 못생긴 늙은 여자들의 말에 꽤 신경을 쓸걸!"

"왜 그는 여기에 정착하려는 거지? 뉴욕에서 잡지 일을 해야잖아?"

"멕시코에 있으면서 그걸 경영하고 있지."

이기가 말했다.

"무슨 소리! 난처하게 되니까 여기 있는 거라고."

몰턴이 말했다.

"자네는 그가 돈을 횡령했다고 생각하는 거야?"

이기가 놀라서 물었다.

몰턴은 마치 자기가 얘기하는 것보다 훨씬 더 많이 알고 있는 듯 판단하는, 부대처럼 생긴 바보 같았다. 파인애플 그림이 그려진 셔츠를 입은 그는 단단해 보였고 배가 불룩 튀어나왔다. 그는 햇빛에 의한 그림자에 대해서도 약간 부끄러움을 느꼈다. 눈꺼풀은 담배를 든 그의 손가락만큼이나 더러웠고, 게다가 눈을 깜박이는 버릇까지 있었다.

"젭슨은 그가 스텔라 때문에 별장에서 큰 파티를 열려고 한다는 말을 들었다던데. 카를로스 호텔의 늙은 여자들이 보도록 말이야."

이기가 말했다.

"그는 모든 사람에게 보이려고 하는 거야. 자기가 성공한 것을 보여 세상 사람들의 기를 죽이려 하는 거지. 그를 국제적인 건달이라고 여기던 사람들에게 말이야. 사실 그를 보았던 사람은 그렇게 생각했었지. 이제 그들에게 과시해 보려는 거야. 정말! 그가 떠났던 곳의 사람들의 말이 옳았는데 다시 돌아와서 그들을 떠들썩하게 만들려는 거지. 사실 그는 세계일주를 한 셈인데 술에 취해서 몰랐지."

그가 이런 말을 했을 때, 내 머릿속에는 외몽골의 한 게르 속에서 토하고 혼수상태에 빠져 누워 있는 올리버를 누빈 코트를 입은 군인들이 발견하는 광경이 떠올랐다. 몰턴은 나쁘고 불행한 것들과 쓰레기 같은 것들이 전 세계를 뒤덮고 있다는 걸 보여 주려 했다. 아마 오락만이 이것을 견딜 수 있게 한다고 생각해서인지 그는 오락의 전문가가 되었다. 모든 사람들, 모든 이주 집단 전부가 다 그랬다.

그런데 그들이 별장으로 나를 방문했다. 삼십 분 후에 몰턴은 얘기를 끝냈다. 그들은 담배를 열두 개비나 피워 재떨이에 비벼 껐다. 몰턴은 상당히 지루해 보였다. 우리가 앉아 있는 이 특별한 구석진 곳에 싫증 난 듯 보였고, 또한 그들이 머물러 있어야 한다는 데 짜증이 나는 듯 느껴졌다.

그가 말했다.

"볼링브룩, 붕대를 감고 있다고 해서 집에만 붙어 있을 필요는 없잖아. 조칼로로 내려가. 거기서 사람들을 만나거나 기구를 가지고 놀며 소일할 수 있으니. 자, 따라와. 볼링, 말을 타자고."

"그래, 볼링, 따라와."

"이기, 자네는 아니야. 집에나 가지. 일 못 하게 했다고 유니스가 내게 야단칠 테니 말이야."

"이기, 이혼했는 줄 알았는데?"

내가 물었다.

"했지. 하지만 아내가 계속 그를 속박하고 있다오. 그녀는 이기에게 자기가 새 남편과 나갈 동안 어린애를 돌보게 하거든."

우리는 광장 건너편의 일라리오 집 현관에 피어 있는 꽃 속에 앉았다. 그 꽃들은 서늘한 날에 피는 소박한 꽃들이었다. 벨벳처럼 찬란한 꽃봉오리를 가진, 크리스마스의 별인 붉은 포인세티아를 제외하고 말이다. 이런 꽃들은 피는 장소나 시간을 조절하지 못하지만, 그런 아름다움을 지니고 하찮은 벽을 화려하게 장식해 줄 수 있다는 것이 내게 많은 의미를 가져다주었다. 나는 또한 네 모진 우리 속에서 서성거리는 조그만 킨카주를 보았다. 어떤 어려운 상황에 처했을 때는 유순해야지, 잠자는 시간 외에는 결코 졸아서는 안 된단 말이다.

그리고 몰턴은 앉아서 이기에게 계속 빈정댔다. 유니스는 뉴욕 잡지사에서 수표를 받아서 이기에게 예산을 짜라고 했으나 그는 돈을 처리할 줄 몰라, 돈이 생기면 홍등가(foco rojo)로 간다. 그러면 그곳 매춘부들이 그 돈을 우려낸다. 충혈된 푸른 눈과 개구리같이 멍청한 입을 벌리고 이기는 매춘부들 속에서 환영을 받으며 우쭐해져 있는 것이다.

"유니스는 애들을 위해 돈이 필요할 거야. 그렇지 않으면 나는 너에게 포커에서 돈을 잃어줄 텐데. 그것이 월리를 이기게 하는 거야. 진짜 잭으로는 나를 이길 수 없거든."

"흥, 젭슨이 이곳에서 유니스에게 타서 쓰는 네 돈으로 술 처먹는 걸 보지 않았다면, 내가 왜 걱정하겠어?"

"이 바보야! 그 친구는 자기 돈이 있어. 그의 할아버지가 아프리카를 탐험했었지. 허풍이 아니야."

이기는 지나치게 응석쟁이인 까무잡잡한 작은 딸 옆에 있기 위해 전처와 같은 별장에서 살고 있었다. 주로 그녀와 애를 젭슨으로부터 보호하기 위해서였다. 이기는 여전히 유니스를 사랑하는 것 같았다.

나는 요즘 이기와 몰턴과 함께 돌아다녔다. 집이 텅 비자, 현관에는 뱀이 더 많아졌고, 또 나는 테아와 함께 다닐 만큼 억세지도 못하고 그렇다고 불안할 정도로 약한 것도 아니었으며, 승마나 사냥을 싫어했고, 게다가 현실적으로 내 인생 행로의 갈림길에 서 있었기 때문에, 꾸물거리며 발뺌을 했다. 그 외에 나는 몰턴과 이기와 다른 각국 거주민들에게 흥미가 있었고 그들의 매력을 부정할 수 없었다. 나는 그들의 말을 빨리 배웠고, 동시에 그들에 대한 싫증도 빨리 느꼈다.

이상한 일은 어떻게 새벽 일찍 일어나서, 낮에는 일상생활의 갖가지 영향 때문에 사라져버려 느낄 수 없는 대기와 가늘지만 강력하고 밝은 황금빛을 볼 수 있는가 하는 것이었다. 그러나 대기 그 자체만 두고 말한다면, 왜 이런 영향들이 그렇게 저조하고 초조하고 조소를 받아야만 하는지 그 이유를 알 수 없었다.

석류나무 아래 벤치에 앉아서 이기는 내게 자기 어려움을 도와달라고 부탁했다. 그의 얘기는 지나치게 난삽해서 가닥을 잡아야 했다. 술주정뱅이가 되어버린, 졸병으로 강등되어 파멸된 소위가 있다. 혼혈아 녀석이 그에게 막노동꾼이 되어 불법적일망정 하와이로 건너가 보라고 제안한다. 그러나 농원 노동자 사이에 밀정이 있다는 걸 알아챈 그는 자기가 과거 미군 장교였다는 사실이 마음에 켕겨 그들 전부를 당국에 넘겨 버리려 한다. 그러나 그를 의심하는 인도인 선원과 끝까지 싸워야만 한다. 이기는 자신의 얘기에 고민했다. 나는 맨발로 테킬라 병을 가지러 갔다.

그때 몰턴이 와서 우리는 떠났다. 요리사가 점심을 준비했으나 혼자 먹고 싶지 않았다. 시장에서 포도주를 샀으나 내 위장을 더 못쓰게 만들었다. 나는 중국 식당에서 샌드위치를 사 먹었다.

무슨 일이든 그것을 마음속에 억지로 주입시키지 말고, 정돈시켜야 하기 때문에 베이컨은『신(新) 아틀란티스(New Atlantis)』라는 작품을 구상할 때 옆방에다 음악을 틀어놓았다. 그러나 아래 조칼로에서는 종일「행복의 돈」아니면「할리스코」를 틀어놓았다. 게다가 마리아치 악단이 빨리 내려치는 두 개의 망치 소리, 혀 짧은 장님 악사의 떠들썩한 웃음소리와 미친 듯 긁는 소리, 게다가 버스 엔진의 부르릉 소리, 종소리 등 소음이 시끄럽게 들렸다. 이런 온갖 소음이 나의 부조화의 침상이었다. 그래서 대체로 나는 어지러움을 느꼈고, 하늘과 산의 정경들이 찬란하게 채색되어 보일 만큼 무서운 위험성을 느꼈다. 그 마을은 한창 시즌이 되자 어지럽게 법석되었다.

이기가 미국인들과 혼혈아들이 해안경비대에 하는 신호에 대해 어떻게 싸울까를 계획하는 동안, 우리는 몰턴의 호텔로 가고 있었다. 그는「화성에서 온 사람」의 연재의 기초 작업을 하는 동안 자기와 함께 있자고 나를 달랬다. 그는 무엇보다도 자기 일의 고독함을 싫어했다. 나는 그의 방 바깥 지붕에 앉아 어깨를 축 늘어뜨리고, 손을 무릎에 올려놓고 앉아서는 우뚝 솟은 산들을 바라보며 어슴푸레 어두워진 마음으로 어디에 테아가 있을까 생각해 봤다.

몰턴은 사색하기 위해 담배 연기 자욱한 방에서 밖으로 나왔다. 그는 무릎과 굵고 큰 다리를 드러낸 짧은 바지를 입고 나왔다. 큰 눈을 가늘게 뜨고는 마치 마을에 소동이 일어난 것처럼 바라보았다. 그는 술을 한 잔 따랐다. 그리고 줄담배를 피웠다. 담배를 가볍게 들어서 빨아들이거나, 재를 떨거나, 연기를 내어 뿜는 등 그가 정말로 애쓸 가치가 있다고 생각하는 것 전부가 포함된 듯했다. 그는 매우 권태를 느꼈다. 그는 지루하고 특유한 자신의 감정의 순간을 나에게 느끼게끔 하는 방법을 알고 있었다. 담뱃재, 얼음, 꽁초, 레몬 껍질, 끈끈한 컵, 공허한 동경에 찬 순간 말이다. 그는 다른 사람들처럼 자기 몫이 분배되는 것에 신경 썼고, 사람들이 자기가 느끼는 것을 함께 느끼게 강요하는 일을 했다. 몰턴은 그것을 말로 나타내기조차 했다. 그는 말했다.

"볼링브룩, 권태란 것은 힘이야. 권태를 느끼는 인간은 옆 사람보다 빨리 성공하지. 자네가 지루해할 때, 존경을 받게 되거든."

작은 코와 굵은 넓적다리, 니코틴에 물든 손가락을 한 그는 이런 설명을 하며 내게 강요했다. 그는 내게 자신이 실지보다 큰 영향을 미치리라고 생각했다. 내가 따지려 하지 않자, 그는 나를 설득시켰는 줄 알고 만족해했다. 그러나 그런 실수를 저지른 것은 그가 처음은 아니었다. 대화는 그가 잘해 낼 수 있는 터여서, 자신의 생활이 그런 대화에서 얘기한 것처럼 되기를 원했다. 나는 이것을 이해했다.

"자, 휴식 시간을 갖고 블랙잭 게임을 하자고."

그는 셔츠 호주머니에 카드 한 벌을 넣어 왔다. 테이블에서 담배 연기를 훅 뿜고, 카드놀이를 하려고 패를 뗐다. 내 시선이 여전히 산 쪽으로 향하고 있는 걸 보자, 그는 거칠지 않게 내 주의를 집중시키려고 말했다.

"이것 봐, 그녀는 저기 있다고. 자, 패를 돌리게. 먼저 하라고. 옆에다 돈을 걸겠어? 십 분 내로 패 돌리는 것을 자네에게서 뺏을 테니 두고 봐."

 몰턴은 카드놀이 중에서도 포커에는 대단한 사람이었다. 처음엔 일라리오 집에서 했다. 그런데 일라리오가 밤늦게까지 게임을 벌인다고 불평하자 더러운 중국 음식점으로 옮겼다. 얼마 안 돼 나는 모든 시간을 노름에 빼앗겼다. 마치 고대 휴론 족이 노름은 병을 치료한다고 생각했던 것처럼 말이다. 어쩌면 나는 그런 병에 걸렸는지도 모르며 몰턴 역시 틀림없을 것이다. 그는 계속 내기를 걸어야만 했다. 나는 그와 함께 페소 은화를 걸고 하이 카드를 위해 패를 떼는 등 쓸데없는 짓을 하고—이것은 몰턴이 말하는 핀볼이었다.—또 약간 높은 숫자로 돈 놓고 돈 따는 일을 했다. 난 포커에 운이 있었고 또한 기술도 좋았다. 그것은 위대한 학교인 아인혼의 도박장에서 배운 것이었다. 몰턴이 불평했다.

 "이봐, 자네는 포커 카파블랑카를 연구했음에 틀림없어. 자네 끗수가 언제 높은지 알 수가 없어. 항상 없는 것처럼 보이니 말이야. 아무도 그렇게 없는 것처럼 보일 순 없을걸."

 비록 내가 기분 좋은 표정을 지으려 할지라도 이 말은 사실이었다. 그것은 나 자신이 얼마나 많이 알고 있나 하는 것이었다. 그러나 맙소사! 시침 뗀다고! 시침떼기 명수들이 주변에 있었다! 만약 자연이 우리로 하여금 말벌을 피하기 위해, 혹은 의태(擬態)로 적을 속이게 하는 벌레나 투구풍뎅이처럼 살고 행동하게 한다면? 그렇다면 좋다! 그러나 그것은 우리의 문제가 아니다.

 테아에 대해서도 나는 역시 아무 잘못도 없는 듯 행동했다. 나는 우리가 서로 속이고 있다는 걸 알았다. 이것이 내게 어떤 실망을 일으켰는가를 내가 나타내지 않았다면, 몰턴에게 잭으로 끗수 높은 척하기는 정말 식은 죽 먹기였다.

 왜 이런 뱀들을? 그녀는 왜 뱀 사냥을 해야만 하는가? 그녀는 뱀을 한 자루 가득 들고 돌아왔다. 이를 보자 나의 내장은 뒤틀렸다. 그런데 그녀는 뱀들을 아주 사랑스럽게 다루었다. 내겐 단지 괴상하다는 생각밖에 들지 않았다. 뱀들이 화가 나서 유리잔을 걷어차지 않도록 주의해야 한다. 그것은 그놈들의 입에 상처를 냈기 때문이다. 게다가 비늘 사이에 기생충이 있어서 소독약이나 머큐러크롬으로 소독해야 했다. 어떤 놈들은 폐병에 걸려서 유칼립투스 기름을 마시게 해야 했다. 뱀들은 결핵에 걸리기 때문이었다. 가장 힘든 건 허물을 벗는 일이었다. 마치 분만의 진통 같아서 뱀들은 몸을 뒤틀 수도 없고, 눈알까지도 더러운 흰 액체로 뿌옇게 덮이게 된다. 테아는 때때로 핀셋으로 그놈들을 도와주거나 살갗을 부드럽게 하기 위해 젖은 헝겊으로 싸주기도 했다. 그녀는 또한 안절부절못하는 놈을 물속에 넣어주고는 나무토막 하나를 띄워주었다. 그래서 헤엄치다 지치면 나무토막에 머리를 얹고 쉴 수 있도록 했다. 그러다 어느 날 드디어 그놈들은 빛을 발한다. 그러한 신선함과 보석 같은 찬란함은 그놈들의 적인 내게조차 기쁨을 주었다. 나는 벗겨진 허물을 보고 싶었다. 그놈들은 허물을 벗고 나와 마치 석류알이나 니스 칠을 한 황금빛 껍질처럼 초록빛에 빨간 점박이를 하고 부활했다.

한편 테아와 나는 서로 만족하지 못했다. 나는 뱀에게 화를 냈고, 그녀는 그것에 관심을 가졌다. 나 자신이 두 개의 특이한 것 사이에 놓인 느낌이 들었다. 즉 테아의 존재와 제철 맞은 마을의 특이성 말이다. 그러나 그녀에겐 말하지 않았다. 그녀가 함께 사냥 나가자고 했을 때, 아직 회복이 덜 됐다고 대답했다. 그녀는 나를 물끄러미 바라봤다. 그 눈빛은 결국 내가 술과 카드놀이나 하지 않겠느냐는 생각을 드러냈다. 그러니 내가 그녀 앞에서 말라빠지고 병든 채 서 있다 할지라도 마음속으로 남모르는 생각을 품고 있는데, 어찌 우리 두 사람을 결합시킬 비법이 있을 수 있겠는가?

"당신과 어울려 다니는 패들을 난 좋아하지 않아요."

그녀가 말했다.

"나쁜 사람들이 아니야."

나는 무심코 대답했으나 이것은 마음을 상하게 하는 대답이었다.

"내일 나와 함께 나가지 않겠어요? 탈라베라에게 안전한 말이 있는데요, 당신에게 보여 주고 싶은 곳이 있어요. 퍽 아름다운 곳이에요."

"글쎄, 나가는 건 좋겠지. 좀 더 회복됐다고 느낄 때 말이야."

나는 캘리굴라를 훈련시키려 애썼고 그것으로 시련은 충분했다. 내가 할 수 있는 것은 다해 봤기에 더 이상 해볼 것도 없었다. 뱀 사냥에 대한 테아의 흥분에 결코 빨려들지 않으리라. 평범한 추구에 만족할 수 없는 정력으로 성취한 다른 일은 너무 극단적인 방법이다. 그녀가 산에 가서 이처럼 위험한 동물들의 목에 덫을 놓아 잡아 가지고 와서는 독을 빼야 한다면 그것은 상관없다. 그러나 내게 확실히 맞지 않는 것이 하나가 있음을 마침내 알게 됐다.

그녀는 이틀 동안 산에 가 있었다. 그녀가 왔다는 말을 들었으나 집으로 돌아가지 않았다. 루이 푸의 집에서 카드놀이 중이어서 갈 수가 없었다. 다음 날 아침 정원에서 그녀를 보았다. 뱀을 다룰 때 독니가 뚫지 못하게 두껍고 튼튼한 승마용 바지와 투박한 부츠를 착용했다. 그녀의 흰 피부는 그녀가 불쾌하다는 것을 보여 주었다. 그녀는 쉬지 않고 무엇을 갈망하며 아파했다. 즉 그녀는 나를 혼내 주고자 했다. 두 눈 밑의 고통의 그림자는 더욱 짙어갔다. 검은 머리는 햇빛을 반사시켰고, 앞이마에 불규칙하게 나 있는 독특한 머리털을 따라 검은 머리의 새치인 빨간 머리카락이 불타고 있는 듯했다.

그녀는 사납게 물었다.

"어디 있었지요!"

"내가 너무 늦었군."

그녀는 화가 나서 떨었고 못 참는 듯했다. 때때로 느끼는 미칠 것 같은 큰 슬픔으로 두 눈엔 투명하고 큰 눈물이 어렸다. 그녀는 울고 있는 것 같았으나 단지 몸을 떨 뿐이었다.

"그저께 밤, 당신이 오리라 기대했었어."

내 말에 그녀는 대답이 없었다. 우리는 둘 다 화가 나 있었으나 정말로 싸울 태세는 갖추지 않았다. 그녀가 떤 것은 분노가 더 커져서가 아니라 단지 좌절감 때문이었다.

"그 아랫동네 사람들이 어떻게 하는 줄 알아요?"

그녀가 캐물었다.

"캘리굴라 일 후로, 그들은 당신이 나를 수치스럽게 느끼도록 하려는 것 같아요. 나를 조롱하거든요."

"그들이 그 짓을 하도록 내가 내버려 둘 것 같아?"

"나는 당신보다 그들을 더 잘 알아요. 그 몰턴이란 자가 냄새를 피우거든요."

그녀는 윌리 몰턴과 다른 주민들을 욕했다. 나는 듣기만 했다. 이런 식으로 우리는 의견의 진정한 차이점을 모른 척해 버렸다. 우리는 아직 싸울 수가 없었다.

때때로 내가 뱀잡이 덫, 카메라와 총 등을 들고 산속을 돌아다닐 준비가 됐다고 거의 확신할 때도 있었다. 내가 그런 행동을 했을지도 모른다. 초조하고 지나치게 갑갑했고, 그녀와 나 사이가 시카고에 있을 때처럼 되기를 몹시 갈망했기 때문이다. 그런데 나는 결코 그렇게 할 수 없었다.

  카드놀이를 계속하지 않으면 안 될 것처럼 느껴졌다. 멈출 수가 없었다. 몰턴은 내가 모든 사람들의 피를 어떻게 빨아먹는가를 큰 소리로 얘기했다. 그들에게 복수의 기회를 줘야만 한다는 것이다. 그래서 나는 손가락 사이에 카드 한 벌을 꼈다. 실제로 나의 카드 돌리는 솜씨는 너무나 민첩하여 놀랄 만했다. 머잖아 모르는 사람조차 나를 찾게 되고, 중국 음식점에서 게임이 더욱 잘되는 것 같았다. 긴 스웨터를 입은 루이 푸도 같은 의견이었다. 나는 게임하는 외국 관광객들—몰턴은 그들을 세계 관광이나 하는 건달패들이라고 불렀다.—에게 볼링브룩이나 독수리 사나이로 통했다. 내 호주머니는 각국 화폐로 가득 찼다. 내가 가진 양을 정확하게는 몰랐으나 많이 갖기는 가졌다. 스미티의 돈이 아닌 내 돈 말이다. 채소와 접시 속에 지폐를 넣어둔 냉장고는 이미 없었다. 테아는 내게 용돈 줄 생각도 하지 않는 것 같았다. 아프지만 않았더라면 파운드, 달러, 페소, 스위스 프랑을 가져서 부유해진 듯한 느낌이 들었을 것이다. 그러나 좋았던 것은 단지 표면적인 행복뿐이었다. 마음은 어지러웠다. 나는 수척한 모습으로 더러운 붕대를 머리에 감고 있었고, 마음은 그것을 가진 어리석은 면을 내버리려는 듯했다. 테아는 산호뱀과 방울뱀을 수집 중이었고, 나는 루이의 집이나 혹은 호텔방에 앉아서 초조해하며 인내의 싸움을 이겨 나가야만 했다. 때때로 홍등가에서조차 판을 벌였다. 그곳에서는 매춘부들이 뒤에 앉아 있었다. 이곳 정면에는 조그만 술집이 있었는데, 그곳은 관광객들이 들어오기 전에 군인들의 은신처였다. 군인들은 만화책을 보거나 콩을 먹으며 용설란 술을 마셨다. 쥐들이 대들보 위로 오갔다. 계집애들은 요리하고 청소하며 만화책을 보거나, 마당에서 머리를 감았다. 수비대 모자를 쓴 반 벌거숭이의 어린애가 마림바를 쾅 하고 쳤다. 스틱에 달린 조그만 검은 고무공들을 재빨리 내려친 것이다. 무엇인가 잘해야만 될 것같이 느껴졌다. 그래서 통째로 잃지 않도록 말이다. 나는 카드를 응시했다.

　내가 완쾌되면 테아를 따라나서겠다고 했지만, 테아에게 그 말을 믿게 할 수 없었다. 그녀도 제스처로 나를 믿게 할 수 없었다. 그녀는 며칠 밤 나와 같이 마을에 있는 걸 허락했다. 바지에 감싸인 것보다 스커트를 입은 그녀의 다리가 더 보기 좋았다. 그러나 그녀의 이혼 서류가 도착하던 날, 그런 마음은 사그라들고 말았다. 내가 전에 생각했던 대로 "결혼합시다." 하고 말했을 때, 그녀는 머리를 젓기만 했다. 그러자 나는 한때 그녀가 임신을 두려워하며 가족에게 내가 애 아버지라는 것을 설명하는 두려움을 피할 수 있는 방법을 이야기했던 것이 기억났다. 이것은 나를 실망시켰고 다음에는 더욱 화나게 했으나, 이젠 내 마음을 아프게 찔렀다. 그녀의 입장에서 볼 때, 나는 사물에 대한 불분명한 눈을 가졌고, 사랑의 꽃다운 시기에 청년을 행복한 친구로 가진다는 것과 현실에서 결점투성이의 인간을 대하는 것은 큰 차이가 있었다. 추한 얼굴에 흰 털이 난 코와 특별히 주문한 시가를 피워 문 백만장자인 숙부의 눈에 내가 어떻게 비칠지를 나는 알았다. 테아가 그를 무시하고 경제적으로 독립하려는 것은 사실이었다. 그러나 나를 믿지 않았으므로 나를 위해 가족과 연을 끊으려 하지는 않았다. 만약 내가 그녀만큼이나 새, 뱀, 말, 총, 사진술 등에 광적이었더라면. 그러나 나는 돈 때문에 카메라의 노출계를 읽지는 않으리라. 나는 뱀을 잡으려 하지 않았고, 그런 일에 대해 성질이 고약하다고 느낄 뿐이었다. 나는 테아가 그런 일에 싫증 내기를 기대했다. 반면에 그녀는 내가 몰턴과 그 친구들에게 싫증이 날 것을 기다리고 있었을지도 모른다.

한편, 축제가 계속되었다. 악대들은 조칼로에 몰려와서는 심벌즈를 부딪치거나, 드럼을 치거나, 나팔을 불었다. 폭죽이 터졌다가 선을 그리며 사라졌다. 우상을 앞세우고 행렬이 지나갔다. 한 여자가 오 일간 계속된 술 파티에서 심장마비로 죽었다는 등 갖가지 소문이 나돌았다. 연인 사이인 두 청년이 개에 대해 논쟁하다가 그중 한 명이 수면제를 과용했다. 젭슨이 홍등가에다 재킷을 두고 오자 네그라 마담이 집에까지 갖다 주었다고 한다. 그러자 이기의 전처가 젭슨을 내쫓고 문을 잠가버려서 그는 몰턴의 집 현관에서 자겠다고 청을 했다. 그러나 몰턴은 그가 돈을 빌리려 하기 때문에 그곳에 재우려 하지 않았다. 그는 위스키를 마셨다. 그래서 지금 젭슨은 거리에서 살게 됐다. 마을이 축제로 들떠 있어서 그의 슬픔 따위는 눈에 띄지 않았다. 이리, 산돼지, 거대한 이구아나, 또는 사슴 등이 산에서 마을로 스며들어도 눈에 띄지 않았을 것이다.

황진이 불어와 어두운 밤을 뽀얗게 만들었다. 사람을 찾던 호텔이나 상점들은 북적거리고 음악, 술, 자리 등에 대해서 지불을 요구했다. 그러나 이런 장기간의 축제를 즐기는 데 돈이 충분치 않았다. 그런 축제를 즐길 정력은 불뱀, 연기 내는 거울, 소름 끼치는 괴상한 신 등을 신봉하는 고대 종교에서 온 것임에 틀림없다. 개들까지도 마치 죽음의 나라인 믹틀란에서 심부름을 온 듯 활기차게 뛰어다니면서 뭔가 씹고 있었다. 인디언들의 고대 신앙에서는 개들이 사자(死者)의 영혼을 옮긴다고 믿었다. 장아메바성이질이 유행했으나 쉬쉬했고, 장례식은 다른 축제 행렬과 섞여버렸다. 여러 가지 큰 공연이 있었다. 코사크인들로 구성된 합창단이 성당에서 노래했다. 신부는 전에는 한 번도 이렇게 많은 군중을 대해 본 적이 없었고, 이것이 그를 흥분하게 했다. 그는 우리가 '신이 계신 곳(la casa de Dios)'에 있다고 소리치면서 사람들을 꾸짖으며 손뼉을 쳤다. 군중이 많은 것은 조금도 도움이 되지 못했다. 나는 저런 러시아인들이 튜닉 제복을 입고, 부츠를 신고, 끝을 접어 올린 바지를 입고, 밤에 긴 담배를 물고 생각에 잠긴 채 돌아다니는 것은 조칼로라는 장소와는 어울리지 않는다고는 말할 수 없다. 브라질-이탈리아 오페라단이 「운명의 힘」을 공연했다. 그들은 떨리는 목소리로 정열적으로 노래했으나 그들 자신은 오페라의 내용을 전혀 믿지 않는 것 같았다. 그래서 나도 회의적이었다. 테아는 2막은 보러 오지 않았다. 그다음에는 인디언 서커스단이 나와 무시무시한 곡예를 보여 주었다. 곡예사들의 장비는 낡은 주물을 깨뜨려서 만든 것 같았다. 말들은 초라했고, 곡예사들은 근엄한 미초아칸 인디언들이었다. 그들은 그물이나 다른 안전 장치도 없이 아슬아슬한 묘기를 보였다. 야만적으로 생긴 어린 소녀들이 더러운 바지를 입고 나와 웃지도 않고 인사도 없이 요술을 부리고 줄타기도 하고 다른 연기도 보여 주었다.

그러므로 나는 이 마을에서 러시아인들이 로시 할머니를 생각나게 해주는 추억 속에 잠긴 순간을 제외하고는 낯익은 것을 볼 수 없었다.

날씨가 평온한 어느 날이었다. 나는 조칼로에서 벤치에 앉아 겨드랑이 밑으로 파고드는 고양이 새끼를 쓰다듬어 주고 있었다. 그런데 대형 차 몇 대가 성당 앞에 와서 멈추었다. 차들은 낡았으나 주철로 되어 있었고, 긴 후드와 낮은 차체의 값비싼 유럽산의 성능 좋은 자동차들이었다. 곧 가운데 차에 어떤 저명인사가 탔다는 것을 알았다. 경호원들이 다른 두 차에서 나왔기 때문이다.

나는 그렇게 중요하고 아직도 그렇게 병약한 사람이 누군가 하고 의아해했다. 나머지 사람들 중엔 멕시코 경관 두 명이 있었는데, 그들은 시무룩한 표정으로 제복 윗도리를 아래로 잡아당겨 주름을 펴면서 으쓱거렸다. 경호원들은 가죽 재킷에 각반을 한 유럽인이 아니면 미국인들이었다. 그들은 손을 권총집에 갖다 대고 조바심을 내며 안절부절못하고 있었다. 무슨 일을 해야 좋을지 모르는 것 같았다. 나는 시카고에서처럼 다시 무슨 일을 보게 될 거라고 생각했다.

서늘한 날씨였다. 테아가 와바시가에서 나에게 사준, 주머니가 많은 두꺼운 재킷을 입었다. 황야에서도 얼어 죽지 않을 가죽 재킷이었다. 그래서 양지에 앉을 땐 지퍼를 열었다. 작은 고양이는 내 팔 아래서 발톱으로 코를 비벼대고 있었다. 나는 고양이 등을 즐겨 어루만지며 준비가 다 끝난 지금, 가운데 있는 리무진에서 누가 나오는지 응시했다. 부관 한 사람이 고개를 끄덕이자 경호원이 차 문을 열려고 했다. 그는 문 여는 요령을 잘 몰랐다. 그래서 그가 당황해하는 동안 모두들 어떻게 할 줄 모르고 서 있었다. 그때 반대편 문이 쇳소리를 꽝 내며 급히 열렸다. 그러자 깨끗하게 닦아놓은 유리 속에서 이국적으로 빗질하고 안경 쓰고 수염 기른 얼굴들이 앞으로 나왔다. 여기저기에 손가방이 있었다. 나는 이 가방에 정치적인 것이 담겨 있다는 걸 알았다. 한 사람이 웃으며 운전사용 전화기로 말하고 있었다. 이윽고 예의 주인공이 벌떡 몸을 일으키며 나왔다. 그는 대단히 성급하고 원기왕성하며 상냥해 보였다. 턱수염을 기른 그는 예민해 보이기도 했다. 그는 조금도 방심하지 않고 대성당 앞을 열심히 살펴보며 혼자 중얼거렸다. 그는 털 옷깃이 달린 짧은 코트를 입고, 큰 안경을 썼으며, 볼은 부드러웠으나 금욕적인 인상을 씻을 수 없었다. 내가 그를 봤을 때 나는 정말 놀라며 이 사람은 멕시코시티에서 온 거물 방문객인 트로츠키라고 단정했다. 내 눈은 점점 커졌다. 항상 위대한 사람을 보지 않고는 나의 생애가 끝나지 않을 것을 알았다. 그런데 나는 저주를 받아 의자에 앉아서 신문에 난 얼굴들만 보거나 우연히 찾아오는 사람들만 볼 수밖에 없는 아인혼이 생각났다. 나는 매우 열광하며 자리에서 일어났다. 거지들과 건달들이 벌써 중세 시대의 스타일로 모여들었다. 염탐꾼, 기생충 같은 인간은 붕대와 누더기를 쳐들고 그들의 상처와 상투적인 불행을 내보였다. 트로츠키는 머리를 뒤로 젖히고 거대한 성당을 어림해 보았다. 늙은이답지 않게 계단을 뛰어올라 서둘러 안으로 들어갔다. 그 뒤로 사람의 물결이 밀려갔다. 서류 가방을 든 사람들. 내가 시카고에서 알았던 급진당원들도 이런 서류 가방을 들고 있었다. 여자 같은 머리를 한 건장한 사내와 이렇게 이상하게 생긴 경호원들, 적지 않은 목발쟁이, 자기들이 주장하는 대로 거의 죽어가는 거지들이 염불조로 타령을 외며 어두운 교회 문으로 들어갔다.

나도 안으로 들어가고 싶었다. 나는 이 유명한 사람 때문에 흥분했다. 그때 내 마음을 흔들어놓은 건 그가 준 순간적인 인상—그가 타고 온 낡은 차와 혹은 괴상한 그의 수행원들의 인상이 어떻든 간에—이라고 믿는다. 큰 별을 표준 삼아 항해하며 가장 높은 생각을 가지고 가장 중요한 인간의 말과 호소력 있는 보편적인 용어를 쓰기에 가장 적합한 사람이라는 인상을 받았다. 만일 나처럼 이같이 높은 별과 같은 존재에서 다른 종류로 하락해서 단지 얕은 만에서 스컬에서 젓기만 하며 조개 있는 곳을 기어 다니다 깊은 바다의 위대함을 보는 것은 감격적인 일이다. 그런데 위대한 유형을 당한 사람인 경우에는 더 그렇다. 나에겐 유형의 의미란 최상에서의 영속이기 때문이다. 나는 열에 들떠 흥분했다. 그러자 빗자루 손잡이처럼 두개골에서 무엇이 뛰기 시작했고, 내 머리가 아직 붕대에 감겨 있으므로 진정해야만 한다는 것을 환기시켰다. 그래서 나는 그가 나올 때까지 서서 기다리고 있었다.

그러나 여러분에게 이런 얘기를 하는 것은 경호원 한 사람이 나의 옛 친구이고, 한때 스타 극장 주인이었으며, 아머 공과대학생이었고, 미미 빌라즈의 여동생의 전남편이며, 전에 지하도에서 일하던 실베스터란 것이 판명된 때문이다. 나는 서구식 옷차림에서 그를 알아보았다. 맙소사! 얼마나 엄격하고 우울하며 의무감에 눌렸으며 좌절되어 보였는가! 다른 사람처럼 그는 권총을 찼고, 바지 뒷자락은 넓었고, 배는 권총 벨트 위에 축 처져 있었다.

"실베스터! 이봐, 실베스터!"

나는 소리쳐 불렀다. 그는 내가 위험을 무릅쓰고 행동한다는 듯이 날카롭게 쳐다봤다. 그러나 그는 호기심에 차 있었다. 나는 기쁨에 가득 찼다. 그래서 머리는 뛰고 있었다. 얼굴은 웃음과 흥분으로 매우 붉어졌다. 그를 다시 만난 게 너무 기뻤기 때문이다.

"이 바보 같은 녀석, 실베스터, 넌 내가 누군지 몰라? 오기 마치야. 나를 알아보지 못하는 거야? 난 많이 변하지 않았잖아?"

"오기?"

그는 묻고서는 음울한 입술로 믿을 수 없다는 듯 미소를 약간 지어 보였다. 질문했을 때 그의 목에서는 귀에 거슬리는 석연치 않은 소리가 났다.

"물론! 나야. 이 얼간아! 너 대체 어떻게 여기 왔니? 권총을 차고 뭐하는 거냐?"

"넌 어떻게 여기 오게 됐지? 야, 우린 확실히 잘 돌아다니는구

나. 네 머린 왜 그래?"

"말에서 떨어졌어."

그를 만난 기쁨에도 불구하고 나는 재빨리 마음속으로 온갖 추리를 했다. 그것은 과히 올바르게 평가한 것은 못 되었다. 그가 전혀 내게 묻지 않는 것이 나를 놀라게 했다. 그런데 지금은 그것이 나를 그렇게 놀라게 하지 않는다. 이젠, 사람들이 어떤 일에 정신이 팔려 있다는 것이 어떤 것이라는 걸 좀 더 알기 때문이다.

"야, 실베스터, 너를 보니 정말 반가워. 너는 어떻게 이런 일을 하게 됐지?"

"나는 이 임무를 받았어. 무슨 말을 하는 거야? 그들은 기술적인 지식을 가진 사람이 필요했어."

기술적인 지식! 내가 아직 그를 만난 기쁨에서 웃고 있었을 때, 이것 역시 웃음으로 피해 버릴 수 있었다. 기술자가 되었다고 이렇게 거짓말을 해야 하는 딱한 실베스터여. 글쎄, 이렇게 우리가 서로 만나서 말하는 건 모두 확실한 진실이 아님에 틀림없었다. 그가 내게 무슨 일을 하고 있느냐고 물으면, 난 얘기를 꾸며서 했을 것이다. 그것이 이때의 상황이었다. 만약 당신이 하루의 평범한 거짓말을 진흙찌꺼기로 변형시킬 수 있다면 그것은 아마존 강을 제방 위로 100마일이나 범람하게 만들 것이다. 그러나 그것은 결코 이런 형태로 나타나지 않고 감자 속의 질소처럼 사방으로 분배돼 버린다.

"그런가? 너는 항상 트로츠키와 같이 있군. 그를 잘 알겠어. 그를 안다는 것은 굉장한 일임에 틀림없어. 나도 그를 알 수 있었으면 좋겠다!"

"네가?"

"제길, 나는 적합하지 않을 것 같아. 그는 어떤 사람을 좋아해?

내가 적어도 그를 만날 수는 있어 보여? 나를 소개해 줄 수 있겠지."

"그래! 꼭 그러지."

실베스터는 축 늘어진 눈으로 재미있다는 듯이 말했다.

"그것은 네가 생각하는 것보다 복잡하진 않아. 넌 재미있는 녀석이야. 그러나 이봐, 난 가야 돼. 도시로 오거든 전화해. 난 너를 만나고 싶어. 그리고 맥주나 한잔해. 시카고 태생인 프레이저를 기억하지? 그는 지금 우리 영감의 비서야. 잊어버리지 마."

다른 경호원이 그를 부르고 있어서 그는 차 쪽으로 달려갔다.

올리버는 일본 사람이 저택을 늦게 비워 준다고 욕을 했으나, 그 일본인은 일본으로 떠나고 올리버는 이사 가서 거창한 파티를 열 준비를 하고 마을에서 최고의 사교 클럽을 가지려 했다. 이것은 카를로스 퀸토에 있는 그의 적들에게 독을 뿌리기 위한 작전이었다. 몰턴은 그를 도와 손님들의 명단을 작성하고 초대장을 오랜 거주자들에게 발송했다. 많은 하찮은 인간들이 그의 번거로운 파티에 나타났다. 그가 파티를 연다는 것은 널리 알려졌으며, 한동안 그래 왔었다. 재무성 감독관 한 사람이 마을로 찾아왔다. 그는 신분을 숨기지 않고 요란스럽게 농담을 하면서 자기가 누구란 것을 말했다. 그는 일라리오의 줄로 엮은 의자에 버티고 앉아 휴일이나 된 듯이 맥주를 마시기도 하고 킨카주에게 땅콩을 먹이기도 했다. 스텔라와 함께 정장을 하고 광장을 걸어가면서 그는 무관심한 체했다. 그가 침착하려고 하면 할수록 더욱 상황이 어려워졌다. 그래서 나는 그에게 미안함을 느꼈다. 스텔라는 겁을 먹고 있었다. 그녀는 때때로 자기가 이 일에 대해서 얘기하고 싶어 하는 걸 내게 이해시키려고 애썼다. 내가 그녀와 함께 그녀의 어려움을 같이 얘기한다는 것은 자연스럽다고 생각했다. 그러나 그럴 기회가 전혀 없었다. 올리버는 그녀를 대단히 가까이에서 감시했다.

나는 몰턴에게 말했다.

"왜 그들은 올리버를 만나려고 하지? 사태가 심각한 것이 틀림없어. 아니면 워싱턴에서 사람을 보내지 않았겠지."

"찾아온 녀석은 수입 세금을 포탈했다고 했지만 더 큰 사건임에 틀림없어. 올리버는 허영심 많은 바보지. 그러나 그 같은 사고를 저지를 만큼 바보는 아닐 텐데. 상황은 좀 더 어려운 모양이야."

"가엾은 올리버!"

"그는 바보야."

"아마 그럴지도 모르지. 그러나 근본적으로 한 사람의 인간으로서 말이야."

"오, 근본적으로."

그는 생각에 잠겨서 말했다. 그러나 그다음에 그는 생각에서 벗어나려는 듯이 말했다.

"근본적으로 그는 역시 바보지."

그러는 동안 올리버가 어떻게 행동하며, 침착하려고 얼마나 애쓰는가를 본다는 건 엄격할 만큼 교훈적이었다. 그러나 항상 그는 평범한 일에 자제력을 상실했다. 어느 날 오후, 그는 루이푸와 싸움이 붙었다. 루이는 스페인풍과 중국풍의 잡담을 늘어놓는 괴상한 성격에다 아주 인색한 늙은이였다. 내 생각으론 굶주린 중국 대륙에서 그는 거름을 주어 곡식을 거둔다는 게 뭔지 아는 사람 같았다. 그래서 사람들이 먹다 남은 술을 병에다 도로 붓는 것이 그에겐 문제 되지 않았다. 쑥 들어간 가슴은 고리가 많이 달리고 회색 매듭이 있는 스웨터로 덮여 있었고, 함석으로 만든 카운터에서 전날 남은 오렌지주스를 아이스박스에 쏟았다. 올리버가 그를 움켜잡고 얼굴을 갈겼다. 끔찍한 일이었다. 루이는 비명을 질렀다. 그의 가족은 격분해서 고함쳤다. 우리 이방인들은 카드 게임을 하다 깜짝 놀라 일어났다. 경찰이 정문에서부터 빙 둘러쌌다. 나는 구슬 커튼 사이로 스텔라의 손목을 잡아끌어 가게 옆으로 데려왔다. 그곳은 포목점이었다. 거리에 나섰을 때, 한 무리의 사람이 밖으로 나와 체포된 사람들 뒤를 따라 시청과 재판소 쪽으로 가는 걸 봤다. 루이의 눈은 이미 큰 멍으로 덮였고 소리를 질러대서 목소리는 꽉 잠겨 있었다. 올리버는 기타 치는 멕시코 소년 중의 한 명을 통역자로 두었다. 그의 변명에 의하면 루이가 한 짓은 아메바성이질 때문에 매우 위험하다는 것이다. 올리버는, 자기는 공중위생을 보호하고 있다고 주장하는 수밖에 없었다. 판사는 이질에 대한 이런 무책임한 소문을 듣자 곧 손을 내리쳤다. 그는 뚱뚱하고 땅딸막했으며, 원형경기장에 내보낼 황소를 사육하는 사람 같았다. 마치 실업가의 왕자처럼 법정에서 모자를 썼다. 이 검은 세력가가 말이다. 그는 엄청난 벌금을 부과했으나 올리버는 즉시 벌금을 치렀다. 또한 즐거운 듯하고 정정당당해 보였다. 스텔라는 이것을 어떻게 생각했던가? 레이스 달린 소매 없는 드레스를 입고 모자를 쓰고 불안한 눈을 하고는, 자신에게 어떤 불행한 일이 생겼는가를 봐달라고 내게 호소했다. 마을에 오래 머물면서도, 나는 마을이 요구하는 문제점을 생각해 보지 않았다. 그녀는 오후에 루이 푸 집의 포커 게임에 우아한 드레스를 입고 올 필요가 있었던가? 그런 드레스 외에는 다른 옷이 없었고, 올리버가 그녀를 데리고 온 적이 있는 그런 곳 외에는 방문할 곳이 없었기 때문이리라. 그것은 이상한 일이었다. 그녀는 말했다.

"근간에 당신에게 얘기할 게 있어요. 급히 말예요."

그러나 지금은 그럴 때가 아니었다. 올리버가 우리와 함께 있고 몰턴과 이기에게 여러 독특한 일을 얘기하고 있었다. 가령 "난 세계 각국의 법정에 가본 적이 있어요." 하거나, "그들은 트로츠키의 추종자들 주변에 아무튼 나쁜 전염성균이 없다고 계속 속일 수는 없어요." 또는 "그 늙은 황인종 바보 같은 녀석에게 적어도 훈계를 한 셈이지요." 하는 등의 얘기였다.

이것을 들을 때 나 자신이 매우 이상하게 느껴졌다. 붕대를 감은 채 카드를 쥐고 호주머니에 각국 화폐를 가진 내가 말이다. 내 심장은 가슴에 꽉 밀착됐으나, 납작한 샌들을 신은 발은 자유로웠다. 나는 마치 접신학자(接神學者), 즉 그런 종류의 사람들이 가지고 있는 환상을 보는 사람 같았다.

저녁 식사 때 테아가 물었다.

"마을에서 소란이 벌어졌다고 하던데요. 당신도 거기에 끼었었나요?"

나는 그 말에 신경 쓰지 않았다. 왜 그녀는 그것을 그런 식으로 말해야 하는가? 그녀에게 얘기해 주었다. 오히려 사실을 약간 바꾸어 들려주었다. 어쨌든 그녀는 찡그렸다. 스텔라에 관해 얘기했을 때 나는 스텔라가 올리버와 사랑에 빠졌다고 말하고 싶다는 것을 깨달았다. 테아는 나를 믿지 않았다.

그녀가 말했다.

"오기, 왜 이곳을 떠나지 않지요? 적어도 지금이 제철인데요. 이 사람들로부터 떠나요."

"어디로 가려는 거지?"

"칠판징고로 가려고 생각했어요."

칠판징고는 열대지방의 마을이었다. 그러나 나는 기꺼이 가려 했고, 갈 것이다. 그러나 나는 그곳에서 무얼 할 것인가?

"그곳에는 재미있는 동물들이 있어요."

그녀가 말했다.

그래서 나는 회피하면서 대답했다.

"글쎄, 곧 그곳에 가고픈 생각이 들겠지."

"당신은 건전지가 다된 것처럼 보이는군요. 그러나 그런 생활을 계속할 때 어떻게 다른 것에 관심을 기울이기를 기대할 수 있나요? 이곳에 오기 전에는 술 한잔 마시지 않았잖아요."

"그럴 이유가 없었지. 지금도 많이 마시지는 않아."

"그렇지 않아요."

그녀는 원망하듯 말했다.

"당신은 실수할 정도로 마시고 있어요."

"우리의 실수겠지."

나는 그녀의 말을 고쳤다.

우리는 저녁 식탁에 앉아서 번민과 실망과 분노의 어두운 그림자에 싸여 있었다. 오랜 생각 끝에, 나는 그녀에게 말했다.

"당신과 함께 칠판징고로 가겠어. 어느 누구보다 당신과 함께 있는 게 좋으니까."

그녀는 전보다 더욱 따스하게 바라봤다. 나는 우리가 칠판징고에 가서 뱀 사냥 대신에 할 일이 있을까 하고 생각했다. 그러나 그녀는 그것에 대해 언급하지 않았다.

누구나 자기가 살고 있는 세계를 창조하려고 한다. 그러나 현실세계는 이미 창조됐으며 자신의 구성이 이 현실세계와 일치되지 않고, 자신은 고귀하며 현실이라고 불리는 것보다 더 좋은 것이 존재한다고 주장한다면, 그 더 좋은 것이란 사실상으로는 매우 놀랄 만한 것을 능가하지 못한 것이다. 왜냐하면 우리는 그런 것을 거의 알지 못하기 때문이다. 행복한 상태에 있다면 그것이 놀랄 만한 것이고, 불행이나 비극일지라도 결국은 우리가 만들어 낸 것보다 더 나쁘지는 않으리라.

## 18장

 이리하여 나는 테아와 함께 칠판징고로 내려가기로 했다. 우리가 서로 감사한 마음을 보인 것은 순간적이고 지극히 짧은 동안이었다. 그녀가 엄격함을 누그러뜨렸다는 것에 나는 감사했다. 그녀는 여전히 나의 사랑을 받고 있는 것에 행복해했다. 그래서 올리버의 집들이가 있던 날 밤 그녀는 "집이 어떤가 가서 봐요." 하고 말했다. 그녀가 내게 무언가를 해주려는 것을 이해했다. 내가 그곳에 가고 싶어 했기 때문이다. 정말 가고 싶었다! 내 선량한 의도를 입증하기 위해 이틀 동안 내내 집에 있었으므로 가고 싶어 미칠 지경이었다. 나는 그녀를 주의 깊게 바라봤다. 자신의 제안을 밀어부치려고 계속 미소를 띠고 있었다. 하는 수 없지, 제기랄, 가보자!

 나는 이 사람들, 아니 불완전한 인간성을 지닌 대부분의 사람들에 대해 테아가 어떻게 생각하는지 지금에야 알겠다. 그녀는 그들을 참을 수 없었다. 그녀의 괴팍함은 결국 그녀가 다른 종류의 인간성을 제안한다는 것이다. 어떤 것도 사람들이 이상적인 상태를 요구하는 걸 막지 못한다고 생각한다. 어떤 것으로부터

제지 당하는 일은 극히 드물다. 테아의 기준은 높았으나, 마음대로 높였다고 해서 무조건 비난받을 수는 없다. 그녀가 어떤 특정 인물에 대해 내게 얘기할 때, 경멸하기보다는 놀라기 때문이었다. 그녀는 투쟁해야 할 사람에게 겁을 먹었으며, 내가 말하던 평범한 위선이라는 것, 즉 사회라는 기계가 우연하게 내뿜는 가냘픈 호흡도 그녀에게는 무서울 정도로 어려운 것이었다. 탐욕이나 질투, 지나친 자기도취, 증오와 파괴, 기만, 고뇌 등에 대해서 그녀는 관대하지 않았다. 나는 그녀가 모임에서 정말 위험한 방법으로 눈을 돌리리라고 생각했다. 그녀가 가고 싶어 하지 않은 걸 알았다. 그러나 나는 가고 싶었다. 몹시 가고 싶었다. 내가 뱀들을 참을 수 있듯이 그녀도 나를 위해 단 하룻밤 정도는 참을 수 있으리라고 생각했다.

나는 좋은 옷으로 갈아입고, 머리의 터번을 풀고, 면도한 곳에 반창고만 붙였다. 테아는 이브닝드레스를 입고 검은 비단 숄을 걸쳤다. 그러나 우리가 도착한 걸 주의해 보는 사람은 없었다. 그렇게 건달들이 모인 파티는 본 적이 없었다. 별장에 도착했을 때, 우리는 통로를 뒤덮은 인파 속에 싸여 있었다. 가장 놀랄 만한 남녀 건달패들, 제일가는 타락한 인간들, 비굴한 인간, 호모섹스의 남자들, 멍청이들, 그리고 술병을 핥으면서 마시고 떠들어대면서 종점이나 변두리로 돌아다니는 악명 높은 건달들을 보았다. 올리버가 정부의 수배를 받은 것은 비밀이 아니었고 이번이 마지막 파티이기 때문이었다. 아마도 테아만이 이 마을에서 무슨 일이 일어나는지를 몰랐을 것이다.

몇몇 손님은 술병을 들고 정원에 누워서 곯아떨어질 참이었고, 이미 술에 만취된 자들도 있었다. 정원의 일본꽃들은 짓밟혔고, 테킬라 빈 병들이 연못에 떠다녔다. 손님들은 촛대로 얼음덩이를 깨뜨리고 컵을 서로 잡아챘다. 뜰에선 세낸 오케스트라단이 연주했고, 술 취한 친구들이 춤을 추었다. 테아는 즉시 떠나기를 원했으나 그녀가 떠나자는 말을 했을 때에 나는 오렌지나무 옆에서 스텔라를 보았다. 그녀가 작은 신호를 보내서 나는 그녀에게 가서 얘기하지 않을 수 없었다. 나는 매우 열렬했다. 우리가 도착하자마자 테아가 가자고 잡아당기는 바람에 화가 난 나는 그녀를 쳐다보지도 않았다. 만찬용 재킷에 여전히 짧은 바지를 입은 몰턴이 그녀에게 춤을 청하자, 나는 곧 그녀를 인계했다. 몰턴을 싫어한다던 그녀의 감정은 과장된 것이리라 생각했고, 또 그와 함께 한두 번 춤을 춘다고 해도 그녀에게 별일은 없으리라 생각했다.

올리버가 재판을 받고 또 스텔라가 내게 할 얘기가 있다고 한 후로 나는 줄곧 마음이 설레고 들떠 있었음을 지금에야 깨달았다. 나는 그렇게 흥분한 이유를 몰랐다. 그러나 그건 내가 맡을 역할이었고 연극은 내게 주어졌다. 그래서 나는, 뜰에서 춤추고 있는 테아가 내게 떠나지 말라고 애원하고 또한 화가 났다는 걸 알면서도 그녀를 피했다. 그러나 그것이 정말 그녀를 마음 상하게는 안 했을 것이다. 그리고 나는 이에 대해 다른 것을 찾아보려고 했다. 나는 나 자신의 경우보다는 다른 것을 명확하게 볼 수 있었다. 그래서 칠판징고로 가는 것이나 그곳에 맹목적으로 깊이 나 자신을 던지는 것에 대해 느꼈던 막연함과 무능력 때문에, 나의 의사를 명백히 하고 능동적인 자세를 취할 태도가 아직 내게 있다고 믿을 수 있는 기회가 필요했다. 나는 마음의 동요를 느낄 것이라고 단순히 생각했다. 그런데 아무런 일도 일어나지 않았다. 나는 아름다운 여자와 허심탄회하게 얘기하려 했다. 그런 여자가 자기 같은 계층의 남자에게 자연스럽게 도움을 청할 것이란 것이 자화자찬이라 해도 나를 크게 기쁘게 했다. 나는 낙마해서 얼굴을 다쳤다는 사실을 잊어버리고 얼굴을 들여다봤다. 그와 같은 일은 잊기 쉬운 것이다. 그러나 내가 마지막으로 멀리 떨어져서 단둘이서 얘기하자는 요청을 받았던 것은 소피 게라티스였다. 그때 우리는 서로 팔을 잡았다. 나는 그것을 어떻게 생각했었던가? 그러나 내 마음속의 퇴행적이고 복잡하고도 미친 말파리 같은 것이, 나는 전혀 생각지도 않던 투명한 사탕과도 같은 이런 아름다운 여자에 대한 사랑으로 미칠 듯이 호들갑을 피우게 만들었다. 물론 나는 무척 심각했다. 나는 그녀가 곤경에 처해 있음을 알았다. 그러나 그녀가 나를 상담역으로 택하고 도움을 청한다는 것은—도움을 청하는 일 말고 달리 할 수 있는 게 있었겠는가?—그녀가 내게 친절을 베푸는 것이나 마찬가지였다. 내게 말 한마디 하지 않더라도 나는 어떤 의무감을 느꼈다.

그녀는 내게 말했다.

"마치 씨, 당신이 도와주리라고 생각해요."

이 말에 나는 곧 압도되었다.

"아, 물론이죠. 내가 할 수 있는 일은 모두 해드리겠습니다."

나는 도와주고 싶은 마음에 전율을 느꼈다. 사고는 희미해졌으나 피는 끓어올랐다.

"그렇지만 제가 뭘 도와드릴 수 있겠습니까?"

"형편이 어떤가를 말씀드리는 편이 더 낫겠군요. 어쨌든 먼저 이 군중들을 빠져나가요."

"그러죠."

나는 주위를 둘러보면서 대답했다. 내가 올리버를 찾는 줄 알고 그녀가 말했다.

"그는 이곳에 없어요. 반 시간 동안은 오지 않을 거예요."

그러나 그만큼 더 내 생각을 괴롭힌 것은 바로 테아였다. 스텔라가 내 손을 잡고서 나무숲으로 더 깊이 끌고 가자, 그녀의 감촉이 팔을 통해 전신으로 번져옴을 느꼈다. 그녀와 함께 가면서도 결과에 대한 초조한 마음은 좀처럼 줄어들지 않았다. 도둑질을 했을 때도 이러지는 않았다. 나는 올리버에 대한 진상을 듣고 싶은 호기심으로 가득했다. 하지만 그가 여태껏 생각했던 것만큼 중요한 존재가 아니란 것을 알았다.

그녀가 말했다.

"당신은 올리버를 체포하기 위해 이곳에 와 있는 정부요원에 대해 알아야 합니다. 누구나 알고 있죠. 그가 왜 이곳에 머무는지 알고 있나요?"

"모릅니다. 왜죠?"

"이탈리아 정부에서 들어온 돈으로《윌모트 위클리》잡지사를 샀지요. 그 일을 한 사람은 뉴욕에 있었어요. 그의 이름은 말피타노라고 하는데, 잡지사를 사서는 올리버를 편집장으로 채용했어요. 중요한 인쇄물들은 로마에서 계획된 것이었는데, 이 말피타노라는 자가 두 달 전에 체포됐어요. 그래서 우리는 돌아갈 수 없는 거랍니다. 왜 그가 체포됐는지는 모르지만 당국에서 올리버를 체포하려고 정부요원을 보냈지요."

"왜 그럴까요?"

"이유를 모르겠어요. 난 그저 오락 세계나 알고 있을 뿐이에요. 어떤 기사가《버라이어티》에 왜 실렸는가는 설명할 수 있지만요."

"아마도 이 이탈리아인에 대해 불리한 증거를 대기 위한 것이겠죠. 최선책은 그가 돌아가는 것이라고 생각되는군요. 올리버는 한 정부와 다른 정부 사이의 차이점도 볼 줄 모르는 구식 저널리스트에 불과하니까요."

그녀는 내 말을 오해했다.

"그는 그렇게 늙지는 않았어요."

"그는 흥정하고 또 증언하기 위해 돌아가야만 하는 것입니다."

"그의 의도는 그게 아니에요."

"아니라고요? 그럼 그가 도망가려는 것은 아니겠죠? 어딥니까?"

"말할 수 없어요. 정당한 짓이 아니거든요."

"남아메리카입니까? 도망갈 수 있다고 생각하면 어리석은 짓입니다. 그들이 추적하면 일은 더욱 심각하게만 될 겁니다. 이런, 그는 조무래기이군요."

"아니, 그는 그 일이 아주 심각하다고 생각해요."

"그럼 당신은 어떻게 생각하십니까?"

"나는 충분히 생각해 왔어요."

그녀는 말했다. 그녀는 눈물을 글썽거리며 쳐다보았다. 그 눈빛 속에서는 정원에서 비쳐 오는 등불들이 그녀가 말하고자 하는 의미로 변하고 있었다.

"그는 나와 함께 가기를 원해요."

"안 됩니다! 과테말라나 아니면 베네수엘라로 말입니까? 어디로?"

"내가 당신을 믿는다 해도 그 말은 하고 싶지 않습니다."

"그러나 왜 그렇게 가야 합니까? 그가 돈을 빼돌렸습니까? 아니, 그럴 리 없어요. 어디로 가서 일자리도 없이 고생하게 되겠죠. 아마도 그는 당신이 매우 사랑해 주기를 원할 겁니다. 당신은 어떻죠?"

"오, 그렇게 사랑하지는 않아요. 결코."

그녀는 마치 알아내고 싶어 했던 정도가 바로 그것인 것처럼 말했다. 그녀가 자신의 인격을 나타내기 위해서라도 그를 얼마간 사랑한다고 말해야 할 텐데. 오, 불쌍하고 뼈만 앙상하며 얼간이 같고 허황된 도주자 같은 올리버! 나는 돈, 자동차, 사랑 등에 대한 가상적인 행운이 모두 무너지는 걸 보고 가볍게 동정했다. 나는 그녀가 배은망덕하다는 걸 눈치챘으나, 그녀를 의심할 것을 오랫동안 볼 수 없었다. 북적대는 파티에서 나와 숲 속에 몸을 감추고 그녀 앞에 선 나는, 내 성격의 중대한 특징인, 저항할 수 없는 그 무엇이 일어났다고 느꼈다.

그녀가 말했다.

"파티는 관심을 다른 곳으로 돌리려는 전술에 불과해요. 그는 차를 숨겨 놓으러 나갔어요. 나를 데리러 다시 돌아올 겁니다. 순경들이 우리를 잡을 준비가 됐다더군요."

"오, 그는 어리석군요."

나는 다시 확신하며 말했다.

"그는 빨간 컨버터블 자동차를 몰고 얼마나 갈 수 있으리라고 생각하는 거죠?"

"아침이 되면 차를 버리려는 거예요. 그는 정말 심각해요. 총도 가졌고 이제는 약간 돌았어요. 오늘 오후에 총으로 나를 겨누었답니다. 내가 배반했다는 거예요."

"불쌍한 바보! 그는 자기가 거대한 조직체의 도망자나 되는 것처럼 생각하는군요. 당신은 도망쳐야만 할 겁니다. 어떻게 이런 함정에 빠지게 됐습니까?"

이런 질문은 어리석었다. 그녀는 내게 말할 수 없었던 것이다. 인간은 인생의 어떤 행로에 대해서는 추측할 수도 있고, 아니면 전혀 얘기를 들을 수 없기 때문에 모를 수도 있다. 그것은 어리석은 짓이었다. 그때 나는 잘못된 많은 일들이 얘기되고 행해지는 걸 알았다. 그러나 알고는 있으면서도 막을 수는 없었다.

"글쎄요, 그를 꽤 오래 알아온 셈이에요. 그는 호감형이고 돈도 많았죠."

"오, 알겠어요. 내게 얘기할 필요 없습니다."

"당신도 나와 같은 처지로 멕시코에 오지 않았나요?"

그녀가 물었다.

이것이 바로 우리가 공통점이 있다고 그녀가 생각하는 점이었다.

"사랑했기 때문에 왔죠."

"그렇겠죠, 그녀는 그렇게 사랑스러우니 물론 경우가 다르겠죠. 하지만 같은 셈이잖아요."

그녀는 재빠르고 솔직하게 말했다. 나는 그녀에게 그런 면이 있으리라는 것을 알고 있었다.

"집도 그녀의 것이고, 모든 것이 그녀 소유지요? 당신 것은 무엇이죠?"

"내가 뭘 가지고 있느냐고요?"

"당신은 아무것도 가지고 있지 않죠?"

물론 나는 내가 돈 문제에 대해서 생각해 본 적이 없는 것처럼 가장하고 그녀와 다툴 만큼 위선자가 되려는 것은 아니었다. 내가 긁어모은 온갖 빛깔의 외국 화폐들, 내가 딴 이 돈들은 뭐란 말인가? 러시아 루블까지도 노름판에 나왔다. 이 돈 때문에 코사크 가수들을 나무랐다. 돈 문제를 계속 염두에 두어왔으니 걱정할 필요는 없었다. 좋다. 이제 나는 그녀가 하는 말의 뜻을 알았다.

"가진 게 있습니다. 당신이 도망칠 수 있는 자금을 빌려줄 수 있습니다. 당신은 돈은 한 푼도 가지고 있지 않습니까?"

대화를 하는 이 순간, 우리는 서로를 대단히 긴밀하게 이해했다.

"나는 뉴욕에 은행 예금이 있지만 무슨 소용이 있겠어요? 당신이 빌려주는 페소 대신에 수표를 드리겠어요. 바로 사용할 수 있는 현금은 없어요. 멕시코시티로 가서 웰즈파르고에서 은행으로 전보를 쳐야만 해요."

"아니요, 수표를 원하지 않습니다."

"부도는 나지 않을 거예요. 염려할 필요 없어요!"

"아뇨. 당신 말을 그대로 믿습니다. 내 말은 수표를 줄 필요가 없다는 뜻입니다."

"당신이 나를 멕시코시티까지 데려다 줄 수 있는지를 물어보려고 했어요."

비록 내가 그런 일을 하리라 생각하지 않았지만, 내가 예상했던 말이었다. 그런데 그 말이 내게 떨어지자, 무언가 나에게 충격을 주었다. 운명이 나를 스쳐 가듯 내 몸에 전율이 퍼졌다. 내가 원하는 것을 항상 끌어내려고 한다는 사실을 인정하자. 하지만 사람들은 어떻게 그걸 그렇게 신기하게도 공급할 수 있는가?

"물론, 물론이죠. 어떻게 그런 생각을 했죠?"

나는 그것을 그녀를 위한 계획이자 나와 관련된 제안으로 생각하면서 말했다. 파티장에서 들리는 고함 소리, 외치는 소리는 컸고, 우리가 있는 오렌지숲은 추수하는 들판의 마지막 이랑처럼 좁았다. 언제든 술 취한 방해자나, 열에 달아오른 남녀들이 우리에게 불쑥 뛰어들 것만 같았다. 나는 빠져나가 테아를 찾아봐야만 한다는 것을 알았다. 그러나 먼저 이 일을 해결해야만 했다.

나는 말했다.

"내 의견을 물어볼 필요는 없어요. 어떻든지 당신을 도와드리겠습니다."

"당신은 자신을 앞지르고 있어요. 당신을 비난하는 것은 아니지만, 사실 그래요. 당신이 도와주지 않는다면, 어쩌면 기분이 나쁘겠죠. 그러나…… 나는 내가 이런 곤경에서 피할 수 있는 최선의 방법을 생각할 정도로 허황된 여자는 아니에요. 당신은 나를 알지도 못하잖아요. 지금 나는 미쳐버린 이 불쌍한 사람에게서 도망쳐야겠다는 생각뿐이에요."

"미안합니다. 사과하죠. 쓸데없는 소리를 했군요."

"오, 그럴 필요 없어요. 우리는 이곳이 어떤가를 알고 있습니다. 아주 잘 알고 있지요. 내가 때때로 당신을 찾고 있었다는 것은 인정해요. 그리고 당신을 생각해 왔죠. 그러나 당신이나 나는 타인들이 항상 자기네들 계획에 끌어들이려고 하는 그런 종류의 사람이죠. 그러니 우리가 누군가를 따라 행동하지 않는다면 어떻게 될까요? 그러나 지금은 그런 일에 말려들 시간이 없어요."

그녀의 말에 나는 크게 반응했다. 그녀가 측은하게 느껴졌다. 그녀가 수년간 말없이 나를 쫓아다녔던 진리를 평범하게 깨우쳐 준 것에 감사했다. 나는 타인들의 계획에 끌려다녔다. 이 말을 들으며, 여러 요소들 중에서 내 수입으로 나를 판단하지 않는 여자가 있다는 데 주목했다. 나는 인정했다. 내가 가진 건 진실에 대한 감정이었다. 바로 진실. 왜냐하면 타인들의 판단에 의해 짓밟히는 것에 이제 이력이 났기 때문이다. 그뿐이었다.

그런데 우리는 이 얘기를 더 할 시간이 없었다. 올리버가 곧 돌아올 것이다. 그는 그녀의 물건을 싸 가지고 갔다. 그녀가 몰래 감춰둔 몇 가지 물건들을 제외하고서.

"들어봐요. 당신을 멕시코까지 데려다 줄 수는 없어요. 내가 할 수 있는 일은 당신을 마을 밖으로 내보내는 겁니다. 그곳은 안전할 거예요. 조칼로에 있는 왜건 차 옆에서 만납시다. 올리버는 어느 쪽으로 갔나요? 나를 믿으세요. 나는 그가 체포되는 걸 보고 싶지 않습니다. 그럴 이유도 없고요."

내가 말했다.

"아카풀코로 가고 있었어요."

"좋아요. 그럼 우린 다른 길로 가면 됩니다."

그래서 그는 아카풀코에서 배를 타려고 하는구나. 오, 불쌍한 바보 녀석! 아니면 과테말라로 가는 정글 속으로 뛰어들려는 걸까? 그렇게 부드러운 머리를 하고서. 인디언들이 얼룩덜룩한 경기용 구두 때문에 그를 죽이지 않더라도 피로 때문에 죽을 거야.

나는 서둘러 테아를 찾았다. 이기의 말로는 그녀가 몰턴을 무도장 한가운데 버려두고 갔다는 것이다.

"그녀는 상당히 울적하던데."

이기가 말했다.

"우린 자네를 찾았어. 그녀는 자기는 아침에 칠판징고로 아주 떠나겠다고 전해 달라더군. 흥분해서 부들부들 떨던데. 볼링브룩, 자네 어디에 있었던 거야?"

"나중에 얘기하지."

나는 조칼로로 달려가 왜건 차 문을 열었다. 스텔라가 곧 도착해서 차를 탔다. 나는 자동차 클러치를 밟고 시동 키를 비틀었다. 차를 사용하지 않아서 배터리가 약했다. 엔진은 돌았으나 시동이 걸리지 않았다. 배터리가 더 닳지 않도록 나는 초조하게 크랭크 쪽으로 갔다. 그걸 돌리자 많은 사람들이 구경하러 모여들었다. 인생을 남몰래 감시하러 멕시코 광장에 언제나 나타나는 사람들 말이다. 크랭크를 돌리느라 땀이 난 나는 분노에 차서 사람들에게 "저리 가! 빌어먹을 녀석들!" 하고 말했다. 그러나 경멸과 조소만 받았을 뿐이었다. 나는 내 옛날 명칭인 '독수리를 가진 외국인(el gringo del águila)'이라는 말을 들었다. 스테이트가에서 깡패 녀석이 나를 추적했던 때처럼 그들에게 살의를 품고 가슴을 라디에이터에 대고 신음 소리를 냈다. 스텔라는 몸을 피할 센스도 없었다. 나는 그녀에게 무슨 일이 생겼는지 보고 싸울 준비를 해야겠다고 생각했다. 구경꾼들이 그녀를 알아봤으니 때는 이미 늦었다.

"오기, 뭘 하고 있는 거죠?"

나는 테아가 칠판징고로 갈 짐을 싸기 위해 곧장 카사 데스퀴타다로 가기를 바랐는데, 그녀는 여기 있었던 것이다. 왜건 차에서 나를 둘러싼 군중들이 그녀를 오게 했다. 그녀는 스텔라를 봤다.

"그녀와 어디로 가려는 거죠? 그녀는 파티의 여주인공이죠? 왜 나를 거기에 혼자 버려뒀지요?"

"오, 당신을 버린 게 아니야."

"징그러운 몰턴에게 말예요. 아니라고요? 당신이 없었는데요."

나는 파티에서 그녀를 홀로 남겨 둔 것이 대단히 심각한 일인 척할 수 없었다.

"단지 몇 분 동안인데."

"그러면 지금 어디 가려는 거죠?"

"테아, 들어봐. 이 아가씨는 곤경에 처했어."

"그래요?"

"그렇다잖아."

스텔라는 차 밖으로 나오지도 않고 앉아 있었다.

"당신이 그녀를 구해 주려는 건가요?"

테아는 화를 내며 비꼬듯, 슬픈 표정으로 말했다.

"당신이 내게 뭘 원하는지 알 수 있어."

나는 말했다.

"하지만 이 일이 얼마나 급한지 당신이 이해 못 하기 때문이야. 게다가 스텔라는 위기에 처했다고."

나는 빨리 도망쳐야 한다는 생각으로 미칠 지경이었다. 이미 붙잡힌 듯한 기분이었다.

숄을 걸친 테아는 나를 응시했다. 잔인하게 용서를 비는 듯, 단호하기도 하고 연약해 보이기도 하는 등 모든 감정이 뒤섞인 눈빛이었다. 그녀는 자신이 서 있는 발밑에 중요한 법칙이 있다고 믿는, 보편 구제론자였다. 이것이 그녀를 떨게 했으나 그녀는 대담했다. 이 경우에 그녀에게서 뭘 기대해야 할지 몰랐다.

덧붙여 말할 것은 그녀도 미미처럼 사랑에 대한 이론가였다는 점이다. 단지 미미는 타인들이 그녀를 실망시킬지라도 스스로 모든 것을 해나가려 한다는 점에서 테아와 달랐다. 어쩌면 미미는 목격자나 장식물 이외에는 타인들이 필요치 않았을지도 모른다. 테아는 좀 더 잘 알고 있었다. 나는 여러 남자들, 특히 아인혼에게서 사랑에 빠진 광적인 여자에 대해 들어왔다. 즉 남자는 정력적인 몇 가지 일에 애착을 느낌으로써 한 가지에 집착하는 걸 피하는 반면, 여자들은 전 생애를 사랑에만 걸고 있다. 아인혼으로부터는 항시 진리의 일면을 얻을 수 있었다.

"사실이야. 올리버가 미쳐서, 오늘 그녀를 죽이려 했다는군."

나는 말했다.

"내게 뭘 주려는 거죠! 그런 연약한 바보 녀석이 누구를 해칠 수 있겠어요? 왜 당신이 그녀를 보호해야 하죠? 왜 이 일에 뛰어들게 됐죠?"

나는 참지 못해 논리에 맞지 않게 말했다.

"왜냐하면, 그녀가 나더러 자기를 마을 밖으로 데려다 달라고 했으니까. 멕시코시티로 가려고. 이곳에서는 버스를 탈 수가 없거든. 경찰이 그녀를 잡을지도 모르고."

"그렇다면, 당신 처지는 어떻게 되는 거죠?"

"당신도 알잖아? 그녀가 내게 부탁했다는 걸!"

"부탁했다고요? 부탁받기를 원했기 때문이겠죠?"

"아니, 어떻게 내가 그럴 수 있겠어?"

"내 뜻을 모르는 것처럼 얘기하는군요! 당신이 여자들과 함께 있는 걸 보아왔어요. 아름답거나 아니거나 여자가 지나가면, 당신 모습이 어떤지 알아요."

나는 "글쎄······." 하며 그런 건 평범한 일이라고 말하려 했다. 대신에 "동부에 있던 남자들, 그 해군 장교와 다른 사람들에 대해서는 어떻게 생각하는데?" 하고 말하려 했으나 참았다. 지금은 일 분을 다투는 순간이었다. 이런 논쟁이 마치 신약성서인 양 귀를 기울이는 멕시코인들의 얼굴을 본 것이 기억난다. 나는 말했다.

"왜 이렇게 행동하는 거야? 그녀가 위험에 처해 있다는 내 말을 받아드릴 수 없는 거야? 여느 때와는 달리 내가 뭔가 할 수 있게 내버려 둬. 다른 일은 나중에 우리끼리 처리할 수 있잖아."

"올리버 때문에 이렇게 서둘러야 해요? 이곳에서는 그녀를 보호할 수 없나요?"

"그는 위험하다고 말했잖아!"

나는 내 정신이 아니었다. 참을 수 없었다.

"그는 그녀를 끌고 달아나려 한단 말이야."

"오, 그녀가 그에게서 도망치려 하고 있군요. 당신은 그녀를 돕고요."

"그만둬!"

나는 고함치곤 소리를 낮춰 말했다.

"내 말을 이해하지 못해? 왜 그리 고집이 센 거야?"

"제발, 꼭 가야 한다면 가요. 왜 나와 다투는 거예요? 내 허락을 기다리나요? 허락을 받지 못할 것 같아서 당신은 지금 되지도 않는 말을 하고 있어요. 그녀가 원치 않는다면 그녀와 꼭 갈 필요는 없잖아요."

"맞았어, 갈 필요가 없지. 그렇지만 난 그녀가 도망치는 걸 돕는 거야."

"당신이? 올리버가 그녀를 데리고 가지 않는다면 당신은 기쁠 텐데……."

나는 크랭크 쪽으로 허리를 구부리고 그것을 샤프트에다 끼웠다.

"오기, 가지 마요! 내 말 좀 들어요. 우린 칠판징고로 갈 예정이었잖아요. 그녀를 집에 데려가죠. 올리버는 그곳에 와서 우리를 괴롭히진 않을 거예요."

"안 돼. 이건 내가 이미 작정한 일이야. 약속했어."

"오, 당신은 마음을 고쳐먹고 올바른 말을 하는 걸 부끄러워하는군요."

"그럴지도 모르지. 당신이 더 잘 이해할지는 모르지만, 나를 막진 못할 거야."

"가지 마요! 제발!"

나는 그녀에게 몸을 돌리며 말했다.

"함께 가자. 그녀를 큐에르나바카까지 데려다 주고 서너 시간 내로 돌아올 수 있을 거야."

"싫어요, 따라가지 않겠어요."

"그러면 나중에 보지."

"오기, 누구든 당신에게 약간만 아첨하면 당신으로부터 원하는 걸 얻을 수 있어요. 전에도 내가 말한 적이 있잖아요. 그게 지금 나를 어떤 처지에 놓이게 했죠? 나는 당신을 따라다녔고, 즐겁게 해주었어요. 그러나 세상 누구보다 더 아첨할 순 없어요."

그녀의 말은 내 마음을 찔렀고 찌르는 만큼 괴로웠다. 내가 이것 때문에 오랫동안 피를 흘리리라는 걸 알았다. 나는 크랭크를 힘껏 돌렸다. 엔진이 돌아가자 운전대로 올라갔다. 헤드라이트 불빛에 테아의 드레스가 보였다. 그녀는 가만히 서 있었다. 내가 무슨 짓을 하는가 보려고 기다리는 것이리라. 욕심 같아선 뛰어내리고 싶었다. 그러나 차는 이미 자갈길에 접어드는 중이므로 멈출 수 없다. 그것은 기계의 경우 흔히 일어나는 일이었다. 약간 미심쩍기는 하나 결심을 하고 차를 몰았다.

큐에르나바카로 가는 길로 방향을 틀었다. 가파른 오르막길이었으며, 컴컴하고 험했다. 우리는 마을 위쪽에 올라섰다. 마을은 둥근 분지 속에 등걸불처럼 자리 잡고 있었다. 나는 최고의 속력을 냈다. 많은 사람들이 광장에서 우리를 보았으니 올리버가 곧 사실을 알게 될 테니까. 스텔라는 큐에르나바카에서 택시 전세를 얻고 싶어 했다. 그 편이 버스 타는 것보다 나으리라. 버스는 정류장마다 서므로 올리버가 쉽게 따를 수 있을 것이다.

컴컴한 차도에서 속력을 내어 큐에르나바카를 향해 오르막길을 올랐다. 속력을 내어 지나온 컴컴한 공기와 오렌지 향기 속에서, 우리가 도망쳐 온 위험이 순간순간마다 작아지고 희미해지는 듯했다. 그 벼락출세한 녀석을 피해 길을 따라 차를 타고 오르자니 올리버가 테아의 생각대로 어리석은 녀석처럼 느껴졌다. 스텔라는 묵묵히 좌석에 앉아, 침착한 태도로 계기판 라이터로 담뱃불을 붙였다. 그런 그녀가 어떻게 올리버가 해를 끼치리라고 심각하게 생각할 수 있었을까 상상하기 힘들었다. 비록 그가 총으로 그녀를 위협했더라도 그건 일종의 공포에 질린 상태였으리라. 그녀는 그의 위협보다는 자신의 난경에서 도피하는 것이리라.

"길에서 불빛을 봤는데요."

그녀가 말했다.

그것은 우회하라는 신호였다. 나는 방향 표시판에 닿을 때까지 오래된 마차 바퀴 자국을 따라 천천히 갔다. 양쪽 방향으로 바퀴 자국이 나 있었다. 오른쪽으로 우회했기 때문에 왼쪽으로 향하게 되었다. 그것이 잘못이었다. 우리는 점점 좁아지는 길로 올라섰다. 차 밑에서 덤불과 풀이 바스락대는 소리를 들었으나, 뒤로 미끄러지는 것이 두려워 차를 돌릴 수 있는 넓은 길을 찾기 위해 계속 앞으로 몰았다. 드디어 차를 돌릴 만한 곳에 왔다. 커브를 너무 틀어 엔진이 헛돌았다. 그러자 왜건 차가 회전을 못했다. 나는 주의 깊게 클러치를 조금씩 밟아 기어를 반대로 넣었다. 그러나 변속 장치가 말을 듣지 않았다. 클러치에서 발을 떼자, 급정거를 하고 엔진이 꺼졌다. 너무 갑자기 서서 오른쪽 뒷바퀴에서 이상할 정도로 부드러운 촉감을 느꼈다. 차 밖에 나와 보니 바퀴가 깊은 계곡의 풀덤불 위에 있었다. 거리를 측정해 볼 수는 없었지만 상당히 올라온 셈이다. 50피트 이상 될 듯싶었다. 나는 땀에 흠뻑 젖어 재빨리 차문을 열고 스텔라에게 나지막이 "빨리!" 하고 말했다. 그녀는 이 말을 알아듣고는 살짝 빠져나왔다. 창문 속으로 손을 뻗쳐 바퀴를 돌리고 변속 레버를 다시 중심 위치로 끌어다 놓았다. 그러자 차가 몇 피트 굴러 내려가더니 산에 막혀 멈추었다. 이젠 배터리가 다 닳았고, 크랭크도 움직이지 않았다.

그녀가 물었다.

"밤새 여기 있을 건가요?"

"더 오래 있어야 할지도 모르죠. 테아에게 몇 시간 내로 돌아온다고 말을 했는데."

물론 그녀는 테아와 나와의 대화를 다 들었다. 이 사실은 굉장한 차이를 나게 했다. 오렌지숲에서 그런 얘기를 나눈 후 테아는 마치 스텔라와 내게 새로운 소개를 하는 듯했다. 내가 그토록 터무니없는 사람이며, 스텔라 또한 그렇게 절조 없는 여자란 말인가? 우리는 그 얘기는 하지 않았다. 스텔라는 지나치게 신경을 곤두세운 여자의 트집에 응해 봤자 소용없는 짓이란 것을 아는 듯이 행동했다. 테아가 나에 대해 한 말이 사실이라면, 그것은 내 몸 전체를 찔러대는 것임에 틀림없다고 나는 생각했다. 그리고 그것이 명백한 일이라면, 얘기할 것도 없으리라. 결국 허겁지겁 조바심하며 땀 흘리고 있는 동안, 한쪽은 서둘러 잇따라 오는 판국에 갑자기 한쪽 줄의 다리 기능이 마비된 노래기처럼 이렇게 산에 있다는 게 내심으론 유쾌하지 않았다.

"차 앞머리를 들어 곧장 세워줄 사람 두 명만 있다면, 굴러 내려가며 시동을 걸 수 있을 텐데."

"뭐라고요? 이런 라이트를 켜고도 굴러요?"

라이트는 엷은 노란빛이었다.

"어쨌든, 어디 가서 그 두 명을 구하죠?"

그렇지만 나는 도와줄 사람을 찾으러 큰 화살 표시가 끝나는 곳까지 내려왔다. 풀이 덮인 위로 내가 본 것이 별인지 민가의 불빛인지 알 수 없었다. 그게 뭔가를 곧 알아내려고 애쓰지 않는 편이 낫다는 걸 알고 있었다. 이 같은 곳에서는 마을에 이르기 전에 수많은 절벽이 있는 법이다. 그렇지 않으면 남쪽 하늘에 이르려고 애썼을지도 모른다. '남쪽 하늘'이라 말하는 건 백만 광년의 거리에서, 무섭게 떨고 있는 불과 익숙하려는 것이다. (그런데 왜 공간과 공간 사이를 불이 연결시켜야만 하는가?) 한편엔 절벽이 있었고, 또 한편엔 큰 용설란에서 다리를 무는 고약한 수련초에 이르기까지, 가시와 선인장들이 즐비했다. 또 동물들도 있었다. 우회 표시를 좇는 차가 한 대도 없었다. 그때 갑자기 다음에 오는 차가 올리버일 거라는 생각이 떠올랐다. 나는 그곳에서 그가 권총으로 나를 쏠 것을 기다리고 섰단 말인가? 나는 모든 걸 포기하고 왜건 차로 돌아갔다. 차 뒤에는 모포와 천막 반쪽이 있었다. 손전등으로 그것들을 찾으면서 내가 얼마나 이 자동차를 싫어했으며 그게 어떻게 나를 궁지에 처박았는가를 생각했다. 축축한 풀밭에 반쪽 천막을 친 뒤 웅크리고 조용히 앉아 있자니 가슴이 두근거리고 불안했다. 테아에 대한 걱정이었다. 그녀가 내게 걱정하도록 만든다는 것을 알았다. 그녀는 이 일을 결코 용서치 않으리라.

스텔라는 기온이 차기 때문에 지금 내 가까이에 누워 있다. 그녀의 머리와 얼굴에 바른 분냄새가 부드러웠다. 산속의 냉기가 향기를 약간 변질시켰나 보다. 나는 그녀의 체중을 느꼈다. 그녀의 엉덩이와 가슴이 부드럽고 무거웠다. 전에는 내 마음이 어떻게 움직였나를 얼핏 생각했지만 지금은 그런 막연함은 없었다.

만약 인적 없는 산속에 한 여자와 밤을 지새우게 된다면 거기에는 신비한 충동에 의한 단 한 가지 일이 있을 뿐이다. 혹은 그리 신비로울 것도 없으리라. 이와 똑같은 일에서 위험하게 되리만큼 많은 걸 해온 여자가 세상을 많이 알면 알수록 점점 그로부터 어떻게 벗어나는지 모르게 된다. 두 남녀가 몸을 섞었을 때 일어날 수 있는 위기 중 서로가 어떻게 하여 서로의 완전한 상대가 되는지 드러나는 첫 번째 어려움이 해결될 때까지 손쉬운 건 아무것도 없다고 생각했다. 마치 인생의 시련이 이루어져야만 남녀의 허식이 충족되듯이 말이다. 나는 생각한 걸 말하고 또 그렇게 했다. 꽤 많은 것을 말이다. 그러나 나는 이 여인에 대해서는 무섭게 몸이 달아올랐다. 그녀 역시 갑자기 나에 대해 숨가쁜 충동을 느끼고 흥분했다. 그녀의 혀는 내 입속에 있었고 내 손은 그녀의 옷을 끌어당기고 있었다. 어떤 다른 생각이 내게 일어나든지 아무런 차이점이 없었다. 그게 밖에서 오는 생각이라면 말이다. 밤의 냉기 속에 그녀의 어깨와 젖가슴, 그리고 내가 누르고 있는 후텁지근한 그녀의 열기가 나를 미치게 해서, 그녀의 모든 게 노출됐을 때 나는 이상한 소리를 냈다. 그녀는 내 귀에다 말을 빨리 하고 몸을 일으키며 나의 얼굴에 입을 맞추고, 유방을 한데 모아 자신의 몸을 마치 상을 주듯 내맡겼다. 남자들로부터 쾌감의 기교를 터득한 여자처럼 능숙한 기교를 보였다. 이건 그녀에게 있어 부분적으론 순진한 면이었다. 그런 일을 한 뒤부터 그녀는 행복하게 이따금씩 키스하면서 얘기하기 시작했다. 지난 파티에서 내가 그녀를 잘못 알아봤다고 내게 말해서, 내가 사과한 게 그녀를 웃겼다. 당시 내게는 그녀를 만난다는 게 성냥개비 하나의 무게밖에 안 되었다. 그처럼 가벼운 일인 줄 알았었다. 젖은 풀이 덮인 이 산 위에 우리를 함께 있도록 만든 필연성은 다른 모든 생각을 합친 것보다 더 컸다. 우리 모두가 그걸 알았다. 우리 셋 다 말이다. 가만히 생각해 보면 무슨 일에 복종한다는 건 분별없는 것이다. 테아는 내가 이런 일에 복종할 것을 예측했다. 마치 테아가 아무런 예측을 하지 않았더라면 이런 일이 안 생겼을 것처럼 말이다. 만일 그녀가 방해하지 않고 내게 어떻게 하라고 말하지 않았더라면, 나는 자존심 때문에 이렇게 괴로워하지는 않았을 거라고까지 잔인하게 생각했다. 그녀가 내 모든 일이 안 되도록 방해하려 했다는 건 내가 잘못 생각한 거였다. 그러나 필연성까지는 얘기하지 않더라도 이유를 내세울 수는 있었다.

스텔라와 나 사이에 다만 한 가지 진정한 문제가 지금 가능했다. 즉 우리 사이에 영속적인 어떤 게 존재한다는 게 가능하냐는 것이다. 그러나 나는 대체로 테아를 생각했다. 이걸 얘기할 수 없으면, 다른 어떤 본질적인 것에 대해서도 얘기할 수 없었다. 그러므로 우리는 본질적인 것에 대해서는 얘기하지 않았다. 테아가 한때 자기는 눈이 몹시 높다고 한 것 같다. 드디어 우리 두 사람은 침묵을 지켰다. 그러고는 잠잤다. 그게 얘기하는 것보다 더욱 친밀했다.

몇 년 후, 나는 팔마 드 마료르카에서 바르셀로나로 가는 만선에서 이와 비슷한 밤을 보냈다. 선실은 사람들로 가득 찼기 때문에 나는 갑판에서 잠을 잤다. 그곳에는 이른바 천민의 무리가 있었다. 두꺼운 무명 재킷을 입은 노동자들, 한집안 일가, 젖 먹는 어린애, 위가 약해 뱃멀미를 하는 젊은 여자들, 콘서티나를 타는 가수들, 갑판 화물 위에서 시체처럼 또는 보기 흉하게 다리를 축 늘어뜨리고 큰 배를 내놓고 누워 있는 노인들이 있었다. 질이 나쁜 석탄 더미에서 가루가 날아오는 습기 찬 슬픈 밤이었다. 보잘것없는 흰 제복을 입은 고급 선원들이 갑판 위에 누워 있는 자들을 밟고 지나갔다. 나는 내 코트를 텍사스에서 온 소녀와 나눠 덮었다. 그녀는 낯선 군중들 속에서 미국인을 찾고 있었다고 솔직히 말했다. 그래서 밤새 그녀는 내 곁에 누워 있었다. 바다의 핑크빛이 우리를 비추는 새벽, 추워서 몸을 움츠리는 그녀는 내게 스텔라를 몹시 생각나게 했다.

그 배의 아침 기상은 젖은 갑판 위에 있는 스페인인들이 소란 피우는 중에 이뤄졌다. 그런데 이곳에선 안개 낀 하얀 새벽 해가 비치고, 차가 충돌한 뒤의 고요처럼 화물 집하장같이 조용한 산의 정적 속에 잠을 깼다. 이따금 갑옷 입은 귀뚜라미가 여전히 떨리는 목소리로 울고 있었다. 푸르스름한 냉기가 바위에서 내려와 마을에서 피어오르는 연기와 뒤섞였다. 이런 목탄 냄새, 코에 익고 또 어떤 자에게는 즐거운 하루를 예고해 주는 바로 이 냄새는 내게 낯선 게 아니었다. 스텔라는 담요를 두르고 절벽 끝을 내려다보려 했다. 치솟은 절벽은 내 위장을 오그라들게 했다.

몇몇 인디언들에게 페소 은화 몇 개를 주자, 그들은 차를 고쳐 놓았다. 우리가 차를 밀자, 엔진이 걸렸다. 그래서 우리는 큐에르나바카로 갔다. 그곳에서 나는 가진 돈을 전부 그녀에게 주어 멕시코로 보내기 위해서 차를 한 대 세냈다. 그녀는 웰즈파르고를 통해서 내게 돈을 갚겠다고 했다. 그래서 뭐라 명확히 말하기 어려운 빚을 갚기 위한 방법에 대해 많은 얘기가 있었다. 나는 그녀를 안 믿었다. 그러나 돈 문제가 우리가 이야기할 수 있는 유일한 화제는 아니었다. 감사한 마음이 그녀가 느끼는 전부가 아니듯. 그러나 그녀는 감사를 나타내야겠다는 마음을 가졌으므로 그걸 나타내려고 애썼으며 나머지는 그대로 지나쳐 버렸다. 하지만 그녀는 말했다.

"언제 한번 나를 찾아오지 않겠어요?"

"꼭 가겠소."

햇빛 속에 택시를 기다리며 우리는 시장 옆 꽃밭 가에 있었다. 우리가 서 있는 곳의 돌들은 꽃들이 져서 미끄러웠고, 발밑은 떨어진 꽃잎들로 약간 끈적끈적했다. 눈앞에는 정육점들이 있었다.

갈고리에 소 내장과 허파, 죽은 몸뚱이가 걸려 있었다. 거기 파리들이 아우성치듯이 소리 내며 마치 소나기 방울이 떨어지듯 붉은 벽을 뒤덮었다. 도마 아래에는 벌거벗은 어린애가 쭈그리고 앉아 있었다. 아이는 이상한 빛깔의 똥을 천천히 누고 있었다. 우리는 차츰 넓은 철판으로 된 발코니를 돌아서 걸었다. 진열해 놓은 양은 그릇·후추·쇠고기·바나나·돼지고기·난초·꽃바구니 위로 유리 지붕이 솟아 있었다. 그리고 쉬파리와 초록 파리들이 분노에 찬 듯 날개를 번득이고 날아다녔다. 전기를 일으키도록 키틴질 피부를 맞비벼 대며 사랑을 속삭이듯 거칠게 윙윙 소리를 내었다. 마치 거대한 실감개가 빙빙 돌며 태양빛에서 모든 실을 다 감아들이는 듯했다.

운전사가 왔다. 그녀는 다시금 자기 행방을 늘 알고 있는 극장 대리인의 이름을 적어냈는지 내게 확인했다. 그녀는 내게 키스했다. 그녀의 입술은 내 얼굴 옆에 헤일 수 없는 어떤 느낌을 주었다. 그래서 지금 내가 어떤 실수를 저지르고 있나 반문해 봤다. 택시가 시장의 군중들 사이로 서서히 움직일 동안 나는 그 옆을 걸었다. 우리는 창문을 통해 악수를 했다.

"고마워요, 당신이야말로 진정한 친구예요."

"잘 가요, 스텔라. 더 나아지길……."

"내가 당신이라면, 난 그녀가 내게 너무 심하게 굴지 못하게 했을 거예요."

나는 테아를 만나면 속이리라 마음먹고 그녀가 난폭하도록 놔두지 않겠다고 생각했다. 그러나 그렇게 할 만큼 정말 절실히 느끼지는 못했다. 전보다 더욱 충실할 생각으로 그녀에게로 돌아왔다. 거짓보다 진정한 태도를 가지려 했다. 말랑말랑한 붉은 딸기가 열린 정원의 울타리 옆에 있는 그녀를 봤을 때 느꼈던 것같이, 그리 불쾌하게 느껴지리라 생각하지 않았다. 그녀는 구멍 뚫린 모자를 쓰고 칠판징고로 떠날 채비를 하고 있었다. 만일 그녀가 허락하면 나도 곧 떠날 채비를 했으리라. 그녀에게로 되돌아가고 싶은 마음뿐이었다. 그러나 가지 않는 게 좋겠다고 생각했다. 이런 이상한 행동에 이미 너무나 많이 몸을 내맡겨 왔었다고 생각했다. 독수리 문제만 해도 그 일을 하지 말았어야 했으리라. 또 내가 전에 그것을 봤듯이 많은 기괴한 것에 의해 그렇게 놀라지 않는 척하지도 말아야만 했으리라. 그러나 나는 미래를 향해서 너무 빨리 움직이고 있었다.

"이런! 다시 왔군요."

그녀가 거칠게 말했다.

"내가 당신이 오기를 바랐는지 어땠는지도 모르겠어요. 당신이 떠난 줄로만 알았어요. 그 편이 더욱 좋았으리라 생각해요."

"좋아. 그렇게 노골적으로 말하지 마. 그냥 요점만 얘기해."

그러자 그녀가 말을 바꿨다. 그녀가 그렇게 말하도록 한 게 미안했다. 그녀는 울부짖음으로 입을 떨면서 말했다.

"우리는 끝장이 났어요. 끝장났단 말에요! 모두 끝났어요. 오기, 우리는 실수했어요. 내가 실수했어요."

"지금 그렇게 서둘지 마. 침착해. 차근차근 얘기하자고. 당신을 괴롭히는 게 나와 스텔라라면······."

"밤을 같이 지내다니!"

"어쩔 수 없었어. 길을 잘못 들었기 때문이야."

"오, 제발 그만둬요. 얘기하지 마요. 당신이 말하는 걸 듣는 건 내게 독이 될 뿐이에요."

그녀는 굉장히 비참하게 얘기했고, 매우 괴로운 듯했다.

"오, 그건 사실이야."

나는 주장했다.

"도대체 왜 그래? 이렇게 질투해선 안 돼. 차가 산속에서 고장 나 빠져나올 수 없었다고."

"오늘 아침 잠자리에서 거의 일어날 수 없었어요. 지금은 더욱 악화됐어요. 더욱 말예요. 그 얘기 하지 마요. 참을 수가 없단 말예요."

"그렇다면, 당신이 그런 생각을 안 가질 수 없고 그걸로 괴로워하지 않을 수 없다면, 아무도 그걸 어쩔 수 없지."

나는 말하며 방금 비에 씻긴 돌을 내려다봤다. 태양은 서늘했고, 잔디는 벨벳처럼 빛났다.

그녀는 말했다.

"어떤 면으로는 그게 나 자신의 고민거리였으면 해요."

어쨌든 이 말이 그녀에 대해 서먹서먹하게 만들었다.

"글쎄, 그건 당신의 고민이겠지. 당신이 생각한 게 맞다고 하자. 스미티와 결혼한 상태에서 해군장교나 그 외 다른 사람에 대해 당신이 내게 얘기한 걸 들은 뒤 당신에게 얘기한다는 건 그다지 어려운 일이 아니야. 나 이전에 많은 사람을 알아왔잖아."

우리는 서로 마주 보며 얼굴을 붉혔다.

"내가 당신에게 말했던 것 때문에 이런 식으로 당할 줄은 몰랐어요."

그녀는 거칠게 말했다. 떨리는 그녀의 목소리는 첫추위에 바닷가의 소금물이 두껍게 언 것처럼 나를 오싹하게 했다.

"그렇잖으면 당신을 꼼짝 못하게 만들었을 텐데요."

그녀의 검은 눈동자는 친절하기보다는 빛나는 시선을 던지며 매우 불쾌한 표정을 지었다. 그녀는 더욱 창백해졌다. 그녀의 콧

구멍은 무슨 질병을 앓고 있거나, 자신이 말한 독설을 냄새 맡는 듯했다. 쇠가죽 의자, 지푸라기 속에서 푸석거리며 소리를 내는 뱀, 텁수룩하고 뿔 달린 머리들, 또 존재 이유(raison d'être)를 가진 모든 것들이 지루하고 아무 쓸모없고 잔인하며 혼란한 상태에서 뒤엉킨 듯이 보였다. 뭔가 그녀에게 잘못된 이때 말이다. 목 근육이 서고 어깨가 꽉 죄어든 그녀는 피곤해 보였다. 그녀는 냄새조차 옳게 맡지 못했고, 지독한 질투심의 포로가 되었다. 그녀는 내게 해를 끼치려 했고 또한 그렇게 하는 게 그녀에게 필요했다. 어떤 이유에서인지 나는 이것이 곧 지나가 버리리라 생각하긴 했지만 역시 몸이 떨렸다.

"당신은 아무 일도 없었다는 걸 상상조차 못하겠나 보지? 우리가 밤에 함께 있었다고 해서 꼭 관계를 가졌다고 의심해야 하나?"

"글쎄요, 아마도 말이 안 될지도 모르죠. 그러나 말이 되든 안 되든 간에 정말로 그런 일이 없었다고 말할 수 있어요? 할 수 있나요?"

나는 서서히 그것을 말하려고 했다. 왜냐하면 그것은 필요했기 때문이었다. 스텔라의 향취를 씻어버리지도 않고 거짓 얼굴을 한다는 건 비인도적이라고 느꼈다. 그러나 테아는 내가 말하려던 걸 알아버렸다. 그녀가 말했다.

"아니, 그럴 필요 없어요. 단지 똑같은 말만 되풀이하겠죠. 알고 있어요. 어떤 거라도 상상해 보라고 하지 마요. 이미 모든 걸 추측해 본걸요. 나를 초인이라 생각지 마세요. 그렇게 되려고도 하지 않아요. 이미 고통스러운 일이 되어버렸어요. 내가 참을 수 있으리라 여겼던 것보다 훨씬 더 가슴 아팠어요."

그녀는 눈물 한 방울 흘리지 않았으나 갑자기 침울해지고 말이 없어졌다. 그런 빛이 눈에 띄게 드러났다.

그 모습은, 마치 이 뜨거운 열 때문인 듯 나의 딱딱함을 부드럽게 하고 녹여 주었다.

"테아, 이제 이런 말 맙시다."

이렇게 말하며 그녀에게 다가갔으나 그녀는 물러섰다.

"당신은 그녀와 함께 있어야만 했는데요."

"들어봐요……."

"농담이 아네요. 당신은 지금 내게 부드럽게 대할 수 있겠죠. 십 분 내로 그녀와 있을 수도 있고, 십오 분 후면 또 다른 매춘부 같은 여자와 지내겠죠. 당신이 돌아다니는 건 과히 중요한 일이 아니에요. 어떻게 그녀와 알게 됐는지를 알고자 할 뿐이에요."

"몰턴의 소개로 올리버와 그녀를 만났소."

"그러면 왜 그녀는 당신 친구 몰턴에게 부탁하지 않았죠? 뭣 때문에 당신에게 했나요? 당신이 그녀와 시시덕거렸기 때문이겠죠."

"그렇지 않아. 그녀는 날 동정심 있는 사람으로 본 거요. 내가 어떻게 당신과 지내게 됐는지를 알고 있거든. 그녀는 내가 다른 어떤 사람보다 여자 입장을 빨리 이해한다고 생각했음이 분명해."

"그건 당신이 이따금씩 쉽게 해오곤 하던 거짓말이에요. 당신이 매우 친절하게 보였기 때문에 선택한 거예요. 그녀는 자기가 원하는 걸 당신이 들어주리라는 것을 알아낸 거죠."

"오, 그렇지 않아. 당신 말은 틀려. 그녀는 단지 어려운 상황에 놓여 있었고, 그래서 그녀를 도와주고 싶었던 거야."

그러나 물론 나는 오렌지숲에서의 일을 기억했다. 국부에서 느꼈던 어떤 감정과 도저히 그걸 참을 수 없었던 그 오렌지숲에서의 일 말이다. 아마 테아는 이것에 대해서도 좀 알고 있는 듯했다. 이 사실이 나를 놀라게 했다. 시카고에 돌아왔을 때, 그녀는 나를 쫓아오는 또 다른 여자를 내가 좋아하게 될 거라고 예언하지 않았던가. 그때 그녀가 나 자신에 대한 묘사를 그토록 잔인하게 하지 않았더라면. 그러나 시카고에서는 그녀에게 어떤 것도 숨길 필요가 없었으므로 얼마나 좋았던가 생각했다. 그러나 지금은 숨길 게 없다면 치명적인 듯 이런 비밀 때문에 침울할 정도로 불안해했다.

"난 정말로, 진심으로 그녀를 돕길 원했어."

그녀가 부르짖었다.

"무슨 말을 하는 거죠? 돕는다고요! 그는 당신이 떠나자마자 체포됐어요."

"누가? 올리버가?"

나는 깜짝 놀랐다.

"체포됐다고? 그렇게 서둘 필요가 없다고 봤는데, 그러나 그가 그녀를 끌고 갈까 봐 걱정이었어. 왜냐하면 총을 갖고 있었고, 루이 푸에게 폭행을 가하는 등 난폭했거든. 그가 그녀를 강제로 데려가리라 생각했어."

"그 어리석고 나약한 술주정뱅이 바보 녀석이 그녀에게 강요한다고요? 그 여자를? 전에는 그가 무엇을 강요했던 거죠? 침대에서 총으로 위협받지는 않았겠지요? 매춘부 같은 년! 그러나 그녀가 당신이 어떤 사람인가, 당신이 행여나 그녀의 기대에 어긋나고 원하는 사람이 못 될까 봐 두려워한다는 것, 또한 당신이 그녀의 게임에 나가 줄 수 있는 사람이란 걸 아는 데는 그리 오랜 시간이 걸리지 않았겠죠. 당신은 모든 사람들의 게임에 나가잖아요."

"내가 늘 당신 마음대로 행동해 주지 않기 때문에 화가 난 거야? 그래. 그녀는 날 진정으로 이해했어. 그녀는 내게 그렇게 하라고 시키진 않았어. 부탁한 거지. 그녀는 틀림없이 내가 남들에게서 말을 너무 많이 들어왔다는 걸 알아차린 거야."

이 말에 그녀는 새로운 구역질이 왈칵 일어나는 듯 나에 대해 크게 메스꺼움을 느낀 듯했다. 그녀는 입술을 깨물며 말했다.

"장난이 아니었어요. 당신이 그걸 그런 식으로 받아들였다는 걸 알았어요. 게임이 아니라 진심에서 우러난 거였어요. 내가 그걸 할 수 있는 한 그건 진심인 거였죠. 당신 눈엔 게임처럼 보였겠죠. 그랬겠죠. 어쩌면 당신은 그 외의 생각은 하지 않았을지도 몰라요."

"우린 같은 것을 얘기하고 있지 않군요. 사랑을 얘기하고 있지 않다고요. 당신은 그렇게 사랑 아닌 다른 것에 광적이군요."

"내가 그렇게 광적이라고?"

그녀는 침이 마른 입으로 이렇게 말하면서 손을 가슴 위에 얹었다.

"그럼, 당신은 그렇지 않다고 어떻게 말할 수 있지? 독수리, 그 외 다른 것들, 뱀, 매일 사냥하는 것들 말이야."

그 말은 그녀에게 또 하나의 상처를 주었다.

"뭐라고요? 당신은 단지 내게만 몰두했었단 말인가요? 독수리는? 당신에게는 아무 뜻도 없었나요? 늘 당신은 내가 괴상하다고만 여겼나요?"

나는 이 말을 함으로써 그녀에게 얼마나 끔찍한 짓을 했는가를 느꼈다. 그래서 나는 그녀를 진정시키려 했다.

"그런 것들이 당신을 이상하게 만들지 않았나? 단 일 분이라도 말이야."

이 말을 듣자 그녀는 목이 메었다. 목이 메인 것에 비하면 전의 눈물 따위는 아무것도 아니었다. 그녀는 말했다.

"많은 것들이 내게도 이상하게 보였어요. 그것들 중 어쩌면 내가 해왔던 일보다 훨씬 더 많은 게 당신에게 그렇게 보였겠죠. 그러나 당신을 사랑했기 때문에 내겐 전혀 이상하게 느껴지지 않았던 거죠. 그러나 지금은 당신이 다른 모든 것처럼 이상하게 보여요. 아마도 내가 이상한가 보죠. 평범한 길을 걸으며, 허위적인 어떤 일을 하는 대신 이런 이상한 일을 하는 것밖에 모르니 말예요."

나는 그녀의 입장에서 이런 얘기가 옳다는 걸 인정하면서 아무 말도 하지 않았다.

"그리고 당신은 그런 날 참아주었죠."

나는 그녀가 얼마나 괴로워하는가를 보고 거의 참을 수가 없었다. 그녀는 목에서 끓어오르는 다른 소리를 삼키고 있었기 때문이다.

"난 당신에게 부탁하지 않았어요. 당신이 어찌 느끼는가를…… 왜 말하지 않았나요? 내게 말할 수 있었을 텐데요. 난 당신에게 괴상하게 보이고 싶지 않았어요."

"당신은 결코 그렇지 않아. 정말, 그렇게 괴상하지 않아."

"당신은 어느 누구에게도 말하지 않으리라 생각해요. 그러나 내게조차 다른 사람에게 행동하듯 그럴 필요는 없었잖아요. 다른 사람에게 할 수 없었기 때문에 더욱 할 수 있었을 텐데요. 이 세상에 당신이 얘기할 수 있는 사람은 한 사람도 없나요? 당신은 누구에게 얘기하나요? 그래요, 나는 사랑이란 이상한 형태로 다가온다고 상상해요. 당신은 그 이상함이 당신의 변명이라고 생각하는군요. 하지만 아마도 사랑이란 게 어떤 식으로 발생하든 간에,

당신에겐 이상하고 낯설게 보이는가 봐요. 아니, 당신이 단지 사랑을 원치 않는지도 몰라요. 그런 경우 내가 실수한 거죠. 난 당신이 사랑을 원하는 줄 알았어요. 그런데 당신은 그렇지 않은 거죠?"

"당신은 내가 뭘 하길 바라지? 날 아주 태워버릴 작정인가? 단지 질투 때문에 마음이 상한 거야?"

"그래요, 질투하는 거예요. 메스껍고 실망했어요. 그렇지 않으면 이런 짓은 하지 않겠지요. 당신이 이 말을 새길 수 없다는 걸 알고 있어요. 그러나 실망한 거지 질투하는 건 아네요. 내가 시카고에서 당신 방을 찾아 올라갔을 때 당신은 어떤 여자와 있었죠. 당신이 날 만나보러 왔을 때, 난 당신에게 먼저 당신이 그녀를 사랑하는지 안 하는지 물어보지 않았어요. 그런 일은 크게 중요치 않으리라 생각했어요. 하지만 그게 중요치 않다 할지라도 물어볼 걸 그랬어요! 난 대부분 혼자라고 느꼈어요. 이 세상은 물건으로 가득 차 있지만 인간은 없는 것 같았죠. 나는 틀림없이 약간 미쳤다는 것을 알고 있어요."

그녀는 이렇게 인정함으로써 나를 전보다 더욱 놀라게 했다.

"그래요, 미쳤음에 틀림없어요. 그 사실을 인정해야만 하죠. 하지만 내가 다른 한 사람을 겪고 나면 더 많은 사람을 겪을 수 있다고 여겼어요. 그래서 사람들은 날 피곤하게 만들지 않았고 나는 그들을 두려워하지 않았지요. 왜냐하면 내 감정이 사람들의 잘못일 수는 없기 때문이니까. 그들은 그렇게 하지 못해요. 날 위해 이걸 할 수 있었던 사람이 바로 당신임에 틀림없다고 믿었어요. 실상 당신은 할 수 있었어요. 그런 당신을 찾아서 무척 행복했죠. 난 당신이 할 수 있는 것에 대해선 모두 알고 있는 줄로 여겼고, 무척 행운아며 특별한 사람으로 생각한 거예요. 그게 지금 이런 행동이 질투가 아니라는 이유지요. 난 당신이 돌아오기를 원치 않았어요. 당신이 지금 여기 있는 게 유감스러워요. 당신은 특별한 사람이 아네요. 다른 사람과 같아요. 쉽게 싫증 나요. 더 이상 보고 싶지 않아요."

그녀는 머리를 숙이고 울고 있었다. 모자가 머리에서 벗겨져 끈에 매달려 있었다. 무서울 만큼 답답한 내 감정이 굴뚝 속, 부드러운 연기 속에 갇힌 아픈 다람쥐처럼 내 가슴을 짓누르고 있었다. 나는 다시 그녀에게 다가가려 했으나, 그녀는 정색을 하고 내 얼굴을 쳐다보며 소리쳤다.

"당신이 그러기를 원치 않아요! 그걸 원치 않아요. 당신을 허락할 수 없어요. 당신이 이것저것 생각한다는 걸 알아요. 혹은 어떤 건 늘 그냥 넘겨 버리려고 하죠. 하지만 나는 안 돼요."

그녀는 나를 지나 문 쪽으로 가서 걸음을 멈추고 말했다.

"칠판징고로 가겠어요."

그녀는 이미 울음은 그쳤다.

"나도 함께 가겠어."

"안 돼요. 그래선 안 돼요. 더 이상 연극은 하지 않겠어요. 혼자 가겠어요."

"그럼 나더러 뭘 하란 말이야?"

"내게 묻지 마세요. 당신 자신이 뭘 할지 찾아봐요."

"알겠어."

나는 방에 들어가 열에 들떠 내 물건을 거둬 모았다. 소총을 들고 하신토에게 짐을 들려 뒤따라오게 하고 조칼로 쪽으로 내려가는 그녀를 보자, 눈물과 외침이 북받쳐 올라 배출구도 찾을 수 없이 거의 질식할 듯했다. 마음속에 연민의 정이 하나씩 둘씩 쌓여 갔다. 그녀는 떠나고 있었다. 나는 그녀가 간밤 성당 앞 광장에서 나를 불렀듯 그녀에게 "가지 마."라고 소리치고 싶었고, 또 그녀가 큰 실수를 저지르고 있다고 말하고 싶었다. 그러나 내가 그녀의 실수라고 부른 것은, 나 자신의 감정에서는 그녀가 나를 버리려고 하는 거였다. 내가 그녀를 부르려고 했을 때, 그것이 나로 하여금 떨게 만든 것이었다. 그녀는 나를 떠날 수 없었다. 나는 집으로 뛰어들어 가서 부엌에 붙은 정원 담장에서 외치려고 했다.

내가 하는 짓을 보고 요리사는 겁에 질렸다. 그녀는 나를 보자 자기 아기를 꽉 끌어안고 도망쳤다. 그래서 나는 슬픔만큼 분노에 가득 차서 질식할 것만 같았다. 나는 정원문을 활짝 열어젖히고 조칼로 쪽을 향해 뛰어 내려갔다. 그러나 그곳에는 왜건 차가 없었다. 돌아와서 집 대문을 걷어차 열고는 부숴버릴 게 없나 하고 찾아보았다. 내려 덮치듯 정원으로 뛰어 내려가서 돌을 집어들고는 벽을 향해 냅다 던져 치장벽의 세공을 부숴버렸다. 또 거실로 들어가 황소가죽 의자와 유리 그릇을 부수고 커튼과 그림을 찢었다. 다음에 현관에 뱀상자들을 발로 차서 산산조각을 내어 뒤집어엎었다. 그러고는 서서, 뱀들이 빠져나와 도망가며 숨으려고 꿈틀거리는 고통을 응시했다. 마지막 한 상자까지 걷어차서 뒤집어엎어 버렸다.

그런 다음 작은 여행 가방을 들고 밖으로 나왔다. 마음속으로 흐느끼며 조칼로로 걸어 내려갔다.

일라리오 집 현관에 몰턴이 있었다. 카르타 블랑카 방패 위로 그의 얼굴만 봤다. 내려다보고 있는 그는 돌무더기의 사제 같았다.

"이봐, 볼링브룩, 그녀는 어디 있지? 올리버는 감옥에 갇혔어. 이리 올라와. 자네에게 할 말이 있네."

"빌어먹을 것, 뒈져라!"

그는 듣지 못했다.

"왜 여행 가방을 들고 나왔지?"

나는 그곳을 떠나 좀 더 배회했다. 시장에서 이기와 그의 딸을 만났다.

"어디 갔다 온 거야? 올리버가 어젯밤 체포됐어."

"오, 망할 놈의 올리버!"

"볼링브룩, 제발 애 앞에서 그런 말 하지 말게."

"나를 더 이상 볼링브룩이라 부르지 마."

그렇지만 나는 그와 돌아다녔다. 그는 딸과 손을 잡고 걸었다. 우리는 상품 진열장을 들여다보았다. 드디어 그는 딸에게 옥수수 껍질로 만든 인형을 하나 사주었다.

그는 자기 고민에 대해 얘기했다. 지금 그의 전처는 젭슨과 끝장이 났단다. 그러니 그녀와 재혼해야 하는가? 하는 얘기였다. 나는 할 말이 없었다. 그러나 내가 그를 봤을 때 내 눈이 분노에 불타는 걸 느꼈다.

"자네가 스텔라를 도망시켰나?"

그가 말했다.

"난 자네가 옳은 일을 했다고 여기네. 왜 스텔라가 그 녀석 때문에 처벌받아야만 하겠나? 윌리가 말하길, 지난밤에 감옥에서 그는 그녀가 자기를 피해 도망갔다고 비명을 지르더라더군."

그때 그는 처음으로 내 여행 가방을 보고 말했다.

"오오, 유감이군! 헤어졌나?"

나는 주춤했고, 얼굴은 경련을 일으켰다. 나는 말없이 바보처럼 고개를 끄덕였다. 그러고는 눈물을 왈칵 쏟았다.

# 19장

뱀들은 도망갔다. 내 생각엔 산으로 간 것 같다. 나는 그걸 찾으려고 카사 데스퀴타다로 돌아가지 않았다. 이기는 그가 머물고 있는 별장의 방으로 나를 데려갔다. 잠시 동안 나는 아무것도 안 하고 다만 집 꼭대기의 조그마한 따뜻한 돌방에 누워 있었다. 이곳은 계단을 올라와서 나머지 부분은 사다리를 타고 올라가야 한다. 나는 이곳의 낮은 침대에 누워 며칠 동안 앓았다. 만일 테르툴리아누스[1]가 자기가 그렇게 하겠다고 말한 것처럼 지옥에 떨어진 인간들의 광경을 보고 기뻐하기 위해 하늘의 창문으로 왔다면, 그는 태양빛을 꿰뚫는 시선으로 내 다리를 봤으리라. 그게 내 기분이었다.

이기가 와서 나와 같이 있어 주었다. 그는 말 한마디 없이 몇 시간 동안 낮은 의자에 앉아 있었다. 그는 턱을 안으로 끌어당기고 있었기 때문에 목은 주름이 지고 부풀어 올라 있었다. 마치 체인에 바짓단이 말려드는 걸 싫어하는 자전거 타는 사람처럼 바지 밑을 운동화 끈으로 묶었다. 그는 고개를 수그리고 싫증 난 눈꺼풀의 푸른 눈을 하고 그렇게 앉아 있었다. 교회의 종이, 어떤 사람이 맑은 물을 더러운 양동이에 담아 가져가다 돌에 부딪혀 미끄러지는 것처럼, 앞뒤로 왔다 갔다 하면서 이따금 울렸다. 이기는 내가 위기에 처해 있다는 걸 알고 혼자 있게 하지 않았다. 그러나 내가 어떤 걸 말하려 하면, 그는 그 말끝을 내게 돌렸다. 내가 말을 하도록 격려한 뒤에도 내가 그에게 뭔가를 말하면 그중 어떤 것도 받아들이려 하지 않았다. 물론 나는 숨이 차도록 그에게 모든 걸 다 얘기했다. 그런데 그가 손으로 내 얼굴을 덮고 더 이상 말하지 못하도록 하는 것처럼 느꼈다. 그래서 이렇게 숨 막히는 일이 몇 번 일어난 뒤, 나는 말을 중단해 버렸다. 자비를 베푼 뒤 내가 질식한 걸 확인하기 위해 그가 기다리고 있다는 생각이 들었다. 그는 나를 동정하는 한편 내게 모호한 복수를 했다.

여하튼 그는 햇볕 쏟아지는 건조한 아름다운 담 옆에 앉아 있었다. 담에 불쑥 튀어나온 돌출부 위에 빨간 다리를 한 비둘기가 내려와 먼지와 지푸라기를 아래로 떨어뜨렸다. 때때로 그는 뺨을 벽에다 가져다 대기도 했다.

나는 내가 잘못한 걸 알았다. 그래서 누워서 그것을 생각할 때 나갈 구멍을 찾고 있는 듯 눈알을 굴리고 있는 것을 느꼈다. 상처를 입어 잊어버렸던 기억력에 어떤 변화가 일어났다. 내가 저지른 실수와 과오가 사방에서 생각나 나를 괴롭혔다. 그렇게 실수한 생각이 차츰 사라지고, 갑자기 식은땀이 흘렀다. 그러곤 돌아서서 허전함을 느꼈다.

나는 다시 애써 말했다.

"이기, 내가 그녀를 사랑한다는 걸 증명하기 위해 뭘 할 수 있을까?"

"모르겠네. 아마 사랑하지 않기 때문에 증명할 수 없을걸."

"아니야. 이기, 어떻게 그렇게 말할 수 있나! 자네는 상황을 모르는 거야?"

"그러면 왜 그 계집애를 데리고 멀리 갔지?"

"그건 일종의 반항이었어. 어찌 내가 그 까닭을 알겠어? 난 인간을 창조하지 않았다고, 이기."

"볼링, 자네는 아직도 엄연한 사실을 모르고 있으니 그게 유감이야."

그는 벽에 기대며 말했다.

"난 솔직하게 말하는 것뿐이야. 그러나 이건 자네가 어딜 가나 따라다닐 거야. 자네는 상황을 늘 너무 좋게만 생각했어. 자네는 이같이 넘어져서 일어나지 못해야 마땅해. 만일 그렇지 않으면 자네가 그녀에게 얼마나 큰 상처를 입혔는지 이해하지 못할걸. 이런 상황을 이해하고 제발 진지해지라고."

"테아는 너무 화가 났어. 그녀가 날 사랑한다면, 그렇게 화내지 않았겠지. 화가 난 이유가 필요해."

"글쎄, 자네가 그 이유였겠지."

이기와 아무리 얘기해 봤자 소용없었다. 그래서 나는 아무 얘기도 안 하는 대신 마음속으로 테아와 계속 싸우고 변명했다. 그러나 점점 지고 있었다. 왜 그렇게 했을까? 나는 그녀에게 심한 상처를 입혔다. 나는 그걸 알았다. 그녀가 목에 핏줄을 세우고 하얗게 질려 "난 실망했어요!" 하고 말하는 걸 봤을 때 그걸 명확히 알 수 있었다. 그래서 그녀에게 "글쎄, 내 말 좀 들어봐. 물론 사람은 실망하게 마련이야. 모든 사람은 상처를 입지. 그리고 꼭 남에게 상처를 입혀. 특히 사랑할 땐 말이야. 난 당신에게 이런 상처를 입혔어. 하지만 당신을 사랑해. 당신은 우리 사이가 계속될 수 있게 날 용서해야 해."라고 말하고 싶었다.

나는 무더운 산에서 뱀을 잡는 모험을 했어야만 했다. 산에서 보다 더 위험하기조차 한 어지러운 마을 주위를 돌아다니기보다는 산 위에서 올가미를 쥐고 뱀을 따라 검은 흙더미 위로 가면서 말이다.

내가 그녀의 사냥에 대해 생각하는 걸 얘기했을 때, 그녀는 대단히 놀랐다. 그러나 그녀 역시 내가 얼마나 믿을 수 없으며, 다른 여자를 보고 다니면서 양심이라곤 없는 치사한 인간이라 말하면서 나를 땅에다 질질 끌며 공격을 가해 나를 짓밟지 않았던가? 그녀 말대로 독수리와 뱀 등이 없었다 해도, 사랑이 어떤 형태를 취하든지 간에 내게 이상하게 보였으리란 게 사실일까?

나는 그것에 대해 생각하고는 이것에 실제로 굉장히 큰 진실이 있다는 사실을 알고 놀랐다. 글쎄, 정말 그럴까! 나는 사랑이란 문제에는 로시 할머니, 렌링 부인, 루시 매그너스에 반대해서 어머니와 한편이었다.

만약 내게 돈, 직업, 의무 등이 없었다면, 자유로이 진실한 사랑의 추종자가 될 수 있지 않았을까?

내가 사랑의 노예였다고? 전혀 그렇지 않았다! 갑자기 내 마음이 추해졌다. 내 자신이 역겨웠다. 단순해지려는 내 의도는 단지 사기일 뿐이지, 결코 내 마음씨가 좋거나 애정이 깊어서가 아니라고 생각한 나는, 장벽 저편의 멕시코가 내게로 다가와 나를 죽여 뼛가루 속에 처박아 공동묘지의 끝이 뽀족한 십자가에서 곤충이나 도마뱀 먹이로 만들었으면 싶었다.

이제 나는 출발했고, 이런 무시무시한 탐구는 계속돼야만 했다. 또 이것이 내 현재 상태라면, 그건 내가 겉으로 드러나는 모습이 아니라 진의임에 틀림없다. 그래서 내가 누구를 기쁘게 해주려고 한다면 그건 뭇 사람들을 현혹시키거나 그들에게 뭔가를 드러내 보이기 위해서일 뿐이다. 지금도 그렇지 않은가? 이건 내가 누구나 다 나보다 낫고 내가 갖지 않은 뭔가를 가졌으리라고 생각했기 때문임에 틀림없다. 그러나 어쨌든 사람들은 내게 어떻게 보였던가? 괴상한 존재로? 나는 그들이 내게 바라는 대로 되기를 원치는 않았으나, 그들의 비위를 맞춰 주려 했었다. 친절히 설명하면서! 독자적인 운명과 그리고 사랑도—이 무슨 혼란이란 말인가?

그런 혼란을 일으키다니, 나는 괴물임에 틀림없다.

그러나 아니다. 나는 괴물일 수도 없고 고통당할 수도 없다. 그건 너무 부당한 일이리라. 난 그걸 믿지 않았다.

다른 모든 사람이 더욱 큰 힘을 가진 존재라 생각하는 건 옳지 않았다. 그래, 지금 보아라. 그건 그렇지 않고 단지 상상뿐이라는 게 뚜렷하지 않은가. 그건 우리가 다른 사람에게 어떻게 보이는가를 너무 과장한 것이고, 진실 아닌 허위로 인해 어떻게 사랑받고, 실수와 게으름 때문에 자신의 참모습이 아닌 다른 모습에 대해 어떻게 미움 받는가를 오해한 것이리라. 이런 태도에는 신경 쓰지 말아야 한다. 그런 경우 우리 자신 속에 무엇이 좋은 것이고 무엇이 나쁜 것이란 걸 실제로 생각하고 이해하는 방법을 알아야만 한다. 하지만 처음 만나는 모든 사람이 내게 관심을 갖고 주시한다고 생각하는가? 아니, 어떤 사람이 내가 그에게 신경 쓴 만큼 내게 반응을 보여 주리라고 신경 쓰는가? 조금도 그렇지 않다. 왜냐하면 아무도 노출된다는 기분과 수치심 없이는 자기 자신의 참모습을 나타내 보일 수 없고, 또 이런 생각에 사로잡히면 자신의 참모습을 나타낼 수 없다. 하지만 다만 다른 어떤 사람들보다 더욱 훌륭히 그리고 강하게 보여야만 한다. 미친 듯이 말이다! 자신 속에 아무런 실제적 힘도 못 느끼고 속이고 속고 사기하는 일에 맡기고, 다만 비정상적으로 강자의 힘을 믿는다. 이러는 동안 참된 건 결코 나타나지 않게 되어 누구나 무엇이 진짜인지 모르게 된다. 그런데 이런 건 흉하고 타락한 검은 인간—그저 인간성이다.

 그러나 모든 사람들이 주위에서 저마다 대단한 능력과 목적을 갖고 돌아다니는데 나 혼자만 연약하고 불쌍히 이렇게 바보처럼 순진하게 웃고 절름거리며 다닐 수야 있겠는가? 아니, 우리는 밖으로 다르게 나타내 보일 수 있게 마음속으로 무엇인가를 꾀해야만 한다. 외부 생활은 너무나 크고 외면 생활의 도구는 너무나 거대하고 무서우며, 그게 하는 일은 너무나 크고 사상 또한 너무나 거대하고 위압적이기 때문에 우리는 그 앞에 존재할 수 있는 어떤 자를 산출한다. 다시 말하면 그 무서운 형체 앞에 설 수 있는 사람을 조작한다는 말이다. 이렇게 산출된 그 사람은 올바른 것을 얻을 수도 줄 수도 없다. 그러나 살아갈 수는 있다. 이게 단순한 인간들이 늘 하는 그 무엇이다. 이런 인간은 수백만의 발명가들이나 예술가들로 구성되어 있다. 각자는 그들 나름대로의 방법으로 허위적인 행동을 하는 자신을 지지하고 받쳐 주는 역할을 하도록 다른 사람들을 모으려고 애쓴다. 거물급 보스와 지도자들은 꽤 많은 수의 사람을 끌어모은다. 그런데 이게 그들의 권력의 내용이다. 나머지 다른 사람들을 지휘하기 위해서 앞으로 나와 다른 사람들보다 더욱 강력한 힘으로 참사람이 되도록 주장하는 이미지를 주는 자가 있는가 하면, 다른 사람이 들리도록 큰 목소리로 호통치는 자가 있다. 그런데 이런 거대한 조작, 아마 세상 그 자체와 자연의 조작인 어떤 거대한 조작은 실제적인 세계가 된다. 도시, 공장, 공공건물, 철도, 군인, 댐, 감옥, 그리고 영화 등이 있는 실제 세계, 즉 현실이 된다. 이건 실제에 대한 어떤 형태를 지원받기 위해 다른 사람들을 모으려는 인간성의 갈등이다.

그런데 꽃들과 돌 위에 있는 이끼까지도 어떤 형태를 가진 이끼와 꽃이 된다.

나는 확실히 이상적인 모집 요원 같았다. 그러나 조작한 건 내가 자신에게 그게 아무리 실제라고 생각하게 하더라도 내게는 그게 결코 참이 못 됐다.

내 근본적 실수는 내가 가장 순수한 감정을 갖고 버틸 수 없었다는 것이다. 이게 나 자신 속에 가장 큰 함정을 팠다. 아마 테아 역시 계속해서 많은 행복된 날을 지탱해 낼 수 없었을 것이다. 그건 그녀를 진정시키는 하나의 이유로써 내게 생각이 났다. 아마 그녀 역시 그녀가 택한 것 때문에 이런 쓰라림을 당했으리라. 지난해 미미가 어려움에 처했을 때 카요 오버마크가 내게 이런 건 누구에게나 일어난다고 말했다. 모든 사람들은 자기가 택한 일에 괴로움을 겪는다. 결국 선택한 것 자체에 괴로움이 있을 수도 있다. 왜냐하면 선택한 걸 쟁취하기 위해서는 용기가 필요하기 때문이다. 또한 그건 격렬한 것이기 때문이다. 격렬한 건 연약한 자들이 오랫동안 지탱할 수 없기 때문이기도 하다. 역시 선택한 건 우리가 이미 갖고 있는 어떤 것이 될 수 없다. 왜냐하면 우리가 이미 갖고 있는 것은 크게 사용되지도 않고 또는 소중히 여겨지지도 않는다. 오, 이것은 나로 하여금 굉장히 치욕감을 느끼게 했다. 몹시 짜증이 났다. 빌어먹을 노예들! 하고 생각했다. 더럽고 비겁한 녀석들!

개인적으로 나에 대해 말한다면 내가 조작한 특수한 건 단순한 태도이다. 그러나 이 역시 가장 나쁜 조작에 속한다. 나는 단순한 걸 원하고 복잡한 걸 부정했다. 나는 이런 것에 대해 교활함을 느끼고 내 마음속에 비밀리 갖고 있는 많은 특권을 억압해서 다른 사람만큼 조작했다. 그렇지 않으면 왜 나는 단순한 걸 아쉬

위했었던가?

인간이란 우선 안전하지 못하다. 그런데 안전하게 보이도록 만드는 건 특이한 겉모양이다. 그래서 거의 모든 자들은 그들 자신의 외모를 보기 흉한 기형으로 만들어 그게 나타내는 무서운 공포의 힘으로 자신을 안전하게 유지한다. 겁 많은 야만 인종들은 그들의 머리를 쪼거나, 입술과 코를 꿰뚫거나, 엄지손가락을 자르거나, 얼굴을 공포 그 자체만큼 무서운 마스크로 만들거나, 황칠을 하거나, 문신을 넣는다. 이건 사람을 접근하지 못하게 공포를 조성하기 위해 만든 것이다.

돌을 베개 삼아 잠자거나, 혹은 천사들과 매트리스에서 존재하기 위한 권리를 얻으려고 거대한 두려움과 맞잡고 싸우는 야곱 같은 인간이 얼마나 되는지 내게 말하라. 이런 용감한 자들은 너무 적기 때문에 그들은 모든 인간들로부터 숭배를 받게 된다.

한편 나에 관해 말한다면, 이렇게 자유로이 얻는 거대한 공포와 혼란의 심한 전율로부터 내게 차폐물을 제공해 주는 사람에게로 갔다. 그러므로 그건 일시적인 포옹에 불과한 것이었다. 그것은 매우 용감하지 못했다. 이런 문제에 있어 다른 사람들과 같다는 건 위안이 되지 못했다. 나 같은 사람이 너무나 많다면 그들 역시 내가 겪은 것과 똑같이 쓰라림을 겪어야만 한다.

나는 이것에 대해 알았으므로 또 다른 기회를 원했다. 나는 다시 용감해지려고 노력해야 한다고 생각했다. 그래서 칠판징고에 가서 그녀에게 간청하리라 결심했다. 즉 내가 약한 사람이긴 하지만 그녀가 나를 참아주기만 한다면 조금씩 변화될 수 있을 것이다!

이렇게 결심하자 기분이 훨씬 좋았다. 이발소(*peluquería*)로 가서 면도를 하고 루이 푸 집에서 점심을 먹었다. 그의 딸이 바지를 다려 주었다. 지나치게 피곤했으나 희망에 부풀어 있었다. 그녀가 나를 비난할 때, 그녀의 얼굴이 얼마나 창백해질 것이며, 두 눈은 나를 보며 얼마나 검고 반짝일 것인가를 이미 알고 있었다. 또한 팔로 나를 포옹할 것이다. 그녀는 내가 필요할 테니까. 자신의 욕망이 다시 누군가를 믿게 할 수 있는지 여부에 대한 의심에서 나온 그녀의 모든 괴팍한 힘이 사라지고 내게 기대리라.

이런 일이 어떻게 벌어질 건가를 상상하면서, 내 몸은 녹는 듯했고, 가슴은 흥분과 부드러움, 아픔과 그리움으로 가득 찼다. 그런 일이 이미 일어난 것만 같았다. 내게는 늘 그런 식으로 환상이 나보다 앞서서 갈 길을 마련했다. 그렇잖으면 크고 육중한 개인마차가 음울하고 다루기 힘든 상태로 낯선 곳으로 뛰어들 수 없을 것만 같다. 이러한 나의 상상력은 스페인이나 프랑스에서 쫓겨난 로마 군인들처럼 비록 그날 하룻밤 야영한다 할지라도 거리와 벽을 쌓아 올렸다.

한편 내가 짧은 내의를 입고 앉아 바지가 오기를 기다리는 동안, 루이의 개가 밖으로 나왔다. 나른하고 살찐 그 암캐는 옛날 위니처럼 킁킁거리며 냄새를 맡았다. 개는 내 앞에 똑바로 서서 나를 바라보았다. 내 손이 닿으려 하자 어루만져 달라고 하지 않고, 딸깍 하는 발톱으로 긁는 소리를 내며 뒤로 물러섰고, 조그만 늙은 이빨을 드러냈다. 화를 내는 게 아니라, 혼자 있기를 원했다. 그래서 큰 한숨을 내쉬면서 커튼 밑으로 되돌아갔다. 개는 나이를 매우 많이 먹었다.

미국에서 온 낡은 스쿨버스가 옛 사륜마차처럼 도착했다. 몰턴이 와서 창문을 통해 말했다.

"나와, 얘기할 게 있어."

그때 나는 이미 티켓을 쥐고 차 안에 앉아 있었다.

"싫어."

"나와."

그는 진지하게 말했다.

"중요한 얘기가 있어. 내려오는 편이 나을걸."

이기가 말했다.

"윌리, 자네 일이나 걱정해."

몰턴의 넓은 이마와 못생긴 코에는 땀이 흠뻑 돋아 있었다.

"저 사람이 어떤 일에 뛰어들었다가 뻗어버리는 게 낫단 말인가?"

그가 말했다.

나는 밖으로 나왔다.

"뻗다니, 무슨 말이야?"

내가 물었다. 이기가 말참견하기 전에 몰턴은 내 손을 딱딱한 자기 배 쪽에다 단단히 쥐고, 내 팔을 자기 팔로 단단히 끼고는 무뚝뚝하게 서두르면서, 내가 자갈길과 장미꽃이 핀 쓰레기장을 지나 걸음을 재촉하게 했다.

그가 말했다.

"정신 차려. 그 늙은 탈라베라가 테아의 친구였어. 지금 그녀와 함께 칠판징고에 있어."

나는 참을 수 없었다. 손가락으로 그의 목을 졸라 질식시켜서 죽여 버리려고 했다.

그가 소리 질렀다.

"이기……, 이 사람을 좀 붙잡아!"

바로 내 뒤에 있던 이기가 나를 붙잡았다.

"내버려 둬!"

"참아, 경찰과 모든 사람들이 있는 바로 이곳에서 그를 죽일 작정인가? 월리, 도망가는 게 낫겠어. 이 친구는 황소처럼 잡아당기는군."

이기가 내 팔을 잡았을 때, 난 그를 박살 내려 했다.

"자, 침착해, 볼링. 먼저 그것이 사실인가부터 알아봐. 하느님 맙소사, 머리를 쓰라고!"

몰턴은 내가 이기를 잡고 있는 새에 뒤로 갔다.

"볼링, 바보 같이 굴지 말라고."

몰턴이 말했다.

"그건 사실이야. 내가 자네에게 괜한 말썽을 부리는 줄 아나? 단지 도와줬을 뿐이라고. 자네가 다치지 않도록 말이야. 그곳은 위험해. 탈라베라가 자네를 죽일걸."

"자네가 이 친구에게 어떤 호의를 베풀었는가 보지그래!"

이기가 말했다.

"그의 얼굴을 보라고!"

"이기, 그가 테아와 그곳으로 간 게 사실이야?"

나는 진정을 하고 물어봤다. 마음이 발톱에 할퀴고 이빨에 찢기는 듯한 기분이어서 이 말을 거의 입 밖에 낼 수 없었.

이기가 말했다.

"그는 전에 그녀의 친구였어. 어떤 자가 어제 내게 말하기를, 테아가 떠난 직후 탈라베라도 칠판징고로 떠났다고 하더군."

"언제 그가……?"

"몇 년 전이야. 그는 바로 카사 데스퀴타다에 살고 있지."

몰턴이 말했다.

나는 더 이상 몸을 지탱하고 서 있을 수가 없어 음악당 바닥에 주저앉아 버렸다. 손으로 머리를 감싸 쥐고 온몸을 부르르 떨며 무릎 위로 고개를 수그렸다.

몰턴은 내게 잔인했다.

"자네 태도에 대단히 놀랐네, 마치."

"자네는 그가 어떻게 그것을 받아들이기를 원하나? 그에게 짐 되는 소린 그만둬."

이기가 말했다. 그러자 몰턴이 대꾸했다.

"그는 마치 어린애처럼 행동하고, 자네는 그런 그를 격려해 주는군. 이런 일은 내게 일어났고, 또한 자네에게도 일어났지. 그녀가 스미티와 나타났을 때, 탈라베라에게 일어났던 일이야."

"그렇지 않아. 탈라베라는 그녀가 결혼한 걸 알고 있어."

"무슨 차이가 있어? 비록 탈라베라가 합창단 소년 같은 승마 기수일지라도, 그는 감정을 갖고 있어. 이 일이 그에게 생겼을 때 어떤 사람이 알아내서는 안 된단 말인가? 나나 자네라도 말이야. 이건 반드시 알려져야만 할 사실이야."

"하지만 저 사람은 아직도 그녀를 사랑하고 있어. 누군가가 자네 부인에게 수작했을 때 자넨 거의 미치다시피 했었잖아. 자네는 그녀를 사랑하지 않았는데도 말이야."

"그래, 그녀가 그를 사랑했을까?"

몰턴이 말했다.

"그렇다면 마치가 둥근 천장 밑에서 녹초가 돼 들어앉아 있을 때, 그녀는 탈라베라와 산속에서 무슨 짓을 하고 있었지?"

"그녀는 산속에서 그와 아무 짓도 하지 않았어."

나는 분노를 터뜨리며 소리 질렀다.

"그가 지금 칠판징고에 있다면, 단지 그곳에 있는 것뿐이지, 테아와 있는 게 아니란 말이야."

그는 호기심에 가득 찬 듯 나를 응시했다. 그리고 말했다.

"이봐, 난 자네가 다른 모든 사람들이 본 것을 정확히 보는 줄로 알았어. 그런데 단지 자기 생각에만 집착해 있군. 그럼 왜 그녀는 자네에게 그가 자기 옛 친구란 말을 안 했지? 그들이 뭘 하고 있었을까? 단지 네, 아니요 하고 승강이만을 했을까? 그리고 그녀가 그를 위해 말에서 내려오지 않았을까?"

"아무 일도 없었어, 아무 일도! 입을 닥치지 않으면 이 돌멩이를 목구멍에 쑤셔 박을 거야!"

그러나 그 역시 꽤 흥분해서 얘기를 그칠 수 없었다. 그는 지껄이는 걸 그치지 않고 뭔가를 하려고 마음먹었다. 그의 큰 두 눈은 나를 뚫어지게 쳐다보았다.

"이 친구야, 참 안됐어. 여자들은 판단력이 없는 거야. 그들은 자네 같은 행복한 젊은 친구들만을 위해 존재하는 게 아니야. 그녀가 그를 위해 바지를 벗었는지 내기할까? 그러고도 그녀는 자네를 위해 사소한 달콤한 말을 아끼지 않았겠지?"

나는 그에게 달려들었다. 이기가 뒤에서 나를 붙잡았으나 땅바닥에 내동댕이치고는 음악당 쪽으로 그를 몰아붙여 떨쳐 버리려 했으나, 그는 여전히 달라붙었다. 내가 몸을 위로 젖히고 그를 짓눌러서 떨어져 나가게 하자, 그가 헐떡이며 말했다.

"하느님 맙소사, 미쳤어? 난 자네가 곤경에 빠지지 않게 막는 거라고."

몰턴은 이미 시장으로 통한 복잡한 거리 쪽으로 도망가 버렸다. 나는 소리 지르며 뒤따랐다.

"좋아, 이 더러운 얼간이 같은 개새끼! 기다려. 죽여 버릴 테야!"

"그만둬, 볼링. 경찰이 보고 있어."

인디언 경찰이 가까운 자동차 발판에 앉아 있었다. 아마 그는 술취한 미국 녀석들이 말다툼하고 싸우는 데 익숙해 있을지도 모른다.

이기는 내 무릎에 힘을 가해 앉히려 했다. 그는 여전히 내 팔을 잡고 있었다.

"이제 손을 풀어도 될까? 그를 쫓아가지 않겠지?"

나는 울음 섞인 소리를 내며 머리를 끄덕였다. 그는 내가 일어나게 부축해 주었다.

"봐, 흙투성이군. 옷을 갈아입어."

"아니야, 시간이 없어."

"자, 내 방으로 와. 손질이라도 해서 털어줄게."

"저 버스를 놓치면 안 돼."

"그래도 그곳에 가겠다는 거야? 제정신이 아니군."

그러나 나는 가리라 마음먹었다. 푸의 집에 가 세수하고 버스에 올라탔다. 내 자리엔 다른 사람이 앉았다. 음악당 옆에서 나를 쳐다보던, 아침 일찍 나온 녀석들은 그제야 무슨 일이 일어났는지 이해하는 듯했다. 내가 애인을 빼앗긴 불쌍한 녀석이란 걸 말이다.

이기는 나와 함께 버스를 타고 말했다.

"그 친구에 대해선 상관 마. 그녀를 자기 것으로 만들려고 열두 번이나 수작을 걸었지. 그녀를 죽도록 갖고 싶어 해. 그래서 그가 자네에게 관심을 두고 별장까지 갔던 거야. 올리버의 집들이 때 그녀를 다시 한 번 자기 것으로 만들어보려고 했어. 그래서 테아가 그렇게 빨리 자리를 떴던 거지."

그것은 그렇게 문제가 되지 않았다. 그건 대화재 옆에 불타는 성냥을 둔 것과 같았다.

"그곳에 가서 싸움에 말려들지 마. 어리석은 짓이야. 그는 자네를 죽일 거야. 내가 따라가서 자네를 싸움에서 구할 수도 있지.

따라갈까?"

"고마워. 혼자 가게 내버려 둬."

그는 진심으로 나와 함께 가고 싶지는 않았다. 다락방의 재봉틀이 소리 내듯 낡은 버스가 갑자기 요란한 소리를 냈다. 연기에 싸여 성당은 강에 비친 듯 보였다.

"출발하는군."

이기가 말했다.

"명심해."

그가 차에서 내리면서 다시 경고했다.

"그곳에 가다니, 참 어리석군. 자네가 원한 거네."

버스가 구르듯 마을에서 내리막길에 접어들었을 때, 나는 어떤 친절한 시골 아낙네가 자리를 좁혀 주어 앉을 수 있었다. 자리에 앉자 다시 분노가 터지는 걸 느꼈다. 오, 미쳐, 미쳐! 이글이글 타오르는 질투심의 발작과 경련에 나는 얼굴을 감싸 쥐고 죽을 것 같았다.

뭣 때문에 그녀는 그 같은 짓을 했을까? 왜 탈라베라와 다녔을까? 나를 벌주기 위해서? 그게 남을 벌주는 방법이었던가!

아니, 그녀는 나를 비난한 것에 대해 죄의식을 느끼지 않았던가! 나는 그녀의 어깨너머로 스텔라를 보고 있지 않았던가? 그 대신 그녀는 내 어깨너머로 탈라베라를 봄으로써 복수했던 것이리라.

시카고에서 우리가 갖고 있던 그 조그만 고양이는 어디 있을까? 문득 생각이 났다. 우리가 언젠가 위스콘신에서 이틀 동안 머물러 있다가 밤에 돌아오자, 조그만 놈은 배가 고파서 울고 있었다. 그러자 그걸 보고 테아는 울면서 드레스 속에 집어넣고는 살찐 생선을 먹이러 풀턴가로 차를 몰았다. 그런데 지금 그 고양이는 어디 있을까? 특정한 곳이 아닌 어딘가에 남겨져 테아의 애정을 영원히 받고 있으리라.

그러자 나 역시 그녀를 그렇게 사랑했다는 생각이 들었다. 테아와 나의 손가락마다 주름살이 비슷하다는 게 기뻤다. 그런데 그녀는 그 손가락으로 나를 만졌던 것과 마찬가지로 지금 탈라베라를 만질 것이다. 그녀가 내게 했던 짓을 다른 남자에게도 하리라 생각했다. 즉 그녀는 내게서와 똑같이 자신을 잊어버리고 그를 찬양하고 키스하리라. 내게 했던 바로 그곳에 말이다. 그녀는 유연하게 몸을 움직이며, 정신을 잃은 듯 눈을 크게 뜨고는, 그의 머리를 끌어안고 다리를 벌리고 있으리라는 걸 생각할 때, 나는 거의 죽을 듯했다. 머릿속으로 그런 광경을 그려보고는 미칠 듯 괴로웠다.

나는 그녀와 결혼하기를 원했지만, 지금은 아무것도 가지지 못했다. 아니다, 아니야. 아내란 남편을 소유하는 게 아니고, 남편도 아내를 소유하지 못하며, 부모도 자녀를 소유할 수는 없다. 그들은 가버리거나 죽게 된다. 그래서 소유한다는 건 단지 순간일 뿐이다. 그것도 소유라 할 수 있다면 말이다. 어떤 욕망이라도 살아 있는 한, 그건 부정적 측면에서 살아 있는 것이다. 그래서 우리는 소유한다는 완고한 표시를 보이는 것이다. 업적, 증명서, 반지, 언약 등의 영원한 것들처럼.

칠판징고로 가는 도중 뜨거운 열기에 우리 몸은 찢어지는 듯했다. 먼저 험악한 갈색 산들이 펼쳐지더니 다음에는 황무지의 바위들과 푸른 플로리다 새들이 보였다. 우리가 마을로 구르듯 내려갈 때, 누군가 무임승차를 하려고 버스 옆쪽에서 내 팔을 잡아당기더니 손가락을 겨드랑이 사이에 세게 쑤셔 넣으면서 뛰어올랐다. 나는 싸우면서 팔을 뿌리쳤다. 차가 출발하면서 그를 쫓아가자, 공짜로 차를 탄 그 녀석은 내 손바닥을 찰싹 때렸다. 대단히 아팠다. 화가 치밀었다.

나는 대성당 앞 광장에 있었다. 때 묻은 흰 벽이 지면을 향해 서 있었고, 쥐가 갉아먹은 스페인풍의 매력은 발코니부터 무너져 버렸다. 그리고 세빌 같은 무시무시한 거리는 부패된 것 같았고, 썩은 쓰레기더미들이 쌓여 있었다.

만약 내가 거리에서 탈라베라를 보게 된다면 죽여 버리리라고 생각했다. 무엇으로? 나는 주머니칼을 갖고 있었다. 그러나 그걸로 충분하지 않았다. 그래서 광장에서 칼을 살 상점을 찾았으나 한 군데도 없었다. 본 것이라고는 '카페'라고 쓰인 곳뿐이었다. 그건 시리아 사막에서 수천 년 동안 매장됐다가 마구 파내진 듯이 벽이 사각으로 패인 어두컴컴한 곳이었다. 나는 카운터에서 칼을 훔칠 생각으로 그곳에 들어갔다. 하지만 칼이라곤 없었고, 단지 윗부분이 꼬여 있는 작은 스푼들이 설탕통에 꽂혀 있었다. 흰 모기장 하나가 특별한 용도 없이 정성 들인 작품처럼 찢어진 채 걸려 있었다.

카페에서 나왔을 때 나는 장식 몇 개가 없어진 뉴올리언스 철제 건물 앞에 돼건 차가 주차해 있는 걸 봤다. 칼을 구하겠다는 생각은 더 이상 하지 않고, 그곳으로 달려가 안으로 들어갔다. 책상에는 사무원 한 명 없었고, 단지 더러운 안뜰에는 보도의 모래를 쓸어내는 노인만 있을 뿐이었다. 그는 내게 테아의 방 번호를 말해 주었다. 나는 올라가 그녀가 나를 만나줄 수 있는지를 물어봐 달라고 했다. 그러자 그녀는 서터 틈새로 나를 불렀다. 내가 뭘 원하겠는가? 나는 빨리 층계를 올라갔다. 나무로 된 커다란 이중문 앞에서 그녀에게 말했다.

"당신에게 할 말이 있어."

그녀는 들어오라고 했다. 방 안에 들어서자마자 나는 먼저 탈라베라의 흔적을 찾아봤다. 여느 때처럼 옷과 여러 가지 도구가 흩어져 있었다. 그것들 중 어떤 게 그의 것인지 알 수 없었다. 그러나 달라지는 건 없었다. 나는 그런 걸 염두에 두지 않기로 결심했다.

"오기, 왜 그러죠?"

그녀는 다시 물어봤다. 나는 그녀를 쳐다보았다. 그녀의 두 눈동자는 여느 때처럼 날카롭지 않고 앓은 듯이 보였다. 게다가 아름다운 검은 머리는 핀이 빠져 흐트러져 있었다. 비단 코트 같은 긴 잠옷을 입고 있었다. 아마도 방금 걸친 것 같았다. 이런 온도 정도면 그녀는 자기 방에서 나체로 돌아다니기를 좋아했다. 내가 나체의 그녀 모습이 어땠는지를 회상해 보는 건 어렵지 않았다. 그녀는 내가 자신의 아랫배를 쳐다보고 있는 걸 알고는 손으로 옷자락을 아래로 잡아당겼다. 아름답고 둥근 손가락이 아래로 내려가는 걸 보자, 나의 특권이 완전히 끝나 그것이 다른 남자에게로 넘어갔다는 걸 절실히 느꼈다. 그걸 되돌리고 싶었다.

나는 정열이 가득 찬 얼굴로 말했다.

"우리가 다시 결합할 수 있는지 물어보러 왔어."

"아뇨. 그럴 순 없다고 생각해요."

"탈라베라가 이곳에 있다던데, 정말인가?"

"그게 당신이 상관할 일인가요?"

나는 그 말을 긍정으로 받아들이면서 몹시 괴로워했다.

"그렇다고 생각하지는 않아. 하지만 무엇 때문에 당신은 이렇게 빨리 그와 지내는 거지? 내가 누군가를 사귀자마자, 당신도 그래야만 했군. 당신도 나보다 더 나을 게 없어. 그를 예비로 간직했나 보지."

"당신이 이곳에 온 이유가 오직 그에 대한 소식을 들었기 때문이군요."

"아니. 또 한 번 기회를 갖고 싶어서야. 그는 나와 큰 차이가 없다고."

"없다고요?"

그녀는 얼굴이 창백하게 변하며 말했다. 그리고 그 생각에 대해 순간적으로 미소 지었다.

"당신이 아직 날 원한다면, 그의 일은 잊겠어."

"하루 건너 우리가 싸울 때마다 당신은 그의 얘기를 들춰낼 텐데요."

"아니, 절대로 그러지 않을 거야."

"당신은 지금 그가 들어와 싸움을 하게 될까 봐 초조해서 죽을 지경인 걸 알고 있어요. 하지만 그는 이곳에 없어요. 그러니 마음을 놓아도 좋아요."

"정말 그자가 이곳에 있었군!"

그녀는 아무 대꾸도 안 했다. 이미 그를 보내버린 걸까? 아마도 그런가 보다. 적어도 그런 희망과 초조가 뒤섞인 감정만은 끝날 수 있었다. 물론 나는 두려웠다. 그러나 또한 그를 죽일 수 있었으면 하고 생각하기도 했다. 나는 그러려고 했었다. 이미 곰곰 생각해 왔던 일이다. 그가 내게 덤비는 모습을 머릿속에 그려 봤다.

그녀가 말했다.

"당신은 내가 다른 남자와 있다고 생각하면서 나를 사랑할 수는 없어요. 우리 둘 다 죽이려고 했을 거예요. 당신은 그가 만 피트 되는 높은 산에서 떨어져 죽고 내 장례식에 와서 관 속에 누워 있는 내 꼴을 보려고 한 거죠."

나는 잠자코 있었다. 그녀가 나를 응시하는 동안, 이 더러운 스페인풍의 방과 셔터 틈으로 비친 열대의 뜨거운 태양빛—마을의 부패함, 경사진 곳에 있는 끝이 뾰족하고 뒤틀린 철판 조각, 수액을 흘리는 분꽃들이 담장에 자줏빛으로 마디져 피어 있었고, 밝은 초록빛 덩굴, 산기슭과 봉우리는 무엇을 애원하거나 또는 노래 부르는 듯했다.—에 싸인 그녀에 대해 더 이상한 느낌이 들었다. 방 안은 뒤죽박죽이었다. 융단과 늘 그렇듯이 그녀가 우연히 손에 얻은 사치스러운 것들, 클리넥스, 비단 속옷, 드레스, 카메라, 화장품들이 있었다. 그녀는 물건들을 빨리 치웠다. 분명 그녀는 내가 무엇을 말하러 왔는지에 대해 믿지 않았다. 자신이 그렇게 느끼지 않았기 때문에 안 믿었고, 그간 서로의 관계 때문에 그렇게 느끼지도 않았다.

"테아, 지금 당장 결정할 필요는 없어."

"아니요…… 생각지도 않아요. 나중에 당신에 대해 다르게 느낄지도 몰라요. 하지만 그러리라고 생각지는 않아요. 지금도 내겐 당신이 아무 소용 없어요. 특히 당신이 다른 사람에게 어떻게 행동하는가를 생각할 때 말예요. 난 당신에게 모든 불행이 닥치기를 원해요. 당신이 죽어버렸으면 하거든요."

"그러나 여전히 난 당신을 사랑해."

그건 분명한 사실이었다. 왜냐하면 나는 거짓말하지 않았기 때문이다. 나는 버티고 서서 부르르 떨었다. 하지만 아무 대답도 없었다.

"옛날처럼 다시 한 번 해보기를 원하지 않아? 지금 당장 할 수 있을 거야."

"당신이 할 수 있을지 어떻게 알죠?"

"아마도 대부분의 사람들은 내가 처한 상황과 비슷할 거야. 그렇지만 더 좋은 걸 행하는 걸 배우는 길이 틀림없이 있어."

"틀림없이 있다고요? 그건 당신의 생각이겠죠."

"물론이지. 그렇지 않으면 희망이란 게 어떻게 있을 수 있겠어? 무엇을 원하는지 내가 어떻게 알지? 당신은 어떻게 알았지?"

"당신은 나와 내가 알고 있는 걸로 뭘 증명하려는 거죠?"

그녀는 낮은 목소리로 말했다.

"나는 수십 번 잘못했었죠? 당신과 상의해 보고 싶은 것보다 더 많이 말이에요."

그러고는 화제를 바꾸었다.

"하신토가 뱀에 대한 소식을 알려 줬어요. 당신이 가까이 있었더라면, 난 당신을 뭣으로라도 때려주었을 거예요."

그러나 나는 이 말이 그녀가 크게 불쾌한 게 아니라, 단지 나에 대해 가볍게 화낸 것뿐이라는 걸 알았다. 반은 이해한다는 듯한 미소라는 인상을 받았다. 그렇다고 큰 희망을 품을 수는 없었다. 왜냐하면 미소나 추상적 개념, 고집, 기분을 상하게 만들려는 의도 따위는 그녀의 모호한 불안 속에서 재빨리 변화되었기 때문이다. 나는 그녀가 나에 대해 자신의 감정을 받아들이지 못하는 것을 보았다. 응답을 기대할 수 없었다. 결코, 더 이상의 관계는 없었다.

짚돗자리(*petate*) 덮인 물 없는 어항 속에서, 어떤 생물이 비늘에 싸여 부풀어서 절인 오이처럼 혹이 났고, 잿빛 피부에 피부빛과 같은 잿빛 수염과 간지럽게 생긴 발톱을 하고 배로 숨 쉬는 걸 봤다.

"새것을 수집하기 시작했군."

내가 말했다.

"어제 이놈을 잡았어요. 여태껏 잡은 것 중 제일 흥미 있는 놈이지요. 하지만 난 이곳에 머물진 않을 거예요. 아카풀코로 가서 베라크루즈로 가는 비행기를 타고 유카탄으로 갈 예정이죠. 그곳에서 플로리다에서 날아온 홍학들을 볼 수 있을 거예요."

"당신과 함께 가게 해줘."

"안 돼요."

결국 이렇게 되었다. 예상했던 대로 된 건 아무것도 없었다.

# 20장

　아카틀라로 돌아와, 나는 방황했다. 여전히 데아로부터 소식을 기다렸고, 소용은 없지만 우체국에 계속해서 들렀다. 가서는 항상 소식이 없는 걸 알고, 맥주로 입가심하며 테킬라를 마셨다. 루이의 집에서 더 이상 포커도 하지 않았고, 그 패들을 만나지도 않았다. 젭슨은 불량아로 체포되어 미국으로 송치되었다. 이기의 아내는 그가 돌아오기를 바랐다. 그 어린 딸은 모든 사실을 알았다. 그들 부녀가 산책하는 걸 봤을 때 나는 나이에 비해 똑똑해 보이는 그녀를 동정했다.

　어느 햇빛 찬란한 오후, 더러운 셔츠와 아무렇게나 걸친 바지를 입고 싸구려 술집 옆에 있는 벤치에 앉았다. 사흘 동안이나 잠을 못 잔 상태에서 무척이나 화가 나서 "야, 너희들, 아직도 땅 위에 있는 인간들아! 뭘 하고 있는 거냐! 행복과 아름다움마저 영화와 같은 것인데."라고 소리 지르고 싶은 충동을 느꼈다. 여러 번 눈물을 흘리곤 다시 화가 나서 고함을 지르고 싶었다. 하지만 누구도 인간의 소란과 외침과 떠들썩함과 울음소리, 고함을 비난하지 않는 걸 보면, 인간에겐 좀 더 미묘한 위안거리가 있는 것처럼 생각되었다. 그럼에도 산길에 올라가 내 감정을 크게 지껄여 대곤 했는데, 그건 일시적으론 기분을 좋게 해주었다. 그곳에서는 가끔 우연히 지나는 인디언들이 내 소리를 듣기는 했지만 그것에 대해 뭐라고 말하지는 않았다.

나와 며칠간 친했던, 싸움 후에 코사크 합창단에서 낙오된 러시아인 친구가 있었다. 그는 아직도 흰 가두리 장식이 달리고 실탄을 휴대할 수 있는 서지 군복을 입고 있었다. 매우 거만했으나 초조해 보였다. 손톱을 물어뜯었다. 그는 대머리여서 항상 깨끗하게 면도한 잘생기고 엄숙한 얼굴에 가벼운 빛을 더했다. 코는 오똑 섰으며, 입은 가벼운 원한으로 닫혀 있고, 눈썹은 검고 숱 많고 빛났다. 만일 그놈이 내가 언젠가 한 번 본 적이 있는 시인 단눈치오[2]의 그림과 닮지 않았다면.

그는 과음으로 몸이 쇠약해졌으며, 젭슨처럼 곧 체포될 것이다. 나는 돈이 얼마 남지 않았으나 가끔 그에게 테킬라를 샀다. 그래서 그는 내게 달라붙었다.

정말 내가 이기의 어린 딸에게서 느끼는 것처럼, 즉 그녀가 이해해야 하는 것들 때문에 그녀를 동정하는 것 같은 그런 감정을 그와의 관계에서 어느 정도 느꼈다. 처음엔 그가 내 친구인 게 유감스러웠다. 그러나 그를 좋아하게 됐다. 누구에겐가 테아에 대해 얘기하고 싶었을 때, 난 그에게 모든 걸 고백했다. 그녀와의 모든 얘기를 하며 그의 동정을 받으리라 생각했다. 그의 이마에 지었던 슬픔이 담긴 많고 깊은, 거친 주름들이 나를 그렇게 생각하도록 했다.

나는 말했다.

"넌 내가 얼마나 괴로운지 알겠지? 나는 마음 편하게 지내지 못했어. 너무 괴로워 얼마 동안은 죽을 것만 같았지."

"잠깐만, 넌 아직 조금도 이해 못했어."

나는 그에게 달려들어 화를 내며 말했다.

"뭐라고, 이 더러운 이기주의자!"

나는 그를 때려눕히고 싶었다. 사실 그럴 수 있을 정도로 취했다.

"뭐라고, 이 꼬마 녀석! 촌뜨기 코사크 놈아! 나는 네게 솔직히 얘기했는데……."

그는 자기가 어떻게 느꼈는지 강조하려고 했다. 대머리에 붉은 코, 원한에 찬 입을 가졌지만, 그는 나쁜 녀석은 아니었다. 단지 정말 자연스러운 놈이었다. 글쎄, 그 역시 어떤 인생을 가졌다. 그는 절망하여 앉았다. 언젠가 집에 있었던, 발에 바르는 가루약의 낡은 상표 같은 냄새를 풍겼지만 인정은 있었다.

내가 말했다.

"알았나, 친구. 네게 불행한 시절이 있었다는 건 사실이겠지. 너는 이젠 다시 하르빈에 가지 못할 거야. 네가 어디서 왔든 간에 말이야."

"하르빈이 아니야. 파리야."

"알았어. 이 불쌍한 바보 녀석아, 그럼 파리로 하지."

"나는 모스크바에 아저씨가 있었어. 여자처럼 차려입고 교회에 다녔지. 턱수염을 기르고 매섭게 생겨서 사람들을 겁나게 했어. 경찰관이 아저씨에게 '나리는 남자처럼 보이지 여자 같진 않군요.' 하니까, 아저씨는 '자네는 남자 같지 않고 여자 같군.' 하고 말했어. 그리고 그는 가버렸지. 모두가 그를 두려워했어."

"그거 참 잘했는데. 그런데 내가 아직 아무것도 모른다는 건 무슨 뜻이야?"

"내 얘기는 넌 실연했다는 거야. 하지만 사랑 말고도 널 좌절시키는 것들이 얼마나 많은지 모르지? 그래도 실연 정도는 운이 좋은 편이야. 나중엔 더 비참해지겠지. 너는 우리 아저씨가 그 컴컴한 교회에 들어가서 사람들을 놀래 주려고 필사적이었다고 생각하지는 않니? 그는 자기 힘을 소모시켜야 했던 거야. 자기가 얼마 못 산다는 걸 안 거지."

난 이해 못 하는 척했다. 그러는 게 그를 웃기기에 적당하기 때문이었다. 그러나 이야기의 뜻은 잘 알고 있었다. 인생은 종말을 지어야 한다는 것 그 자체가 끔찍한 것이 아니라, 사실은 인생이 근본적인 문제에 있어서 많은 실망을 안고 종말을 짓는다는 것이 끔찍한 것이었다. 이것은 사실이다.

결국 나는 그와 어울려다니는 것을 그만두었다. 그는 사창가의 마담인 네그라를 위해 뚜쟁이 짓을 했다. 나는 이사하기로 했다. 경마용 구두와 구명용 레이크 휴런 재킷 같은 멋진 물건들을 루이 푸에게 팔고 몇 푼의 페소를 가지고 멕시코시티로 갔다. 나는 테아에게 용서받는 것을 포기해 버렸다. 그녀 없이 레지나에 든다는 건 비극이었다. 그 집 주인과 하녀들은 그녀와 독수리를 기억하고 있었고, 내가 영락한 걸 알아차렸다. 자동차도, 가방들도, 독수리도, 행복한 기쁨도, 침대에서 먹던 망고도 아무것도 없었다. 밀회하는 연인들은 밤에 소음을 냈는데, 이때는 이곳이 내게 부적당한 장소였다. 하지만 값이 싸기 때문에 귀를 틀어막기로 했다.

웰즈파르고의 스텔라로부터 돈도 오지 않았다. 나는 코요아칸에 있는 실베스터의 전화번호를 알고 있었다. 그래서 돈이 다 떨어졌을 때 그에게 전화할 수 있었다. 처음엔 매니 파딜라의 사촌에게 전화할까 생각했다. 그는 매니와는 닮지 않았는데, 비쩍 마르고, 붉은색 피부에 이를 번쩍이며, 돈도 좀 있는 충실한 사내였다. 그는 내게 도시 구경을 시켜주겠다고 했으나 이미 테아가 구경시켜 주었다. 그는 내게 스페인 문학을 소개해 주기 원했으며, 나중엔 나로부터 돈을 몇 푼 빌려갔다. 그는 그 돈으로 내게 담요를 사주겠다고 했다. 하지만 더 이상 나타나지 않았다.

나는 테아 때문에 몸이 쑤셨다. 비록 그녀의 이해하기 어려운 마음과 특이한 내 성격 때문에 그녀가 내게서 어쩔 수 없이 멀어져 가는 걸 알면서도 말이다. 그래서 나는 그 일을 다시 생각하면서 시내를 방황하며 멕시코 악단이나 장송곡을 켜는 절름발이 바이올린 연주자나 꽃 파는 상인들이나 사탕 선반에서 포식하고 있는 벌들을 보았다. 어디를 가든 눈 내린 화산이 보였으며, 산 전체가 눈 속에 덮여 있었다. 그 시절에 내가 어떻게 할 수만 있었다면, 거울을 보지 않았을 것이다. 여위고 아팠기 때문이다. 언젠가 죽음이 나타나서 내 어깨를 치면서 "준비됐어?" 하고 말한다면 잠시 생각한 후에 "그럼." 하고 말할 것임을 느꼈다. 그래서 어떤 의미에서 나는 어느 정도 죽어 있었다. 만일 지금 내가 아는 게 있다면, 그건 무언가 무한히 거대하고 위대한 어떤 것을 갖지 않고 살아가는 게 얼마나 불가능한가 하는 것이었다. 하지만 이 도시는 아름다웠다. 추한 사람들, 불쌍한 사람들, 더러운 낙서들이 많기는 했지만, 날씨는 따뜻해서 나를 움직이게 해주었다. 나는 불평에 차 있었으며, 아프기도 했지만, 극도의 실망 속에서 계속 그러지는 않았다.

드디어 실베스터와 연락이 되었다. 그는 내게 와 몇 푼을 꾸어주었다. 처음엔 별로 얘기가 없었다. 난 그가 정치적이고 비밀스러운 얘기를 할 수 없음을 알았다.

그가 말했다.

"자네, 굶주리고 초라해 보이는데. 자넬 범미국적인 건달로 여길 뻔했어. 광 좀 내."

나란 존재가 마치 캘리굴라가 천 피트 정도의 상공에서 떨어뜨린 물건처럼 느껴졌다. 절규하고 있는 하늘은 예루살렘의 빛깔 같았다. 그럼에도 깜짝 놀라 일어나서, 변함이 없기를 바랐다. 일어나라, 또한 확고해져라! 그렇지, 바로 그렇게! 그건 사소한 명령이 아니었다. 실베스터는 내가 다시 일어나, 다시는 파멸하지 않으리라는 걸 알아차렸다. 그는 약간 검은 주름을 지으며 싱글싱글 웃었는데, 그 웃음은 항상 나를 즐겁게 했다.

나는 말했다.

"난 운이 나빴어, 실베스터."

"알아. 안다고. 그런데 자네는 무슨 변화가 생길 때까지 여기 머무르겠나, 아니면 시카고로 돌아가겠나?"

"자네 생각은 어때? 난 어찌해야 할지 모르겠어."

"여기 좀 머무르지. 프레이저가 부탁만 하면, 자넬 얼마간 재워줄 동지가 있을 거야."

"그러면 좋겠는데. 고맙네. 그는 뭘 하는 사람인데?"

"그는 오래전부터 두목의 친구야. 그가 묵게 해줄 거야. 자네가 이렇게 떠돌아다니는 건 싫어."

"참 고맙네, 실베스터. 고마워."

그 후 프레이저가 와서 나를 그 동지에게 소개시켜 주려고 데려갔다. 그의 이름은 파슬라비치였다. 그는 코요아칸 교외의 작은 별장에 사는 친절한 유고슬라비아 사람이었다. 입은 깊게 주름이 졌는데, 그 속에는 마치 수정 동굴이나 바위의 신비한 세계가 조그만 수정으로 가득 차 있는 듯이 반짝이는 작은 털들이 있었다. 그는 별나게 생긴 사람이었다. 머리는 양파 모양이었고, 짧게 깎았다. 우리가 정원에 있던 그를 만났을 때, 그의 정수리는 열기에 떨고 있었다.

그가 말했다.

"어서 오십쇼. 친구를 갖게 돼서 반갑습니다. 제게 영어를 가르쳐줄 수 있겠죠?"

"물론, 그렇고말고요."

프레이저가 말했다. 프레이저의 안색 역시 변했다. 나는 미미가 왜 그를 '목사'라 불렀는지 알 만했다. 두 눈 사이에 사색의 주름을 가진 그는 정말 목사처럼 보였다. 남부군의 장교처럼 보이기도 했다. 가슴에 심각한 중요성을 지닌 것처럼, 보다 탁월한 어떤 일에 몰두한 것처럼도 보였다.

그는 나를 파슬라비치에게 남기고 갔다. 나는 왠지 창고에 예비로 저장된 것 같은 기분을 느꼈다. 그러나 피곤해서 그가 무슨 생각을 품고 있는지 개의치 않았다. 파슬라비치는 방들과 정원을 보여 주었다. 새장 속의 새와 자유로운 새들을, 꽃들과 가시투성이의 선인장에 있는 벌새들을 보았다. 푸른 대기 속에서 저희끼리 꽉 움켜잡고 뜨거운 이빨과 혀들을 식히고 있는 멕시코의 우상들이 풀밭에 누워 있거나 길가에 서 있었다.

파슬라비치는 유고슬라비아 신문을 위해 멕시코를 취재하는 친절하고, 세심하며, 온순하고, 고집 센 사내였다. 그는 자기 자신을 볼셰비키와 구혁명가로 자처하고 있지만, 내가 만일 '사물의 눈물'[3]을 보았다면 그는 그런 타입이었으리라. 모든 일이 항상 그를 감동시켰으며, 소나무가 수액을 갖고 있는 것처럼 눈물을 갖고 있었다. 그는 피아노로 쇼팽을 연주했다. 독특한 행진곡을 연주한 후, 내게 말했다.

"프레데리크 쇼팽은 이 곡을, 그가 조르주 상드와 함께 마요르카에 머물 당시 폭풍이 불 때 작곡했죠. 그녀는 지중해를 항해하고 있었죠. 그녀가 돌아왔을 때 그는 말했지요. '난 당신이 물에 빠졌나 걱정했지.'"

그가 멕시코 신을 신고 피아노의 발판을 누를 때, 그는 흑인 비극 배우를 생각나게 했다. 파슬라비치는 무엇보다 프랑스 문화를 사랑했으며, 내게 가르치고 싶어 했다. 그는 가르치는 것에 대해 강박관념을 가졌다. 그래서 항상 "내게 시카고에 대해 가르쳐주겠소?" "율리시스 S. 그랜트 장군에 대해 가르쳐주겠소? 나도 가르쳐드리지요. 당신에게 퐁트넬의 햄 오믈렛에 대해 얘기해 드리죠. 우린 서로 지식을 교환하는 거죠."라고 얘기했다.

그는 매우 열심이었다.

"퐁트넬은 금요일에 햄 오믈렛을 먹으려 했는데, 그때 천둥과 심한 폭풍이 시작되었죠. 그래서 그는 오믈렛을 창 밖으로 내던지고는 신에게 말했죠. '주님! 오믈렛을 위해선 너무 큰 소립니다.'"

그것은 더 설명될 수도 있었다. 그는 눈을 감고, 야무지게 발음하면서 몸을 흔들곤 했다. 또는 이렇게 얘기하곤 했다.

"루이 13세는 이발사 노릇하길 좋아했죠. 그래서 그의 신하들이 원하든 원치 않든 면도해 주곤 했죠. 또 임종의 고뇌를 흉내내길 즐겼는데, 그래서 인상을 쓰곤 했죠. 게다가 결혼식 날 밤을 젊은 부부와 같이 침대에서 지내곤 했는데, 그래서 그는 봉건주의 타락의 마지막 표현물이 되었죠."

아마, 그는 그랬을지도 모른다. 그러나 파슬라비치는 그가 프랑스인이기 때문에 그를 사랑했다. 그는 저녁 식사 후 나를 붙잡고 볼테르, 프레데릭 대제, 드 라 로슈푸코, 롱그빌 공작 부인, 디드로와 젊은 여배우, 샹포르와 그 외 다른 사람들의 대화에 관해서 반복해서 얘기했다. 나는 파슬라비치를 좋아했다. 그러나 그의 손님이 되는 건 가끔 꽤 어려운 일이었다. 나는 카요 드 우루과이 클럽에서 그와 함께 당구를 쳤다. 사실 오후엔 당구 치고 싶지가 않았다. 그가 술을 먹고 싶을 땐 나도 같이 마셔야 했다. 오후엔 술을 마시고 싶지 않았다. 그것은 아카틀라에서 마신 테킬라를 너무 생각나게 했기 때문이다. 그러나 우리는 앉아서 몇 병의 포도주를 마시곤 했다. 사슴털처럼 부드러운 수많은 햇살을 가진 구릿빛 태양이 나무들 사이로 스쳐 갔다. 정원은 녹색으로 빛났고, 여자 형태의 분화구가 눈 속에서 자고 있었다. 나는 손님이었다. 손님들은 주인을 따라다녀야 한다. 난 그에게 메이저리그 등에 관해 가르쳐주고 내 밥값을 치렀다.

그러는 동안, 나는 어느 정도 건강을 회복했다. 그러자 프레이저가 와서 내게 하려던 얘기를 불쑥 꺼냈다.

"자네도 알지. 국가 정치보안부에선 우리 두목의 생명을 보장하려는 걸 말이야."

나는 그걸 알고 있었다. 기관총 사수가 그의 별장을 공격했다는 걸 신문에서 읽었으며, 파슬라비치도 다른 많은 것에 대해 자세히 얘기를 해주었다.

프레이저가 말했다.

"그런데 러시아 경찰국장인 밍크라는 자가 두목에 반대하는 운동을 맡기 위해 멕시코에 도착했어."

"끔찍도 하지! 자네는 어떻게 그를 보호할 건데?"

"그래서 별장을 요새화하고 있지. 보디가드도 있어. 그렇지만 요새가 아직 완성되지 못했어. 순경들은 부족하고 스탈린은 그를 죽이려고 발악을 하고 있어. 그는 혁명 세계의 양심과 같은 존재이기 때문이야."

"그런데 왜 내게 이런 얘길 하지, 프레이저?"

"이게 문제야. 계획을 토론하고 있는 중이지. 아마 두목이 신분을 숨기고 시골로 여행을 하면서 국가 정치보안부를 떼어버리게 될 거야."

"신분을 숨기다니, 무슨 뜻이야?"

"이건 비밀이야. 내 얘기는 그가 콧수염과 턱수염을 깎고 여행자 행세를 한다는 거야."

나는 이것이 굉장히 이상하게 생각됐다. 마치 간디가 프록코트를 입고 가는 것처럼, 얼마 전만 해도 그렇게 세력 있고 주도권 있던 그가 변장을 하고 자기를 천하게 만들어야만 하다니. 많은 문제들을 보고 듣고 했지만, 이건 매우 충격적이었다.

나는 물었다.

"이건 누구 생각이야?"

"뭐라고! 이건 논의된 거야."

프레이저는 그건 내 일이 아니라고 암시하면서 혁명적인 투로 말했다.

"난 널 믿어. 그렇지 않으면 이 계획의 한 역할을 맡아달라고 제의하지도 않았을 거야."

"뭐라고, 내가 어디 끼어야 되는데?"

"만일 두목이 신분을 숨기고 멕시코 방문객으로 여행하게 된다면 그는 미국 태생인 조카를 필요로 하게 될 거야."

"내가 조카로, 자네 말은 이건가?"

"자네와 여자 동지가 부부가 되어야 해. 괜찮겠지?"

나는 기관원들에게 쫓기면서, 이 위대한 분과 함께 멕시코로 차를 몰고 달리는 나 자신을 그려보고는 너무 지쳐서 할 수 없다고 느꼈다.

"그 여자 동지와는 어떤 어리석은 일도 생기지 않을 거야."

프레이저가 말했다.

"무슨 얘긴지 모르겠어. 나는 실연의 상처를 씻으려고 노력하는 중이야."

제발 하느님! 제가 제 자신이 될 수 없는 그런 거대한 급류에 휘말려들지 않게 해주십시오. 자연스럽게 내가 도와줄 수 있게 되길 바랐다. 구출과 위험이 나를 유혹했다. 그러나 죽음과 소음으로 어지럽고 붉은 자연의 시장을 뚫고 멕시코의 산들을 오르내리는 일을 감당할 정도까지는 아니었다.

"내가 자네에게 이걸 얘기하는 건, 두목이 매우 도덕적이어서야."

프레이저는 자기도 도덕적인 양 말했다. 그런 소리를 누가 믿겠나!

내가 말했다.

"어쨌든 그는 그렇게 하지 못할 거야. 그건 어리석은 생각이야."

"그건 그를 보호하려는 사람들이 결정한 거야."

그러나 내겐 그의 외모가 그의 상표처럼 보였다. 그의 머리도 그랬다. 누가 만일 그 머리를 건드린다면 그는 머리가 떨어지도록 내버려 둘 것이다. 그러고는 그게 순교를 위한 것인 양 지켜보고 있을 것이다. 성 요한이나 헤롯처럼. 그래서 나는 가만히 서서 나 자신에게 순교에 대해 물었다. 그에게 공손치 못한 그의 적은 러시아에 있었다. 그는 그를 죽일 것이다. 죽음은 신임을 떨어뜨린다. 살아남는 것만이 완전한 성공이다. 죽음의 소리도 사라진다. 아무런 기억도 없다. 기존의 권력들이 지상을 채우고, 운명이란 어쨌든 살아남는 것이다. 그래서 뭐든 존재하는 건 옳다. 이런 생각들이 내 마음속에 떠올랐다.

"자네는 권총을 장전해야 하지. 그것이 겁나나?"

"내가? 아냐. 그런 것 때문이 아니지."

나는 내 머리속에는 여과기처럼 거절할 수 없는 구멍이 틀림없이 있으리라고 사사로운 마음으로 관측해 보았다. 내가 이 위대한 역사적인 인물과 함께 산길을 달릴 기회 때문에 그렇게 우쭐했는가? 차는 아마 미친 듯이 달릴 것이다. 맹수들은 도망칠 것이다. 지금 지긋지긋한 대지가 빙글빙글 돌 것이다. 그는 그의 조국과 운명에 대한 생각 때문에 내게 말 한마디 않을 것이다. 잃어버린 세계가 비밀스러운 목소리로 우리를 부를 것이다. 그리고 우리 뒤에는 기회를 노리며 추격하고 있는 국제적인 살인청부업자들의 무리가 있을 것이다.

"가끔 나는 진실을 말하려는 사람들이 우선적으로 자기 자신을 방어할 수 있는지 확신 못 하는 점이 의심스러워."

내가 말했다.

"그건 좋지 않은 생각이야."

"좋지 않아? 그럴 수 있지. 어디까지나 생각이니까."

"이 일을 해보겠어?"

"자네는 내가 그 일에 적합하다고 생각하나?"

"우리는 미국인과 흡사한 사람이 필요해."

"그리 오래 걸리지 않는다면, 얼마간 시간 여유를 가질 수 있으리라고 생각해."

"밍크와 그의 부하들의 눈을 피하기 위한 몇 주일간이야."

그는 갔다. 나는 도마뱀들이 돌아다니는 정원 풀밭에 앉았다. 뜨거운 담 위에 앉은 새들이 찬란한 빛깔로 질식할 것 같은 분위기를 자아냈다. 우상들은 서 있거나 또는 땅에 눕혀져 있었으며, 그들의 회색빛 분화구를 내보임으로써 생명력의 위력이 무엇인가에 대해 주장하고 있었다. 파슬라비치는 2층에서 쇼팽을 연주하고 있었다. 나의 다음 생각은, 존재하는 것이 얼마나 끔찍하며, 갈망하는 것이 얼마나 치명적인가에 대해 다른 사람으로부터 강제로 설득을 당하고 또 똑같은 절망을 맛보도록 강요받는 것보다 더 두려운 건 없다는 것이었다. 모든 강압 가운데서 이보다 나쁜 강압은 없을 것이다. 그들이 당신을 강압하는 것보다, 그들이 시키는 대로 느끼는 기분 말이다. 만일 당신이 강한 결연 관계를 갖지 못한다면, 틀림없이 마침내 절망에서 피를 마셔야 할 것이다.

파슬라비치는 푸른 목욕 가운을 입고 발코니로 나와, 술 한잔 하겠느냐고 부드럽게 물었다.

"좋지요."

난 이 모든 계획이 매우 걱정스러웠다.

그러나 그 계획은 실행되지 못했다. 그래서 매우 기뻤다. 그 계획 때문에 나는 위기에 처해 있었다. 그리고 잠을 자지 못하고 할리스코 사막들을 지나, 이 마을에서 저 마을로 어떻게 쫓겨다닐 것인가에 대한 꿈만 꾸었다. 그러나 두목이 이 계획을 거절해 버렸다. 나는 그에게 당신이 굉장히 현명해 보인다는 편지를 쓰고 싶었다. 그러나 내가 그의 비밀에 대해 의견을 보이는 것은 옳지 않다고 느꼈다. 그는 틀림없이 부하들이 그 계획을 제안했을 때 고함을 질렀을 것이다.

어쨌든 이제 나는 뭔가 멕시코적인 영향이 작용하는 것처럼 느껴졌다. 나는 내 자신의 일은 그 영향권 내에서는 지탱할 수 없어서, 미국으로 돌아가는 게 낫다고 생각했다. 파슬라비치가 200페소를 빌려주어 시카고행 티켓을 샀다. 그는 나와 헤어지는 게 몹시 슬퍼서 내가 그리울 것이라고 프랑스어로 여러 번 말했다. 나도 그랬다. 그는 매우 겸손했다. 아마 그런 사람은 쉽게 만날 수 없으리라.

# 21장

 멕시코에서 시카고로 오는 도중, 나는 몇 해 만에 조지를 만나려고 이스트 세인트루이스에서부터 순례자처럼 핑크네이빌에 들렀다. 그는 성인이 되었는데, 발걸음이 불완전한 뚱보였다. 눈밑의 갈색빛이 거뭇해진 것은, 만일 우리가 산다는 것을 받아들인다면 할 수 있는 투쟁을 조지 역시 해왔음을 보여 주었다. 그것은 마치 투쟁할 때가 오면 같이 있던 친구들을 떠나서 깊은 산속, 큰 다락방과 같은 비밀의 방에서 자기가 택한 적대자들과 은밀히 승부를 겨루려고 가는 것과 같다. 조지 역시 이런 일을 했던 것이다.
 그런데도 예쁜 소년이던 그는 지금도 외모가 멋있었다. 그때와 마찬가지로 셔츠는 등 위로 우습게 축 처져 있고, 머리칼은 여전히 밤송이처럼 갈색과 황금빛에 뻣뻣했다. 나는 자기의 운명을 의연히 감수하고 있는 그가 자랑스러웠다. 그들은 그를 구두 수선공으로 만들었다. 그는 쇳소리를 내는 원반과 원형의 솔을 가진 구두수선소에서 볼 수 있는 펜더 아래에서 철거덕거리는 기계를 제동할 수도 없고 구두 만드는 일도 못했다. 그러나 뒤꿈치와

바닥 만드는 기술이 있었다. 베란다 밑, 지하실이 그의 일터였다. 매우 넓은 베란다였다. 지대가 넓어서 남쪽으로 약간 기울어져 있었기 때문이다. 건물은 희고 큰 목조 건물이었다. 덩굴들이 건물의 아래쪽에 반쯤 열린 먼지 낀 창문에 푸른색을 띠게 했다. 나는 그가 머리를 굽히고, 입에서 못을 꺼내 가죽에다 박는 걸 보았다.

"조지!"

나는 성인이 된 그를 쳐다보며 불렀다. 그는 즉시 알아보고는 반가워하며 일어나 옛날처럼 "여어, 오그! 여어, 오그!" 하고 콧소리로 말했다. 이 두 말을 한참 동안 반복했더라면 틀림없이 울부짖음으로 변했을 것이다. 조지가 내게 올 수 없어서 내가 다가갔다.

"그래, 어떻게 지내니, 응?"

나는 그를 끌어안고는 머리를 그의 어깨 위에 얹었다. 그는 푸른색 작업복 셔츠를 입고 있었으며, 크고 흰 손 이외엔 모두 깨끗해 보였다. 눈, 코, 조그마한 입은 여전히 단순했다. 자기를 돌봐주지 않았던 내게 불평도 없이 보자마자 반가워하는 조지를 보자 가슴이 뭉클했다.

3, 4년간 그를 찾아온 사람이 없었기 때문에 그들은 내가 그와 종일 같이 있도록 특별히 허락했다.

나는 조지에게 물었다.

"조지야, 무슨 기억이 나니? 할머니, 엄마, 사이먼, 위니?"

그는 약간 미소 지으며 나를 따라 이 이름들을 말했다. 마치 그가 과거에 개와 함께 철조망 울타리를 따라 껑충껑충 뛰면서 모든 사람들이 엄마를 얼마나 사랑하는지 부르던 그런 노래처럼. 침 흘리는 입속의 송곳니가 날카롭긴 했지만 이는 희고 건강해 보였다. 우리는 손을 잡고 운동장을 걸었다.

때는 5월 초였다. 참나무 잎새들은 무성했고, 짙고 건강하게 보였다. 마치 큰 민들레 잎이 무성하게 자라듯이 따스한 강가의 냄새가 풍기는 공기가 우리를 휩쌌다. 우리는 벽을 따라 걸었는데, 그건 처음엔 단순한 하나의 벽이었다. 그러나 갑자기 그가 죄인처럼 감금되어 밖에 나갈 수 없는 불쌍한 조지라는 생각에 우울했다. 그래서 허가도 없이 그를 운동장 밖으로 데리고 나갔다. 그는 두려운 마음에 익숙지 않은 길을 걷는 자기 발을 쳐다봤다. 네거리에 있는 가게에서 그에게 초콜릿 마시멜로 과자를 한 봉투 사 주었다. 그의 눈이 매우 불안하게 움직였다.

"알았어, 곧 돌아갈 거야."

내가 이렇게 말하자, 그는 안심했다.

저녁 식사 종소리는 어린이 동물원의 쥐가 사는 마을의 교회 종이 쨍그랑하는 소리와 같았다. 즉시 응하라고 교육받은 그는 한산하고 신선한 카페테리아로 갔다. 그는 나를 거기 남겨 놓았다. 나는 따라가야 했다. 그가 자기 쟁반을 들고 왔다. 그리고 우리는, 우둔한 머리를 흔들면서 아무런 말도 관찰도 없이 음식을 먹는 다른 저능한 사람들과 같이 앉아 식사를 했다.

그런 사람들을 보살펴 줄 계획을 세우는 건 베갯잇의 푸른색과 흰색처럼 단순했다. 입히고 먹이고 기숙사에 재우는 일이다. 아마 그 이상의 일은 없으리라.

나머지 시간을 그곳에서 보내는 동안 나는 조지가 이처럼 평생을 보내지 않도록 뭔가 해야겠다고 생각했다. 또한 우리가 전과자들이나 고아, 병신, 저능아, 노인과 같은 사람들을 실질적으로 다루기 위한 이유를 찾기 위해 얼마나 서둘렀는지 생각했다. 나는 엄마를 만난 다음 사이먼에게 가서 조지에 관해 얘기하기로 결심했다. 무슨 특별한 안은 갖고 있지 않았다. 사이먼은 돈이 있으니 뭔가 할 수 있을 거라고 생각했다. 여하튼 내가 시카고에 돌아왔기 때문에 난 사이먼을 생각했다. 그가 보고 싶었다.

나는 시카고에 있는 요양소에서 곧 다른 요양소로 갔다. 두 장소는 매우 달랐다. 엄마는 이제 부엌 옆방에 있지 않고 마루에는 걸리스탄 융단이 깔리고 창문에는 커튼이 드리워진 아파트 같은 곳에 있었다. 나는 엄마에게 가겠다고 전화했다. 엄마는 현관에 나와 흰 지팡이에 몸을 의지하고 기다리고 있었다. 꽤 멀리서 내가 엄마에게 소리쳤기 때문에 엄마는 놀라지 않았다. 엄마는 머리를 좌우로 움직여 나를 찾아보고는 가슴 아픈 기쁨의 감격적인 목소리로 나를 불렀다. 엄마는 옅은 검은빛 안경테 너머로 기다란 핑크빛 얼굴 속 눈썹을 위로 치켜올렸다. 마치 눈으로 나를 보려는 것처럼. 그런 다음 내게 입을 맞추고 내 얼굴을 만지며 부드럽게, "말랐구나 오기야, 왜 이렇게 말랐니?" 하고 말했다. 그러고는 거의 나만큼 키가 큰 엄마는 뒷문을 통해 나를 엄마의 방으로 데리고 갔다. 계단을 가득 채운 생선 끓이는 냄새가 내가 집에 돌아온 기분을 느끼게 했고, 엄마와 함께 앉았던 옛날의 부엌 열기를 느끼게 했다.

화장대에는 내가 멕시코에서 보낸 엽서가 진열되어 있었고, 사이먼과 샬럿의 사진들도 있었다. 엄마를 찾아오는 사람들에게 보여 주기 위해서였다. 그러나 사이먼을 증오하는 감독과 그의 아내를 제외하고는 누가 찾아왔겠는가? 단지 안나 코블린이 잠깐 왔다 갔겠지. 또는 사이먼이 왔겠지. 그는 엄마가 부르주아적인 응접실에 안주한 것에 만족해했을 것이다. 엄마 역시 자기가 만족스럽게 대우받는 걸 알았다. 팔목엔 팔찌를 끼고 있었고, 하이힐을 신고 있었으며, 스피커에 커다란 크롬이 지그재그 모양으로 달린 라디오도 갖고 있었다. 사실 로시 할머니가 넬슨 양로원에서 좋은 검정색 오데사 나들이옷을 입었을 때 할머니는 지금 여기서 엄마가 살고 있는 것과 같은 스타일을 희미하게 주장했던 것이다. 이처럼 로시 형제는 자기들의 엄마에 대한 도리도 이해하지 못하고 어떤 표준 감각도 없이 그분을 실망시켰던 것이다. 하지만 엄마가 사이먼과 샬럿이 해주는 대로 살아나가는 것은 쉬운 일이 아니었다. 만일 무슨 일이 있었다면 샬럿보다 사이먼이 더 까다로웠을 것이다. 그는 지나치게 까다로웠다. 그는 옷이 전부 세탁되었는지, 없어진 옷은 없는지 보기 위해 엄마 옷장을 전부 뒤졌다. 사이먼이 행복과 번영을 위해 뭔가를 할 때 그가 어떻게 하리라는 걸 난 알았다. 그는 모든 것을 새롭게 만들 수 있을 것이다.

과거에 속하는 짜릿하고 사치스러운 생선 그레이비 소스 냄새가 나로 하여금 지금 이 순간을 비판하도록 만들었다. 엄마의 어려움이 과장되어 걸리스탄 융단과 커튼도 감옥의 부드러운 창살로 상상되었다.

눈멀고 점점 늙어가는 엄마는 방 안에서 살아야 한다. 그러니 편안한 방이 왜 필요치 않겠는가? 내가 조지와 엄마를 수인(囚人)으로 본 건 잘못일지도 모른다. 그러나 그들이 갇혀 있는 동안 나는 자유롭게 나팔을 불며 다녔다는 것은 불행한 일이었다.

엄마가 말했다.

"오기야, 가서 사이먼을 만나봐. 형에게 화내지 마라. 형한테도 그렇게 일렀다."

"예, 엄마, 제가 방을 구하고 정착을 하자마자 그렇게 할게요."

"뭘 하려고 하니?"

"아, 무엇이든지요. 전 뭔가 재미있는 걸 원해요."

"뭐라고? 오기, 너 먹고살고는 있니?"

"자, 전 여기 있잖아요. 무슨 말씀을 하시는 거예요, 엄마? 저는 이렇게 살고 있잖아요."

"왜 그렇게 말랐니? 옷은 좋구나. 만져보았지."

사실 좋은 옷이었다. 테아가 굉장한 값에 산 것이었다.

"오기, 너무 오래 지체하지 말고 사이먼을 찾아가라. 그는 네가 찾아오길 바라지. 네게 말해 달라고 했단다. 항상 너에 관한 얘기를 했어."

사이먼은 정말 나를 보고 싶어 했다. 나는 전화를 했다.

"오기, 어디 있니? 내가 곧 차 갖고 갈게."

내가 새로 머물게 된 곳 근처에 있는 전화박스에서 전화를 했다. 새로 얻은 집은 내가 전에 있던 사우스사이드의 집에서 그리 멀지 않았다. 몇 분 후 그는 검은 캐딜락을 타고 왔다. 아름답게 에나멜 칠을 한, 번쩍이는 차가 다가와서 멈추었다. 차 내부는 보석같이 보였다. 그가 손짓을 해서 나는 탔다.

"곧 돌아가야 해. 셔츠도 안 입고 왔어. 코트에다 모자만 썼지. 자, 어디 얼굴 좀 보자."

그는 빨리 내리려고 서둘렀음에도 불구하고 실제로 나를 자세히 보지는 않았다. 그는 차를 몰았다. 매니큐어를 칠한 손이 핸들 위에 있는 보석―비취 같은―을 만지기만 해도 뜻하는 방향으로 가는 것 같았다. 분위기는 부드러웠다. 나는 그가 루시와 미미 때문에 우리가 싸웠던 것을 미안하게 느낀다고 생각했다. 난 더 이상 화는 내지 않고 앞만 바라보았다. 사이먼은 전보다 건장해졌다. 밤나무 단추가 달린 코트가 드러난 탄탄한 배 위에 풀어 젖혀 있었다. 얼굴 역시 커지고 거만해져 귀족적으로 보였다. 얼굴의 기름기는 다른 얼굴에서도 그렇듯이 확실치가 않았다. 지미의 엄마인 클라인 부인은 동양적으로 살찐 얼굴이었는데, 그래도 그녀 얼굴의 기름기는 뭔가를 반영했다. 그런데도 내가 사이먼을 오랜만에 보았을 때, 난 형을 혹평할 수 없음을 알았다. 그가 뭘 했건, 또 뭘 하고 있건 그를 보는 순간, 난 다시 형이 좋아졌다. 어쩔 수 없이 그런 감정에 사로잡혔다. 다시 형제가 되길 원했다. 만일 형이 나와 같은 감정을 갖지 않았다면, 왜 내게 달려왔단 말인가?

사이먼은 그동안 내가 얼마나 고생했는지 알고자 했다. 하지만 얘기할 마음이 없었다. 왜 멕시코까지 갔던가?

"나는 어떤 여자를 사랑했어."

"네가, 응? 그래서?"

나는 독수리에 대해서, 혹은 실패와 교훈에 관해선 아무 말 하지 않았다. 아마 얘기했어야 옳았을 것이다. 여하튼 그는 속으로 나의 방종과 감정을 비난했다. 그에게 그 사실을 얘기한다 해도 내가 잃은 것이 무엇이었던가? 그런데도 건방진 생각이 나를 사로잡았다. 그건 첫사랑의 포근함이 굉장히 짧은 것과 같았다. 그래서 그는 나를 비판했다. 무슨 짓이든지 하게 내버려 두자. 나는 파산하고, 상처 입고, 머리통이 깨지고, 이가 빠지고 실망하지 않았던가? 그래서 나는 "글쎄, 괜찮아, 형, 여기 내가 있잖아!" 하고 말할 수 없었다. 난 중요한 일을 위해 멕시코에 갔었다고 했다.

그러자 그는 자기 얘기를 시작했다. 그는 자기가 하던 사업을 성공시켜 엄청난 이익을 보고 팔았다. 매그너스와 관련을 맺는 게 싫어서 다른 종류의 사업에 투신했는데, 아주 운이 좋았다. 그가 말했다.

"나는 틀림없이 돈 버는 재주를 가졌지. 모든 것이 종결되고 끝났다고 생각되는 불경기에 시작한 거야."

그는 경매에서 낡은 병원 건물을 사서 아파트로 바꾼 일을 설명했다. 육 개월 동안에 그것으로 꼭 50만 달러를 벌었다. 그런 다음 경영 회사를 조직해서 새 소유자를 위해 운영했다. 그는 지금 스페인 코발트 광산에 재미를 붙이고 있었다. 그들은 원료를 터키나 중동 곳곳에 팔았다. 그는 또 여러 철도 역에 감자칩 구내매점을 경영했다. 아인혼도 이러한 장사는 꿈에도 생각지 못했을 것이다. 이런 장사에서 수지를 맞출 수 없기 때문이다.

"네 생각에 내가 어느 정도로 재산이 있는 것 같아?"

"10만 달러?"

그는 웃었다.

"좀 더 올려봐. 내가 곧 백만장자가 되지 않는다면, 계산이 잘못된 거야."

그 말이 내게 감명을 주었다. 누가 감동받지 않겠는가? 그가 이런 점을 놓칠 리 없었다. 그런데도 귀족적인 푸른 눈을 흐리게 하고 나를 쳐다보며 물었다.

"오기, 넌 돈이 없기 때문에 나보다 우월하다고 생각은 않겠지, 그렇지?"

그 질문이 나를 웃겼다. 내가 정도 이상으로 웃었는지는 모르지만 말이다.

"그건 참 어색한 질문이야. 어떻게 대답할 수 있을까? 만일 내가 대답할 수 있다면 왜 형은 신경을 써야 하지?"

이어서 나는 말했다.

"사람들이 돈 근처에 있기보단 돈을 많이 벌기를 바라는 건 진실이라고 생각해. 물론 나 역시 돈을 갖고 싶어 하지."

나는 운명을 충분히 감수해야 하는데, 내 경우엔 운명이 먼저 왔다고 얘기하지는 않았다.

그는 만족해서 말했다.

"넌 시간을 너무 낭비했어."

"알고 있어."

"시시한 짓은 집어치워야 해. 소년이 아냐. 조지도 보통은 되지. 그는 구두공이야."

여러분도 알다시피 난 조지가 자신의 운명을 감수하는 그 태도 때문에 존경했다. 나는 좀 더 내가 분명한 태도를 갖기 원했으며, 방랑 생활 같은 편력을 끝냈으면 했다. 내가 절대로 사이먼보다 낫다고는 느끼지 않았다. 만일 내게 경제적 여유가 있었다면 그는 나를 질투했을 것이다. 그러나 사실이 이러니 시기할 게 뭐 있겠는가?

그는 거드름을 부리며 유행을 따른, 끝이 뾰족한 구두를 가속 페달의 고무 받침에 올려놓고 운전했다. 이 멋진 자동차는 문장(紋章)을 가진 대형차였다. 그러니 나의 형은 권력과 암흑으로 가득 찬 디트로이트의 왕자같지 않은가? 자, 기계 세계의 실력자가 되는 데 있어서 뭐가 문제가 되겠는가? 이건 충분히 그럴듯하지 않은가? 그렇다면 달리 뭘 더 원하겠는가? 제발 믿어라. 나는 나 자신을 자랑하는 게 아니다. '보다 높은' 어떤 독립된 운명체에 대한 나의 완강한 저항을 자랑하는 것도 아니다. 나는 확신하지만 마술사도 아니고, 유명한 어떤 사람처럼 신문에 실리지도 못했고, 또는 무서운 몸체와 곰의 발톱을 가진 아폴리온 악마와 맞서는 광고를 낸 사람도 아니다. 또는 뱅센으로 가는 도중에, 우연히 일어난 따뜻하고 본능적인 사랑에 대한 모든 일이 악의 사회의 잘못이라고 생각하는 관념적인 감정에 사로잡히는 장 자크처럼 나의 모든 수치스러움에 답변을 찾을 수 있는 후보자도 아니다. 내가 자랑할 만한 1급에 속하는 그런 일은 없다. 그러면 아직 마음의 결정도 보지 못하고 그렇게 고집스러운 나란 어떤 놈인가? 내가 얘기할 수 있는 한 가지는 나는 독립된 운명을 원하긴 하지만, 그것은 단지 나 자신만을 위하는 건 아니란 것이다.

오, 그런데 왜 그렇게 정직해지려는 것인가? 심각함이란 단지 소수의 재능을 갖거나, 품위를 가진 자들에게나 적당하다. 모든 사람들이 그걸 거칠게 다루더라도, 오직 마음에 맞는 사람들은 평범하고 온건하게 얘기할 수 있다.

"그러면 넌 언제 네가 하려는 일을 시작하겠니?"

"나도 알고 싶지만, 형이 간섭할 일은 아니야."

"흠, 사람들은 네가 뭘 하는지 모르면 너를 믿지 않아. 그러니 넌 그들을 욕할 수 없지."

그는 그의 아파트 앞에서 차를 세웠다. 그는 캐딜락을 세 겹으로 길에 세워놓아서 수위가 걱정을 하게 했다. 엘리베이터로 소리 없이 신속하게 올라가, 상아빛 문에 도착했다. 그는 문을 열자마자 하녀에게 햄과 계란을 요리하라고 소리쳤다. 사냥에서 돌아온 프란시스 왕처럼 행동하며 고함을 치고, 소란 피우고 물건을 매만지면서, 그 큰 방을 내게 보여 준다기보다 그 방들을 독특하게 지배했다. 거대한 카펫과 실제 크기만 한 인형이나, 여성 우상의 테이블 램프와 마호가니로 된 벽, 내의와 셔츠로 가득 찬 옷장들과 선반 몇 개에 가득한 구두와 코트들, 장갑 상자들, 양말 상자들, 오드 콜로뉴 향수병들, 작은 보석 상자들로 가득 찬 미닫이가 있었으며, 구석을 정돈하는 조명등, 십자형 샤워기도 있었다. 그는 샤워를 했다. 나는 응접실로 갔다. 커다란 중국산 꽃병이 있었다. 나는 몰래 의자 위에 올라서서 뚜껑을 열고 안을 들여다보았는데, 흰 뒷면에는 새와 용이 새겨져 있었다. 과자 접시엔 캔디가 가득 담겨 있었다. 나는 이것저것 구경하면서 사이먼이 샤워하는 동안 코코넛 사탕과 살구 마시멜로를 먹었다. 그런 다음 윗부분이 대리석으로 된 둥그런 테이블에서 식사를 했다. 의자들은 붉은 가죽을 씌웠다. 대리석을 둘러싼 금속제 원형 장식들은 모두 공작과 어린이의 얼굴들로 세공되었다. 하녀는 눈부실 정도로 밝은 식당에서 햄과 커피와 계란을 가져왔다. 사이먼이 반지 낀 손으로 잔의 열을 시험하려고 손을 뻗쳤다. 그는 마치 자기가 먹을 모든 것의 질에 신경 쓰고, 정확을 기하는 이탈리아 군주 몰토큐란트처럼 행동했다.

나는 엘리베이터로 올라왔는데, 몇 층인지 몰랐다. 아침 식사 후 내가 정거장에서 풀맨이란 특급열차에 블라인더를 내린 채 앉아 느끼는 정도로, 어둡고 거대한 카펫이 깔린 방에 들어섰을 때 나는 커튼을 젖히고 여기가 적어도 20층 이상이라는 걸 알았다. 나는 돌아온 이후 아직 시카고 시가지를 못 봤다. 자, 이제 다시 이 창문을 통해 시카고 시가를 보자. 견고하고 검은 철로선을 갖고 뿌옇게 뻗어 있는 도시, 웅장한 공장 지대, 거기서 나오는 수증기로 덮인 하늘, 암석 대지처럼 기복을 만들며 건축 중이거나 철거 중인 도시의 전면 무대, 이 위를 각종 권력층과 하위 권력 집단이 웅크리고 앉아서 스핑크스처럼 감시한다. 마치 판결문 같은 무서운 적막이 이 도시를 휩싸고 있었다.

사이먼이 와서 외쳤다.

"야, 대체 이 컴컴한 데서 뭘 해? 이리 와, 오늘 함께 다니자."

그는 내가 그의 생활이 어떤지 알아주기를 원했다. 아마 그는 나의 미래를 위해서 내게 매력을 주는 무언가를 내가 찾게 되지 않을까 생각했나 보다.

그가 말했다.

"그런데 잠깐 기다려. 그 촌스러운 옷이 다 뭐야. 그렇게 입고는 나다닐 수 없어."

"하지만 이건 내 친구가 골라준 거야. 자, 이 양복감을 만져봐. 좋은 거라고."

그러나 그는 조급했다. 내 재킷을 끌어당기더니 "벗어!" 하고는 매우 연하고 우아한 회색빛 더블 플란넬로 나를 차려 입혔다. 스타일 면에서 빈약한 것은 틀림없이 내 운이었나 보다. 그는 나를 속속들이 몽땅 좋은 리넨 옷과 비단 양말과 새 구두로 치장해 주었다. 그리고 하녀를 불러 내 옷을 세탁해서 돌려주도록 일렀다. 이건 마치 팔꿈치만 번쩍거리는 격이었다. 다른 물건들은 하녀를 시켜 난로에 넣어 태우게 했다. 그래서 그것들은 불 속에 던져졌다. 나는 이제는 내 이름의 첫 글자를 새겨 짜맞춘 손수건으로 얼굴을 닦고, 볼이 좁은 새 구두에 익숙해지기 위해 발끝을 움직여 보았다. 금상첨화 격으로 구색을 갖추려고 그는 내게 50달러를 주었다. 거절하려고 했지만, 혀가 제멋대로 놀았다.

"힘을 내! 중얼거리지 말고. 이런 외모에 어울리게 지내려면 주머니에 그 정도는 갖고 있어야 해."

그가 말했다. 그는 커다란 돈 뭉치를 가지고 있었는데, 모두 새 것이었다.

"자, 이제 가자. 사무실에 볼일도 있고, 5시에 차로 샬럿을 마중 나가야 해. 그녀는 책을 찾아보려고 회계사 사무실에 갔어."

그는 캐딜락 자가용을 불렀다. 우리는 라디오가 부착된 번쩍이는 견고한 차에 타고 거의 멈추지 않고 달렸다.

사무실에서 사이먼은 모자를 국회의원처럼 썼다. 그는 전화 거는 동안에, 악어가죽 구두를 신은 발로 책상 위의 물건들을 떨어뜨렸다. 그는 브라질에서 마카로니를 사서 헬싱키에 파는 일을 하고 있었다. 그리고 인도차이나 회사에서 매입하려는 온타리오 주의 서드버리에서 만든 광산 기계에 관계하였다. 어떤 각료의 조카 되는 사람이 방수 제품에 관한 계획을 가지고 들어왔다. 그가 간 후, 날카로워 보이는 친구가 인디애나의 문시라는 도시에서 생산한, 오래된 것처럼 보이게 만든 옷감을 가져와서 사이먼의 흥미를 돋우었다. 그는 그것을 사서 가죽 재킷을 만드는 수공업자에게 안감으로 팔았다. 그러는 중간중간 그는 전화를 받으면서 욱 하고 소리 지르곤 했다. 정말 화가 나서가 아니라 습관이었다. 가끔 웃기도 했으니 말이다.

그런 후 우리는 조금 늦게 점심 식사를 하러 그의 클럽에 갔다. 식당엔 종업원이 아무도 없었다. 그는 주방장을 혼내기 위해 주방에 들어갔다. 접시 위에 구운 고기가 조금 있는 것을 보고, 그는 빵조각을 뜯어서 고깃국물에 찍고, 고기를 빵가루로 덮어버렸다. 웨이터가 고함치자, 사이먼도 역시 얼굴에 사나운 미소를 띠며 "야, 이 바보 녀석아! 그럼 왜 손님 접대를 않는 거야!" 하고 소리쳤다.

결국, 그들이 음식을 가져왔다. 그러자 사이먼은 오후 시간의 권태로움을 느끼는 듯 보였다.

우리는 그가 포커 게임을 하던 카드룸으로 갔다. 그가 미움을 받는 걸 알아차렸다. 그러나 누구도 그와 맞설 수는 없었다. 그는 약간 대머리인 친구에게 "저쪽으로 물러앉아, 컬리!" 라고 말하고는 앉았다.

"내 동생이야."

마치 그들에게, 부한 티가 나는 옷을 입은 나를 보아달라고 명령하는 것 같았다. 나는 사이먼 뒤 가죽의자에 편안히 앉았다.

그는 가끔 돌아서서 목소리를 낮추는 척하면서 내게 여러 사람에 대해 얘기했다.

"저 푸른 옷 입은 놈 좀 봐. 담배를 물고 있는 저 녀석 말이야.

법률가인데 개업은 안 했지. 저자는 단지 사무실만 차려놓고 있어서 바에 있다고 말할 수 있어. 그는 카드를 해서 먹고살지. 만일 아무도 저놈과 함께 카드를 하지 않는다면, 다음 주쯤엔 정부의 구호금을 받게 될 거야. 여편네도 마찬가지야. 그녀는 멋진 호텔을 죄 돌아다니면서 게임을 하지. 그리고 그 건너에 있는 저놈은 폭력배야. 그의 아버지는 소시지 공장을 가지고 있지. 그리고 저놈은 하버드 출신이야. 만일 내가 저런 아들 놈을 갖게 된다면, 그놈을 대학에 보내자마자 내 사전에 샴페인을 부어버리겠어. 개자식 같으니라고. 나는 저놈을 순대(wurst) 속에 처넣겠어. 저놈은 독신이지. 자기 자식은 갖지 않겠지. 그렇지만 어린 소년들을 좋아해. 그래서 작년에 '스테이트 앤드 레이크'에서 선원 하나를 뽑으려고 했어. 그런데 그 아이가 저놈의 눈을 시퍼렇게 만들었지. 저쪽에 있는 이가 루비 러스킨이야. 착한 친구지. 적어도 한 달에 한 번씩은 멀리 졸리엣 교도소에 있는 늙은 아버지를 면회하지. 그 노인은 그들 둘을 위해서 방화 소송 사건의 벌금을 물었어."

노려보지 않거나, 씩 웃지 않는 노름꾼들은 숨을 죽이고 있는 것처럼 보였다. 나는 사이먼이 크게 잃고는 게임을 끝내리라고 확신했다. 그러자 그가 말했다.

"야, 이놈들아! 들어봐. 너희들이 내 동생을 잘 봐주길 바래. 과격론잔데, 막 멕시코에서 돌아왔지. 오기야, 저자들에게 그들이 목에 추가 달린 띠를 매고 배수 운하에 던져졌을 때는 혁명이 일어난 것이라고 얘기해 줘."

형은 많은 돈을 땄다. 나머지 사람들이 너무 당황해서 카드를 할 수 없었으니 그는 틀림없이 땄을 것이다. 그는 뽐내면서 테이블을 떠났다.

"저 사람들은 숟가락에 담긴 물만 있어도 형을 빠뜨려 죽일 것 같던데. 형은 왜 그들이 형을 그렇게 미워하도록 만들었지?"

"내가 그들을 증오하기 때문이지. 저놈들이 이 사실을 알았으면 해. 저따위 술취한 녀석들이 미워한다고 내가 신경 쓸 게 뭐 있어? 흠, 저놈들은 모두 머릿니 같은 녀석들이야. 나는 저놈들을 경멸해!"

"그럼 왜 형은 저들의 클럽에 가입했지?"

"왜 못 해? 난 클럽의 회원이 되는 걸 즐기지."

그는 흡연실용 바의 초록색 나사판에서 주사위가 담긴 가죽 컵을 치면서 '투엔티식스 걸' 게임을 해서 또 이겼다. 그는 아바나산 여송연을 몇 개 내 주머니에 넣어주면서 말했다.

"이발소에 다녀와. 갈 때가 됐어. 난 그걸 좋아하지. 제기랄, 난 이발소를 사랑해!"

우리는 등이 높은 주교의 의자를 가지고 있는 파머 하우스에 들렀다. 우리가 이발하고, 면도하고, 수건으로 닦고, 말리고, 기름 바르는 걸 끝마쳤을 땐 5시였다. 우리는 뛰어가 차를 타고는 불법 통로인 지름길을 통해서 속력을 내어 시카고의 번화가를 빠져나왔다. 샬럿은 털로 레이스를 단 옷을 입고 길가에서 기다리고 있었다. 그녀는 굉장히 멋있고 커 보였다. 그녀는 기다린 것에 대해 심하게 화를 내며 떠들어대기 시작했다.

"사이먼, 어디 갔었어요? 얼마나 늦었는지 알아요?"

"시끄러워! 내 동생이 왔어. 당신은 오기를 이 년 동안 못 봤는데도 인사도 안 하고 허튼소리부터 하다니."

"잘 지냈나요, 오기?"

그녀는 털코트 위로 머리를 들어 뒷자리로 고개를 돌리며 친절하기보다 기운차게 말했다.

"멕시코는 어땠어요?"

"아, 굉장했지요."

그녀는 유행의 첨단을 걷는 듯이 보였다. 이마와 입의 모습은, 만일 그녀가 굉장히 열심히 가꾼 게 아니라면 매력적으로 보였을 것이다. 성급함을 감추는 그녀의 태도는 나쁘게 변했다. 물론, 그녀는 내가 사이먼의 옷을 입은 걸 알아차렸다. 그녀가 이런 일을 반대한다는 게 아니고, 이런 일을 놓치지 않고 알아차린다는 것이다. 만일 그녀가 당신과 이야기를 한다고 해도 그녀는 잔소리를 하고 명령하는 습관을 가지고 있고 또 거칠고 엄격하게 판단하기 때문에, 당신은 피고가 될 것이다. 당신이 한 얘기를 조심해야 할 것이다. 어떻든 그녀는 자기가 원하는 의견에 도달했다. 털장식이 달린 드레스를 입고 멋있고 몸집이 큰 그녀는 루즈를 바르고 마스카라를 칠했어도 재판소의 사무원 같았다. 그리고 나는 간사스러운 해적 같았다. 대담하게 대답은 못 하지만 말이다.

그녀를 당황하게 한 것은, 내가 한 푼 없이 부자들만이 즐기는 많은 편리한 것들에 완전히 익숙해 있는 것이었다. 모든 부담과 걱정거리로부터의 해방, 물론 이건 진실은 아니다. 하지만 그 진리의 여러 외형 중의 하나일 것이다. 그녀는 내가 조금도 초조해하지 않는 것에 특별히 관심을 쓰고 있었다.

저녁 식사 때 나는 조지에 대해 사이먼과 얘기하려 했으나 그는 말했다.

"제발 새로 문제를 만들지 마. 제발 문제를 만들지 말라고. 조지는 잘 있어. 넌 뭘 원하는 거야?"

그러자 샬럿이 말했다.

"당신 자신에 대해서도 결정 내리지 못한 사람이 왜 동생에 대해 걱정해요? 게으름뱅이가 되기는 쉬워요."

사이먼이 말했다.

"조용히 해! 게으름뱅이라도 당신 사촌 루시의 남편이나 당신 숙부님의 사위보다는 나아. 오기를 내버려 둬. 게으름뱅이란 그저 원하는 것이 아무것도 없는 거야. 결정하기 위해 약간 시간이 걸린다면, 그게 어때?"

"당신은 이를 한두 개 부러뜨렸죠, 그렇죠?"

샬럿이 물었다.

"무슨 일이 있었죠? 지옥의 악마처럼 보여요……."

그녀는 아마 더 계속했을 것이다. 그러나 초인종이 울렸다. 하녀의 안내를 받은 누군가가 거실로 향한 통로를 걸어갔다. 샬럿은 입을 다물었다. 잠시 후 힐끗 보니, 어둠 속에 앉아 있는 거대한 여자 모습이 보였다. 나는 이 여인이 누군가 가서 보았다. 아니, 샬럿의 어머니가 아닌가. 매그너스 부인은 자신을 거대하게 보이게 하는 중국 항아리 옆에 앉아 있었다. 어둠 속에서도 매그너스 부인의 아름답고 건강한 피부와, 땋은 머리칼과, 잔잔하고 오똑한 코와, 몸매가 내 감정을 움직였다.

"왜 어두운 데 계십니까, 부인?"

내가 말했다.

"그래야 하네."

그녀가 간단하게 말했다.

"왜요?"

"사위가 날 보기를 원치 않기 때문이지."

"무슨 일인가요?"

내가 샬럿과 사이먼에게 물었다.

샬럿이 말했다.

"사이먼이 어머니에게 싼 옷을 입었다고 언성을 높였지요."

사이먼이 화가 나서 말했다.

"왜냐하면, 장모님이 1950년대 옷을 입고 오셨거든. 50만 달러를 가진 부인이! 그녀는 넝마주이의 말처럼 보여."

내 덕분에, 샬럿은 어머니를 테이블로 모셔왔다. 우리는 버찌를 먹고 커피를 마셨다. 샬럿은 나와는 일단 휴전하였다. 사이먼은 매그너스 부인이 입은 갈색 옷 때문에 화가 났다. 그는 신문을 읽으며 그녀를 외면했다. 그는 그녀가 들어왔을 때 한마디도 안 했으나 마침내 입을 열었다. 나는 그때 형 마음속의 악마적인 요소를 보았다.

"이거 원 참, 이 형편없는 늙은 구두쇠! 난 장모님이 여전히 옷을 수위 아내에게서 사는 걸 봤습니다."

"그만둬요."

샬럿이 날카롭게 말했다.

갑자기 사이먼은 테이블로 달려가서 버찌를 쏟고, 커피잔을 뒤집었다. 그는 장모의 옷깃을 꽉 쥐고는 허리까지 옷을 찢었다. 그녀는 비명을 질렀다. 핑크색 띠에 싸인 크고 부드러운 젖가슴이 노출되었다. 갑자기 그걸 보는 건 얼마나 놀라운지! 그녀는 헐떡이면서 손으로 가슴을 가리며 돌아섰다. 그녀의 울음소리는 크게 웃는 소리 같았다. 그녀는 사이먼을 얼마나 사랑했던가? 그도 그걸 알고 있기는 했다.

"가려요, 가려!"

그는 웃으면서 말했다.

"미친 바보 녀석."

샬럿이 외치며 하이힐을 신은 채 뛰어갔다. 그녀 역시 어머니에게 코트를 갖다 주고 오면서 웃었다. 나는 그들이 터무니없이 거만하다고 생각했다.

사이먼은 수표에 사인하여 장모에게 주었다.

"여기 있어요. 이걸로 옷을 사세요. 다시는 잡역부처럼 차리고 오지 마세요."

그는 그녀의 머리에 키스했다. 그러자 그녀는 그의 머리를 붙잡고, 굉장한 유머로 한 번 해준 키스의 보답으로 두 번 키스해 주었다.

나는 아인혼을 만나러 갔는데, 그는 머리가 희고 병약했다. 그는 형세가 좋지 않았다. 내가 없는 사이에 병원에 가서 전립선 수술을 받았다. 여전히 풍채가 좋았고, 보험 문서와 잘라낸 종잇조각들과 사진들이 사방에 널려 있었다. 그 사이에 시 위원 초상화가 걸려 있었다.(그는 용감했다. 얼마나 훌륭하고 위대한 지도자였던가.) 유명한 사망 기사를 그 밑에 붙이고서 말이다! 틸리는 손자와 여행을 떠났고, 아인혼과는 친구 이상의 사이인 밀드레드가 일을 보고 있었다. 그녀는 탄탄한 의족을 차고 사무실 칸막이에 섰다. 이 칸막이는 길 건너 옛날 사무실에서 잘라 온 것이었다. 그녀는 눈을 이상하게 움직여 사람들이 그녀에게 싸움을 걸어오곤 했다. 다행히 나와는 그렇지 않았다. 그녀의 머리카락은 세기 시작했다. 아인혼의 머리는 눈같이 희어서 눈이 더욱 검게 보였다. 그는 사이먼이 내게 준, 단추가 양쪽에 달린 양복을 보고 말했다.

"넌 틀림없이 잘나가고 있구나, 오기."

집에서는 냄새가 났다. 책들이 선반에서 떨어져 있었다. 위인들의 반신상들이 천장 근처까지 높이 올라가 있었다. 바퀴 달린 검은 가죽 의자들은 오래되어 낡았다.

아인혼은 미미 빌라즈에 대해 굉장히 악평했다. 그녀가 그의 아들을 타락시키고 있다고 말했다.

미미는 아인혼에 대해 얘기할 때와 그가 아서에게 한 짓을 말할 때는 더욱더 불친절했다.

"내가 그 늙은이에 대해 얘기해 줄게. 그는 자기 자신에 대해서도 지독한 감독이야. 화장실에 갈 적마다 그는 그 일에 대해 기사를 게재하기를 원하지. 모든 사람들이 허영심이 있다는 건 알아. 그리고 그게 세계를 움직인다는 것도 알아. 아마 허영심만은 아니겠지. 그건, 머리통에 탄환이 박힌 채, 멋진 모자를 계속해서 생각하는 것과 마찬가지일 거야. 또는 토요일에 초대받은 파티를 계속해서 생각하는 걸 거야. 그러나 어디엔가는 한계가 있겠지. 만일 네가 어찌할 수 없다면, 적어도 그게 좋지 않다는 것만은 알아야 해. 그가 바라는 모든 건, 아서는 그에게 자랑거리가 돼야 하며, 그에게 영광을 안겨 주어야 한다는 거야. 그러나 그를 한 푼의 가치라도 되게 도와주는 줄 알아? 아니, 그는 한 푼도 주지 않으려고 해. 돈은 가졌지만 한 푼도 자식들에게 안 주는 부모는 돈을 모조리 뺏기고 동냥을 해야만 돼. 나는 그 늙은이를 '스테이트 앤드 레이크'의 한구석에 깡통 컵 하나를 주어서 데려다 놓고 싶어. 너도 알듯이 할아버지는 모든 걸 아서에게 상속하셨지. 그는 자기 아들을 믿을 정도로 어리석지는 않았거든. 아서는 책을 다 써가고 있는데, 굉장한 책이야. 난 그걸 믿어. 책을 쓰는 동안 그는 일을 할 수 없어."

아인혼은 돈을 좀 가지고 있었지만, 그녀는 그의 재산을 과장했다. 그러나 그녀와 그 문제로 논쟁하지는 않았다. 나 자신은 아인혼을 원망했다. 내가 버펄로에서 돌아와 우리 가족이 흩어진 것을 알았을 때, 그리고 내게 사이먼에게 냉정히 굴라고 말했을 때부터 난 그에게서 옛 우정을 느낄 수 없었다. 만일 여러분이 알고자 하면 말하겠는데, 옛날에 그와 틸리는 아서가 모든 재산을 물려받을 거라고 계속 얘기하면서, 내게 아무것도 기대하지 말라고 했기 때문에, 나는 누구도 그들을 위해 잘하리라고 생각할 수 없었다. 그리고 이제 그들은 서로 앙숙이 되었다. 아마 지금 내 운명은 그들을 못 본 체하고 지나가는 것인지 모르겠다.

미미가 옛날의 그 씁쓸한 기분으로 말했다.

"난 지금 꽤 좋은 직업을 갖고 있지만 지난 겨울엔 감기 때문에 일할 수가 없었어. 그뿐 아니라 오웬즈는 집세를 못 낸다고 우리를 쫓아냈지. 그래서 도체스터에 사는 친구가 우리를 묵게 해주었어. 그러나 우리가 잘 곳은 소파뿐이었어. 우리는 소파에서 지냈는데, 나는 감기에 걸렸지. 아침에 그는 너무 피곤해서 내 친구가 일하러 나가면 그녀의 침대에서 자곤 했어."

그녀는 희극적인 웃음을 지으며 말했다.

"그래서 내가 그에게 직업을 가져야 한다고 했더니 노력하겠다고 했어. 어느 날 아침, 그는 8시에 나가더니 10시쯤 돌아왔지. 위볼트의 장난감 백화점에 일자리를 구했다면서 자세한 건 내일 알게 될 거라고 했어. 다음 날 아침에는 9시에 가서 11시에 돌아왔어. 그들이 그를 안내했지만, 그는 일을 시작하기 전에 키르케고르에 관한 중요한 장(章)을 끝내고 싶어 했어. 내가 그것에 대해 뭘 알겠어? 그는 이튿날 8시 반에 나갔어. 파면당하고 정오에 돌아왔지. 판매장 감독이 종이를 주우라고 했는데 그는 '네가 주워, 이 개자식. 네 등뼈도 부러지지 않았잖아.'라고 말했기 때문이야. 그러자 그는 감기로 눕게 되고, 나는 그에게 소파를 내주어야 했어. 그러나 난 그를 사랑해. 그와 함께 있으면 지루하지 않아. 형편이 어려워질수록 난 더 사랑을 느꼈어. 그런데 넌 어땠니?"

그녀는 나를 조심스레 쳐다보며 말했다. 내가 어떻게 멕시코에서 그을렀는지, 힘든 여행과 경험 때문에 얼마나 늙었는지, 마침내 비즈코초 때문에 바위 위에 떨어지고 테아 때문에 마음을 태웠던 것을 전부 읽으려는 듯이 쳐다보았다. 내 모습은 동부의 사막에 있던 크라수스 군대의 찢어진 갑옷을 입고 대학살을 간신히 피해 돌아온 생존자와 무언가 공통점이 있었다.

사람들은 우선 내게 경고를 했다. 예를 들면 파딜라는 이렇게 말했다.

"저런, 마치, 그런 여자와 그런 새를 데리고 거긴 대체 왜 간 거야! 뱀 잡는 여자라니, 무슨 짓을 할지 아니! 넌 뭘 기대했지? 네가 그런 꼴이 된 건 놀랄 일이 아니지. 되풀이 말하고 싶진 않지만, 내가 보기엔 네 잘못인 것 같아."

"매니, 내가 뭘 했을 것 같냐고? 난 그녀를 사랑했지."

"사랑이 널 망쳤는가 보구나? 사랑을 위해 목숨을 끊는 짓은 말아야 해. 죽으면 사랑이 무슨 소용이야?"

"그건 옳아. 그러나 난 내가 꼭 그래야 한다는 생각에 그녀를 사랑한 건 아냐. 너도 알듯이, 난 실패했어. 좀 더 순수했어야 했고, 그 상태를 유지했어야 하는 건데, 뭔가 잘못됐어."

"이 친구야, 내가 한마디 할게. 너는 자책이 심해. 진정한 사유는 그리 좋은 건 아냐. 그건 네가 야망이 있기 때문이야. 넌 욕심이 많기 때문에 실패하게 되면 자책이 너무 심하지. 그러나 이건 모두 꿈이야. 요즘의 큰 연구 논문들은 인간이 얼마큼 좋게 될 수 있느냐는 문제보다, 얼마나 타락할 수 있느냐는 문제에 관한 것이지. 넌 시대와 보조를 맞추지 않고 있어. 역사를 거슬러 올라가고 있단 말이야. 그렇지 않으려면 적어도 넌 세상일들이 얼마나 기쁜지를 인정해야 해. 그런 일은 못 하더라도 유람 여행은 집어

치우고 대학교로 돌아가야 해."

"나도 그렇게 생각해. 지금 생각을 정리하는 중이야."

"어쨌든 생각은 밤에 하면 되잖아. 동시에 두 일은 못 하니?"

클렘 탬보도 내게 같은 이야기를 했다. 그는 곧 학위를 받을 것이다. 그는 묵직한 턱수염과 시가 때문에 매우 심술궂게 보였다. 그는 가난한 사람의 선전 대행업자처럼 옷을 입었는데, 옷에서 세탁 액체와 남자 냄새가 났다.

"야! 녀석, 그때와 달라진 게 없구나."

그가 말했다. 클렘과 나는 서로 매우 좋아했는데, 그는 멋지고 착한 마음씨를 가진 지상의 소금이고, 남의 곤경을 동정할 줄 알고 이해할 줄 안다. 그러나 난, 그가 보았듯이, 부유한 여자와 함께 법석을 떨며 떠났었다. 만일 내가 거칠어졌다면, 그 성질을 가지고 왔을 것이다. 그것이 그가 의미한 것이다. 왜냐하면 나는 내가 떠날 때와 전혀 똑같지 않았기 때문이다.

"그래, 그럴싸한 운명을 겪은 뒤의 너의 그 캠페인 운동은 어떻게 됐어, 오기?"

클렘은 나에 관해 많이 알기 때문에 그렇게 물었다. 아, 슬프다. 그는 왜 나를 그렇게 놀리는지! 단지 옳은 일을 하려다 머리통이 깨지고, 이가 부러지고, 발전 과정에서 화상을 입었는데 대단히 무책임한 운동가가 되어버렸다. 아아, 선행을 추구하는 경주자이며, 사랑의 신하이고, 계획에 착수하는 사람이며, 숭고한 사상의 신입생이며, 난봉꾼인 나! 아니, 여기 내가 실망에 찬 인생을 영위해 나가는 것을 거절하려는 건, 사리를 판단할 줄 아는 사람에겐 바보 같은 일이 아니고 울어야 할 일이었다. 동정의 눈물을 흘리게 하는 원인이며, 동시에 클렘이 이해하듯, 종종 위대한 농담이 그러하듯, 가가대소(呵呵大笑)의 원인이기도 하다. 그래서 난 실의에 차 보였고, 클렘은 아무렇게나 웃었다. 나는 그들에게 화내지 않을 수 없었다.

당신들은 내가 왜 사람들을 웃기는 줄 알지 않은가. 나는 그것이 분업(分業) 때문이라고 생각한다. 특수화는 나 같은 놈들을 낙오자로 만들고 있다. 나는 흠집을 용접할 줄도 모르고, 교통정리도 모르고, 맹장이나 혹은 어떤 수술도 할 수 없다. 이것을 클렘과 토의했는데, 그 역시 같은 의견이었다. 클렘은 시시한 놈이 아니었다. 그는 심리학 분야에서 선두를 달리고 있으며, 전에는 신비롭던 것들이 이젠 그에게 명백해졌다. 오, 그는 아직도 자신을 채찍질하고 있구나. 그가 말했다.

"나는 좋은 일용품들을 재고 특매장에서 샀지."

그는 자기의 견해를 점점 더 확신했다. 그는, 우리가 드물게 진실한 친구들 중 하나라면서, 내가 돌아온 걸 굉장하게 생각했다. 그것은 거짓말이 아니었다. 나는 그에게 대단히 따스한 기분을 느꼈다. 그런데 그가 와서 오리엔탈 극장에 가서 저녁 식사를 해야 한다고 말했다. 마지막 한 푼까지 털어 그는 대접을 하려 했다. 그런데 사람들이 그에게 한턱을 쓰느냐 안 쓰느냐 하는 문제엔 신경 쓰지 않았다. 그는 잘 보이길 좋아했다. 얼굴은 가끔 화가 나서 주름살이 졌고, 웃음은 너무 컸다. 이는 뻐드렁니였고, 머리는 크고, 옷은 부유하고 빈틈없는 중년 은행가의 옷이었다. 다리는 길고, 구두는 결딴 났고, 양말은 낡은 다이아몬드색 무늬였으며, 거북이 목 같은 스웨터를 입고, 담배 냄새를 풍겼다.

우리는 오리엔탈 극장으로 갔다. 별들이 아라비안 나이트처럼 푸른 하늘에서 천천히 움직였다. 우리는 밀턴 벌[4]의 「내 문에서 멀리 떨어진 강」이란 노래를 듣고 나서, 벨벳에 싸인 침대 인형 같은 형편없는 댄서들이 조그만 강아지 흉내를 내며 차를 타고 무대 위를 힘차게 달리는 걸 봤다. 소녀들 한 패가 백파이프를 불었다. 처음에 「애니 로리」를 연주하고 나서 클래식 곡을 연주했다. 바그너의 「사랑의 죽음」과 「슬픈 왈츠」를 연주했다. 그다음 특별 순서였는데, 너무 형편없어서 우리는 그곳을 나와 레스토랑으로 갔다.

큰 복도에서 수다스럽게 껄껄 웃고 나서 점잔을 뺀 후, 클렘은 중국 요리를 융숭하게 주문했다. 향긋하고 새콤한 돼지고기와 죽순, 파인애플을 곁들인 닭고기 차우멘, 에그푸영, 차, 쌀밥, 과일주스, 아몬드 케이크 등이었다. 우리는 이것들을 말끔히 먹어치우면서 얘기를 나누었다.

그가 말했다.

"다하비에(dahabiyeh)라는 범선을 타고, 나일 강을 거슬러서 첫 번째 폭포까지 간다고 생각해 봐. 푸른 초원과 큰 새들에게 돌을 던지는 수줍은 소년들, 화사하게 빛나는 꽃들, 우린 미약(媚藥)을 넣은 야자열매를 먹고, 아름다운 콥트 아가씨들은 삼각범선에서 흘러나오는 음악에 맞추어 노를 젓지. 카르나크에 비문을 복사하러 가는 거야. 어때?"

"난 방금 이국적인 곳에서 돌아온걸."

"그래, 하지만 넌 너무 서둘렀어. 넌 아직 갈 준비가 안 됐어. 침착하지 않아서, 여행은 성공하지 못한 거지. 자, 네가 이집트 연구학자라면, 나일 강을 거슬러 여행할 수 있는 거야."

"좋아, 내가 이집트 연구학자라 치자. 필요한 건 십 년간의 준비야."

"너를 한번 쳐다봐. 저녁 식사 후에 더 현명하고 행복해 보여. 기분도 좋아 보이고. 넌 이 건물의 주인도 될 수 있어. 하하하! 야, 너는 멋있어!"

난 기분이 좋아져서 말했다.

"문제는, 왜 나일 강이야?"

"너에게는 뭔가 특별한 것이어야 하지. 너를 생각할 때, 나는 뭔가 특별하게 생각해야 하거든. 성취의 단계에서 말이야."

그는 이런 말을 대학에서 배웠을 것이다. 그가 잘 사용하는 단어 중의 하나가 '강화(强化)하다'인데, 그건 문제를 해결한 쥐에게 용기를 북돋워 주려고 음식을 주는 걸 뜻했다. 그러는 동안 커다란 붉은 입술로 오만상을 찡그리며 웃었고, 큰 얼굴과 비스듬한 큰 코를 가진 그는 왕같이 보였다.

"넌 보트를 노 저어 나오는 콥트 아가씨들에게 환호성을 올리는 형편없는 군중 중의 한 사람과 같니? 그렇지 않아. 넌 특출한 인물이야. 예감을 가지고 있는 사람이지. 너는 인간의 가장무도회에서 춤을 추는 불쌍하고 따분한 사람들에게로 천사처럼 온 거야."

나는 혀를 차며 딱하다고 얘기하려 했다. 그러나 그는 말했다.

"오, 냉정해. 내 얘기는 아직 안 끝났어. 아직 그렇게 좋아할 것 없어."

"나를 부추기지 마. 나중에 나를 욕할 수 없게 돼."

"우리는 같은 담론의 영역에 속해 있지 않아. 이건 아직도 성 토머스가 일차 개념의 단계라고 부른 것도 아니지. 난 네가 천사라고 얘기하진 않았어. 그렇지만 우리 같은 평범한 인간들과 불행한 인간들은 차츰차츰 네가 기쁨에 넘쳐 웃으면서 무도회에 오는 걸 볼 수 있어. 넌 야망이 있어. 그러나 일반적인 야망이야. 아직 구체적이지 못해. 넌 구체적으로 되어야 해. 실은 나폴레옹도 괴테도 그랬어. 넌 실제로 이 나일 강 여행을 했던 세이스[5] 교수를 이해해야 해. 그는 천 마일 가량의 그 강둑에 대한 모든 걸 알고 있어. 특별한 일! 이름과 주소들, 연대들, 인생의 모든 신비가 특정한 데이터 속에 있어."

"왜 갑자기 이집트에 관해 예민해진 거야? 난 내가 잘못된 게 많다는 걸 알고 있어. 걱정 마."

"물론 네가 활짝 웃고 있더라도 넌 걱정에 차 있어. 내가 그걸 모를 줄 알아! 네가 바람을 향해 오줌 싸는 걸 이해해. 네게 필요한 건 프로이트 박사의 몇 가지 처방인데, 효과가 굉장히 좋을 거야."

나는 약간 불안해져서 말했다.

"사실, 나는 최근에 괴상한 꿈을 많이 꾸었어. 들어봐. 어젯밤에 내 집에 있는 꿈을 꾸었어. 내 집을 소유한다는 건 굉장히 놀라운 거였어. 꿈이 아닐지도 모르지. 나는 손님들을 접대하면서 멋진 현관에 서 있었지. 그런데 그거 알아? 피아노가 두 대가 있었어. 그것도 그랜드 피아노로, 마치 연주회를 하려고 준비한 것처럼 말이야. 그때 굉장히 훌륭한 예절 바른 손님이—물론, 나 역시 사교적이지.—말했어. '세 대의 그랜드 피아노를 갖는 건 특별한 일 아닌가요?' 세 대라니! 나는 돌아보았어. 아! 만일 거기 피아노 한 대가 더 없었더라면. 어떻게 나의 집에 피아노 두 대를 가졌는지를 생각해 내려고 애썼지. 난 황소가 쿠션을 꿰매는 것보다 더 피아노를 못 치기 때문이야. 이건 완전히 불길해 보였어. 나는 당황했지만 내색을 하진 않았어. 내가 그에게 말했어. '물론이죠. 피아노 세 대가 있을 수 있죠.' 어떻게 더 적게 가질 수가 있느냐는 듯이. 내가 굉장한 협잡꾼 같았지."

"오, 그게 무슨 문제야! 넌 과학적 정신을 위한 정규 관리자가 될 거야. 심지어 굴속에 처박혀 알려지지 않은 것까지 수집하게 되겠지. 내가 추측할 수 있는 건, 넌 고상한 증상을 가지고 있다는 거야. 넌 현실 상황에 적응할 수 없어. 네 몸 전체에서 그걸 느낄 수 있어. 넌 대문자 M으로 시작하는, 위대한 정신 능력을 지닌 인간(Man)이 있기를 원하는 거야. 우린 어려서부터 친구였기 때문에 네 생각과 사람됨을 알아. 네가 매일 집에 오던 걸 기억하니? 난 네가 원하는 걸 알고 있어. 오, 파이데아여! 오, 다윗 왕이여! 오, 플루타르크, 그리고 세네카여! 오, 기사도여! 오, 슈거 대수도원장이여! 오, 스트로치 궁전이여! 오, 바이마르여! 오, 돈 조반니, 오, 만족된 욕망의 얼굴이여! 오, 신 같은 인간이여! 야, 말해 봐, 내가 흥분했나, 안 했나?"

"그래, 맞아, 흥분했지."

내가 말했다. 우리는 중국 레스토랑의 목조 정자에 있었다. 모든 것이 훌륭하고, 상냥하고, 친절하게 보였다. 중요한 사유(思惟)가 독백이 되지 않을 때가 얼마나 가치 있는 때인가를 나는 안다. 사람은 자신에게만큼 그 누구에게 자신의 진심을 말할 수 있겠는가?

"계속해, 클렘, 계속해."

나는 말했다.

"난 모틀리 학교에 4학년으로 전학했어. 민시크 부인이 담임이었지. 그녀는 너를 앞으로 불러서 분필 하나를 주었어. '자, 도라벨라, 무슨 꽃 냄새를 맡겠니?' 하, 하! 그건 재미있는 일이었어. 이 조그만 도라벨라 파인골드는 팬티가 보일 때까지 냄새를 맡고는 황홀해져서 눈을 돌렸지. 그녀는 종종 '스위트피.'라고 말했어. 그것은 규칙적인 훈련이었지. 들이마시고 내쉬는 것 말이야. 스테파니 크리츠키, 그녀는 '제비꽃, 장미, 한련화.'라고 말했지."

그는 시가 끝을 잡고, 코를 부풀리며 냄새를 맡았다.

"그 더러운 교실의 광경을 상상해 봐. 독일 김치, 돼지족을 넣은 빵으로 배를 채운 이 모든 불쌍한 풋내기들은 이민자의 피가 섞여 있고, 세탁일의 냄새와 폴란드 훈제 소시지 냄새, 집에서 만든 맥주 냄새로 가득 찼지. 어디다 그들은 이 꽃의 우아함을 버렸는지? 아, 염병할! 그러면 늙은 숙녀인 민시크는 잘한 애들을 북돋워 주려고 금별을 상으로 주었지. 날카로운 이를 가진 입과 배까지 축 처진 젖꼭지를 가진 그녀는 쓰레기통에 가래침을 뱉곤 했어. 그러면, 거친 녀석들은 '앉은 양배추 선생'이라든가 '야생의 바보 꽃' 또는 '똥'이라고 말하곤 했지. 그래서 그녀는 네 멱살을 잡고 교장실로 데려갔지. 하지만 그 녀석들이 옳았어. 누가 '스위트피'를 보았겠어? 난 마름모꼴의 핀을 가지고 하수도 뚜껑 위에서 낚시질을 하곤 했지. 똑똑한 우리 형이 내가 금붕어를 낚을 수 있다고 말해 주었기 때문이야."

"이건 슬픈 얘기야. 하지만 넌 그 두 종류의 애들이 모두 옳다고 생각하지 않니? 일부는 그들이 알고 있는 걸 지지하고, 일부는 그들이 하지 못한 걸 갈망하고. 몇몇 애들이나 어른에겐 꽃이 있을 수 없다는 건 뭘 뜻하는 거야? 그건 진실일 리가 없어."

"난 네가 백묵 냄새 맡는 걸 반박했던 걸 알고 있어. 너는 굉장한 초자아를 갖고 있어. 너는 받아들이려고 하지. 하지만, 넌 네가 무엇을 받아들이고 있는 걸 어떻게 알아? 네가 이 모든 것이 이루어지길 바란다면, 바보가 돼야 해. 누구도 네가 시도하는 일로 네게 고맙게 생각지는 않을 거야. 그리고, 너는 원칙적인 현실을 무시하고 더러운 장면을 연출하는 이들을 고무함으로써 네 자신을 타락시키고 있음을 알 거야. 네 경험의 데이터를 인정해야 해. 심리학 책을 읽어보는 게 어때? 거기서 난 유용한 걸 많이 얻었지."

"그래, 그것이 그렇게 중요하다고 생각하면 네 책 몇 권 빌려야겠다. 다만 너는 모든 일들을 벌써 그르쳤어. 내가 본 대로 네게 말해 줄게. 죽음을 제안하는 건 절대로 옳을 수 없어. 만일 그것이 경험의 데이터가 네게 가르쳐준 것이라면, 넌 데이터 없이 살아가야 해. 나는 또 네가 나의 비구체성에 대해 의도하는 바를 이해하고 있어. 그건 이래. 즉, 요즘 세상에서는 네가 생각하는 개인들은 점점 더 좁고 제한된 존재에 관한 문제를 즐겨 하지. 그런데 난 전문가는 아니야."

"넌 마치 새를 훈련할 수 있다는 듯 말하는구나."

그렇다, 거기까지가 유일한 내 전공이었다. 여러분도 사회적 목적에 의해 참여하고, 또 멀리, 강력하게 밀려 나간 것처럼 생각하는 사람 중의 하나임은 틀림없다. 만일 누군가가 길거리에 누워 있는 것이 요구된다면, 당신은 그것을 해야 한다. 또는 광산 속에 들어가 있거나, 카니발에서 남의 차를 몰래 탈 때도 마찬가지다. 또는 새 과자의 이름을 생각해 내거나, 아기 신발에 전기도금을 하거나, 돌아다니며 이발소나 살롱 벽에 두꺼운 종이로 된 여자 그림을 붙이거나, 또는 당신의 역할에 대한 편협하고 끈질긴 사고(思考), 즉 한두 가지 생각을 가지고 세분화된 특정 역할을 맡아서 하는 동안에도 마찬가지로 죽음은 찾아온다. 나는 당신이 의사나 기술자처럼 전문가가 되어야 한다면 내가 원하는 것을 위해선 별로 희망이 없으리라는 걸 믿고 있다. 만일 그렇게 된다면, 전문가로서 당신은 다른 전문가들을 다루어야 한다. 당신은 아마추어에 대해 별로 관심 갖지 않을 것이다. 전문가들은 아마추어를 그렇게 대하니까. 전문화가 어려움을 뜻하는 것 이외에, 전문가가 되는 건 뭘 뜻하는가? 나는 파딜라의 '쉽게, 그렇지 않으면 아무것도 아니다.' 라는 구호를 내걸었다.

미미는 나의 멕시코 여행 경험 때문에 많이 웃었다.

"네가 참석한 무도회라니."

그녀가 말했다. 그녀는 내게 테아에 대해 불유쾌한 감정을 느끼도록 했다. 스텔라에 관해서도 말했다.

"너 같은 친구들은 여자들과 문제를 일으키지 않고 지내지."

누구에게건 쉬운 일은 없었다. 그러나 당신은 미미에게 그걸 얘기할 수 없으리라. 그녀는 자기가 원하는 만큼 얘기를 듣고 난 후, 더 이상 귀를 기울이지 않았다. 앞으로 내민 생기에 찬 얼굴에다 붉은 입을 벌리면서, 취주 악기나 사냥용 호른 소리 같은 목소리로 떠들면서 클렘과 같이 내가 자기 얘기를 듣도록 강요했다. 나는 내 태도를 바꾸고 싶었다. 내가 사물들을 있는 그대로 보지 않는 이유는 원치 않기 때문이었다. 있는 그대로의 사물들을 사랑할 수 없었다. 그러나 도전이란 그것들을 당신 마음속에서 개선하는 것이 아니고 모든 인간의 약점을 마음속에 부각시키는 것이다. 즉, 나쁜 성질, 범죄, 질병, 시기심, 썩은 고기 찾기, 잔인함, 산송장 같은 것 말이다. 이것들로부터 시작하자. 사람들은 대체로 혐오로 차 있다는 것과 서로를 쳐다보는 것이 힘들다는 것을 생각해 보자. 대체로 인간은 혼자 있기를 원한다. 그리고 보물보다는 비현실을 추구한다. 비현실은 인간의 마지막 희망이니까. 그때, 인간은 그들 자신에 관해 알고 있던 것이 진실이 아닐 수도 있다고 의심한다. 아마 그녀는 하늘을 찢는 듯한 자기의 분노를 과장하고, 자기가 진실로 느끼는 것을 넘어섰는지도 모르겠다. 어쨌든 요즘 그녀의 눈밑에 근심의 푸른 자국이 생겼다.

아서가 돌아오자, 그녀는 돈과 직업에 관해 말했다. 십중팔구 그가 나타나면 바꾸는 화제였다.

그녀가 원하는 그의 직업이 있었으나, 그는 말했다.

"아니, 그것은 어처구니없어!"

그는 점잖게 눈가에 주름을 지으면서, 어둡게 웃기 시작했다.

"돈은 어처구니없는 게 아니에요."

"오, 제발 미미, 우습게 그러지 마."

"어이없는 직업이란 사실 없어요."

그는 그것을 절대로 불가능한 것처럼 만들었다. 내가 만일 자격을 갖춘다면, 찾아야 할 건 직업이라고 생각하기 시작했다.

나는 걸어가다 아서를 만났다. 나는 왜 직업을 원치 않느냐고 물었다.

선선한 오후여서 그는 모자를 쓰고 코트를 입었다. 살이 많이 빠져 뼈만 남은 것 같았다. 어깨는 눈에 띌 만큼 올라갔다. 그가 삼촌인 딩뱃과 닮았고, 그와 똑같은 유전인자를 다른 삶으로 어떻게 극복했는지가 인상적이었다. 가슴은 뼈만 남았고, 얼굴은 길었다. 그는 발끝을 안쪽으로 하고 빨리 걸었다. 구두는 앞이 뾰족하여, 등자에 발을 디딘 기사나, 바위 틈새로 들어가는 도마뱀 꼬리처럼 우아했다. 건강은 딩뱃보다 훨씬 안 좋았다. 피부는 검고, 입에선 커피와 담배 냄새가 났다. 웃을 땐 약한 이가 드러났으나 그가 원하기만 한다면, 아인혼의 모든 매력을 지닐 수 있었다.

그의 사고에는 뚜렷한 스타일이 있었다. 때때로 나는 그가 어떤 것을 얘기하거나 생각할 준비가 되어 있다고 믿었다. 나는 유용한 사고를 편애했다. 상대방을 감동시킬 수 있는 질문에 대답할 수 있는 사고 말이다. 아서는 이게 잘못이라 했다. 진실은 필요성과 관계를 덜 가질수록 더 진실한 것이 된다. 너무 오래 운행을 해서 무서운 속도로 붕괴되고 부서져 버리는 가장 멀리 있는 유성의 빛의 운동을 연구하는 데 개인적 이해관계가 개입될 필요가 있을까? 이런 질문은 나를 매혹시켰다.

그러나 직업에 대해서라면. 책을 쓰는 백만장자가 있었다. 그는 연구 조수를 찾고 있었다.

"내가 그 요구 조건을 만족시키리라 생각해?"

"물론이지, 오기. 구미가 당기나?"

"난 직업이 필요해. 자유 시간이 있는 직업을 원해."

"난 네 생활방식을 좋아해. 자유 시간에 뭘 할 거지?"

"유용하게 쓸 거야."

나는 이 말의 의미가 싫었다. 왜 그는 자신의 시간은 자유롭길 바라고 나는 질문 당하는가?

"그저 호기심이 생겨서 그래. 혹자는 늘 그들의 일을 알고 있는 것처럼 보여. 나머지는 안 그렇지만. 물론 난 시인이고 상대적으로 운이 좋지. 만일 내가 시인이 아니라면 뭐가 됐을까? 정치가? 레닌의 업적이 어떤가 생각해 봐. 교수? 너무 온순해. 화가? 하지만 누구도 그림이라는 것에 대해 더 이상 알지 못하지. 난 극시를 쓸 때마다, 왜 등장인물들 자신이 시인이 되고자 하는지 모르겠어."

이런 일은 내가 시카고에 돌아왔을 때 일어났다. 나는 사우스 사이드에 머물렀다. 아서로부터 책상자를 되받아 내 방에서 읽었다. 6월의 열기는 점점 더해 가 그늘진 뒤뜰에서 젖은 흙냄새와 지하실 냄새가 났고, 하수구와 배수구로 이루어진 도시 송유관 왕국의 냄새, 모르타르와 지붕 잇는 사람들의 끓는 타르 통, 제라니움, 계곡의 백합꽃, 덩굴장미의 냄새가 났고, 바람이 심하게 불 때면 가끔 임시 가축 수용장의 냄새가 풍겼다. 나는 갖고 있는 책들을 읽었다. 매일 테아에게 웰즈파르고를 염려하는 편지를 썼다. 답장은 없었다. 편지 한 장이 멕시코에서 회송됐는데, 스텔라의 편지였다. 그녀는 뉴욕에 있었다. 나는 그녀가 그렇게 멋진 편지를 쓸 줄 몰랐다. 그녀를 과소평가했던 것이다. 그녀는 아직 빚을 갚을 수 없다고 했다. 자기가 속해 있는 조합에 적응해야 했다. 직업을 정하는 즉시 빚을 갚겠다고 했다.

사이먼이 돈을 좀 주어서 나는 대학 과정을 밟을 수 있었다. 학교 선생이 되는 게 괜찮을 것 같아 여러 가지 교육 과정을 등록했다. 강의를 듣고, 교과서를 읽는 게 어렵다는 걸 알았다. 사이먼은 대학을 별로 탐탁하게 여기지 않으면서도, 언제든지 내가 원하기만 하면 도와줄 준비가 되어 있었다.

나는 아서가 거절했던, 책을 쓰고 싶어 하는 백만장자의 그 일자리가 여전히 필요했다. 백만장자의 이름은 로베이였다. 그는 프레이저가 강사일 때 함께 연구했는데, 그래서 미미도 그를 알았다. 그는 키는 크나 약간 꾸부정하고, 말을 더듬으며, 수염을 길렀고, 결혼을 네댓 번 했다. 미미가 이런 사실을 얘기해 주었다. 아서는 그 책이 부자의 관점에서 본 인간 행복의 역사, 또는 개괄서라고 했다. 나는 이 일을 원하는지 확신은 안 섰으나 사이먼이 나를 계속 도와주는 건 싫었다. 나는 아인혼에게 돈을 빌리려 했으나, 그는 내가 미미의 옛 친구라 거절했다.

"나는 네게 아무것도 빌려줄 수 없어. 내가 내 손자를 뒷받침해 줘야 한다는 걸 알겠지. 그 외의 부담은 어려워. 만일 아서가 내 여생을 다른 사람과 살도록 한다면 어떡하겠냐."

그는 이렇게 말하며 화를 냈다.

난 내키지 않는 걸음으로 아서에게 가서 나를 위해 로베이에게 전화를 해달라고 청했다.

"이 사람은 괴짜야, 오기, 그는 틀림없이 너를 즐겁게 해줄 거야."

"오, 무슨 소리야. 난 그가 나를 즐겁게 해주길 원치 않아. 단지 일자리를 원해."

"음, 너는 그를 이해해야 해. 그는 아주 기묘한 사람이거든. 어머니 성격을 일부 물려받았나 봐. 그녀는 자기가 일리노이 록포드의 여왕이라고 생각하지. 왕관을 쓰고, 옥좌도 가졌어. 마을 사람들이 자기에게 절하기를 바랐지."

"그가 지금도 록포드에 사니?"

"아니, 사우스사이드에 큰 저택을 갖고 있어. 학생이었을 때는 운전사가 학교까지 데려다 주곤 했지. 오랫동안 고전에 미쳐서 신문의 구직 광고란을 사서 플라톤이나 로크로부터 인용한 구절들을 싣곤 했어. '음미하지 않는 인생은 살 만한 가치가 없다.' 같은 것 말이야. 역시 괴짜인 캐롤라인이라는 여동생이 있지. 그녀는 자기가 스페인 사람이라고 생각하거든. 하지만 넌 이런 사람들과 잘 지낼 재주가 있어. 넌 우리 아버지의 보배였잖아."

"난 그를 사랑 비슷하게 했었지."

"아마, 넌 로베이도 역시 사랑하게 될 거야."

"그도 역시 괴짜로 생각되는군. 항상 우스꽝스러운 사람들과 인연을 맺을 순 없어. 그건 잘못된 일이야."

그러나 그 후 오래지 않아 보슬비가 올 듯한 오후, 나는 호숫가 로베이 집에서 그와 마주 대하게 되었다. 그 얼굴과 모습이라니! 크고 충혈되었으나 과묵한 눈, 붉은 수염, 붉고 무뚝뚝한 입술, 코 위의 부스럼. 전날 저녁 그는 술취했거나 졸면서 택시를 탔다. 말더듬은 심했다. 그는 정신을 바짝 차리고 이 버릇을 없애려 애쓰느라 거의 증오심에 차 있었다. 나는 처음엔 놀랐으나 그의 이가 덜커덕거리고 고함 소리가 나자 민망스러웠다. 하지만 곧 그가 말은 더듬어도 말은 아주 유창히 잘한다는 걸 알았다.

과묵하고 핏발 선 눈으로 그는 자기가 어렵게 태어났으며 불행하다고 설명해야 한다는 듯 나를 쳐다보았다. 그리고 말을 시작하기에 앞서 윗수염과 아랫수염을 갈라놓으려는 듯이 입술을 벌렸다.

그가 말했다.

"저-저-점심을 할 텐가?"

우리는 형편없는 점심 식사를 했다. 대합조개탕과 그가 손수 썬 훈제 고기, 삶은 감자, 완두콩, 그리고 재탕한 커피를 마셨다. 소위 백만장자가 사람을 초대해서 그런 음식을 대접한다는 데 나는 화가 났다.

그는 우선 자기 배경에 관해서 얘기했다. 조수로서 나는 그의 개인적인 내력을 좀 알아야 했다. 그는 다섯 번의 결혼에 대해 얘기하며 다섯 번의 이혼을 죄 비난했다. 그래도 결혼은 그의 교육의 일부를 담당한 셈이었다. 그러므로 그는 그것들을 평가해야 했다. 나는 구역질이 났다. 커피를 조금 마셔 입을 가시고는 컵에다 뱉어버리고 상을 찡그렸다. 그는 그것을 눈치채지 못했다. 그는 셋째 부인에 대해 꽤 지겹게 얘기했다. 넷째 부인은 그의 성격에 진실한 통찰력을 심어주었다. 그는 아직 그녀에게 연정을 품은 듯싶었다. 그가 어려운 단어를 내뱉으려고 목을 진동시키고 있을 때 내가 끼어들었다. "최소한 신선한 커피라도 주시는 게 어때요?"라고 말할 뻔했다. 그러나 용기가 안 났다. 그 대신 이렇게 요청했다.

"내가 할 일을 말해 주십시오."

그러자 그는 혀가 좀 잘 돌아갔다.

"나는 조언이 필요하네. 도와주게. 난 내 개념들을 정리할 필요가 있어. 나-나의 생각은 며-명료함을 피-피-필요로 해. 이게 무-문제지. 이 책 말이야."

"저어, 무슨 책인가요?"

"이것은 다-단지 책이 아니야. 안내서, 계-계획서지. 내가 그 아이디어를 고안해 냈지. 그-그러나 이제 내게 너무나 짐이 돼. 그래서 도움이 필요해."

도움이란 말을 할 때 그는 놀란 것처럼 발음했다.

"난 너무 많이, 마-많이 발견했어. 이런 생각이 내게 떠오른 건 아주 우연한 일이었지. 그래서 난 책임감에 사-사로잡혀 있는 거야."

우리는 대화를 계속하기 위해 살롱으로 갔다. 그는 무거운 배를 하고 질질 끌며 걸었는데, 마치 자기 똥을 밟지 않으려고 스스로 조심하는 것 같았다.

보슬비가 계속 내렸다. 호수는 우유처럼 뿌옜다. 실내는 달빛 같은 램프가 플러시 천으로 덮인 극동제 심홍색 마호가니 탁자 위에 빛나고, 페르시아산 병풍과 못 쓰는 말털 헬멧들, 페리클레스, 키케로, 아테네 상과 모르는 사람의 흉상, 그의 어머니의 초상화도 있었다. 확실히 그녀는 미친 듯이 보였는데, 왕관을 쓰고 한 손엔 홀을, 또 한 손엔 장미를 들고 있었다. 안개에 싸인 덜루스에서 개리까지 운행하는 보트는 신음하듯 흔들리고 있었다. 로베이는 등불 밑에 있었는데, 불빛이 수염 밑에 여드름 터진 데를 비쳤다.

그는 현명치는 않은 듯했고, 겸손히 이야기를 시작했다. 그가 뭘 할 수 있겠는가? 그는 그런 관념을 피할 수 없었다. 아무도 어떤 관념에서 도피할 수 없을 것이다. 모든 사람들은 다 똑같이 생각하고 알아야 할 수백 가지의 문제에 직면해 있다. 그는 그 일에 최선을 다할 의무가 있다. 이렇게 그는 그의 열의를 감추었는데도 내가 느끼기엔 그건 그의 등 뒤에서 강렬히 흔들리고 있었다.

그는 계속했는데, 그 책을 '바늘 구멍'이라 부르고자 했다. 만일 부자들이 모든 걸 포기하지 않는다면, 그들은 정신적 생활을 할 수 없기 때문이었으나, 그들만이 곤란을 겪는 건 아니다. 가까운 장래에, 기술이 풍요를 창조해 내면 모든 사람이 모든 물건을 충분히 소유할 것이고, 불평은 있어도 기아나 궁핍은 없어져, 사람들이 끼니를 거르지 않을 것이다. 그들은 먹고 나서 뭘 할 것인가? 자유와 부와 사랑의 에덴 동산과 프랑스 혁명의 꿈은 실현될 것이나, 프랑스 사람들은 너무나 낙천적이고, 또한 노쇠한 구식 문명이 파멸될 때 우리가 천국에 들어가는 걸 막는 것은 아무것도 없을 것이라 생각했다. 그러나 그리 간단하지는 않다. 우리는 역사상 최대의 위기를 맞고 있다. 그게 전쟁을 의미하지 않는다면, 낙원일지도 모른다. 아니, 우리는 지상낙원이 실현될지 안 될지를 알아야 한다.

"빠-빵은 이제 미국에선 거의 모자라지 않아. 식량을 위한 투쟁이 끄-끝나면 무슨 일이 이-일어날까? 상품이 인간을 자유롭게 할까, 아니면 노예화할까?"

사람들은 그의 얼빠진 표정이나 호화스러운 병풍, 골동품, 철제품, 러시아 썰매, 헬멧의 타래와 꽁지, 자개상자의 수집품에 대해 잊게 될 것이다. 그럼에도 그는 최고의 영역에 있어도 불행해 보이고, 눈물을 흘릴 듯 보였다. 그동안 나는 곰팡내 나는 햄 생각이 났다.

"기-기계는 상품의 홍수를 만들어낼 거야. 독재자들은 그걸 못 막지. 인간은 죽음을 인정할 것이고, 신 없이 지내게 될 거야. 그게 용-용감한 계획이지. 환상의 끝장이 올 거야. 대신 무슨 가치관을 갖게 되지?"

"그건 굉장한 이상인데요."

"그러나 그것은 채-책의 거의 끝 부분이야. 내 생각에 우리는 지상의 물건들이 자신의 덕을 실행하기 전에 얼마나 필요한가를 논의하는 아리스토텔레스부터 시작해야 할 것 같아."

"나는 아리스토텔레스를 많이 읽지 않았는데요."

"그래, 그게 자네의 이-일 중 하나야. 자네는 충분한 보수를 받을 거야. 걱정 마. 난 그게 견고한 작품의 한 부분이고, 진실하게 학문적이길 바라지. 우린 그리스, 로마, 중세, 그리고 문예 부흥기의 이탈리아를 섭렵할 거야. 나는 미-미노안을 제일 위에 배치하고, 칼뱅을 아래에 두고, 월터 롤리 경을 위에 놓고, 칼라일은 나쁘게 평하고, 현대 과학은 정지시키는 도표를 그릴 주-준비를 하고 있어. 흥미는 없지만 말이야."

삼십여 분간 그는 간혹 맞는 말을 할 뿐 미친 듯 떠벌렸다. 핏줄 선 눈을 껌벅이며 주먹을 쥐고 기침했다.

"자아, 이-이-, 이제 자네 얘길 해봐."

그가 말했다. 나는 어디서부터 해야 할지 몰라 얘기시킨 그를 원망했다. 하지만 그는 듣지 않고 손목시계를 쳐다봤다. 아아, 얼마나 있어야 내가 나가고 혼자 있을 수 있을지 알아보는 것 같았다.

그래서 나는 화장실이 어디냐고 물었다. 그가 손으로 가리켰다. 내가 돌아왔을 때, 그는 다시 책에 대한 흥미를 느끼고 좀 더 토론하기를 원하는 것처럼 보였다. 그는 내가 자기를 도와줄 것을 확신한다고 말하고는 내게 모든 일의 개요를 얘기해 주었다. 제1부는 일반적인 서론, 2부는 이교도에 관해서, 3부는 기독교도에 관해서 등등이었다. 4부는 최고 행복의 실제적인 예를 다룰 것이었다. 그는 다시 흥분했다. 실내 슬리퍼를 벗어서는, 커피 테이블 위에 책인지 앨범인지 그 위에 놓았다. 그리고 가끔 그것을 다시 신었다. 기독교는 원천적으로 가난한 사람들과 노예들을 목표로 했다면서, 왜 십자가에 못 박히고 못 박는 일, 그리고 모든 순교자의 웅장한 형벌이 필요한가를 말했다. 그러나 반대편, 즉 행복한 사람들 쪽에도, 무언가 동일한 밀도 높은 것이 있어야 하는 것이다. 죄악 없는 즐거움, 암흑 없는 사랑, 즐거움에 찬 번영이 필요한 것이다. 항상 일을 그르쳐서는 안되는 것이다. 아, 자비로운 사랑의 위대한 시대여! 새로운 인간의 시대여! 자기 자신의 거짓 때문에 비비 꼬인 불쌍하고 침울하고 몰골사나운 인간들이 아니고, 요람에서부터 거짓말을 배우고, 가난에 매질을 당하고, 비겁함에서 악을 냄새 맡고, 질투심은 변소통보다 깊고, 감정은 양배추만큼 무감각하고, 아름다움은 구더기 같고, 입에서는 고치 같은 선입관의 실을 똑같이 뽑아내면서 의무에 대해 무심한 그런 녀석들이 없는 시대. 울 수 있는 눈물은 없지만, 실컷 웃을 수는 있을 만큼 충분한 호흡을 가진 그런 사람들의 시대. 잔인하고 터무니없고 기생충 같고 서로 속이며 불평하고 초조해하며 게으름 피우는 작자들이 없는 시대. 무서운 상관의 거친 외침에 프러시아인처럼 훈련받은 자들. 로베이는 입에서 저절로 흘러나오듯이 이런 이야기를 쏟아냈다.

나는, 야, 이 미친 개자식아! 하고 생각했다. 왜 이런 나사 풀린 백만장자 녀석에게 나를 보냈는가? 내 마음은 계속 이런 생각에 반응을 보였고, 점점 더해졌다. 나의 가장 원천적인 생각은, 신이여! 이 불쌍한 바보 녀석들에게 축복을 주소서! 하는 것이었는데, 이런 생각은 또 다른 생각과 함께 싹텄다. 즉, 진정 신이 자비심을 가지고 있다면, 그것은 바로 이런 자를 위한 자비심이라는 생각 말이다.

그때 그가 말머리를 돌렸다. 그는 분위기를 쉽게 바꾸는 사람이었다.

그는 이렇게 말했다. 저 빌어먹을 부르주아들이 주도권을 잡고 행복의 실제적인 예증을 보여 주었어야 했다. 하지만 그들은 역사적인 실패물이었다. 그들은 헛발질만 했다. 약한 지배계급들은 자신의 수준을 찾는 물처럼 모든 기회를 수익으로 채웠으며, 기계를 모방했다. 그들이 알고 있는 방법이란 돈의 유통을 모방하는 것뿐이었으니까. 로베이는 이제 자기 자신인 것처럼 얘기하지 않았다. 즉, 그전처럼 진지하지 않고 학자풍을 띠고 있었다. 그는 발로 긁는 소리를 내며 마치 강의하는 사람처럼 움직였다. 짚을 꼬아놓은 듯한 수염을 가진 그는 이 방의 또 하나의 괴상한 존재일 뿐이었다.

그러나 나는 그에게 매혹되기에는 여전히 아인혼의 숭배자였다. 나는 몇 가지 비판은 치워두고 말했다.

"전에 내 보수에 대해 말한 적이 있죠? 좀 더 확실히 말해 주시겠습니까?"

이 말은 나쁜 인상을 주었다.

"어-얼마나 요구하는 건가? 자네가 잘할 수 있을 때까지 저-적당히 주기로 하지."

"적당한 게 얼마죠?"

"1주일에 15달러쯤?"

"계산 잘못하고 있군요. 15달러요? 그쯤은 구제금으로라도 받을 수 있어요."

나는 분개했다.

"그럼 18달러로 하지."

그는 재빨리 말했다.

"당신은 세면대를 고정시키는 연관공에게 시간당 50센트도 안 주려는 것 같군요. 도대체 나와 장난하는 겁니까? 당신이 진심으로 그러는 것 같진 않은데요."

"자넨 배-배울 걸 새-생각해야 해. 그냥 일자리가 아니라 며-명-명분이 된단 말이야."

그는 매우 곤란해했다.

"그럼 20달러로 하고, 2층 방세도 무료로 하지."

그렇게 해서 나를 붙잡아 밤낮으로 원하는 때에 내 귀를 물어뜯어 못살게 굴겠단 말인가? 천만에.

"안 되겠어요. 주당 30시간 일하고 30달러로 하지요."

돈 때문에 그는 기분이 상했다. 그가 단지 그 생각만으로도 영혼의 고통을 느끼는 걸 알 수 있었다.

마침내 그가 말했다.

"그럼 좋네. 자네가 일을 시작하면 25달러부터 주겠네."

"안 돼요, 30달러라고 했잖아요."

그는 소리 질렀다.

"대체 자넨 왜 귀-귀찮은 말싸움을 벌이려 하나? 정말 고-골 아파. 악마 같으니! 모두 망쳐버리겠어."

그의 모습은 정말 증오로 가득 찼다. 어쨌든 나는 채용됐다.

나날이 그는 계획을 바꿨다. 처음에 그는 역사적인 것을 하기 원해서 막스 베버와 타우니, 그리고 마르크스를 내게 읽혔다. 다음에 난 자선에 관한 소논문을 연구하기 위해 이걸 그만두어야 했다. 그는 모든 백만장자 자선가들을 미워했으며, 매우 나빠 보이고 불행을 느끼는 모든 청교도 부자들을 깎아내리려 했다. 그 중에는 그의 사촌들도 몇 있어서, 난 그게 가족 간의 문제란 걸 알았다. 파산자들의 피를 빨아먹는 월가의 뻔뻔스러운 이들이라도 근심에 싸인 이런 부자들보다는 낫다고, 다른 사람들과 마찬가지로 그가 말했다. 단지 걱정뿐이었다. 그래서 시간마다 그들을 욕했다.

나는 발명가의 창고에서 썩고 마는 열성적인 계획에 익숙해 있었다. 그전에 색인해 놓은 아인혼의 셰익스피어처럼. 그리고 실제로 나는 로베이가 내게 원하는 것도 옛날 아인혼과 똑같이 자기 말을 잘 청취해 주는 사람이라는 것을 깨닫게 되었다. 그는 여전히 전화에 매달리거나, 차를 보내 도서관에서 나를 찾거나, 교실 밖에서 내내 나를 기다렸다.

처음 몇 달간 그는 내게 읽을 걸 쌓아놓았다. 나는 물론 누구라도 일 년이 걸려도 그 많은 그리스어와 기독교의 초대 교부(教父)들, 로마와 동방 제국의 역사를 끝낼 수 없었을 것이다. 그러나 도서관의 책더미 속에 앉아 있는 것이 내겐 어울렸다.

일주일에 두 번씩 우리는 공식적인 모임을 가졌다. 그의 질문에 대답하려고 나는 인용과 설명이 준비된 공책을 들고 왔다. 사무적일 때는 괜찮았으나 목소리가 제멋대로 흩어질 때는 비통해하고 머리칼이 뻗치고 안색이 붉어져서 특별한 기분이 되었다. 눈물을 흘리기도 하고, 성이 난 목소리로 아리스토텔레스나 행복의 이론 같은 걸 내게 말하려 했으나 너무 짜증이 나고 신경이 쓰여서 말을 못 했다. 그는 때때로 내게 정말로 동요와 놀라움을 주었다. 어느 날 내가 그 집에서 그를 찾고 있을 때, 그는 목욕 가운을 입은 채 부엌의 의자 위에 올라서서 찬장 속에 살충제를 뿌리고 있었다. 수많은 벌레들이 머리를 박고 떨어지고 있었다. 굉장한 광경이었다. 그는 분무기를 들고 화가 나서 미친 듯이 소리 질렀다. 벌레들은 콩이 쌓이듯 수북이 쌓였다. 마치 오클라호마 광풍처럼 사방으로 떨어졌다.

이때 내게 들켜서, 로베이는 감정을 감추려고 자기는 바퀴벌레를 증오하지 않으며 그들을 죽이는 게 그다지 즐겁지 않은 듯 행동했다. 그런 걸 인정 않는 건 기분 나쁜 일이었다. 게다가 나도 곤란한 때 참견하게 된 것을 알고 있고 그가 이걸 내 탓으로 돌리려는 것도 알고 있었다. 그도 어쩔 도리가 없었을 것이다.

그는 내가 등을 만진 것처럼 크게 움츠러들어서 의자에서 휙 내려왔다.

"너무 많아. 지-집안을 온통 도-돌아다녀. 토스트 기계에 빵을 넣었더니 바퀴벌레가 함께 튀-튀어나와 머-먹을 수가 없었어."

그의 화는 불타던 짚같이 갑자기 사라졌다. 찢어진 초록색 벨벳이 깔리고 먼지가 햇빛에 드러나는 살롱으로 나를 데리고 가더니 미끌미끌한 살충제를 옷에서 닦아내며 말했다.

"이탈리아 르네상스와 와-왕자들과 이-인문주의자들에 대해 연구해 봤지? 그들이 신 없이 얼마나 고통을 받았는지! 하지만 그들은 자신들을 신처럼 여겼지. 대단한 용기야! 그리고 기가 막히기도-도 하지. 그러나 이-인간은 감히 그런 일을 하려 했거든."

가을에 그는 일에서 손을 뗐다. 내겐 계속 할 일을 주어서 나는 양심의 가책 없이 주당 30달러를 받았지만, 그는 아무 일도 안 했다.

나는 가끔 그가 결혼 전에 어떤 여자들과 놀았는지 궁금했다. 근사한 창녀였는지, 그에게 맞는 숙녀였는지, 또는 뒷구멍에서 주웠는지, 작고 귀여운 대학생이었는지 상상이 안 됐다. 나는 놀랐다. 그는 노스사이드 근처나 클라크가, 브로드웨이, 러시 등에 단골손님으로 다녔는데, 창녀들은 그에게 거칠게 대했다. 마치 벌을 받듯, 그는 그들에게서 성병을 얻고도 웃었다. 나도 거기 데려가려 했지만, 나는 소피 게라티스와 다시 만나고 있었다. 그는 내가 함께 가기를 간절히 원해서 가끔 노스사이드의 무허가 술집에 갔다. 스트리퍼 하나가 그의 수염에 모욕을 주었으나 그는 굴복했다. 붉은 눈을 그녀에게서 떼지 않고—그녀는 지금은 회색 정장을 차려입고 있었다.—뭔가 엉큼했다. 그러나 그는 학자 티를 내며 말했다.

"예전 엘리자베스 시대엔 류트와 기타를 이발소에 두어 신사들이 기다리는 동안 노래하고 연주할 수 있었지. 수염이나 곱슬머리는 이발이 오래 걸렸거든."

그가 이렇게 조심히 관찰하던 그날 저녁, 그는 행패를 부려 택시의 미터기를 고장 냈다. 나는 55번가에서 내리려 했지만 운전사가 때릴까 봐 그를 먼저 집으로 데려다 주었다.

그러나 그는 여전히 내게도 횡포를 부렸다. 그는 매우 민감해져서 내가 자기를 좋게 생각하기를 바랐다. 그럼에도 그는 너무 변덕스러워서 금방 겸손했다가는 자기 돈의 가치를 확신하면서 소리 지르거나 부루퉁해져 화를 내거나 큰 입을 내밀곤 했다. 특히 어느 날 일이 기억난다. 눈이 온 후 해가 비쳤고, 상쾌하고 아름다운 날이었다. 그는 매우 기분이 상해서 돼지가죽으로 만든 장갑의 손가락 사이사이를 쿡쿡 찔렀다. 내게 불평을 털어놓고도 계속 투덜댔다. 내가 말했다.

"당신은 당신 일을 해줄 사람을 원하는 게 아니군요. 당신의 이런 좋지 않은 신경과민을 없애 줄 사람을 원하죠?"

나는 털이 군데군데 빠진 낡은 낙타 코트로 감싸고 마당으로 나왔다. 그는 쫓아와서 다시는 안 그러겠다고 했다. 깊이 쌓인 눈 속에서 나는 덧신을 신고 있었지만, 그는 슬리퍼 같은 좋은 가죽 구두를 신고 있었다.

"오기, 우리 싸우지 말기로 하지. 신에 걸고 말하네만, 미안하네."

나는 못 들은 듯이 계속해서 나왔다. 그날 저녁 그에게서 전화가 왔는데, 시내로 와서 자기를 데려가 달라는 것이었다. 나는 사태가 심상치 않음을 알았다. 그는 사교장에 있을 거라고 말했다. 그보다 더 멋진 곳은 이 도시에 거의 없었다. 내가 그곳에 가 그를 찾자, 짧은 바지를 입은 두 명의 하인들이 그를 부축해 왔다. 그는 취해서 거의 무감각했으며 얼굴도 못 움직이고 말도 제대로 못했다.

차츰 그는 나를 신뢰하기 시작했다. 그전에 아인혼이 그랬던 것처럼 내가 자기를 이용하려 들지 않는 걸 알고, 믿을 만하다고 생각했다. 나는 그의 특이하고 복잡한 성격, 기아나의 정글과 같은 근본적인 징후, 때때로 생명을 주는 힘으로 짜내려는 일탈을 알고 있었지만, 그에게는 뭔가 나를 끄는 것이 있었다. 물론 바로 그러한 능력이 그의 인간성을 좀먹고 그로 인해 더 괴로워한다는 것은 의심의 여지가 없었다. 그는 독신으로 집을 누이동생 캐롤라인과 같이 쓰고 있었다. 그녀는 그에게 잘해 주지 않았고 인색했다. 그녀는 내가 멕시코에 있었다는 걸 알고는 반색을 하면서 스페인 사람처럼 굴었다. 그녀는 쪽지에 '참 멋지군요.(Eres muy Guapo.)' 등의 말을 써 보냈다. 때로 '저와 인생을 즐기지 않겠어요?(Amigo, que te vaya con toda suerte, Carolina.)' 라는 전보도 왔다. 그녀는 매우 정신이 산만한 불쌍한 여자였다.

결국 나는 동생 조지를 돌보게 되었다. 그런 능력이나 자질이 아직도 내게 남아 있었으며, 가끔 사람들도 그것을 인정했다.

때때로 구두장이가 될 수 있게 해달라고 빌기도 했다.

## 22장

나는 드디어 오웬즈네 위층의 옛날 방으로 돌아왔다. 이곳에서 산업·군사·과학 시대의 변화를 보았다. 개인적으로도 나 자신의 엄청난 변화와 나쁜 소식, 낭비, 악몽을 이겨냈으며, 신부들을 쫓아내기 위해 밤의 열기 속에 동물들이 나타나는 것 같은 마술을 경험했다. 그러나 회고해 보니, 그게 나 자신을 크게 해치지 않았음에 감사한다. 도덕군자들이 가져야 했을지도 모를 불평을 무시하고, 경찰들은 내게 아무 불평도 할 수 없었다. 보다 더 큰 죄는 내 상상력에 있었다. 그건 가능한 모든 걸 포함하려는 크고 복잡한 기업과 같은 반면, 나는 또한 인생 행로를 아주 진지하게 곱씹어 보기도 했다. 일정한 결론에 도달하기도 했지만, 때로 단편적인 것―즉 고독의 이유는 오직 재결합에 있었다는 것, 혹은 모든 것에 대해 자신의 의견을 갖는 것은 피곤하다는 것―이었다. 하지만 다른 때는 정말 정상 과정에서 볼 수 있는 것으로 매우 충만해 있었다. 항상 그랬던 것처럼 사교적인 나는 시카고 주위를 배회했지만, 여전히 멕시코의 매력에 끌리고 있었다. 테아는 편지도 보내지 않았다. 아마 그녀는 고대의 푸른 해안으로 영원히 사라졌나 보다. 나보다 그녀를 잘 이해하지 못할 새 연인과 홍학을 추적하면서, 총과 올가미, 카메라, 망원경을 갖고 방파제 위에서 노숙할 것이다. 그녀는 이렇게 늙어가겠지만, 다른 변화는 결코 없겠지.

    나 역시 조금도 젊어질 수 없었다. 그래서 친구들은 전혀 피지 않는 내 외모에 대해 농담하곤 했다. 나는 늘 아랫니들을 드러내지 않고 웃었고, 얼굴은 험한 역경을 치러서 다소 더러워지고 부딪혀 상처가 났다. 숱 많은 머리칼은 산에서 사냥하다 다친 옛 상처를 가려주었다. 눈은 분명히 사촌 파이브 프로퍼티즈의 초록빛 눈을 닮았다. 나는 담배 연기나 내뿜으면서, 직무에 대해 꾸준히 적응하는 태도가 결핍된 채 망각과 생략 속에 때로 유쾌히 걸었다. 그러나 지금은 과거만큼 들떠 있지는 않았다. 생각에 잠겨 걷는 동안 자꾸 무엇을 주웠다. 그것들이 동전같이 보였기 때문이다. 분명히 대용 동전, 금속 병뚜껑, 묻힌 양철 조각 등 행운의 징조일 거라고 생각했다. 또 누가 죽어서 갖고 있던 모든 걸 내게 물려주기를 바랐다. 그건 나쁜 생각이었다. 내가 사랑할 수 없고, 세상에 계속 남아 있길 원하지 않는 그 누가 죽음으로 나를 이롭게 하겠는가? 설령 그게 25센트짜리 동전이라 할지라도 내 인생의 종말에서 많은 동전이 무슨 소용이 있겠는가. 친구여, 그건 아무 소용이 없다. 조금도 소용 없단 말이다.

    내가 초등학교 교사 자격증을 얻으려고 노력하는 것 역시 우스운 일이었다. 내가 선생 타입으로 보이진 않았으니까. 그러나 이 일을 끈기 있게 밀고 나갔다. 나는 교생 실습이 좋았다. 어린이들을 가르칠 때 감동을 받았다. 어린이들과 같이 있을 때, 자연스러운 내가 되는 것은 어렵지 않았다. 글쎄, 하느님의 도움으로 누구에게도 그건 가능하지 않을까? 그러나 우주의 비밀은 묻지 않기로 하자. 교실 안에서 혹은 운동장에서, 현관에서 오줌 냄새를 맡고, 음악실에서 흘러나오는 피아노 소리를 듣고 흉상, 지도, 분필 가루 날리는 햇살 속에 있을 때, 나는 행복에 젖었다.

한때 내 옆방에 살았던 카요 오버마크는 같은 학교에서 라틴어와 대수를 가르쳤다. 그는 털이 많고 너저분하고 뚱뚱했으며, 내 옆방에 살 때 팬티만 입고 오웬즈 집에 있는 자기 침대에 눕곤 했다. 허벅다리에는 고불거리는 털이 났고, 발에선 냄새가 났다. 그리고 소시지를 부치는 낡은 프라이팬 속의 기름은 보지도 않은 채 등 뒤로 담뱃불을 끄면서 생각에 잠겨 벽을 응시하곤 했다. 그는 화장실에 가기 싫어 침대 옆에 우윳병을 놓아두었다.

그가 황제처럼 엄숙히 운동장을 걸으면, 애들은 메뚜기처럼 주위에서 뛰어올랐다. 얼굴은 크고 우울하며 창백했고, 면도질은 고르지 못했다. 늘 꾸겨진 휴지를 넣고 다녔다. 또 감기 걸린 듯 콧물이 많았다. 그러나 우울하지 않았다. 단지 위신을 세우기 위해서였다. 나는 그가 이 학교 교사라서 기뻤다.

"자네가 차 몰고 오는 걸 봤어."

그가 말했다.

"오늘 아침부터 시작된 변화야."

나는 십 년이나 된 고물 뷰익 차를 가지고 있는데, 어떤 친절해 보이던 녀석에게 사기를 당해 사게 된 차였다. 이 차는 추운 아침에는 시동이 안 걸려 나를 골탕 먹이곤 했다. 파딜라의 충고대로 배터리 두 개를 넣었지만 연결봉이 휜 근본적인 결함이 있었다. 그래도 뒤에서 밀면 시동이 걸렸으며, 짐 넣는 곳도 있고 덮개도 있어서 그런대로 쓸 만했다.

"아직도 결혼 안 했냐?"

카요가 물었다.

"말하기 부끄럽지만, 아직 못 했어."

"난 아들이 하나 있어."

그가 자랑스럽게 말했다.

"자넨 무도회라도 가는 게 좋겠는걸. 아무도 없단 말이야? 여자 구하기란 쉽지. 그리고 아들을 갖는 건 의무니까. 오래전에 늙은 철학자가 여자에 관해서 스토아의 원칙을 따르는 제자의 공격을 받자, '업신여기지 마라. 나는 인간을 심었다.' 라고 말했다네. 난 자네에 관해서 들어왔어. 서커스인가 카니발을 따라 멕시코에 갔다가 암살당할 뻔했다는 것도 말이야."

그는 퍽 조용했다. 몇 번 운동장을 돌아 거만한 태도로 걸어와 친절하고 긴장된 테너 목소리로 갖가지 시를 인용했다.

> 고난이여 사라져라. 신과 인간 모두에게서,
> 그리고 인간의 마음속에서 연기처럼 피어나서
> 인정 많은 사람마저도 잔인하게 만드는
> 분노여 사라져라.
> 그러면 꿀맛보다 더욱 달콤하리라.

> 진실한 나그네, 그는 떠나기 위해서 떠나는
> 고독한 사람이다. 마음은 풍선처럼 가볍고
> 그들은 자신들의 운명으로부터 이미 멀어질 수 없다.
> 그리고 이유도 모르면서 항상 가자!

이 끝은 아마 나를 빗대서, 무심코 이별을 고하는 나를 꼬집은 것이다. 어디나 나를 비난하는 자가 있는 것 같았다. 추운 날씨치고는 햇볕이 따스했다. 노란 페인트칠을 한 콘크리트 제방을 넘어 어둠 속에 기차가 지나가고, 어린이들은 운동장 가득히 깃대 주위를 돌고 이동식 화장실에 드나들며 아우성쳤다. 난 퍽 마음이 설레었다.

"자네도 결혼하는 게 좋을걸."

카요가 말했다.

"나도 그러고 싶어. 가끔 그 문제를 생각하지. 사실 어젯밤 결혼하는 꿈을 꾸었는데 별로 기분이 안 좋더군. 출발은 괜찮았는데, 어느 날 집에 오니 창가에 아름다운 작은 새가 앉아 있고 바비큐 냄새가 났어. 아내는 퍽 아름다웠어. 그러나 아름다운 두 눈이 눈물에 젖어 보통 때보다 두 배로 커져 보였어. '루, 웬일이야?' 하고 말했지. '오늘 오후 갑자기 애기들이 태어났는데, 창피해서 숨겨 놨어요.' '뭐가 부끄러워?' '그놈들 중 하나는 송아지이고 하나는 곤충류였어요.' 하고 그녀가 말했어. '믿을 수 없어. 어디 있지?' '이웃 사람이 볼까 봐 피아노 뒤에 숨겼지요.' 난 기가 막혔어. 내 아이들인데 피아노 뒤에 있다는 건 말도 안 되기에 보러 갔지. 피아노 위쪽 걸상에 자네도 아는 눈먼 어머니가 앉아 계셨어. 나는 '엄마, 왜 여기 앉았어요? 애들은 어디 있죠?' 하고 물었어. 그러자 엄마는 연민의 눈으로 '애야, 대체 무슨 짓이냐? 제발 옳은 일을 해라.' 하고 말했어. 나는 울기 시작했고, 비참해져 '이게 내가 원한 게 아니었던가요?' 하고 말했지."

"이런 불쌍한 친구 봤나. 넌 누구보다도 착해. 그것도 몰라?"

카요가 측은히 여기며 말했다.

"난 정말 내 존재를 단순하게 만들어야겠어. 대체 한 인간에게 주어진 문제가 얼마큼일까? 내 얘긴 그것이 내 몫이냐 말이야. 그럴 수 없지. 내가 아는 선이란 사람들이 행복할 때 이루어지는 것이니까. 자네는 이해할 만해서 하는 얘긴데, 솔직히 말하면 자네는 내가 나 자신에 대해서 분명히 할 수 없거나 그것을 조작할 때는 항상 내 자존심을 상하게 했네. 현실은 자신을 분명히 하는 데서 존재하지. 이건 정말 어쩔 수 없는 거야. 그러나 바다에서 헤엄치는 사람이나 풀밭에서 뛰노는 어린애를 말하는 건 아닐세. 그건 위대한 창조자의 손안에 있는 순진한 존재라네. 하지만 자네는 인간이 만든 사물 위에 그렇게 순진하게 드러누울 수는 없다네. 자연의 세계는 믿어도 되지만 인공의 세계는 조심해야 하지. 이걸 알아둬, 자넨 그 많은 것들을 다 마음속에 지닐 수도 없고 행복해질 수도 없다네. 내 작품에서 힘과 함께 절망도 보게나. 자, 이제 오지만디아스[6]의 다리가 몸에서 떨어져 나간 일에는 신경 쓰지 마. 그가 있던 시대에 천민들은 그들의 그림자 속에서 살아야 했고, 우리는 성층권으로 오르거나, 지하철로 내려가는 것같이 다리를 건너고 굴속을 지나 안전한 승강기를 오르내리는 등등 발명된 기계가 작동하는 걸 믿고 있지만, 우리도 역시 그림자 속에서 살고 있다네. 인간이 만든 것들이 인간을 무색게 했지. 식탁의 고기, 파이프의 불, 신문의 활자, 대기 속의 소리 등에 관해서도 역시 사실이야. 그래서 모든 것을 다 같이 똑같은 무게, 똑같은 질을 갖도록 만들고, 심지어는 한쪽 페이지에는 신의 분노의 그릇을, 다른 페이지에는 위볼트 백화점의 할인 판매 상품을 똑같이 취급했어. 이건 모두 외형적이고 결국은 똑같아. 그렇다면 자네 존재는 왜 필요한 건가? 이런 모든 기술적 업적들이 자네를 그런 방식대로 존재케 하나?"

카요는 이 말에 그다지 놀라지 않고 이렇게 말했다.

"자네가 지금 말하고 있는 게 유한의 반대 뜻을 가진 나바조어이고 산스크리트어인 모하(moha)에 대한 건가? 그 말은 수색대들이 쓰는 야유야. 사랑만이 그 모하에 대한 유일한 답변이요 무한한 것이라네. 에로스, 아가페, 리비도, 필리아, 엑스터시 등은 사랑의 형태를 얘기하는 거야. 그것들은 모두 언제나 같지만, 때로는 한 가지 성질이 지배적이고 어떤 때는 달라지지. 이것 봐, 난 우리가 이렇게 다시 만나게 된 게 기쁘네. 자넨 더 진지해진 것 같아. 내 마누라 보러 오지 않겠어? 장모와 같이 살고 있는데, 무슨 일에나 법석대는 답답한 노파야. 하지만 우리는 장모님을 아주 무시해 버리지. 때로는 자식 놈에게 큰 도움이 되기도 한다네. 하지만 언제나 처남이 제 힘으로 얼마나 잘해 나가고 있는지에 대해 잔소리를 늘어놓는단 말이야. 처남은 라디오 수리공인데 정말 얼간이야. 어쨌든 저녁이나 들면서 얘기 나누세. 자식 놈도 보여 주고 싶고 말이야."

그래서 나는 함께 그의 집으로 향했다. 그는 매우 친절했으나 아내는 불친절했고 의심이 많았다. 아이는 어렸지만 나이에 비해 꽤 영리했다. 내가 그곳에 있을 동안, 그의 처남이 왔다. 그는 그날 밤 다행히 잘 달렸던 뷰익 차에 관심을 보였다. 내게 몇 마디 물으면서 무개차 뒷자리로 가서 이리저리 움직여 보더니, 그걸 사겠다고 했다. 나는 연결봉이 휘었다는 말은 하지 않고 좀 손해 보기로 하고 적당한 가격을 매겼으나 말하기가 멋쩍었다.

여하간 그는 당장 사고 싶어 했으므로 우리는 그의 집으로 갔다. 그는 내게 컨티넨탈 일리노이 은행의 180달러짜리 수표를 주었다. 하지만 나를 보내려 하지 않았다. 포커를 하여 내게서 돈의 일부를 도로 가져가야겠다고 농담했다. 그의 아내도 한몫 끼었다. 둘이 나를 벗겨 먹을 심산이 분명했다. 카요도 끼게 되었다. 그래서 포커는 더욱 친근하게 보였을 것이다. 게임은 미리 각본된 완전한 사기였다. 우리는 커피와 연유가 끓고 있는 난롯가의 원탁에서 밤이 깊도록 포커를 했다. 부서진 라디오들이 놓인 작엄대가 넓은 부엌에 있었다. 처남은 자기 아내가 잃자 그녀에게 화를 냈다. 그녀가 이겼더라면 그들은 이중으로 땄을 텐데 말이다. 남편은 아내를 욕하고 아내는 남편에게 빽 소리를 질렀다. 카요도 잃었다. 난 이긴 셈인데 그러지 않았더라면 좋았을 걸 그랬다. 돌아오는 길에 카요의 돈을 모두 돌려주었다. 그의 처남은 이틀 후에 수표 지불을 정지시켰고 차는 움직이지 않아서 차를 도로 가져와야 했다. 화가 나는 일이었다. 카요는 몹시 화가 나서 학교에서도 내게 말을 걸지 않았으나 결국 누그러졌다. 애초 그 연결봉이 휜 사실을 숨기고 판 게 잘못이었다.

호텔의 노동조합 조직책 시절 친구인 소피 게라티스는 결혼한 몸이었으나 이혼하고 나와 결혼하기를 바랐다. 남편이 다른 사람들과 못된 짓만 하고 다니고 그녀에겐 전혀 관심이 없다는 것이었다. 그는 그녀에게 외상 거래 계정과 자동차 한 대를 주었을 뿐 단지 껍질만의 아내를 바랐다. 직업은 어떤 생산품을 온실에 파는 일이었는데, 그 생산품은 독점품이라 생활은 윤택했다. 홈부르크 모자에 장갑을 끼고 운전사가 모는 차로 매일 유곽 지대나 돌아다녔다. 그래서 소피는 한 번도 깨끗이 정리된 일이 없는 오웬즈 집의 내 방을 치우면서 나와 많은 시간을 보냈다. 그녀는 베갯잇도 씌우지 않은 베개를 베고 자는 나를 이상히 여기고 여러 번 갖다 주며 말했다.

"당신은 구두쇠로군요. 그렇게 너절한 사람도 아니고 깨끗한 것을 좋아하면서."

그녀의 말이 옳았다. 하녀였음에도 소피는 아주 총명했다. 몇 가지에 난 인색한 편이었다. 고급 바나 클럽에라도 들어가면, 주머니 사정부터 생각하고 술값을 걱정했다. 그녀가 이런 사실을 아는 건 당연했다.

"만일 누가 적당히 구슬리면, 당신은 현금을 몽땅 줘버릴 위인이에요. 저 자동차도 그렇죠. 투박하고 낡아빠진 엉터리 괴물 차를 왜 샀담. 정말 바보 같아요."

갈색의 큰 눈을 천천히 움직이며 응시할 때 소피는 퍽 아름다웠다. 그것 외에도 내가 말했던 것처럼 그녀는 재능을 가졌으나 그녀 자신은 그걸 어리석게 사용하곤 했다. 그녀는 남편이 준 엄청난 외상 거래 계정을 쓰려 하지 않았다. 골드블래트 가게에서 산, 폴란드 꽃을 꽂은 모자를 쓰고 그녀는 내 방의 싱크대에서 자기 물건을 세탁하고는 했다. 그녀는 속옷을 입은 채 담배를 피웠다. 그녀는 아주 부드럽고 내가 좋아하는 여인이었는데, 역설적인 점은 그녀보다 내가 더 그녀를 필요로 했지만 난 결혼할 의사가 없다는 점이었다.

그녀가 말했다.

"내가 좀 더 당신의 야망에 어울렸더라면 우린 서로 잘 살아갔을 거예요. 나는 침대에서나 쓸모가 있지 결혼엔 안 맞아요. 다른 여자가 당신을 사로잡았을 때, 당신은 나를 제쳐 놓았죠. 아마 나 때문에 수치를 느낄지도 모르죠. 당신은 심약해지거나 의기소침해질 때 내가 가장 필요한 거죠. 알아요, 당신이 집착할 만한 건 없어요. 당신 아버지는 어떤 귀족의 사생아였을 거예요."

"나도 그게 의문이야. 내 형님도 아버지가 마시필드에 있는 세탁소 트럭을 몰았다고 하더군. 난 결코 아버지가 유능한 사람이라고 생각지 않았어. 게다가 웰즈가의 비둘기 집에서 일하던 엄마를 만났잖아."

"당신은 정말로 나를 원치 않아요?"

그녀의 말은, 왜 나는 인생 행로에 뛰어들지 않고 멀리서 구경만 하느냐는 거였다. 왜? 그 이상 내가 갈구하는 건 없기 때문이지. 오라고 해! 종말도 있게 하고 시계추처럼 흔들리는 불안정한 사치도 끝내자! 불만족스럽지만 숨은 비극을 안고 있는 신같이 우리 인간들 속에 있는 신비스럽고 위대한 생명의 필요성을 증명하고 그게 악마 그 자체가 아님을 보여 주자! 소피는 내가 처자식을 원치 않거나 특정한 일상 업무에 시달리는 걸 싫어한다고 생각했을까? 나는 그녀가 나를 얼마나 잘못 생각하고 있는가를 말해 주었다.

그녀는 기뻐하며 말했다.

"그럼 우린 대체 뭘 기다리는 거죠? 출발해요! 좋은 아내가 될 자신이 있어요. 나 역시 출발할 필요가 있어요."

나는 얼굴이 화끈해지고 당황하여 말을 할 수가 없었다.

전등불이 완전히 벗은 그녀의 어깨를 비출 때, 그녀는 크고 그림자 진 루즈를 칠한 입술로 나직이 말했다.

"봐요? 난 그렇게 훌륭하지는 못해요. 그런데 누구는 그런가요?"

물론 나는 아직 미혼이라고 말했다. 그러나 소피가 한 말은 내 코사크 친구가 내 자존심을 상하게 하던 얘기였다. 내가 틀림없이 느낀 바같이 그가 실제로 말하려던 건 절대로 남의 운명에 의해 침해당할 수가 없다는 것이었다. 그는 왜 모스크바에서 투르키스탄으로, 아라비아로, 파리로, 싱가포르로 방랑해야만 하는가? 자신이 이곳저곳을 떠돌아다니는 중에 그 이유를 깨달았어야 했다. 사원의 탑과 부두를 바라보며 수많은 역사적인 인물들의 무덤과 수대에 걸쳐 수많은 걸 삼켜버린 땅, 사람들이 집을 짓고 살고 상처를 입고 죽어간 땅을 지나 담배 피우면서 지나가는 순례자처럼, 아무도 이런 고통에서 벗어나지 못한다.

그래서 내가 처음 노동조합 사무실에서 보았던 아름다운 그 얼굴보다 지금은 더 성숙해진 소피의 얼굴은 일그러져 있었다. 그러나 그녀는 이번에는 테아가 문을 두드리자 갑자기 허벅지를 덮던 그때처럼 나를 단념하지 않았다. 아마 그녀는 이제 존재의 의미를 맛보고 얼마만큼 큰 실망이 있는가를 알았으리라. 어쨌든 난 그녀와의 결혼이 내키지 않았다. 그녀는 야무지지 못한 내 성질을 꾸짖어왔던 것 같다. 그래서 내가 날려 버렸다는 또 하나의 영혼은 내게서 어떤 중요한 것을 바라고 있었다.

"그녀를 생각하는군요."

소피는 질투 섞인 말로 물었다.

"아니, 절대 다시 만나지 않을 거야."

내가 무슨 말을 하든 그 겉보기만으로 전체를 판단해선 안 된다. 나는 특별히 중요한 결론에 도달하고 있었다. 아직 목욕 가운을 입은 채 해야 할 일들을 한낮의 명상 속에 밀어 넣고 오후 내내 여러 생각에 잠겨 침대에 누워 있었다. 그때 클렘 탬보가 여러 아이디어를 갖고 왔다.

나는 클렘에게 파멸될 만한 결점이 많다고는 생각지 않지만, 늦게 일어난다거나, 자기 자랑, 늙은 신사 라 브뤼에르[7]라면 퍽 더럽게 여길 옷차림, 담배 악취, 린트 천, 고양이처럼 들쑤신 머리 등 결점은 뚜렷했다. 오만하게 자기 비난의 표정을 하고서, 애프터셰이브 로션, 스타 핀, 인조 비단 양말 등 싸구려 물건들을 잡화점에서 사서 썼다.

그는 전문적인 직업 생활을 시작하려 했다. 겨울에 심리학 학위를 받는 즉시 잭슨 근처의 디어본의 오래된 고층건물의 사무실 하나를 빌려 직업소개소를 개업할 계획이었다. 나는 말했다.

"자네가? 하지만 자넨 아직 하루라도 일해 본 적이 없잖아!"

그가 기다린 듯 대답했다.

"더 이상적일 수 있지. 난 마음 편해. 헛소리 말게나. 오기, 도박장을 하는 베니 프라이를 기억해? 그는 떼돈을 벌고 있지. 결혼 상담도 하고 임신 여부를 알아내는 피검사도 하지."

"그자가 소위 성공했다는 부류의 인간이지만 지난달에 사기죄로 법원에 고소되지 않았나?"

"맞아. 하지만 우린 그 일을 합법적으로 할 수 있어."

"난 자네 계획에 찬물을 끼얹고 싶진 않아. 하지만 무슨 수로 상담자를 끌지?"

나는 나의 경험을 토대로 말했다.

"아, 그건 문제가 안 돼. 넌 사람들이 자기네가 원하는 게 무엇인지 안다고 생각하니? 그들은 너한테 그걸 가르쳐달라고 간청하는 거야. 그러니 우리는 가만히 있어도 그들이 제 발로 찾아오는 전문가란 말이야."

"우리가 아냐, 클렘."

"오기, 난 너와 이 일에 동업하길 원해. 난 무슨 일을 혼자 하길 좋아하지 않거든. 내가 적성검사를 할게, 네가 면담을 맡아. 로저스의 새로운 비지시적 방법으로 그들을 말하게끔 할 수 있지. 별거 없어. 내 말 좀 들어. 넌 이것저것 별난 직업으로 자꾸 바꿀 순 없어."

"알아, 클렘. 하지만 오늘 일이 좀 생겼어."

"또 쓸데없는 고집을 피우는군. 우린 이런 직업으로 큰돈을 벌 수 있대도."

"아냐, 클렘. 이런 치들한테 내가 뭘 할 수 있겠나? 직업소개소에서 그들 돈을 우려먹는다는 건 수치야."

"미련한 소리! 자네가 그들한테 직업을 구해 준다는 게 아니고 단지 어떤 직에 적합한가를 가르쳐주는 거지. 새로 생긴 일이야.

현대의 직업은 완전히 달라."

"쓸데없는 소리 작작해. 자넨 오늘 중대한 일이 내게 일어났다는 걸 모르겠나?"

내가 심각하게 말했다.

그러자 그는 내가 정말 변했다는 사실을 알아챘다. 나는 일장 연설을 했는데, 지금 기억으로는 대강 다음과 같다.

"나는 인생의 근본적인 방향에 대한 생각이 있어. 자네도 이걸 명백히 해야 해. 만약 그렇지 않다면 자네의 존재는 다만 광대에 불과하고 숨겨진 비극이지. 난 어려서부터 인생을 살아갈 이런 근본적인 방향에 대해 어떤 느낌을 가졌어. 그래서 나를 설득시키려는 사람들한테 항상 완고하게 '아닙니다.' 하고 거절해 왔지. 단지 어떤 생각 때문에 고집을 피우지만, 그것도 결코 확실하진 못했어. 그런데 최근 이러한 전율을 느끼게 하는 방향을 다시 생각하게 됐어. 생존을 위한 투쟁이 멈추면, 그 생각이 거기에 선물처럼 놓여 있단 말이야. 조금 전에 이 침대에 누워 있었는데, 갑자기 그 생각이 엄습해 왔지. 진리·사랑·평등·관용·위용 그리고 조화! 또한 혼돈과 이 난로의 화상(火床)·왜곡·잡담·혼미·노력, 지나치게 무리한 행위 등이 비현실적인 것처럼 나의 뇌리를 스쳐 갔어. 난 어떤 때, 어떤 사람이든 설혹 악독한 사기꾼이라도 조용히 기다리면 언젠가는 삶의 바른길로 돌아오리라고 믿고 있지. 내가 항상 품고 있던 특별하고 뛰어난 어떤 것에 대한 야심이라는 것도 결국 이 근원적인 진리를 왜곡시키는 자만에 불과했어. 이는 유프라테스, 아니 갠지스 강보다도 오래된 가장 근원적인 진리지. 언제든지 생명은 통합될 수 있고 인간이란 재생할 수 있으니, 공공복리를 위해서 매년 산산이 조각나는 오시리스 같은 신이나 공복이 될 필요는 없지. 인간은 유한하고 제한된 존재이지만 근본적인 길이 있는 곳에 도달할 수 있어. 인간은 각광을 받고, 진정한 환희를 누리며 살 거야. 고통도 진실한 것이라면 기쁨이 될 수 있지. 극한적인 상황도 그의 힘을 빼앗지 못하며 방황조차 그를 자아로부터 분리시키진 못할걸. 사회적인 큰 웃음거리나 사기도 인간을 어리석게 만들지 못하고 끊임없는 좌절감마저 인간의 사랑을 앗아가진 못할 거야. 만약 생명이 무섭지 않다면 죽음도 두렵지 않아. 인생이 짧고 변화무쌍한 데 대한 공포도, 진실한 사람을 사랑하면 사라질 거야. 이 모두가 상상이 아냐, 클렘. 내 전 생애에 걸쳐 난 이것을 실천하고 있거든."

"참, 끈질기고 고집불통인 친구로군."

"내가 좀 더 안다면 내 문제는 간단해질 거고, 내 형식적인 교육도 아마 끝날 거라고 생각했지. 그러나 로베이를 위해 일해 온 이래 난 이미 알고 있는 걸 1할도 응용할 수 없다는 걸 알았어. 예를 들면 어렸을 때『아서 왕의 원탁』을 읽었지만, 지금 무슨 소용이 있나? 그 희생정신과 순수한 시도에 감명받았지만, 그렇다고 내가 뭘 할 수 있나? 복음서도 그래. 어떻게 그것들을 이용하지? 결코 쓸모 있는 게 못 돼! 그전에도 자네는 그 위에 더 많은 지식과 충고를 쌓아갔지. 이용하지도 못할 지식만 넓히는 건 극히 위험하지. 아무튼 이따위 것들이 너무 많아 탈이야. 나는 절실히 느껴. 기억해야 하는 많은 역사나 문화, 세세한 사실, 엄청난 뉴스나 너무 많은 본보기들, 너무 많은 위력, 자기네들처럼 되라고 충고하는 놈들도 너무 많아. 온통 많아서 나이아가라 폭포의 급류 모양 떠들썩하단 말이야. 대체 어떤 놈이 이해를 한담? 내가? 난 그것 모두를 감당할 만큼 머리가 크지 못해. 넋을 잃을 지경이야. 내가 이 모든 걸 축적해서 백과사전이 돼야 한다면 난 못할 것 같아. 단지 인생을 위한 준비로 시간을 허비하는 데 불과해. 자, 봐!

인간은 40, 50, 60년을 살 수 있지. 자기 존재라는 벽 속에 갇혀서 말이야. 위대한 경험이라는 것도 그 범위에서 벌어지는 것일 뿐이야. 고귀한 대화도 그렇고, 모든 성취도 그 범위를 못 벗어나고 빛나는 영광도 그래. 심지어 증오나 터무니없는 일, 질투, 살인도 마찬가지야. 이런 것들은 단지 존재에 대한 끔찍하고 가증스러운 거지. 그 벽 속에 갇혀 죽는 것보다 네 삽으로 구덩이를 파서 다른 놈을 쓰러뜨리는 게 나아."

"계속해 봐, 대체 무슨 소리를 하는 거지?"

"어떤 특정한 걸 말하려는 건 아냐. 넌 내가 그런 일을 감당하고 입증할 만한 야심이 있다고 생각하니? 내가 지금까지 알아온 대부분의 사람들은 자신이 어떻게 세상을 살아가는지를 보여 주려고 애쓴다는 거야. 이는 단지 자신을 지탱하려는 긴장감을 느끼는 데서 오지. 또한 그건 네가 쏟는 그 힘든 수고를 완전한 세계 속으로 확대시키는 거지. 꼭 힘든 수고를 필요로 하진 않아. 적어도 그래서는 안 되고 또 그러지 않는 거지. 이 세계는 너를 위해 존재하는 거야. 그래서 난 나의 세대나 어떠한 인간형의 대변자가 되거나, 모범이 되거나, 지도자가 되는 건 원치 않아. 내게 필요한 모든 건 나 자신에 대한 어떤 것이고 나 자신을 생각하는 일이야. 이게 바로 내가 지금껏 지껄이고 흥분한 이유야. 난 분수에 맞는 내 위치를 원할 뿐이야. 만약 그곳이 그린란드의 얼음 덮인 산이라도 기꺼이 찾을 거야. 결코 나 자신을 다른 놈의 계획에 방치하지 않겠어."

"궁금해 죽겠는데, 대체 네 생각이 뭔지 말해 봐."

"난 다만 조그만 재산을 마련해서 정착하려는 중이야. 인디애나나 위스콘신도 나쁠 건 없지만 일리노이가 내겐 꼭 맞는 곳이야. 소규모로 농사지을지는 몰라도 농부가 되려는 건 아니니 걱정 마. 결혼해서 단란한 가정을 꾸미고 학교 선생을 하고 싶어. 나는 결혼할 거야. 물론 내 아내도 이 계획에 동의하겠지만. 어머니를 요양소에서 모셔 오고, 조지를 남부에서 데려오는 거지. 사이먼이 내게 일을 시작할 만한 돈을 줄지 모르지. 낙원을 세우려는 건 아냐. 나 자신을 프로스페로[8]라고 생각하지는 않아. 왕궁도 없고, 공주도 없으며, 물론 왕도 아니지. 늙지도 않고 눈물 없이 편안히 신과 함께 사는 핀다르 하이퍼보리안의 주거지도 바라지 않고……."

"내가 듣던 중 가장 환상적인 얘기구나. 네 머리에 맞는 가치 있는 계획이야. 네가 자랑스럽기조차 하군. 네가 평온함을 느낄 때, 네가 생각해야 하는 일들에 대해 생각해 볼 때, 나 역시 깜짝 놀랐어. 하지만 학생들은 어디서 모으지?"

"주 정부나 군에서, 혹은 그 일을 하는 어떤 사람이든 난 양부모에게서 신임을 받을 수 있다고 생각해. 그러면 학생을 모을 수 있을 거야. 그러면 숙박 문제는 해결되고 우리는 이 애들을 맡는 거야."

"자네 아들도 포함시켜서 말이야?"

"물론. 난 아이들도 갖길 원하지. 꼬마들이 그립거든. 그리고 학교에서 온 거친 놈들도 있을 테고."

"그 애들 중 누가 존 딜린저나 바질 뱅하트 혹은 토미 오코너 같은 인물이 될지 모르지. 네가 바라는 걸 알겠어. 넌 아이들을 극진히 사랑하고 아끼면 그들은 미켈란젤로나 톨스토이 같은 인물이 되고, 인생에 기회를 제공하여 그들을 구해 준다면, 너는 그들의 거룩하고 성스러운 아버지가 된다고 생각하지. 하지만 그들을 착하게만 해서야 되나? 세상을 어떻게 살아가지? 그들은 혼자 인생을 헤쳐나가야 할 텐데."

"아냐, 정말 난 그들과 같이 살 수 있어. 매우 행복할 거야. 제재소를 하나 마련할 작정이지. 차를 직접 수리하는 기술도 배울 거고. 조지는 구두 수선을 지도할 수 있지. 나는 어학을 공부해서 애들을 가르치고. 어머니가 현관에 앉아 계시면 닭이나 고양이들이 발밑에 모여들겠지. 아마 묘목을 가꾸실지도 몰라."

"정말 왕이 되고 싶어 하는군. 이 자식아, 너는 그런 여자들이나 어린애, 또는 좀 모자라는 네 동생에게 소위 친절한 제왕으로 군림하길 원하는 거지. 네 아버지는 네 가족을 망쳤고, 너 역시 조금은 그랬지. 그래서 이제 보상하고 싶어 하는군."

"네놈은 항상 나쁜 면만 들춰내. 나쁜 면이란 항상 있게 마련이지. 그래서 내가 말하려는 건 그런 나쁜 의도를 갖고 싶지 않다는 것뿐이야. 난 불행했던 아버지에 대해 아는 바 없어. 아버지는 여느 사람들처럼, 관계를 맺었다가 떠나가 버린 것뿐이야. 표면상으론 자유를 위한 것같이 보이겠지만 실상은 고민과 고통만을 늘어놓았을 뿐이지. 그러나 내가 지속적이고 영원한 무엇을 찾으며 근본적인 것에 도달하려고 애쓰면서도 왜 이런 걸 속여야만 하지? 이것이 많은 사람들에게는 과히 위대한 계획으로 생각되지 않는다는 걸 알고 있어. 그러나 인생의 큰 난관을 극복할 기회가 그리 많다곤 생각지 않아. 그래서 작은 일부터 시작하려고 해. 아주 단순한 데서부터 말이야."

"잘되길 비네. 하지만 잘될지는 의심스럽군."

난 이제 확고한 신념, 즉 과제를 만들었다. 전환점에 있었던 것이다. 한때 소피와의 결혼을 진지하게 생각해 보았으나 실행에 옮긴다는 건 조급한 행동이었다. 그런데 갑자기, 오! 저 무시무시한 일요일 오후에 전쟁이 발발했다. 그래서 사람들의 생각은 오직 전쟁에 관한 것뿐이었다. 나도 곧 그 추세에 휩쓸렸다. 밤새도록 개인적인 생각은 전혀 할 수 없었다. 그 생각들은 어디로 사라졌는가? 의식의 밑바닥 어디에 있으리라. 내가 걱정하고 흥분한 건 바로 전쟁이었다. 그런 사건이 돌발했을 때 얼마나 관심을 쏟아야 하는가? 매우 큰 관심을 쏟았다. 먼저 흔들의자에서 일어나 적을 증오했다. 달려가 싸울 때까지 기다릴 수 없었다. 영화에 미친 듯하였고 뉴스 영화를 보고는 소리치고 손뼉 쳤다. 기회가 오면 정말로 필요로 하는 것을 할 수 있다고 생각했다. 이전에 가졌던 훌륭한 아이디어를 생각해 보곤, 전쟁이 끝나면 참된 새 출발을 하리라고 중얼거렸다. 온 세계가, 전쟁 때문에 지옥 같은 수라장이 되고 인간을 잡아먹는 사탄들이 나를 둘러싸고 좌우에서 친구들을 잡아가는 이때에, 나는 그 계획을 실행할 수 없었다. 여기저기 다니면서 사람들이 놀랄 정도로, 동료들에게 연설했다. 적이 승리할 경우 쌓일 시체 더미, 피치 못할 숙명, 한 독재자 밑에 지배될 인류, 권력을 쌓기 위한 무수한 인생 등에 대해서이다. 몇 세기가 흐르면 지구상의 똑같은 태양, 똑같은 달 아래에서 한때 신과 같았던 인간들이 살았던 이곳에 아무것도 없고 단지 인간성 그 자체가 위협적인 외계처럼 무시무시해지고 물리 법칙처럼 불변하는 기계적인 인간성을 창조함으로써 모방하려는 것들만이 남으리라. 그때는 복종하는 것만이 신이고 자유는 악이 되리라. 또한 엑서더스를 이끌어줄 제2의 모세는 나타나지 않을 것이다. 새로운 권력 구조 속에선 그런 인물이 탄생될 수 없어서이다. 오, 그렇다. 나는 웅변가처럼 버티고 서서 사람들에게 이렇게 떠들어댔다.

그리고 지원병에 가담했는데, 전에 비즈코초 때문에 내장 파열이 있음이 드러났다. 육해군 의사들은 내게 기침을 시켜 보고는 서혜부 헤르니아가 틀림없다고 의견을 모았다. 그들은 내게 수술을 받으라고 했는데 수술비는 무료였다. 나는 수술을 받으러 주립병원에 입원했다. 엄마에겐 일절 얘기하지 않았다. 소피는 말했다.

"당신은 정말 미쳤어요. 멀쩡하면서 수술을 받고 징병에서 탈락하다니."

그녀는 이 상황을 자기 입장에서 해석했다. 그녀의 남편은 징집당했기 때문에 내가 더욱 그녀 옆에 붙어 있어야 했다. 만일 내가 병원에 간다면 그건 내가 그녀를 원치 않는다는 걸 의미했다. 하지만 그녀는 계속 문병을 왔다. 클렘도 사이먼도 왔다. 소피는 면회 시간마다 매번 왔다.

수술은 매우 고통스러웠다. 수술 후 오랫동안 똑바로 설 수 없어서 조금 구부리고 걸어 다녔다.

병원은 여기저기 헐려 사순절이나 사육제 때처럼 법석거렸다. 이곳은 해리슨가인데 엄마와 함께 안경을 맞추러 오던 곳이었다. 거기서 멀지 않은 곳으로, 병원차가 육중한 몸체를 움직이고 벨을 울리며 천둥이 칠 듯한 어둠 속에서 닳아빠진 갈색 묘석과 죽은 석탄 하역 인부의 신원을 밝히려고 달려가던 곳이었다. 침대나 창문, 격리수용소 등 구석마다 마치 은둔자 피터[9]가 설교할 때 클레르몽 거리나 트로이의 성벽처럼 환자들로 들어찼다. 어깨 다친 사람들, 절름발이, 탈장대(脫腸帶)와 갑옷 같은 기구를 몸에 걸친 사람, 버팀목을 짚은 사람, 꼼짝 못하고 누워만 있는 사람, 머리에 붕대를 감고 휠체어를 탄 사람. 상처에서 나는 악취와 가제에서 풍기는 약 냄새. 멀지 않은 정신병동에서는 환자들이 비명을 지르고 노래하며, 마치 링컨 파크의 열대 새들을 모아놓은 듯이 재잘대고 떠들곤 했다. 따뜻한 날에는 옥상에 올라가서 시내를 내려다보았다. 시카고 부근이었다. 그렇게 반복함으로써 뇌세포나 바벨탑의 벽돌보다도 더 많은 세부적인 일이나, 개체에 대한 상상력을 고갈시켰으리라. 분노의 냄비에 시체로 불을 때던 에스겔이며, 조만간 그 냄비도 용해될 것이다. 신비스러운 전율, 먼지, 증기, 굉장한 노력의 발산들이 대기 중에 섞여 내 위에 있는 큰 건물 꼭대기를 떠돌며 대기에 가득 차서 병원, 형무소, 공장, 간이숙박소, 시체공시소, 빈민굴 위를 온통 뒤덮고 있었다. 이집트나 아시리아 세력 앞에서처럼, 큰 대양 앞에서처럼, 여기서는 인간이란 하찮은 존재다. 아무것도 아니란 말이다.

사이먼이 문병 와서 침대 위에 오렌지 봉지를 던졌다. 그는 개인병원에 입원하지 않았다고 야단쳤다. 그는 성미가 워낙 고약해서 어떤 것도, 그 어느 누구도 그의 화를 면할 수 없었다. 그러나 이 병원 의사들도 나를 잘 봐주고 있는데 그렇게 법석 떨 필요가 있는가? 나는 마치 수술 자리를 잘못 꿰맨 것처럼, 여전히 몸을 웅크리고 있었다. 의사들은 곧 괜찮아질 거라고 말했다.

좀 회복되자 사우스사이드로 돌아왔다. 파딜라가 자기 손님인 한 소녀를 내 방에 머물도록 한 걸 알았다. 그는 나를 자기 방으로 옮겨 주었다. 아가씨가 내 방을 차지한 건 의례적이고 단순한 예의였다. 왜냐하면 그 역시 그랬기 때문이다. 그는 결코 집에 머물지 않았다. 그는 대학에서 우라늄을 연구하고 있었다.

그는 공기가 탁한 아파트에 세들고 있었다. 페인트 대신에 흰 벽토가 발라진 곳이었다. 이웃에는 구제민들, 선원용 셔츠 차림으로 오후 4시부터 창문께로 가 새날을 맞이하려는 불면증 환자들, 어린애들, 깔끔하고 예민한 필리핀인들, 술취한 노파들, 우울한 사람들이 있었다. 이들을 지나서 한참 걸으면 주홍빛 건물 아래 잡다한 나무토막이나 오래된 《트리뷴》과 폐물만이 뒹구는 이상하고 환상적인, 옆으로 긴 중국식 온실이 나왔다. 거리에서는 깡통 쓰레기 더미를 보면 얼마 전에 교회가 있던 자리에 불교 사원이 들어선 곳에서 급히 발을 옮기게 된다. 온갖 잡탕이 다 모였다. 뒤에는 여느 때처럼 경마에 건 돈을 기입하는 장부가 걸려 있었고, 간판만 달린 담뱃가게가 있었다. 그곳에서 경쟁 상품 조사원들은 경마에 관한 서식용지를 가지고 있었고, 퇴직한 사람이나 구내 경비원들은 발밑에 담배꽁초를 수북이 쌓아놓고 있었다. 경찰관들도 있었다. 나는 이 셋집에 있는 한 예리하게 느낄 수 없었다. 회복은 매우 느려 수개월이 걸렸다. 최근에 테아로부터 샌프란시스코 발신 군사 우편을 받았는데, 공군 대령과 결혼했단다. 그녀는 내게 알려야 한다고 생각했을지 모르나 그러지 않는 편이 나았다. 그 소식은 매우 충격적이었으니까. 내 눈은 전보다 훨씬 더 들어가고 손발이 싸늘해졌다. 나는 파딜라의 더러운 침대에 누워 고통과 파멸을 느꼈다.

내가 소피에게서 위안을 받을 수 없다는 건 당연했다. 그녀로부터 위안을 받으면서 고민거리를 알리지 않는 건 옳지 못하다. 내가 얼마나 좌절했는지에 대해 털어놓은 사람은 클렘이었다.

"네 심정 알 만해. 나도 순경 딸과 연애를 했는데 작년에 너와 똑같은 경우를 당했어. 그녀는 도박사와 결혼해서 플로리다로 갔지. 어쨌든 넌 오래전에 끝났다고 말했잖아."

"그랬지."

"너희 마치 집안은 참 낭만적인 걸 알았어. 금발 소녀와 있는 네 형을 우연히 만났지. 아인혼도 그들을 봤어. 아인혼은 로우 홀츠의 오리엔탈 극장에 「주노와 페이코크」를 보려고 등에 업혀 왔어. 그는 자주 외출하지 않아. 외출할 때도 알다시피, 한낮을 좋아하잖아. 아인혼이 검은 망토를 입고 엘리멜렉 위에 타고 있었을 때 사이먼과 그녀를 보지 않았겠어! 그의 말에 의하면 같은 여자야. 밍크 목도리에 균형 잡힌 옷을 입은."

"불쌍한 샬럿."

나는 형수를 생각하며 말했다.

"샬럿과 무슨 상관이 있어? 그의 이중생활을 그녀가 이해하지 못한단 뜻이야? 돈 가진 여자가 그걸 모를 리 있어? 다른 것도 아니고 이중생활을, 게다가 실질상 법으로 인정된 이때에?"

나는 어쨌든 회복기 동안 시카고에서 벗어나 세계적 사건들로 가득 찬 어떤 곳으로 사라지고 싶었고, 생각해야 될 것도 더욱 많았다.

어느 날 웨스트사이드에 갔다. 더글라스 파크로 엄마와 산책하러 갔다. 비록 아직 약간 다리를 절기는 했지만 산책은 아주 좋았다. 차가운 태양 아래 이끼 낀 더글라스 파크에는 전쟁 중이어서 벤치들이 잘 보존되어 있진 않았다. 노인들이 앉아 신문을 읽거나 털목도리를 하고 치장 벽토 벽에 기대 있었다. 연못에는 종잇조각이 떠 있었다. 엄마는 나이가 들어 고집이 세졌고 무릎이 약간 안쪽으로 휘어 있었다. 그녀는 신선한 공기를 만끽했고, 여전히 안색은 건강했다.

엄마를 요양소로 다시 모시고 가려 할 때, 사이먼의 차가 우리 옆에 멈췄다. 샬럿 아닌 다른 여자가 그와 동승하고 있었고, 털목도리와 금발이 보였다. 사이먼은 곧 미소 지으며 엄마가 그녀를 눈치채면 안 된다는 신호를 하곤 보도로 나왔다. 웨스트사이드 차도는 쫙쫙 갈라져 있었고 식료잡화상이나 푸줏간의 톱밥으로 뒤덮여서 그에게 적당치 않고 그저 평탄할 뿐이었다. 그는 꽤 건강해 보였다. 곁에 입는 코르도반 가죽 제품에서 커프스 단추에 박힌 루비, 희디흰 셔츠, 꼭 맞는 술카 타이, 스트룩 코트에 이르기까지 모든 게 수제품이었다. 로빈슨 크루소가 입었던 염소 가죽처럼 단순히 몸을 가리기 위한 게 아니었다. 얘기가 나왔으니 말이지만, 정말 그는 질투심이 날 정도였다고 고백하지 않을 수 없다.

그는 엄마를 보려고 왔을까? 아니면 그녀에게 엄마를 소개하러 왔을까? 그는 나를 그녀에게 소개시키려고 쾌활하게 말했다.

"야, 참 놀랄 만한 일이지! 어쩌다 너를 한 번도 못 봤지? 엄마, 안녕하세요?"

나와 엄마를 팔로 감싸고 그는 차로 향했다. 거기서 그녀는 우리를 알아보듯 다정했다. 그는 말했다.

"온 가족이 다 모이다니, 굉장한데."

형이 누구를 향해 그러는지를 엄마가 알아차렸는지 어떤지 모르겠다. 아마 알아차렸으리라. 그러나 엄마처럼 순진한 분이 특별히 고급 의복을 입고 캐딜락 차의 고급 쿠션에 앉아 코르소(꽃수레)를 타고 축제를 즐기는 한 쌍의 로마인 같은 사이먼과 가슴이 풍만한 그녀에 대해 어찌 생각하는지 어떻게 알 수가 있겠는가?

그는 정말 돈을 벌고 있었다. 그가 투자했던 회사는 육군이 사용할 고안품을 제조하고 있었다. 그는 내게 돈이 얼마나 생기는가를 말할 때, 자기 자신마저 깜짝 놀라는 것처럼 쾌활하게 웃었다. 그는 백만장자 로베이를 앞지르고 싶다며 책을 한 권 쓰고 싶다고 말했다. 난 그의 조력자가 되어주려 했다. 형제간의 우애에 금이 가는 건 싫었다. 어쨌든 로베이는 워싱턴에 갈 준비를 하고 있었으나 왜 꼭 가야 하는지는 설명할 수 없는 듯싶었다.

사이먼이 말했다.

"엄마, 안녕하신지 궁금해서 들렀는데 오래 머물 수 없어요.

오기도 데려가겠어요."

"가거라, 얘들아."

엄마는 우리가 함께 사업하기를 원했다.

우리는 엄마를 돌층계 위로 부축해서 요양소로 들어가게 했다. 둘만 있게 되자 사이먼은 말을 꺼냈다. 얘기는 이런 내용이었다.

"네가 달리 생각하기 전에 말하지만 난 이 아가씨를 사랑해."

"사랑한다고? 언제부터?"

"꽤 오래돼."

"그런데 대체 누구야? 어디 출신인데?"

그는 미소를 띠며 얘기했다.

"그녀는 나를 만난 날 밤 남편을 버리고 왔어. 디트로이트에 있는 나이트클럽에서였지. 난 사업차 이틀 머무는 동안 그녀와 춤을 췄고, 그녀는 남편과 더 이상 살고 싶지 않다고 말했어. 그래서 내가 '같이 가자.' 했고, 그 후 내내 함께 지냈어."

"여기, 시카고에서?"

"물론. 아니면 어디겠니? 오기, 한번 만나봐. 서로 알아야 할 때야. 그녀는 혼자 있어. 왜 그런지는 알겠지. 그녀는 너에 관한 모든 걸 알아. 걱정하지 마. 좋은 얘기만 했으니까. 됐어."

그는 1, 2인치나 더 크므로 나를 내려다보면서 말했다. 뺨은 문지른 듯 붉었다. 아니, 뻔뻔스러운 빛이리라.

"네가 이 일을 이해하는 것이 그리 어려운 일이라고는 생각하지 않았어."

그는 샬럿에 대한 내 생각에 답변했다.

"아니, 과히 힘들지 않아."

"이 일은 샬럿과 관계없어. 난 그녀에게 어떻게 하라고 말하지는 않아. 나와 같은 행동을 하도록 하지."

"그녀가 그렇게 하려고 할까? 과연 할 수 있을까?"

"만일 할 수 없대도 그건 그녀의 문제야. 내 문제는 르네야. 그리고 나 자신!"

그가 '나 자신'이라고 말했을 때, 그는 냉혹해 보였고 어쩐지 상념에 잠겨 여태까지 지나온 많은 위험을 회상하는 것 같았다. 그때 무엇이 그렇게 위험했는지 알 수 없었다. 아직도 난 이해하지 못한다. 아무튼 그에게, 그들 두 사람에게 매혹됐다.

"르네, 이 사람이 오기야."

그가 계단 아래에 있는 나를 내려다보면서 말했다. 나는 그녀를 알게 된 후 그녀가 그에게 그렇게 중요해진 이유를 이해하기 힘들었다.

그녀는 몸매는 가늘어 보이지만, 분명히 성적인 매력이 있었다. 가슴이 옷 밑에서 얼마나 강렬히 뛰고 있는지 누구나 볼 수 있었을 것이다. '풍만한 가슴(*du monde au balcon*)'이라는 표현은 섹스라는 면에서 말하는 것이다. 그녀의 매력은 실크 스타킹으로 가려져 있었고, 그것을 통해 볼 수 있었다. 그녀는 대단히 젊었으며, 얼굴은 화장을 짙게 해서 금빛을 띠었고, 루즈를 입술 끝까지 짙게 발랐다. 속눈썹과 눈썹은 금빛 먼지를 흩뿌려서 비벼댄 듯했다. 금발을 베르사유 머리처럼 꾸미고 황금빛 빗핀을 꽂았고, 금테 안경에다 황금 보석들을 달았다. 그녀가 미숙해 보인다고 막 말하려 했었는데, 그것은 그녀가 충분한 자신을 갖고 이런 금붙이를 달지 못한다는 걸 의미하는 것이다. 아마도 이런 치장은 성숙한 여자만이 할 수 있었으리라 생각한다. 육체적인 성숙이 아니라, 장식품을 달 능력을 충분히 갖춘 그런 여자 말이다. 그런 여자들 중의 한 부류는 박물관 진열장에 황금빛 얼룩이나 푸른 녹이 슨 청동 조각상의 모습으로 물결 모양의 갈퀴를 든 채 호기심을 받으며 진열되어 있다. 그들은 머리핀이나 작은 물병, 빗을 가진 아시리아나 크레타의 옛 여인 사회의 여자들로, 아티스[10]의 밀야 방문을 기다리기 위해 사제들 옆에 누워 자는 성스러운 여인들이나 혹은 유원지에서 거행되는 연례적인 경기에 참가한 처녀들, 요염한 소가곡 가수들, 시리아인, 아모리트인, 모아비트인 등등이다. 또, 품행이 좋지 못한 여자들(*femmes galantes*), 사랑의 구애자들, 이키텐인, 왕녀들, 메디치가 사람들, 고급 매춘부들, 야생적인 여인들, 현대적인 나이트클럽이나 화려한 정기선들의 1급 살롱들과 그들을 위해 요리사가 가장 커다란 수플레, 생선 구이, 그 밖의 값비싼 음식을 만들 계획을 하고 있는 매혹적인 승객들로 이어지는 사람들이다. 이런 종류가 르네가 되려고 마음먹은 여인상이지만, 내 생각에 르네는 전혀 그렇지 못했다. 사람들은 이런 모든 것들을 위해서 본능에 굴복해야 한다고 생각할지 모른다. 마치 이런 포기가 아주 쉬운 것처럼! 일단 본능에 복종해 본대도 어느 본능이 제일 먼저 나타날 것인지 어떻게 알 수 있겠는가?

르네는 매우 의심이 많아 보였다. 그녀의 코를 따라 불길 같은 일종의 의심과 의혹이 있었다.

사이먼이 몇 분 동안 차 밖에 나가 있었을 때, 그녀는 말했다.

"난 당신의 형을 사랑한답니다. 처음 본 순간 사랑하게 되었어요. 그리고 죽을 때까지 그를 사랑할 거예요."

그녀는 장갑 낀 손으로 내 손을 잡았다.

"나를 믿으세요, 오기 씨."

이 말이 사실이었더라도 그녀가 의심을 벗기 위해 특별한 노력을 해야 했던 건 유감천만이었다. 게임, 또 게임. 게임 속 게임들. 그렇지만, 게임임에도 불구하고 가장 진실한 것을 뜻하는 무언가가 있다.

그녀는 계속 말했다.

"난 우리가 서로 잘 알기를 원해요. 당신은 느끼지 못했을지 모르지만 사이먼은 당신을 지켜보고 있어요. 당신은 그에게는 세계를 의미하고 모든 걸 의미해요. 당신은 그가 당신을 두고 어떻게 말하는가를 들었어야 했어요! 그는 당신이 뭐가 시작만 하면 곧 위대한 인물이 될 거라고 말해요. 그리고 나를 단지 사이먼을 사랑하는 사람으로만 생각해 주었으면 해요. 나를 가혹하게 판단하지는 마세요."

"내가 왜 그래야만 합니까? 형수 때문에?"

내가 샬럿에 대해 말하자 그녀 표정이 굳어졌다. 그러나 그녀는 내가 적의를 품지 않았다는 걸 알았다.

사이먼은 항상 샬럿 얘기를 하곤 했다. 그건 나를 놀라게 했다. 그는 르네에게 말했다.

"그 여자 때문에 당신하고 충돌하고 싶지 않아. 난 그녀를 존경해. 어떤 상황에 처해도 그녀를 결코 버릴 순 없어. 그녀는 이 세상의 다른 어떤 사람보다 나와 가깝거든."

그는 샬럿에 대해서도 역시 낭만적이었다. 그러나 르네는 그것을 견뎌야 했으며 그에게 어떤 배타적인 요구를 할 수 없음을 알아야 했다. 나는 테아와 스텔라와 지내게 되었을 때 이와 같은 일을 겪었던 게 생각났다. 그리고 한 여자가 다른 여자에게 정신을 쓰게 해서 그녀로부터 나 자신을 보호했었고, 나는 둘 중 어느 누구에게도 좌우되지 않았었다. 그래서 누구도 해를 입지는 않았다. 오, 나는 이 일을 현명하게 처리했다. 난 그걸 안다. 그 사실은 사이먼이 말한 대로가 아니었다. 상식적으로 생각해도 그와 샬럿이 재산을 공동으로 소유했다는 건 있을 수 없다. 난 이걸 그에게 설명하고 경고도 하려 했지만 그를 놀라게 했을 뿐이었다. 나는 노력에 앞서, 상황을 잘 파악할 때까지 기다렸다.

그와 르네의 생활은 다음과 같았다. 거의 매일 아침 그는 르네의 아파트 근처에서 그녀를 차에 태웠는데, 그녀는 근처의 식당 안이나 바깥에서 기다렸다. 그러면 그녀가 사이먼의 사무실까지 운전했다. 그래서 고용인들 거의가 그녀를 알았지만 그녀는 사무실에는 들어가지 않았다. 그리고 혼자 물건을 사러 가거나 그의 심부름을 가거나 잡지를 읽으며 일이 끝날 때까지 기다렸다. 종일 그녀는 그와 함께 있거나, 최소한 멀리 떨어져 있지는 않았다. 저녁에는 르네가 거의 사이먼의 집까지 바래다 주고, 자신은 택시를 타고 돌아갔다. 그런데 낮 동안에는 거의 매 시간, 서로 고함치고 비명 지르는 위기가 있었다. 그녀는 눈을 크게 뜨고 목을 활처럼 굽혔다 빳빳이 세웠다 했으며, 그는 이성을 잃고 이마를 찌푸리고 분노에 차서 이를 악물면서 때론 그녀를 때리려 했다. 그는 부러진 앞니를 결코 치료하지 않았다. 바로 그것 때문에 금발에 독일식 외모를 하고 불그레한 얼굴을 한 사업가이며 투자가인 그에게서 여전히 로시 할머니가 관광 호텔로 보내 웨이터를 했던 학생 사이먼이 떠올랐다. 싸움은 대부분 옷 종류나 장갑들, 샤넬 향수, 하인들에 관한 것 때문이었다. 그녀에게는 하인이 필요없다는 게 그의 주장이었다. 그녀는 도대체 집에 있지도 않았고, 잠자리도 스스로 마련할 수 있어서라고 했다. 무엇이 거기 앉아 있는 여인에게 필요하겠는가? 어쨌든 르네는 샬럿이 가졌던 건 뭐든 가져야 했다. 그녀는 샬럿 위에 자리 잡았으며 오히려 그녀보다 더했고, 종종 같은 나이트클럽에 가기도 했으며, 같은 뮤지컬 표를 사기도 했다. 그래서 그녀는 샬럿이 어떻게 생겼으며 무얼 입었는지 알았고 그녀를 유심히 살펴보았다. 르네는 최소한 샬럿과 같은 정도를 요구했으며, 그 요구가 가방이나 도마뱀가죽 구두, 얼룩무늬 안경, 론손 라이터 같은 품목일 때는 곧잘 충족됐다. 그러나 샬럿의 차와 똑같은 걸 원했을 땐 큰 싸움이 벌어졌다.

"아니, 당신은 거지군!"

그는 내쏘았다.

"샬럿은 자기 돈이 있어. 당신도 그걸 알잖아?"

"하지만 당신이 원하는 건 없죠. 난 그걸 갖고 있어요."

그는 으르렁거리듯 소리쳤다.

"당신만 가진 건 아냐! 바보같이 굴지 마. 많은 여자들이 그걸 갖고 있어."

이 싸움은 그가, 내가 보는 걸 꺼리던 몇 안 되는 싸움 중의 하나였다. 대부분 그는 내가 보는 걸 상관치 않는 듯이 보였다. 그녀는 우리가 서로 좀 더 잘 알기를 원한다고 말한 후 그런 말을 한 적이 없다는 듯한 태도를 취했으며, 내겐 거의 말도 걸지 않았다.

"당신은 당신 형이 어떤지 알죠?"

그녀는 울부짖었다. 아니, 난 그가 어땠는지 모른다. 대개 내가 보았을 때 그는 노해 있거나 솔직하거나 감정을 속이고 있었다.

그는 성을 내며 호통쳤다.

"왜 어제 의사에게 가지 않았지? 그 기침을 얼마나 그대로 둘 거야? 당신이 어떻게 가슴 속에 무엇이 있는 줄 안단 말이야? (이 말을 듣고 나는 가슴 쪽을 쳐다보았다. 여느 생물들처럼 그건 모피와 실크 아래, 브래지어 밑에, 가슴 아래 있었다.) 그렇지, 가지 않았어. 병원에 전화를 걸어 알아봤어. 없어, 이 거짓말쟁이야. 확실히 당신은, 내가 너무 중요한 인물이라 의사에게 전화로 알아보지 않을 거라고 생각했거나 그것이 샬럿 귀에 들어갈까 봐 두려워한다고 생각했지." (그녀는 샬럿의 주치의에게 갔는데 그는 가장 유능한 의사였다.)

"글쎄, 갔단 말예요. 당신은 거기 나타나지 않았잖아요. 당신은 거짓말했어요. 거짓말요! 난 당신이 침대에서 했던 행동까지 의심해요. 날 사랑한다고 말할 때도 눈을 감는다고요."

이것이 열망의 형태로 나타난 그의 분노의 일례다.

난 헤르니아에서 회복되어 전쟁에 나갈 때까지 기다릴 수 없었다. 전쟁에 나가게 해달라고! 그러나 아직 건강이 좋지 못했고, 당분간 사무용 기계 회사에 임시로 고용되었다. 아주 좋은 일자리였다. 인력 부족으로 거기 들어갈 수 있었다. 거기 계속 머물렀더라면 나는 외판원 요직으로 전향했으리라. 매달 두 번씩 특등 열차로 세인트폴로 여행하고, 여행 시에는 고급 담배 일곱 갑을 가질 것이다. 역에서 내릴 땐 하얀 입김을 내뿜으며 한쪽 손엔 가방을 들고 위엄을 떨 것이다. 하지만 안 된다. 난 군대에 가야 했다.

"이 바보 같은 녀석아."

사이먼이 말했다.

"난 네가 중년까지 살기를 바랐지만 넌 너무 우둔해서 그럴 수 없을 것 같아. 넌 아예 자신을 소멸시켜 버리려 하고 있지. 꼭 가서 총에 맞아 피를 토해야겠다면, 그리고 진흙탕에 뒹굴며 감자 껍질이나 먹어야겠다면 가라! 만약 네가 사상자 명단에 오르면 내 일에 도움이 되겠지. 아들이 오직 하나밖에 없다는 게 엄마에겐 얼마나 끔찍스러운 일일까! 난 어떠냐고? 이 세상에 혼자 남게 되겠지. 돈이나 버는 게 현명하지, 동생 따윈 필요없어."

그래도 난 계속 추진했다. 아직 육군이나 해군엔 들어갈 수 없었다. 그래서 머천트 마린[商船隊]에 사인하고 십스헤드 만으로 훈련받으러 가기로 했다.

다음번에 사이먼을 랜돌프가에서 우연히 만났을 때 그의 행동은 예전과 달랐다. 헨리시 음식점 앞이어서 그는 "자, 들어가서 뭘 좀 먹자." 하고 말했다. 음식점의 진열장엔 철 지난 딸기 한 통이 있었다. 웨이터들이 그를 알아보고 말을 걸어도 어느 때처럼 우쭐대지도 않고, 대답도 거의 안 했다. 그가 자리에 앉아 모자를 벗었을 때, 그 창백한 얼굴에 깜짝 놀랐다.

"형, 무슨 일이야? 어떻게 된 거냐고."

"르네가 어젯밤 사살하려 했어. 수면제를 먹고 혼수상태였을 때 내가 들어갔지. 흔들고 때리고 걷게 해서 의사가 올 때까지 목욕탕 찬물 속에 집어넣었지. 살아났어. 이젠 괜찮아."

"정말 자살을 기도했던 걸까? 진심이었을까?"

"의사는 그다지 위험하지 않았다더라. 아마 수면제를 얼마큼 먹어야 하는지 몰랐나 봐."

"내 생각엔 그런 것 같지 않아."

"나 역시 그래. 틀림없이 그녀가 속였던 거야. 사기꾼이야. 전혀 처음이라고 볼 수 없어."

나는 이치에 닿지도 않는 말다툼을 눈치챘다. 그래서 괴로웠다.

"사람들은 무슨 일에 몰두하기 시작하면 정신을 잃고 말지."

그가 말을 이었다.

"그게 쾌락을 위한 거라면 엄청난 대가를 지불할 수도 있어. 그러나 아무런 쾌락도 없이 단지 소유하려고 하는 짓이라는 걸 생각해 봐. 쾌락을 원한다는 걸 생각해 봐. 넌 언제나 네가 얻을 수 있는 게 아니라 원하는 것에 대해 대가를 치러야 해. 그것이

대가라는 거야. 그건 다른 데 있는 게 아냐. 지불한다는 건 자칫 결핍되기 쉬운 그 무엇 안에 있어."

"내가 할 수 있는 일이 무엇인지 알고 싶어."

"그래, 넌 기차 바로 앞에서 나를 밀어 넣을 수 있었을 거야."

그는 일어났던 일을 말하기 시작했다. 샬럿이 르네와의 관계를 알아냈다는 것이다.

"아마 오래전부터 알고 있었나 봐. 그런데 기다려보려고 했었던 것 같아."

오히려 샬럿이 몰랐더라면 더욱 놀라운 일이었을 것이다. 사이먼의 소문과 생각이 항상 그녀 마음속에 흐르고 있었을 테니. 번화가의 모든 사람들이 그를 알고 있었다. 백합 접시에 딸기를 가져온 웨이터도 "여기 있습니다, 마치 씨." 하고 말했다. 르네 역시 항상 사이먼과 함께 있었다. 오히려 그들은 항상 발각될 기회를 즐기고 있었다. 왜 그녀는 그를 거의 문 앞까지 차를 태워다 주었을까? 어느 날 그녀가 떠난 뒤, 나는 차 바닥에서 금빛 빗을 주웠다. 그러나 형은 "제길, 그녀는 너무 부주의해." 하고는 빗을 주머니에 넣었다. 그러니 샬럿이 이 년 동안 어떤 것이라도, 금빛 머리카락, 손수건, 자동차의 연장함에 든, 자기가 가지도 않은 살롱의 성냥갑 등을 발견하지 못했다는 건 있을 수 없는 일이었다. 또한 사이먼이 모자를 쓰고 저녁 신문을 들고 남편답게 귀가하여 등 뒤에서 볼에다 키스를 하거나 지껄이는 농담 속에서, 바로 오분 전까지 다른 여인과 함께 있다가 차를 주차장에 넣고 엘리베이터를 타고 올라왔다는 사실을 샬럿이 모를 리 있겠는가. 틀림없이 알고 있었으리라. 나는 그녀가 이렇게 중얼거렸으리라는 걸 안다.

"내가 직접 보지 않은 것엔 기분 상하지 않아."

이것은 고의적으로 못 본 척하는 것이 아니라 사려 깊은 사람들의 경우 곰곰 이해하려는 것이다. 어떤 사람은 소중한 삶을 위해 곰과 맞붙어 싸우며, 큰 회색곰에게 맞아 이마가 터지기도 한다. 그러면서도 다음 일요일엔 뭘 할 것인가, 누구를 만찬에 초대할 것인가, 테이블은 어떻게 정리할 것인가를 생각하는 것이다.

하지만 샬럿은 그런 부류의 여자가 아니었다. 그녀가 소란을 피우면 그는 낭만적인 기질 때문에 더욱 분별없이 될 뿐이란 생각에 그를 조심스럽게 대했다.

언젠가 그녀는 내게 말했다.

"당신 형은 아주 많은 돈이 필요해요. 필요한 만큼 돈이 없으면 아주 죽어버릴 거예요."

이 말에 난 아연실색했다. 햇빛이 비치는 뜨거운 아침이었다. 조잡스러운 카펫이 깔린 고층건물의 옥상 거실에서 꽃병에 꽂힌 꽃들이 불어오는 더운 바람에 흔들거렸다. 그녀는 큰 체구에 흰색 새틴 코트를 걸치고 루즈 바른 입에 담배를 물고 있었다. 그 모습은 매그너스가의 사람, 즉 그녀의 숙부나 사촌들과 같이 엄격한 데가 있었다. 그녀는 자기가 사이먼의 인생을 구해 주고 있다고 말할 정도였다.

그러나 그는 돈이 필요했다. 르네도 샬럿과 같은 스타일로 생활했다. 그는 그게 옳다고 느꼈다. 또한 일을 가볍게 처리하지 않으려는 것도 자신의 덕택으로 알았다. 그와 샬럿이 플로리다에 가면 그녀는 이튿날 뒤쫓아 와서 그들만큼 호화로운 호텔에서 묵었다. 그는 비용은 그다지 걱정 안 했다. 그 당시 그의 생활에 독이 되었던 건 끊임없는 생각과 계획의 노예라는 점이었다. 그는 아내를 무시하기 시작했고, 얼마 안 가, 두 번 결혼한 처지에 놓였다.

불쌍한 사이먼! 나는 그를 동정했다. 내 형 말이다.

그는 처음부터 내게 그녀와의 관계는 영속적인 건 아니라고 했다. 그렇다면? 그 잠시란 얼마나 짧은 기간일까? 결국 그의 생각은 르네가 어떤 부호와 결혼하리라는 것이다. 그들이 그걸 의논할 때 나도 있었다.

그가 말했다.

"그 클럽에 있는 카함이란 사람, 우리가 그를 우연히 만난 후, 그가 당신에 관해 물어보더군. 함께 밖에 나가고 싶다고."

"싫어요."

그녀가 말했다.

"그렇게 해. 바보처럼 굴지 마. 우린 너를 정착시켜야 해. 그는 돈 많은 독신인데, 도로 포장 사업을 하고 있어."

"그가 뭘 갖고 있든 상관없어요. 그는 의치투성이란 말예요. 당신은 나를 뭘로 보는 거죠? 혼자 있게 내버려 둬요."

그녀는 잔뜩 화가 나서 팔짱을 끼었다. 더운 여름날이어서 소매 없는 드레스를 입은 그녀는 무릎을 모으고 차창 밖을 물끄러미 내다보았다. 이런 대화는 주로 차 속에서 한다는 걸 기억해야 한다.

나는 그 후 사이먼에게 말했다.

"그녀가 결혼하려는 사람은 바로 형이야."

"아냐, 그녀는 단지 나와 함께 있기를 원할 뿐이야. 그래서 이런 식이 안성맞춤이지. 그녀는 아내보다는 이런 위치를 더 좋아해."

"형, 그건 형의 독단이야. 그러면 그녀는 형이 방문해 주는 동안 매일 차 타고 함께 돌아다니거나 영화 잡지를 읽는 그 이상의 것은 원치 않는다는 말이야?"

그러나 헨리시의 집에서 그가 내게 한 말은, 수주일 전에 샬럿이 나타나서 이제 사태가 갈 데까지 갔다고 했다는 것이다. 이젠 중단돼야 했다. 싸움이 터지고 말았다. 그가 샬럿과 뜻이 맞지 않아서가 아니었다. 그는 이제 그만두어야 한다는 걸 알고는 르네에게 말했다. 그런데 그녀의 경우는 더욱 나빴다. 그녀는 소리를 지르며 그를 법정으로 끌고 가겠다고 위협하다가 끝내는 기절했다. 다음 날 사이먼의 변호사가 왔다. 그는 일을 해결하기 위해 자기 사무실에서 모임을 가졌다. 르네는 샬럿이 그 자리에 참석지 않을 거라는 말을 들었다. 그러나 샬럿이 나타났다. 르네는 그녀에게 욕설을 퍼부었다. 샬럿이 그녀의 뺨을 때렸다. 사이먼도 르네의 뺨을 때렸다. 그들은 모두 소리 질렀다. 그만한 이유가 있었던 것 같다.

"형은 그녀를 왜 때렸지?"

"그녀가 말하는 걸 네가 한번 들어봐야 했어. 아마 너도 마찬가지였을 거야. 난 제정신이 아니었어."

마침내 르네는 위자료를 받으면 캘리포니아로 가겠다고 동의했다. 그리고 정말 갔다. 그런데 지금 다시 돌아온 것이다. 그러고는 전화로 임신했다고 했다. 사이먼이 말했다.

"난 상관없어. 이 사기꾼아, 넌 곧 돌아올 수 있다는 걸 알고는 돈을 받고 캘리포니아로 간 거지?"

잠시 후 아무 말 없이 그녀는 전화를 끊었다. 그는 그녀가 자살할 거라는 느낌이 들었다. 아니나다를까, 그가 호텔에 도착했을 땐 이미 그녀가 약을 먹은 후였다.

그녀는 임신 4개월이었다.

"어떻게 하면 좋지?"

그가 말했다.

"할 일이 뭐 있겠어? 아무것도 없어. 이제 어린애가 나오겠지. 형이나 조지 그리고 내가 그런 식으로 이 세상에 태어난 것 말고는 누가 알겠어."

나는 최선을 다해 그를 위로했다.

## 23장

 거대한 안드로메다 성좌가 자기 좌표를 지키려고 남에게 기댄다면 지옥으로 떨어질 수밖에 더 있겠는가? 오, 마치여, 다가올 것에 대한 온 세상의 꿈을 예언하는 영혼(S. T. 콜리지)으로 하여금 케사르나 아틀라스 같은 거인이나 선동가를 소환할 수 있게 하라. 그러나 너! 어설픈 햇병아리인 너는 어디로 가느냐? 사랑스러운 아내와 결혼하여 마치의 농장과 학원 속에 안착하여라. 세계가 온통 미친 듯 격동할 때도 휩쓸리지 말라. 내 친구여, 수고는 떨쳐 버리고 편안히 쉬어라, 하고 나는 중얼거렸다. 시간이란 너를 마치 거대한 시어즈나 뢰벅 회사 사장의 마음속에 들어 있는 단 한 가지 품목처럼 여기는 그런 세력가들 손아귀에 있는 것이다. 옳은 일을 하고 실망하는 삶은 영위치 않기를 바라며 너는 여기 온 것이다.

 여하튼 내 양심은 이미 결정됐다. 나는 약속을 했기에 그 이상은 더 머물 수가 없었다. 마침내 때는 닥쳐왔다. 바람이 불고 단조로운 비가 자욱한 연기를 가라앉히고 온 시내는 비에 흠뻑 젖어 침침하게 보였다. 라샐스트리트 정거장 기둥은 울고 있는 듯

빗물이 흘러내렸다. 클렘이 내게 말했다.

"네 운명을 너무 강요하지 마! 불의의 재난으로 위험을 무릅쓰지 말란 말이야. 단지 남들의 호기심을 만족시켜 주기 위해 자신의 비밀을 얘기하지 마. 반년이란 약혼 기간 없인 결혼하지 마. 네가 궁해지면 언제든지 얼마간의 돈을 줄 수가 있어."

나는 해군 하사관 학교의 회계사와 약제사로 지원했다. 그들은 내 지원을 받아들였다. 얼마 동안 나는 정신과 의사와 말다툼을 했다. 도대체 왜 내가 오줌싸개라는 항목에 ×로 표시됐단 말인가? 나는 내 침대가 항상 말라 있다고 주장했다.

"그러나 여기 질문에 반대를 나타내는 × 표시가 있습니다."

그러나 서른 시간 동안 기차에서 한잠도 못 자고 스무 개의 질문에 답하고 시험을 다섯 개나 치르면서 단 하나의 오기(誤記)라도 생길 수 있다는 걸 그는 알지 못한단 말인가?

"그러나 왜 다른 항이 아닌 바로 이 항을 잘못 썼나요?"

그는 음흉하게 말했다. 나는 거기 앉아 냉정하게 보이는 흰 가운을 입은 그의 궁둥이를 보면서 그를 증오했다. 한편 꾸물대는 듯한 그의 시선은 나에 대해 불쾌한 빛을 띠고 있었다.

"당신은 내가 싸지도 않는 오줌을 싼다고 말했으면 좋겠어요? 아니면 내가 진짜 오줌싸개라도 된다는 말인가요?"

그는 내가 반항적인 성격을 가졌다고 말했다.

어떻든 내가 학교에 가기 전 그들은 우리를 체사피크 만의 훈련 순양함으로 보냈다. 우리는 지독한 더위 속에 항해했다. 그 배는 옛날 맥킨리 시대에 고안된 것으로 많은 갑판이 달린 것이었다. 철로 된 그 배는 마치 밀가루투성이 제빵소처럼 하얗고, 일주일 내내 바다 위에 아무 목적 없이 이리저리 항해했다. 플라스틱 돛대를 가진 흰 나룻배들이 멋지게 우리를 스쳐 지나갔다. 갑판 위에는 어린이들이 갖고 노는 잭 모양의 날개를 가진 항공모함 같은 큰 고래가 있었고, 괴물의 머리처럼 연기가 배 옆에서 뿜어져 나왔다. 우리는 하루에도 여덟 번 내지 열 번씩 소방 훈련을 하며 배에서 탈출하는 훈련을 받았다. 보트가 다빗에서 와르르 떨어지면 훈련병들은 줄지어 화물선 네트에서 보트 속으로 뛰어들었다. 제멋대로 이리저리 뛰고 장난치거나 혹은 보트 장대로 엉덩이를 쿡쿡 쑤셔대고 까불기도 하며 여자의 생식기에 대해 소리 지르며 법석이었다. 그러고는 노를 저어 갔다. 몇 시간이고 계속 저어 갔다. 물결이 거대한 꽃상추밭처럼 굽이쳤다.

때때로 수직으로 선, 페인트칠한 제빵소 같은 낡은 배의 후미에 앉아 햇볕을 쬘 수도 있었다. 나무 상자, 썩은 상추, 오렌지, 똥, 게 등이 파도에 밀려왔다가 가버렸다. 에나멜빛 하늘, 황금빛 굴대를 지닌 태양, 이런 정경을 보고 나는 물고기와 케이크를 들고 있는 바보들과 주걱 같은 노를 젓고 있던 수부의 모습이 담긴, 늙은 화백 히에로니무스 B.[11]의 그림이 생각났다. 유람 연주가들이 있고, 나뭇가지엔 죽음의 머리가 있었다. 다른 장면들도 생각났다. 조그만 다리로 총총 뛰어다니며 나이프 위에 토해 놓은 달걀들, 굴껍데기 속에 갇힌 사람이 식인종의 연회석상으로 운반되는 장면들. 청어, 고기, 그 외 배가 불룩한 고기들. 그러나 언제나 사람의 눈은 밖으로 향했다. 어쩌면 쓸모없는 걸 보고 있을지도 모르지만, 어떻게 알 수 있겠는가? 혹은 베들레헴의 부유한 왕들이거나, 불지팡이를 가진 요셉인지도 모른다. 멀리 보이는 초원에는 무슨 일이 일어나고 있을까? 칼에 찔려 피 흘리는 늑대가 자기를 공격했던 돼지 치는 사람을 잡아먹는 것, 그리고 멍청하게 보이는 도시의 탑들과 감자를 으깨는 도구와 항아리들, 이중 보일러, 그리고 민가의 훈제소 등을 향해 미친 듯 뛰어드는 사람의 모습이 보였다.

우리는 많이 먹었다. 플랩잭, 갈비, 햄, 감자, 스테이크, 칠리 콘과 밥, 아이스크림, 파이 등 모두들 음식에 대해 이야기하고 메뉴에 대해 서로 토론하며 자기 집의 요리를 생각해 봤다.

토요일에 우리는 볼티모어에 정박했다. 그곳에는 항구의 일꾼들이 클랩 힐에서 기다리고 있었고 인쇄된 시(詩)를 들고 나온 지배계급들이 있었다. 우편물이 왔다. 사이먼은 귀가 나빠 군복무를 거절당했었다. "내가 이용할 수 있었던 탈피구였지."라고 그가 말했다. 클렘도 새로운 그 일을 잘해 내지는 못했다. 지금은 캠프 블랜딩에서 남편과 사는 소피 게라티스로부터 편지 두 통이 왔다. 그녀는 안녕을 고했으나 그건 다른 편지에서도 계속 그랬다. 또한 아인혼이 군복무 중인 친구들에게 보내는 진부한 감상적인 말과 코미디로 가득 찬 등사된 메시지가 있었다. 그는 사적인 어조로 덩뱃이 뉴기니에서 군인으로 있는데, 지프를 몰고 있으며 자기는 앓고 있다고 덧붙였다.

또다시 몇 주일 동안 순양함에 갇힌 채 만을 이리저리 항해했다. 여전히 꽃상추 같은 파도가 있었고, 대중 연설 같은 고함을 지르며 머리맡에서 난장판을 벌이기도 했고, 보트 훈련, 바닷물, 단조로운 식사, 태양, 지옥을 연상시키는 소리들, 여기저기서 몇 가지 일로 끝없이 멍멍하게 울려대는 소리가 귀를 때렸다.

우리는 십스헤드로 돌아왔다. 그래서 나는 부기와 선박 수리에 관한 공부를 하기 시작했다. 과학 부문이 나를 위로해 주었다. 마음을 향상시켜 나갈 수 있는 한 나는 아무 탈 없이 잘하고 있는 거라고 생각했다.

실베스터는 뉴욕에 있었다. 또한 멕시코에서 탈출을 도와주었던 스텔라 체스니도 거기 있었다. 물론 내가 먼저 그녀를 보러 갔다. 처음으로 상륙 허가를 받고 그녀에게 전화했다. 그녀는 곧장 오라고 했다. 그래서 나는 포도주 한 병과 제철의 맛있는 것들을 사 가지고 갔다. 물론 그녀가 내게 빚진 돈이나 그 외 여러 가지를 이용할 수 있을 거라고 혼자 중얼거렸다. 그러나 그런 것보다 나 자신을 더 알아야만 했다.

사랑도 없이 전쟁이란 무슨 소용이 있단 말인가?

그녀가 사는 곳은 드레스 공장 사이에 있었는데 조용했다. 층계를 오르면서 무척 가슴이 설레었으나 나는 우리가 큐에르나바카에서 멈췄던 때를 생각해서는 안 된다고 내심으로 경고했다. 올리버가 감옥에 있었기 때문에 다른 사람이 있으리라.

그러나 나를 보자 순진하고 행복해 보이며 온화하고 건강한 얼굴을 한 그녀를 이토록 사악한 생각의 대상으로 삼았다니. 아, 얼마나 아름다운 그녀인가! 심장은 사정없이 두근댔다. 에로스 신이 나를 그 발밑에 굴복시키고 나로 하여금 온갖 불가능한 일들을 강요함으로써 사랑의 소용돌이 속에 이미 초라해진 나 자신을 보았다.

눈이 불룩 튀어나온 올리버와 다른 두 친구와 함께 카르타 블랑카 맥주집 칸막이 너머의 조그만 입구에서 그녀를 처음 봤을 때 받은 인상과 똑같이 느꼈다. 올리버가 루이 푸를 때렸을 때 법정에서 레이스 단 옷을 입고 있던 그녀의 모습을 생각해 봤다. 또한 산속 천막 아래서 그녀의 드레스와 짧은 페티코트가 재빨리 벗겨지던 생각을 했다. 그런데 내 바로 위에 그때와 똑같은 두 다리가 서 있었다. 천장에서 비치는 밝은 빛과 초록색 융단의 반사 때문에 그 다리가 맨살인 게 드러났다.

"글쎄, 기쁘지 않다면."

그녀는 말하며 손을 내밀었다. 나는 정부에서 방금 내준 새 옷으로 완전히 갈아입었다. 걸으면서 속옷과 양말, 새 구두와 몸에 붙는 재킷, 그리고 바지의 촉감을 느낄 수 있었다. 흰 모자와 해군복 깃에 수놓은 닻은 말할 것도 없고 말이다.

"당신이 입대하게 됐다는 걸 얘기하지 않았군요. 정말 놀라운 일인데요."

"나 스스로도 나 자신에 놀라는걸요."

내가 말했다.

그러나 내가 정말로 생각했던 건 그녀에게 키스할 건가 안 할 건가 하는 거였다. 뜨거운 시장바닥에서처럼 그녀의 입술 감각이 갑자기 내 뺨에 느껴졌다. 얼굴에 열이 올랐다. 마침내 나는 속마음을 털어놓는 편이 좋겠다 싶어 그녀에게 말했다.

"당신에게 키스하는 게 옳은지 어떤지를 알 수 없군요."

"어머나! 별걱정 다 해요."

그녀는 내가 의당 키스해야 한다는 듯 웃었다. 나는 그녀가 내게 해주듯 얼굴 한쪽에 키스했다. 전기가 오른 듯 갑자기 얼굴을 붉혔다. 그녀도 얼굴을 붉혔으나 내가 키스해 준 걸 기뻐했다.

그녀는 겉으로 보이듯이 그리 단순하지 않고 마음속 저의에서 벗어날 수 없을까? 물론 나도 그렇지 못하다.

우리는 앉아서 얘기했다. 그녀는 나에 관해 알려고 했다.

"무슨 일을 하고 있어요?"

그녀가 물었다. 그녀의 말은, 부유하고 젊은 미인의 친구도 아니고 독수리를 길들이거나 포커를 하지도 않는 지금 내가 뭘 하고 있느냐는 뜻이었다.

"뭘 해야 할까 결심하는 데 아주 힘들었어요. 그러나 지금 선생이 될 준비를 하고 있지요. 내 나름의 거처와 가족을 갖고 싶은 거죠. 이제 돌아다니는 데는 지쳐버렸거든요."

"어마, 애를 좋아하나요? 좋은 아버지가 될 거예요."

나는 그녀가 그렇게 말하는 걸 보고 퍽 친절하다고 생각했다. 갑자기 내가 가진 모든 걸 그녀에게 주고 싶었다. 황금처럼 찬란하고 복잡하면서도 영광된 계획이 머릿속에서 일기 시작했다. 어쩌면 그녀는 나를 위해 자기가 누리는 어떤 삶이라도 포기해 버릴 것 같았다. 만약 그녀에게 다른 남자가 있더라도 그와 그만둘 것이다. 아니, 어쩌면 그는 자동차 사고로 죽을지도 모르겠다. 아니면 그는 자기 아내와 자식들에게 돌아갈지도 모른다. 어쩌면 그런 허망한 상상이 어떤 건가를 스스로 알게 되리라. 오, 자비로우신 신이여, 나를 저버리지 마소서! 심장이 불타기 시작했다. 그녀를 똑바로 쳐다볼 수도 없었다. 그녀는 나를 당황케 했다.

그녀는 끈 달린 벨벳 덧신을 신고 있었다. 검은 머리는 세 갈래로 갈라 올렸고, 오렌지색 스커트를 입고 있었다. 두 눈은 부드럽고 온화해 보였다. 그녀가 애인이 없다면 그렇게 신선하게 보일 수 있을까 하는 의아심으로 혼자 번민했다.

나는 희망을 가져야만 했다. 아버지란 면에서 말이다. 그녀는 뭘 했는가? 물론 명확한 설명을 얻기는 힘들었다. 그녀는 내게 생소한 갖가지 것들에 관해 얘기했다. 여자 대학교, 음악 경력, 무대 경력, 그리고 그림 등이다. 대학에서는 책 얘기가 나오고, 음악에서는 피아노 얘기, 극장에서는 증정받은 사진들 얘기가 나왔고, 또한 내가 의상에 관계했던 1910년경의 가늘고 긴 쇠가 달린 재봉틀 얘기도 있었다. 그녀의 사진들이 벽에 있었다. 꽃, 오렌지, 침대, 목욕탕에서의 나체 사진이다. 그녀는 라디오에서 들은 것에 대해 얘기하고 미군 위문협회와 무료 군인 접대소에 대해서도 말했다. 난 그녀의 얘기를 이해하려고 애썼다.

"내 집이 마음에 드나요?"

그녀가 물었다.

그건 집이라기보다는 방이었다. 악기와 배 모양의 둥근 천장이 높은 고풍의 응접실에 불과했다. 식물들과 피아노, 장식투성이의 큰 침대, 물고기, 그리고 고양이와 개 등이 있었다. 그 개는 힘없이 호흡하고 있었다. 꽤 늙은 놈인가 보다. 고양이는 그녀의 발목 주위를 할퀴면서 뛰놀았다. 나는 신문으로 재빨리 그놈을 때렸다. 그러나 그녀는 내가 그런 걸 싫어했다. 그놈은 그녀의 어깨 위에 앉았다. 그녀가 "입 맞춰, 진저, 자 입 맞춰봐." 하니까 그놈이 그녀의 얼굴을 핥았다.

길 저편에 드레스 공장들이 있었다. 천 조각들이 수위실 쇠창살에서 나풀대거나 공중에 떠다녔다. 무서운 회전 소음을 내는 비행기들이 영국에서 캘리포니아까지의 창공을 가르고 날아갔다. 그녀는 내가 가져온 포도주를 내놓았다. 술을 마시자 머리의 상처 부분이 아팠다. 그러나 몸은 뜨거워지고 욕정의 초조감에 싸였다. 그래도 그녀의 자존심을 고려해야 된다고 생각했다. 내가 지금 그녀에게 빠져 있다는 걸 뭣 때문에 그녀가 믿어야만 하는가? 게다가 어쩌면 나는 사랑에 빠져서는 안 될지도 모른다. 아인혼이 시시 F.를 부르던 것처럼 그녀가 크리세이드[12] 타입이라면 어떨까?

"당신이 그토록 친절하게 빌려준 돈을 난 이제야 갚으려 하고 있어요."

그녀가 말했다.

"아니, 괜찮아요. 그것 때문에 온 게 아니니까요."

"하지만 아마 당신은 지금 그 돈이 필요할 거예요."

"천만에, 난 지난달 봉급에 아직 손도 안 댔어요."

"아버지가 자메이카에서 돈을 보내주셨어요. 그곳에 계시거든요. 물론 그것만으론 살아갈 수가 없죠. 난 요즘 아무 일도 잘 해 내지 못하고 있어요."

이 말은 일종의 불평이 아니라, 곧 형편이 좋아지리라는 소리로 들렸다.

"올리버가 날 좌절시킨 셈이에요. 그에게 기댔었거든요. 그를 사랑하고 있다고 생각했었죠. 당신은 함께 있던 그 아가씨를 사랑했나요?"

"예."

나는 그렇게 말하면서 내가 거짓말하지 않은 게 기뻤다.

"그녀는 틀림없이 날 독(毒)인 양 증오했을 거예요."

"천만에, 괜찮아요. 꽤 오래전에 끝난 일인 걸요."

"나는 나중에야 잘못한 걸 알았지만, 당신만이 날 도울 수 있었어요. 난 결코 생각지 못했는데······."

"당신을 도와줄 수 있어서 기뻐요. 형편이 그렇게 되자 내가 먼저 빠져나왔어요."

"당신이 그리 말하니 정말 좋군요. 하지만 당신이 알고 있듯 끝나 버렸으니, 내가 그 얘길 해도 상관없겠죠? 우리는 한 배에 탄 셈이라고 생각했어요. 모두 그녀가 어땠는가를 말하더군요······."

"나 없이 사냥을 갔다고요? 나도 알고 있어요."

나는 그녀가 탈라베라 얘기를 안 꺼내기를 바랐다.

"당신도 곤경이 뭔지도 모르고 빠져들어 갔잖아요. 나처럼 말예요. 하지만 당신이 곤경에 빠진 게 당연했을지도 몰라요. 나처럼 말예요. 그게 오히려 날 옳은 길로 가게 했어요. 난 그와 헐리우드로 가려던 중이었어요. 멕시코는 단지 들러본 거죠. 그는 날 배우로 만들려고 했어요. 우습잖아요?"

"아니, 그렇잖아요. 당신은 유명한 배우가 될 수 있을 거예요. 그런데 올리버는 자기가 감옥에 갈 걸 알면서도 어떻게 당신에게 그런 걸 해줄 수 있었을까요?"

"내가 잠시 사랑했기에 그는 쉽게 그럴 수 있었어요."

그녀가 사랑이란 말을 하는 순간, 그것이 내 머리를 스쳐 갔다.

나는 절정의 영역까지 높이 고조돼 갔다. 목적을 달성하려 온갖 죄를 범하면서 말이다. 고양이가 의자 옆으로 뛰어오며 내 손을 할퀴었다. 열정 때문에 코가 빨개져 있을 것이었다. 잠시 후 나는 숨이 거세지고 흥분돼 옴을 느꼈다. 곧 그녀의 찬란한 영혼 사이로 내 영혼이 꿈틀거리기 시작했다.

"어리석다기보다 나쁘겠죠."

그녀가 꼬집듯 말했다. 나쁘다고? 어떻게 빚지지 않고 살았는가를 말하려는 걸까? 그렇게 말할 필요가 없었는데, 그녀가 그런 설명이 필요하다고 느껴야만 한다는 게 나를 괴롭혔다. 나는 그대로 앉아 있게 돼 다행이었다. 그렇잖으면 다리가 내 몸을 지탱하지 못했으리라.

"어머, 왜 그래요?"

그녀가 다정하게 물었다.

나는 그녀가 우습게 여기지 않기를 바랐다.

"내가 붕대를 감고 중국인 집에서 포커를 하고 있었을 때, 어떻게 당신은 우리가 한 배에 탔다고 생각할 수 있었나요?"

내가 물었다.

"원숭이 같은 게 있던 바에서의 그날, 우리가 서로를 어떻게 바라봤던가를 당신은 기억하리라 믿어요."

"킨카주라는 동물 말이지요."

그녀는 양손을 무릎 사이에 끼우고 그 주위에 두 무릎을 모으면서 말했다. 그런 행동에 나는 감탄하면서도 그러지 말기를 바랐다.

"아무튼 항상 100퍼센트 정직한 척할 순 없어요. 어떻게 하면 70이나 60퍼센트 정도 정직한 척할 수 있는지 알고 싶어요."

그녀는 틀림없이 100퍼센트 아니 200퍼센트는 정직하다고 나는 맹세했다. 그때 나는 스스로 예기치 못한 어떤 말을 했다.

"아무도 의도적으로 신비하게 될 순 없죠. 자기도 모르게 신비스러워지는 것만으로 족한 거예요."

"나는 그렇게 안 되도록 힘쓰겠어요. 어쨌든 당신도."

그녀는 진심이었다. 나는 그걸 알았고, 그녀의 목이 갑자기 얼마나 메었는가를 보았다.

어쩌면 나의 전부라고 할 수 있는 이 힘들인 창조물, 바로 그것인 내 육체는 그 분위기에 굴복하고 어쩔 수 없는 상태에 빠졌음을 느꼈다. 나는 그녀에게로 가서 두 다리를 끌어안고 싶었다. 그러나 기다리는 게 낫다고 생각했다. 끌어안는 게 옳다고 어떻게 생각할 수 있단 말인가? 단지 내가 그리하고 싶기 때문에?

"내가 당신에 대해 어떻게 느끼는가를 알고 있으리라 생각해요. 내가 잘못을 저지르고 있다면 내게 말해 주는 게 좋겠어요."

내가 말했다.

"잘못이라뇨? 왜 그런 말을 하는 거죠?"

"음, 우선, 내가 이 방에 온 지 얼마 안 됐죠. 당신은 내가 너무 지나치게 서두른다고 생각할 거예요."

"둘째로는요? 왜 말을 그렇게 느리게 하는 거죠?"

내가 이상하게 말했던가? 나는 그것조차 모르고 있었다.

"둘째론 큐에르나바카에서 다시 되돌아감으로써 잘못을 저질렀다고 느끼고 있어요."

"아마도 이번엔 옳은 일을 할 수 있을지도 몰라요."

그러자 나는 바닥에 내려앉아 그녀의 다리를 와락 껴안았다. 그녀는 허리를 굽혀 내게 키스했다. 내가 서둘렀으나 그녀의 의식은 그보다 느렸다.

"부엌에다 동물들을 가두는 게 좋겠어요."

그녀가 말했다. 그녀는 개 덜미를 잡고 나는 바닥에서 고양이를 들어 올려 그놈들을 부엌에 집어넣었다. 손잡이나 고리가 없어 부엌문을 구부러진 못으로 잠갔다. 그리고 나서 그녀는 침대에서 이불을 들췄다. 우리는 서로의 옷을 벗겨 주었다.

"혼자서 뭘 중얼거려요?"

우리가 침대에 눕자 그녀가 속삭였다. 나는 말을 하고 있다는 것도 알지 못했다. 그녀가 머리를 벽에다 부딪힐까 봐 손으로 머리를 받치려고 했다. 그녀가 이내 알아차리고 나를 도왔다. 나는 굶주렸었다. 그래서 그녀가 내 입술을 그녀의 입속에 넣고 나를 끌어안을 때까지 입이 닿는 곳마다 키스를 퍼부었다. 노력해도 이보다 더 이상 훌륭히 해낼 수는 없었으리라. 노력할 것도 없었고.

그녀가 보잘것없거나, 부정하고 냉소적인 사람일지라도, 지금은 그런 게 아무런 상관도 없다. 내가 어리석고 그릇되고 둔하며 일시적이어서 못 믿을 사람인가? 이건 설명할 수도, 어떤 지각이나 뜻을 가질 수도 없는 것으로 무시해 버렸다. 한쪽이나 혹은 상대편에 대한 참다운 진실은 그런 어떤 묘사보다도 더욱 간단했다.

나는 그녀를 사랑한다고 말했다. 그건 진실이었다. 나는 내 괴로움과 열망의 끝까지 온 듯한 느낌이었고, 그건 최종적인 것이었다. 우리가 주말 내내 침대에 누워 키스하고 속삭이며 사랑하고 있을 때, 바람은 세차고 하늘은 푸르렀다. 태양은 찬란히 빛나고 있었으며 당당하고 거만하게 하늘을 떠갔다. 우리는 해리라는 개를 지붕으로 데려가려고 한 번 일어났을 뿐이었다. 고양이는 침대 시트 위를 다니면서 발로 우리를 안마하듯 했다. 우리가 본 사람이라곤 단지 길 저편 드레스 공장 재단 테이블에서 피노클 놀이를 하는 두 명의 나이 먹은 사람들뿐이었다. 그러나 월요일 아침까지 나는 기지로 돌아가야만 했다. 그녀는 한밤중에 나를 깨워 옷을 입혀 주고 함께 지하철로 내려갔다.

나는 줄곧 그녀가 나와 결혼해 줄지를 물었다.

"당신 갑자기 모든 근심이 한 번에 끝나기를 원하는군요. 그런 걸 지나치게 갈망하면 실수를 할지도 몰라요."

그녀가 말했다.

우리가 지하철의 하강 계단에 이르렀을 때는 막 동이 틀 무렵이었다. 철조망 친 판유리의 둥근 동양식 천장 밑에 두꺼운 철모로 된 갓이 있었고, 그 위에 등화관제를 한 전등들은 마치 말 못 하는 꽃다발인 양 달려 있었다. 푸르스름한 조명 밑에서 우리는 이슬비로 그녀의 슬리퍼가 젖을 때까지 사랑하는 얼굴을 맞대고 키스했다.

"스텔라, 이제 그만 집에 가봐."

내가 말했다.

"전화해 주겠어요?"

"기회가 있으면 언제라도 하지. 나 사랑해?"

"물론 사랑해요."

그녀가 나를 사랑한다고 말할 때마다 난 매우 감동하여 행복한 감사의 마음이 발끝까지 전신을 휩쌌다. 또한 뒷머리가 쭈뼛 서는 기분이었다. 이런 기분은 쾌감의 바다에서 수영을 즐기다가 뒤에서 뭔가 부딪혀 오는 듯한 느낌을 가질 때 경험하는 것과 같은 것이리라. 바다는 온통 은은한 손풍금 소리처럼 호흡하고 해변에는 오색 깃발이 휘날리는 즐거움이 난무했다.

마침내 터널로 내려가 기차를 타야만 하는 시간이었다. 그 후 닷새 동안 그녀를 볼 수 없었다. 그동안 나는 경리관 학교에서 뒤처지거나, 선임 위병 하사관과 공연히 소란을 피우지 않았다. 외출 허가의 기회를 잃고 싶지 않았기 때문이다. 저녁때마다 공중전화가 설치된 해변가로 내려갔다. 그러나 그녀는 바쁜 탓인지 종종 외출 중이었다. 나는 그녀가 단지 친절로만, 또는 산속에 있던 그날 밤에 일어났어야만 했던 일을 내가 더욱 잘 이해할 수 있도록 나와 함께 주말을 보냈다는, 무서운 두려움에 싸였다. 만약 그렇다면, 하고 생각하니 가슴이 철렁 내려앉는 것이었다. 왜냐하면 그즈음 난 어떤 광물질이 혈관에 스며들어 견딜 수 없는 절박한 상황 그 이상의 사랑에 빠져 있었기 때문이다. 유행성감기를 앓는 듯 온몸이 쑤셨다.

일주일 내내 화물수송선들은 바다에서 신음하듯 고동 소리를 울렸다. 한편 코니 섬은 엷은 자색을 띤 잿빛 안개로 덮여 있었다. 저녁 식사 후 나는 사랑의 고민에 가득 찬 채 공중전화 박스 속에서 일과를 다하려 애쓰며 그녀의 응답을 기다리고 있었다. 너무나 늦어 기대할 게 아무것도 없는 게 아닌가 하는 생각에 두려웠다. 그렇다면 나는 파멸이었다. 왜냐하면 지금 모든 건 그녀에게 달려 있었기 때문이다.

토요일에 늘 하던 행군 연습을 끝내자마자 나는 열병에 들떠 기지를 떠났다. 어떤 상태였던가! 나는 브루클린으로부터 벽돌 계곡처럼 깊은 골 위의 버팀목에 걸려 있던 다리를 건넜다. 그런 다음 항구의 바닷물결의 세찬 유동, 속력을 내며 날던 갈매기, 작업장의 거대한 라디오 수신기 또는 헹기스트와 호사[13]가 탔던 짐승의 뿔처럼 입을 벌리고 있던 전함, 다시 터널을 지났다. 이렇게 계속 가야 한다면 분명히 지쳐버릴 거라는 생각이 들었다.

그러나 겁먹을 필요는 없었다. 스텔라가 기다렸기 때문이다. 그녀는 내가 거기 없었기 때문에 정말 자기를 사랑하는지 의혹이 생겨 열이 오르는 등 주일 내내 앓고 있었다. 우리가 잠자리에 들자 그녀는 가슴으로 나를 누르며 팔로 나를 껴안고는 울었다. 그녀는 카르타 블랑카 방패가 걸린 술집의 발코니에서 성당 앞에 있던 나를 바라보는 순간 사랑을 느꼈다고 말했다. 큐에르나바카에서 빌려간 돈은 사실 필요치도 않았으나 그 때문에 서로 접촉할 기회를 만들려고 한 것이었다. 올리버에 관해서는……

"올리버와 무슨 일이 있든 상관없어. 그건 내가 알 바 아니야. 난 결혼하고 싶어."

내가 말했다.

클렘은 내 개성과 성격을 고려해서인지 반년의 약혼 기간을 두라고 충고했다. 그러나 이런 충고란 단순히 물건 사는 사람에겐 적당하겠지만 어떤 큰 목적을 지닌 채 삶을 살아가는 사람에겐 적당하지 못한 것이다.

그녀가 말했다.

"물론, 당신이 나를 사랑한다면 나도 결혼하고 싶어요."

나는 그녀에게 깊이 확신시켜 주었다.

"점심 식사 후에도 당신이 여전히 나를 사랑한다면, 내게 다시 물어봐요."

그녀는 침대에 누워 있는 내게 점심을 가져왔다. 침대는 그녀가 경매 시장에서 산 것으로서 화환과 아카디아 장미로 장식된 상앗빛의 바바리아산(産)이었다. 아무튼 그녀는 거기서 내 모든 시중을 들었고, 심지어 빵에 버터를 바르는 일까지도 내 손을 거치지 않게끔 했다. 마치 엘렉터가 된 것처럼 나는 머리부터 발끝까지 시중을 받았으며, 그 대신 햄 조각과 반찬 남은 걸 고양이에게 주었다.

그녀는 자신에 관한 모든 걸 내게 얘기할 의무를 느끼고 있는 듯했다.

"나는 해마다 아일랜드 경마장에서 표를 사요."

그 말을 들어도 불쾌한 느낌은 들지 않았다.

"또한 나는 신비론자예요. 구르지예프[14] 신봉자지요."

그건 내게 새로운 사실이었다. 그녀는 내게, 면도로 민 머리며 깊숙한 두 눈, 크리미아 투사의 콧수염을 지닌 그의 사진을 보여주었다. 그에게서 어떤 특별한 해로움을 느낄 수 없었다.

이외에 또 무엇이 있을까? 그녀는 의상에 많은 돈을 썼다. 옷으로 가득 채워진 옷장을 보고 알 수 있었다. 그러나 이런 일로 머릿속을 괴롭히고 싶지 않았다. 가정을 돌보며 학교에 있고 싶다는 내 계획을 그녀가 그토록 열광적으로 지지하고 있는데 그녀의 옷장 따위가 뭐 그리 대수겠는가? 사실 난 그녀가 그토록 우아한 게 자랑스러웠다. 그녀는 내게 돈을 갚을 의무가 있다고 말하기도 했다.

"걱정 마요. 우린 누구한테나 지불하는 게 아닌가요? 다른 사람들이 말하듯, 그건 그 어느 것보다도 하찮은 일이에요.(*C'est la moindre des choses.*)"

이렇게 훌륭한 침대에 앉아 사랑을 받고 있을 때 나는 왕이나 된 것 같았으며 모든 문제를 한마디로 처리했다.

내가 십스헤드를 졸업하자마자 우리는 결혼하기로 했다.

## 24장

내 곁엔 민투치안이란 친구가 앉아 있었다. 물론 아르메니아인이다. 우리는 터키탕에 앉아 얘기를 나누었다. 주로 민투치안이 비유도 해가며 존재에 대한 갖가지 얘기를 내게 들려주었다. 그때가 나와 스텔라가 결혼하고 출항하기 바로 일주일 전이었다.

민투치안은 마치 인간을 조각해 놓은 듯했고, 머리는 아르메니아인들이 대개 그렇듯 뒤로 가파르게 넘겼으며, 앞모습은 사자형의 광대뼈가 나왔다. 그는, 긴 속셔츠와 각반 모양의 긴 장화를 신고 끝까지 온 힘을 다하면서 빵과 전쟁, 재앙과 웅대함을 생각하며 바람과 분투하는 모습이 담긴 샹젤리제의 클레망소 동상의 다리 같은 그런 다리를 지니고 있었다.

이 조그만 흰 타일 목욕탕에 앉아 있는 민투치안과 나는 비록 서로 나이와 수입 면에선 다를지라도—그는 이 점에서 부담을 느끼는 듯했다.—다정한 친구였다. 그는 사람을 제압하는 듯한 모습이었다. 그 억양은 석탄을 쏟아붓는 소리와 같았다. 이런 면은 그가 변호사로서 법정에 설 때는 상당히 유리했음에 틀림없다. 그는 아그네스 커트너라는 스텔라의 친구의 애인이었다. 아그네스는 라틴아메리카 대사관 근처 5번가 아파트에서 굉장하게 차리고 살고 있었다. 집은 거대한 거울, 샹들리에 등 프랑스 제국풍으로 장식돼 있고 중국산 병풍, 설화석고의 부엉이, 두꺼운 커튼 등 온통 그런 사치품으로 꾸며져 있었다. 그녀는 경매하는 곳마다 여기저기 돌아다니며 로마노프와 합스부르크가의 보물들을 사들였다. 그녀는 빈 출신이었다. 민투치안은 그녀를 위해 신탁금을 지급해 주고 있었기 때문에 그녀는 골동품 거래에는 전혀 손대지 않았으며 호텔에서는 때로 그들에 대해 헛소문을 퍼뜨리기 때문에 그녀의 아파트는 그의 집에서 멀리 떨어져 있었다. 그는 본집도 역시 뉴욕에 있었으며 아내는 환자였다. 매일 저녁 집에 가서 그녀의 간호원 시중을 받아가며 그녀와 침실에서 저녁을 들었지만, 그는 그러기 전에 먼저 아그네스의 집을 방문했다. 보통 그의 운전사는 그가 아내와 식사를 할 수 있도록 7시 45분에 센트럴 파크를 가로질러 차를 몰고 왔다.

내가 그와 앉아 있는 건 스텔라가 결혼 준비를 위해 아그네스와 쇼핑을 나갔기 때문이다. 내가 주일마다 기지에서 외출 허가를 받아 나올 때 보는 유일한 사람은 이 두 사람, 즉 아그네스와 민투치안이었다. 그는 우리를 '투즈 쇼어'의 집이나 '다이아몬드 호스슈', 그리고 다른 화려한 술집 등으로 데리고 돌아다니기를 좋아하는 것 같았다. 내가 돈을 꺼내 지불하려 들면 그는 나를 밀쳐내곤 했다. 사실 내가 그걸 지불했더라면 스텔라에게서 돈을 빌려야 했으리라. 그러나 민투치안은 마음이 좋은 반면 대단한 난봉꾼이었다. 항상 검은 렘브란트풍 야회복 차림이었으며, 모난 눈은 붉은빛을 띠었고, 머리와 귀의 생김새가 울퉁불퉁했다. 납작코는 사막과 사바나의 대초원 냄새를 맡는 듯했지만 돈을 뿌리고 음악을 들으며 빈둥빈둥 지내는 자의 미소를 지었다. 기다란

이에, 음흉해 보이는 구레나룻, 지적이지만 순수성이 없는 듯한 주름살, 넓적한 입을 하고 있었다. 여자들이 있을 때는 이런 미소를 안 지었지만 지금처럼 휘황찬란한 타월을 두른 채 남아시아 어느 마을의 우두머리나 된 것처럼 앉았을 때는 그런 미소를 머금었다. 또 1대1로 얘기하는 동안 눈 밑의 늘어진 주름살이 안 보이도록 눈 밑의 근육을 팽팽히 하고 있었다. 노란 발톱은 래커 칠로 반짝거렸고, 조그만 발가락은 생에 지친 듯 퉁퉁 부은 발에 고통스러운 듯 달려 있었다. 나는 그가 정말 자하로프나 후안 마치, 혹은 스웨덴의 매치 왕이나 제이크 바버, 혹은 세 손가락의 브라운처럼 대하기 어렵고 위험스러운 인물은 아닌가 의아할 정도였다. 스텔라가 말하기를, 그는 아직 손도 안 댄 많은 돈을 갖고 있다고 한다. 그는 확실히 쿠바서 만났던 아그네스를 위해 많은 돈을 투자한 셈이다. 그는 그녀의 남편에게 거기 머물도록 돈을 송금했다. 그러나 나는 민투치안이 엄격히 말해 그리 정직하지 않다는 걸 알기는 했지만 그렇다고 그가 범인 사진 리스트에 오를 정도의 성품은 아니었다. 사실 그는 법학을 공부하기 위해 무성영화에서 오르간을 연주하기도 했었다. 그러나 이제 그는 유명한 변호사이며, 모든 사업상의 이득권을 갖고 있는 학자이며 독서가이기도 했다. 베를린과 바그다드 간 철로 설치나 테넨베르크 전쟁 같은 역사적 사건을 공부하려는 게 그의 취미의 하나이며, 또 순교자들의 전기에 대해 더욱 많은 걸 알고 싶어 했다. 그는 이 지상에서 내가 순례를 하는 내내 인생 상담과 계몽의 빛을 끊임없이 내 앞에 비춰주는 사람들 중의 하나였다.

나는 그가 그의 보스나 다름없는 아그네스의 어디가 맘에 들었는지 알 수 없었다. 그녀의 두 눈은 암갈색이었다. 제국주의 시대의 카페나 마차에서 귀족들의 총애를 받던 그런 여자 같았다.

물론 그 시대에 그녀는 어린애였겠지만 말이다. 더욱이 그녀의 오똑 솟은 코는 양쪽이 약간씩 들어간 듯했지만 그녀의 개방적인 성품을 확실히 보여 주지는 못했다. 그러나 그녀는 스텔라의 친구였으며 민투치안은 그녀를 사랑했다. 이건 내게, 나이 든 사람들이 바라는 열렬한 소망이나 죽음으로 인한 파괴로는 완전히 단념할 수 없는 욕망을 생각하게 했다.

"죽음!"

민투치안 자신이 그 말을 했다. 그는 자기가 어떻게 뇌일혈에 걸릴 뻔했던가를 묘사하며 말을 꺼냈다.

"이제 곧 결혼할 자네를 우울하게 하고 싶진 않아."

"아닙니다. 당신은 날 우울하게 할 수가 없어요. 그런 생각을 하기엔 스텔라를 너무도 사랑하고 있어요."

"글쎄, 난 자네처럼 행복했다고 말할 순 없어. 그러나 나도 결혼할 땐 뭔가에 감동했었지. 뭐, 흐르는 음악 소리의 분위기 때문이었는지 모르지. 그때 내가 음악을 연주했거든. 난 해양 모험에 대한 음악으로 「핑갤의 동굴」을 연주했고, 루돌프 발렌티노를 위해 「오리엔탈」을, 케사르 퀴를 위해선 차이코프스키의 「동경」을 연주하곤 했지. 또 「시인과 농부」란 것도 했어. 밀턴 실스가 콘웨이 티얼의 타이탄이나 다른 어떤 것에 굴복 않는 걸 볼 때 자넨 이런 것들과 대항하려 할 거야. 난 변호사 자격 시험 공부를 하면서, 불법행위에 관한 책으로부터 모든 걸 흉내 내보았지. 그러나 전부 똑같았어. 그 당시는 감정이 풍부한 시기였거든. 어쩌면 자네는 이 말을 허튼소리로 여길지도 모르겠군?"

"아닙니다, 왜 그러죠?"

"자넨 날 악당으로 보는 것 같아. 단지 그런 말을 입 밖에 내지 않을 뿐이지. 틀림없이 자넨 자신의 악의와 지나치게 투쟁하고 있어."

"누구나 그렇게 말하더군요. 선생님께 나쁜 인상을 갖고 있듯이 생각하는군요. 난 결코 내가 천사 같다곤 않겠어요. 그렇지만 가능한 한 많이 존경하려 합니다."

"그게 거대한 계획이라면 그것이 실행되는 어느 날 반드시 자네가 상상했던 것 이상의 것을 나는 볼 수 있을 것 같네. 그에 비하면 발자크의 『인간 희극』이란 작품은 애들 연극일 뿐이야. 난 아침에 일어나선 스스로 자문한다네. '개인 대(對) 개인의 경우 누가 누구를 괴롭히고 있는 건가? 결국은 누가 더욱 나쁜 모습으로 나타나게 될 건가? 죄짓고 사는 어머니로부터 그 애를 앗아간 그 사람? 세상에 알려져 자신의 사업에 해를 끼치지 않도록 아기를 단념케 만든 그 여자의 애인? 자기 애인을 위해서는 뭐든 하는 그 어머니란 여자?' 우주의 신이시여!(*Ribono shel Olam!*)"

나는 그가 이렇게 말하는 걸 듣고 놀랐다.

"아버지는 유대인 교회당의 관리인이었지. 그래서 난 지하실에서 배회하곤 했었어. 숙부님이 한 분 계셨는데, 보어전쟁 때 육군 대령이었어. 누가 무엇일까? 그러므로 역사가 이상하고 심지어 우스꽝스럽기조차 한 빛을 우리에게 던진다 해도 우리는 여전히 심각한 것이야. 그렇지 않나? 어쨌든 우리 모두는 죽을 거야."

그는 자기의 뇌일혈에 대한 얘기로 되돌아갔다.

"몇 년 전 내가 화장실에 앉아서 꽤 중대한 일에 대해 생각했었는데, 바로 그때 죽음의 천사가 내 코를 잡아챘지. 난 매우 암담해졌어. 얼굴을 떨어뜨렸지. 만약 내 배가 떨어지는 그 힘을 받쳐주지 못했다면 죽었을지도 몰라. 그런데 다행히 막았기 때문에 코피가 탄산수처럼 문 쪽으로 뿜어 나오더군. 나는 자만심에서 문을 닫았고, 조금씩 조금씩 생명의 불꽃이 내 속에서 회복되기 시작하더군. 내 마음은 다시 민투치안의 전형적 사고와 광명으로 가득 차게 됐어. 다시 예전의 민투치안으로 돌아왔구나 하는 걸 알았어. 내가 선택의 자유를 갖고 있듯이 말이야. 우울한 면까지 그대로 지닌 예전의 민투치안으로 다시 되돌아와야만 하는가? 그렇겠지. 왜냐하면 산다는 건 민투치안이 된다는 뜻이기 때문이야. 자네, 내가 내 모든 비밀들을 돌이켜 생각해 보고는 그것들이 여전히 그대로 있음을 알아챘지. 난 여전히 누구 누구를 괴롭히고 있는지 모르고 있었어. 난 침대로 기어들어 가 죽을 뻔한 생각을 하고 몸을 부르르 떨었지."

그는 내게 진실에서 우러나는 부드러운 미소를 띠었다. 그러고는 하품을 하고 금빛 햇살을 만끽하며 말했다.

"그러나 난 지금, 한 사람이 악과 어떻게 싸우고 있는가를 말하고 있는 중이야. 훌륭한 교육을 받은 사람들의 양심을 초월하여 인생이란 게 어떻게 흘러가고 있는가를 말이야. 훌륭한 교육은 사람들에게 그들이 무엇을 생각하는가조차 알지 못하게 방해해 버리지. 왜냐하면 우린 전부 어느 정도 똑같은 걸 생각하기 때문이야. 자네 스텔라를 사랑하지? 그걸로 된 거야. 안 그래?"

"전엔 어느 누구도 그토록 사랑한 적이 없어요."

"그것 참 굉장하군. 그게 바로 내가 바라는 남자다운 대답이야. 자네 생일이 언젠가?"

"1월입니다."

"난 거기에 대해 단언하고 싶은 게 있어. 내 생일도 1월인데 난 가장 고귀한 타입의 인간은 1월에 태어난다는 걸 믿고 있어. 그건 청우계와 같다네. 그 사실을 엘즈워스 헌팅턴[15]에게서 찾아볼 수 있어. 부모들은 모든 신체기관의 상태가 한창때인 봄에 사랑하지. 그리고 가장 좋은 녀석을 임신케 되는 거야. 자네도 아이들을 낳으려면 자네 아내가 그런 계절에 임신토록 계획해야만 하네. 그리고 보니 옛 말씀이 옳아. 현대과학이 최근에 그걸 밝혔지. 그렇지만 내가 자네 신부에 대해 말하고 싶은 건 그녀일지라도 좀 더 재능이 있고 아름답다는 것 외에 우리와 다를 게 없다는 거야. 그녀가 자네와의 미래와 자네가 없는 미래의 양쪽을 다 생각해 왔다는 건 절대적으로 확실하지.

나는 애태우고 걱정했지
나는 백만장자와 결혼했다오.
그가 죽으면 난 울면서
다른 남자와 재혼하겠지.

그러나 이건 내면 의식세계에서 일어난 것이며, 또한 사회 법률의 보호권 이외의 영역이라 어떤 제재도 받지 않지. 그런데 그게 어찌 됐단 거야? 아무튼 인생이란 가능한 거야. 그런 걸 빼곤 합법적이고 합리적인 것까지도 저 몽골이나 혹은 나무 없는 밝은 빛이 비치는 사막에서 이뤄져야 해. 우린 사업이나 산업보다 뭘 더 존경하고 있는 거지? 그렇지만 대영제국의 세실 로즈 씨가 혜안으로 사업을 할 수 없기 때문에 몹시 눈물을 흘린 건 퇴폐적인 게 아니라, 주제넘은 사람의 모든 최상의 업적에 관해 말하는 내면 의식인 거지."

나는 그가 그런 식으로 스텔라에 관해 말했을 때 기분이 몹시 상했다. 당돌한 놈! 대체 이놈은 그녀로 하여금 나를 그녀의 내면 의식으로부터 밀어내게끔 하고는 어디로 도망갈 셈이었나? 난 분노로 불타올랐다. 화가 치밀어 이렇게 내뱉었다.

"처음엔 옛사람들의 지혜에 대해 언급하더니 이젠 사랑을 시도해 보는군요."

그는 터키탕에서 일어나 수건으로 몸을 감싸면서 말했다.

"난 개새끼야! 기분 상하게 만들려는 건 아니었는데. 제기랄, 만약 내가 쓸데없는 얘기를 해 공연히 시간만 허비했다고 생각한다면 날 용서해 주게나. 난 자네가 정말 진정으로 사랑에 빠져 있다는 걸 알고 있지. 그토록 고상한 감정에 대해 신의 축복이 내리기를! 곧 출항해야 할 몸이라, 사랑하는 이로부터 떨어진다는 감정뿐만 아니라 위험한 감정이 자네의 당연한 감정을 자극시켰나 보군. 그러나 어린 소녀들이 부르는 짤막한 이 노래 또한 옛사람들의 지혜라네. 이건 빈정대기 위한 게 아니라, 자연을 정복한 자만심에서야. 인간의 마음은 우주 공간을 넓게 차지하고 있는 대양으로 뻗어가고 있다네. 인간의 머리가 천공을 삼켜버렸지. 그러나 자넨 또 얼마나 많은 사고가 남몰래 진행되며 지나치듯 묵인되는가를 간과해선 안 되네.

우리가 얘기하고 있는 이상 잘 들어보게나. 내가 인간의 다른 세계에서 어떤 일이 일어나고 있는가에 대해 내 경험의 예를 들겠네. 몇 해 전 한 고객의 부인이 비싼 팔찌를 잃었다고 했지. 확실히 믿을 만한 부인인 데다가 세 자녀의 어머니이고, 그녀의 남편은 수십만 달러의 재산을 그녀에게 주었지. 혼자 힘으로 변호사를 댈 수 있도록 말이야. 그런데 과연 그녀가 팔찌를 잃었을까? 물론 그런 일은 그런 부류에서야 흔한 일이지. 그들이 조사한 결과를 갖고 그녀의 남편에게 돌아와 말하기를, '당신 부인은 팔찌를 잃은 게 아니라, 파산지경에 이른 그녀의 애인에게 주었소.'라고 말했다네. 오, 그때의 그 분노! '나의 아내가 애인을? 내가 믿었던 배우자이며 세 아이의 어머니인 그녀가, 내게 변함없는 애정과 정절의 증거를 보였던 그녀가 말이야? 사랑하는 내 아내요, 수년 동안 사랑해 왔던 그녀가?' 그럼에도 그녀의 엉덩이는 애인 말대로 움직였고, 생색내며 전과 똑같았다네. 이 불쌍한 남편! 산산조각난 심장! 어떻게 그럴 수가! 그녀가 남편에게 그런 비밀을 감췄다는 데에 대한 그의 고통과 당황함을 상상해 보게나. 그가 그렇게 열심히 일해 인생이 수요일에서 토요일로 연장될 수 있도록 확실히 보장된 근거가 있다고 느끼던 그에게 있어선 얼마나 엄청난 인생의 패배란 말인가! 만약 눈물을 흘릴 만한 거라면 바로 이런 경우겠지. 그렇지만 그는 그 보험 조사자의 말을 못 믿고 내게 왔더군. 난 그에게 사립 탐정을 대줬지. 그러나 그 사람 역시 똑같은 사실을 알아냈을 뿐이야. 즉 이 정부(情夫)는 포주와 장물 취급으로 전과 기록이 있는 건달이란 거였지. 그들은 이 불쌍한 남편에게 사진을 보여 주었고, 그는 정부의 인상이 어떻다고 묘사할 수조차 있었다네. 두툼한 코, 긴 구레나룻, 자네도 그런 타입을 알 걸세. 그 가련한 사람은 거의 미칠 지경이었어. 이제 그는 자기가 사는 교외의 마을 전체에서 자기만이 그걸 몰랐었음을 알게 됐다네. 세워진 차 속에서 그들이 있는 게 어디서든지 사람들 눈에 띄었던 거라네. 숲과 덤불들 속에서 말이야. 그 일은 그에게 파산된 집처럼 닥쳐 왔지. 그녀가 한창 영광에 싸였을 때 이 집을 본 사람 중에 누가 남아 있을까? 지금은 그 집을 어떻게 볼까?"

오, 불쌍한 사람, 내 가슴은 그에 대한 연민으로 부서지는 듯했다.

"사람들은 그에게 말하기 시작했지. '여봐! 그녀를 내쫓아 버려. 멍청이가 되지 말고. 그놈이 자네 돈으로 자네 부인의 기둥서방 노릇을 해오지 않았나.'라고 말이야. 그는 더 이상 그녀와의 생활을 견딜 수 없어 고소를 했다네. 웬걸! 그녀는 모든 걸 부인하더군. 모든 일을 말일세. 그는 이름, 날짜, 장소를 다 댔다네. 모든 게 사실이니까. 그러자 그녀는 '나는 이 집과 자식들 곁을 떠날 수 없어요. 그것들은 내 것이니 말예요.' 라고 말했다네. 그가 내게 와서 조언을 구했지. 모든 법은 그의 편이었지. 그가 원하기만 하면 그녀를 길거리로 내쫓을 수도 있었지. 그런데 과연 그가 그러기를 원했겠는가? 천만에!"

빈둥빈둥 돌아다니던 호세아의 아내 같다고 나는 생각했다. '오랫동안 나를 위해 남을지어다.' 라는 것처럼 말이다.

"또 말할 게 있네. 그녀 역시 남편을 사랑했지. 그러니, 상황이 얼마나 모호했겠는가. 그녀는 그 멋진 기둥서방을 단념했지. 그 후 그녀와 그녀의 남편이 영화관 안에서 젊은 연인들처럼 손을 잡고 키스하는 걸 사람들이 봤다네."

나는 결말이 그렇게 맺어져, 그들이 서로 용서했다는 말을 듣고 기뻐했다. 내 심장은 기쁨으로 두근거렸다.

"그 아내도 역시 동정해 주어야 해요."

내가 말했다.

그러자 민투치안은 말했다.

"그녀를 더욱 동정해야지. 왜냐하면 그녀는 거짓말하면서 이중생활을 해야만 했거든. 이 비밀이야말로 정말 큰 짐이지. 여전히 헐떡거리고 땀 흘리면서 일을 마치고 현기증 나는 몸으로 가정에 돌아와 보게나. 거기엔 뭣이 있는가? 다른 생활이 있지. 자넨 또 다른 모습의 자신을 보게 될 거야. 자넨 물론 자신이 무엇을 하고 있는지 잘 알고 있어. 마치 한 가지 처방에서 다른 처방으로 바꾸는 약사 같지. 적당한 양의 아트로핀이나 비소 등 말일세. 그게 더 낫지, 더 낫고말고!"

민투치안은 야비한 말투와 격한 감정으로 말했다. 그는 그 말을 중단할 수가 없었다.

"자네가 가정에 돌아가면 '여보.'라고 서로 부르겠지. '오늘 사무실에서 무슨 일이 있었나요?' '여느 때와 다를 바 없어.' '당신, 시트를 갈았구려.' '나도 보험료를 냈어요.' '오, 잘했어요.' 등등 이런 말 따위를 나누겠지. 그러니 자기는 이때 또 다른 사람이 된다고. 한 시간 전에 자기가 한 말은 어디에 있지? 사라져버린 거야! 핵심은 어디에 있지? 오, 이봐! 핵심은 몽골처럼 수만 리 밖에서 귀를 기울이고 있을 뿐이네. 이중생활이라고 말하는 건가? 그건 비밀 중의 비밀이고 신비한 것이며, 거기에 무한함의 표시가 엄밀히 도사리고 있다네. 그러니, 누가 최후를 알겠으며 진실한 순간은 어디에 있단 말인가?"

그는 "물론, 이건 자네와 상관없는 일이야." 하고는 이를 드러내 웃으며 명랑해지려고 애썼으나, 이 순간 전등빛이 너무 밝게 내리비치는 작고 습기찬 이 목욕탕 안에는 뭔가 일종의 침울함이 흐르고 있었다. 이렇듯 애쓴 뒤 그는 다음과 같이 계속했다.

"그러나 단지 흥밋거리로 다른 경우를 말해 주지. 전쟁 전에 난 한 부유한 부부를 알고 있었지. 남편은 미남이고 부인은 멋진 여자였지. 코네티컷 주 출신, 예일대학 졸업 등의 화려한 경력을 가진 이였어. 남편은 사업 여행차 이탈리아에 가 어떤 이탈리아 여자와 연애하게 됐어. 돌아온 뒤에도 그는 경솔하게 그 여자와 서신을 주고받았어. 결국 그의 부인이 그의 뒷주머니에서 연애편지를 발견하게 됐지. 이봐, 마치 군! 그는 그 편지를 보관했을 뿐만 아니라, 사랑스러운 애인의 필체가 그의 땀으로 지워진 곳에는 자기가 손수 원래대로 써 넣기까지 했단 말일세. 그러자 그의 아내는 눈에 피눈물을 머금고 날 찾아왔지. 난 그녀가 자기 남편 없는 새에 어떤 남자와 놀아났었단 걸 알고 있지. 그런데도 이젠 자기 남편이 벌 받기를 원하지 뭔가. 왜냐하면 그녀는 남편의 그런 단서를 손에 쥐었기 때문이야! 그녀는 남편과 이탈리아로 가 그 이탈리아 여자와 대면하여 그들 앞에서 남편으로 하여금 그녀를 사랑했다는 걸 부인토록 만들려고 했기 때문이지. 아니면 이혼을 하도록 말이야. 남편이 어떻게 해야 할지 내가 말할 수 없었던 건 당연하지. 그래서 남편은 갔다네. 이 필요한 행동을 하기 위해 7000마일의 여행을 한 거야. 그리고 가정으로 돌아왔지. 자넨 어떻게 생각하나? 자넨 똑똑하니까 그 뒤 무슨 일이 일어났는지 짐작할 걸세."

"그 역시 그녀에 대한 얘기를 알아냈겠군요."

나는 눈치채고 말했다.

"그런데 이제 곧 결혼할 내게 그런 말들이 어떻게 적용된다는 거죠? 구두가 맞는지는 신어봐야만 한다는 뜻으로 말하는 건가요?"

이런 생각 때문에 나는 화가 나서 부글부글 끓는 듯했다.

"자! 그 얘길 그렇게 자네 나름으로 받아들이진 말게. 내가 언제 이 얘기들이 자네에게 해당된다고 말한 적이 있나? 단지 일반적인 얘기일 뿐이야. 내가 체스니 양을 헐뜯는 말을 한 것 같으나 그녀는 아그네스의 친구일뿐더러 나로서는 자네들의 순수한 사랑의 기쁨을 깨뜨리거나 방해하고 싶진 않네. 난 언젠가 어떤 똑똑한 친구가 사랑과 간통의 관계에 대해 말해 준 데에 퍽 흥미를 느꼈다네. 자네도 그럴지 모르겠군. 언젠가 우리가 행복할지라도 그 행복이 계속될 수 없다는 걸 알고 있겠지. 기후가 바뀌고, 건강이 나빠지고, 그러다 그 해가 끝나면 인생도 끝나 버리는 거라네. 또 다른 날 다른 곳에서 새로운 연인이 기다리고 있겠지. 자네가 키스하는 얼굴이 다른 얼굴로 바뀌고, 따라서 자네 얼굴도 바뀌어버리지. 이런 건 어쩔 수 없는 일이라고 그 친구가 말하더군. 물론 그 자신도 천한 사생아였으며 위조를 일삼는 떠돌이 건달패였지. 벨뷰를 들락날락했으며 평생 주위 여자들이 먹여 살렸어. 그는 자기 애를 버렸고, 어느 누구도 그에게 기댈 수 없었다네. 그러나 그는 사랑은 간통과 같으며 감정이란 바뀌게 마련이라고 말했지. 변화함으로써 자신의 평화를 누릴 수 있는 거야. 다른 도시, 다른 여자, 다른 침대지만 자기 자신은 늘 변함없으므로 자신도 좀 융통성 있게 변할 수 있어야 한다는 거야. 여자에게 키스하고는 자기 운명을 얼마나 사랑하고 있는지 보여 주고 인생의 변화를 숭배하고 찬양하는 거야. 사람들은 이 법칙에 복종하고 있다는 거야. 그 녀석의 말이 옳든 그르든 간에 신이여, 그의 영혼을 저주하소서! 자네는 인생의 법칙에 복종할 필요가 없다고 생각지 말게나."

나의 이 궤변적인 선생은—왜냐하면 그는 분명히 나를 가르치고 있는 중이었다.—계속했다.

"일정한 제도에서 벗어난다는 건 쓸모없는 짓이야. 단지 조직만이 우주의 의지를 알아낼 수 있는 거라네."

"난 그런 법칙에 순종하고 싶어요. 밑바닥에서 빠져나오려고 애쓰는 게 아녜요. 결코 그래 본 적이 없어요."

이제 우리 둘의 얼굴에는 땀이 비오듯 쏟아졌다. 살찐 가슴과 겨드랑이에서부터 배의 축축한 털이 덮인 곳까지 드리워진 오색찬란한 타월은 마치 현자의 긴 법의 같았다. 나는 사랑이 간통이라는 것에 결코 동의하지 않았다. 결코. 글쎄, 상상해 보라! 비록 파올로와 프란체스카 또는 로시 할머니가 좋아하던 안나 카레니나처럼, 많은 연인들이 간통했다는 걸 인정해야 하더라도 그건 내 마음을 사랑과 뒤섞여 있는 괴로움에 주목하도록 인도했다.

신들의 분노를 일으키지 않기 위해 상한 과일을 먹는 것처럼 말이다. 신들에게 순수한 기쁨은 예비되어 있다.

그는 이를 드러내 웃고 있는 듯이 보였다. 위대하고 온화하며 만면에 친절을 가득 담은 현인, 예언자 또는 힌두교의 선생이나 귀중한 보배 같은 발가락을 가진 경험 많은 왕자처럼. 나는 그가 내게 지혜를 주기를 원했다.

"왜 자넨 자기를 죽이는 게 자기를 지탱하게 하는 거라고 생각해야만 하는가? 자신이 죽음의 장본인이기 때문에 그런 거라네. 무기가 뭔데? 자네 성격의 못과 망치일 뿐이야. 십자가란 뭔가? 점점 쇠약해지는 자신의 육체일 뿐일세. 남편이나 아내는 서로에게 그 일을 하도록 하지. '친절한 반려자여, 당신은 나를 내 운명으로 만들 거요.' 그들은 차라리 이렇게 말하는 게 낫고 그들에게 얘기하고 어떻게 하는 건지를 제시해 주는 게 나을 거요. 물고기는 물을, 새는 공기를, 자네와 나는 우리의 지배적인 이상을 원하는 거지."

"민투치안 씨, 당신 중심 사상이 뭔지 알고 있나요?"

그는 서슴없이 대답했다.

"비밀이지. 물론 사회는 우리가 뭔가를 소유하게 만들어. 인간의 형제애는 우리로 하여금 고백함으로써 그런 비밀들을 폭로하게끔 이끌지. 그러나 난 꼭 비밀을 간직하겠네. 내 임종 시에 그런 비밀들로 내가 어떤 인간인가를 보여 줄 거야. 양털빗으로 죽음을 당한 뒤 양털 깎는 이들의 수호신이 됐다는 성 블라스[16]처럼 말이야."

그는 계속 말했다.

"복잡한 거짓, 거짓, 온통 거짓말들! 위장, 희극, 갖가지 사람들, 질병, 대화, 심지어는 몇 분간의 짧은 대화 속에서도 자신이 느끼는 걸 막상 입 밖에 내기 전에 얼마나 여러 번 바뀌는가를 자네는 깨달을 수 있겠나? 누군가 자네에게 A를 말한다고 해보자. 자네의 반응은 B야. 그런데 B를 말할 수 없으므로, 그걸 변형시켜 자신의 가슴속 코일 속에 넣어볼 거야. 직류에서 교류로, 4000볼트로 증대돼 새어 나오겠지. 그럼 B 대신에 초감마선이 나오지. 변형의 단계가 길수록 초감마선은 악취가 더욱 심해지지. 내가 인류의 위대한 찬미자란 걸 명심하게. 난 인류의 재능을 신비하게 생각한다네. 그렇지만 이 재질의 태반은 허위나 자신을 위장시켜 사실과는 다르게 보는 데에 소비해 버렸지. 율리시스가 복수하기 위해 변장하고 돌아온 그때를 우리는 좋아하지. 하지만 그가 무엇 때문에 돌아왔는지 잊고 늘 변장한 채 빈둥거리고 앉아 있다고 상상해 보게. 이런 일은 변장이 뭘 위한 건지를 잊고 복잡성을 이해하지도 못하고 어떻게 다시 단순히 되는가도 모르는 수많은 나약한 영혼들에게서 일어나는 법이야. 만인에게 서로 다른 일을 말함으로써 그 경우가 본질적으로 뭣이며, 그 자신 뭘 원하는지조차 잊게 되지. 단순한 생각과 순수성이라면 난 땅바닥에 닿도록 머리를 숙일 걸세. 자네가 사랑에 빠졌다고 내게 말할 때 자네를 좋게 생각한 건 이런 이유에서라네. 난 이런 영속성의 진가를 이해하며, 나 또한 사랑하고 있다네."

신이여, 민투치안에게 축복을 내리소서! 그는 얼마나 좋은 사람인가! 그는 진정으로 친절을 베풀었고, 나 또한 그에게 사랑을 위한 사랑을 베풀었다.

"민투치안 씨, 만약 내가 나는 여태껏 늘 본연의 내가 되려고 노력해 왔다고 말한다면 당신은 이해해 주시겠죠. 그러나 그건 놀라운 일입니다. 왜냐하면 내 본질 자체가 천성적으로 그다지 좋지 않다면 어떡하죠?"

이 말을 할 때 나는 거의 울 뻔했다.

"내 생각엔 어쨌든 그냥 그대로 복종하고 내버려 두는 게 좋을 것 같아요. 난 더 나은 '오기 마치'를 창조하기 위해 운명의 손을 강요한다거나 시간을 황금의 시기로 돌리는 짓 따윈 결코 안 하겠어요."

"지당한 말씀이네. 현 상태에서 기회를 잡아야 하네. 조용히 앉아 있을 순 없지. 만약 자네가 움직이면 상실되고, 그렇다고 가만히 앉아 있으면 퇴보한다는, 양쪽 다 어려운 문제임을 알고 있네. 그러나 자넨 뭘 잃게 될까? 자넨 신이나 자연 이상으로 더욱 잘 발명해 낼 순 없는 거라네. 또한 움직이기 전에 어떤 재질이나 계발이 결여되지 않은 인간으로 전향할 순 없는 걸세. 이건 우리에게 주어진 게 아니야."

"네, 그래요. 선생님에게 감사드립니다. 이런 설명을 해주시다니 정말 고맙습니다."

이 일은 맨해튼 중심가의 어떤 빌딩 58층의 이동식 유리문 뒤에서 일어났다. 그런 얘기를 언급치 않을 만큼 향락에 빠져 있어 봤자 아무 소용이 없는 것이다.

"영원한 이방인으로 사는 것보다 차라리 현재 상태로 죽는 게 나을 걸세."

그가 말했다.

이 말이 끝나자 그는 마치 보이지 않는 점적병(點滴瓶)에서 떨어지는 물방울을 세듯, 잠시 동안 조용히 침묵을 지키고 있었다. 무슨 방울이었을까? 순수한 본질의 방울? 아니면 고난의 방울이란 말인가?

"당신은 지난 몇 달간 나를 괴롭혀 왔던 문제에 흥미가 있는 것 같군요."

고난, 그제야 난 그걸 봤다. 그의 커다란 두 눈은 침울하고 슬프게 보였다.

"아까 내가 팔찌에 대해 말한 이유는, 커트너 부인, 즉 아그네스가 몇 달 전 잃어버린 다이아반지 때문에 내 마음속에 보석에 대한 생각이 있었던 거라네. 그녀는 말하길 저녁에 개를 산보시키다가 센트럴 파크에서 노상강도에게 뺏겼다더군. 물론 털리는 일이야 흔히 일어나는 일이지만 말일세."

"그렇지만, 개와 산보하러 나가는 길인데 왜 다이아반지를 꼈을까요?"

"그건 우리가 데이트했었기 때문이지. 그녀의 목에 손자국이 있었어. 그만하면 충분한 증거가 되지. 그렇잖아? 물론 그녀는 메트[17]와 어린이 놀이터 사이의 골목에 쓰러진 채 발견됐지. 순경들이 그녀를 집까지 데려다 줬어. 납득이 가지. 그렇잖나?"

"절대적인 것처럼 들리는데요……"

"그녀는 5000달러의 보험을 들었다네. 난 그녀가 그 모든 걸 혼자 해냈다는 걸 자신 있게 말할 수 있네."

"뭐라고요?"

"무의식적으로 자신의 목을 졸랐던 거라네. 그녀의 목에 있던 상처는 자신의 손가락 자국이거든."

"어떻게 그럴 수가!"

"그녀는 그럴 수 있다네."

어두운 밤 공원에서 스스로 목을 조르는 빈의 미인 모습을 상상하면서 나는 멍해졌다.

"어떻게 아세요?"

"그녀의 친구 중 하나가 그녀를 위해 반지를 보관하고 있었기 때문이지."

"그런데 무슨 짓을 할 생각이었나요?"

"그게 바로 문제야. 난 그녀에게 필요한 돈을 모두 주었지. 게다가 쿠바의 그녀 남편에게도 수표를 보내주고 있다네. 그런데도 무엇 때문에 이런 부정한 짓을 저지르려는 건지?"

"아마도 사회보장에 필요한 돈이었겠죠. 그렇잖을까요? 선생님이 그녀를 부양해 왔나요?"

"그녀가 바로 재산 관리를 하고 있다네. 그게 내 가장 큰 소망이지. 부양해 왔냐고? 물론 그랬지. 그녀에게 섬에다 집을 사주었지. 그러나 그게 아니라면 어떻게 하지? 무슨 일인지 알겠나? 그녀는 내게 비밀이 있었다네. 이중생활을 하고 있었던 거야."

"당신에게 얘기하고 싶지 않은 곤경에 처한 동생 이야기라든가, 그런 따위의 평범한 걸지도 모르죠. 또는 단지 돈을 받는 데에는 싫증을 느끼고 자신이 돈을 벌어보고 싶어선지도 모르죠."

그는 내가 자기를 위로하려 애쓰고 있음을 알아챘다.

"좀 더 쉬운 방법이 있어야만 해. 아니, 누군가에게 전부 지불해야만 한다면 어떻게 되는 거지? 아, 법적인 실례가 나로 하여금 의심을 품게 만드는군. 그러나 자넨 내가 어떤 상황에 처했는지 모르겠나?"

민투치안이 물었다.

"내 입장에서?"

때때로 그저 잠시 만나기만 해도 아주 쉽게 가까워지는 수가 있다. 민투치안과 내가 바로 그런 경우였다.

이 특별한 토요일, 스텔라와 아그네스가 준비에 차질이 생겨 아직 안 나타나서 사무실에서 그녀들을 기다릴 때 민투치안은 매우 초조해하기 시작했다. 자기 아내와의 저녁 식사 시간이 점점 다가왔기 때문이었다. 마침내 그는 우리가 9시 30분경에 그들에게 갈 거라는 말을 전하라고 스텔라의 아파트에 운전사를 보냈다. 그리고 나서 그는 택시를 잡아 타고 공원을 가로질러 나와 함께 자기 집으로 갔다.

그리하여 난 민투치안 부인을 만나게 됐으나, 그녀의 불안을 이해할 수 없었다. 그녀는 푸르고 누빈 긴 옷을 입었고 머리는 잿빛이었다. 거만한 점만 없었더라면 위엄이 있어 보였으리라. 나는 그녀의 행동이 불쌍한 운동선수의 용맹 같다고 느꼈다.

그녀는 나를 상당히 거만한 태도로 맞았다.

"헤롤드, 마티니 칵테일은 부엌에서 만들어야 해요."

그녀가 민투치안에게 말했다. 그래서 그는 나갔다. 그가 나가자마자 그녀는 격렬한 어조로 말했다.

"젊은 양반, 당신은 누구죠?"

"나요? 민투치안 씨의 고객입니다. 나는 곧 결혼하게 됩니다."

"나는 당신이 내게 아무 얘기도 하지 않으리라곤 생각지 않았어요. 헤롤드에게 비밀이 있다는 걸 알고 있어요. 내 말은 그가 그렇게 생각한다는 거죠. 난 사실 그에 대한 모든 걸 알고 있어요. 나는 늘 그에 대한 생각만 하거든요. 종일 어떤 사람만을 생각하며 시간을 보낸다면 그의 비밀을 알아내는 건 쉬운 일이죠. 이 방을 떠날 필요는 없어요."

나는 무척 놀랐다. 눈이 휘둥그레진 것 같았다.

"부인, 나는 민투치안 씨를 그다지 오래 알아오진 않았으나 내 생각엔 그는 위대한 인물인 것 같습니다."

"오, 당신은 그걸 알았군요? 사실 그는 너무나 인간적이긴 하지만 위대한 사람이죠."

사자 같은 민투치안이 고독의 굴레 속에서 흐느끼고 있다고 생각할 때 이 병자는 그의 뒤에서 귀를 기울이고 있었다는 사실이 나를 놀라게 했다. 그러나 그때 그가 안경을 가지러 돌아왔으므로 대화는 여기서 끝났다.

## 25장

나는 이렇게 사랑에 마춰되어 있었으므로, 어떤 것도 내 결혼을 방해하진 못했다. 어쩌면 민투치안이 방해하려고 노력했는지 모르겠다. 그러나 그가 그랬더라도 그럴 기회가 없었으리라. 의심쩍은 태도에 내가 호의적일 수 없었으니까. 그렇지만 그는 좋은 친구의 역할을 다했다. 결혼식 날 점심의 음식 준비를 했고 모든 사람을 위해 장미와 치자꽃을 샀다. 시청 옆 하늘은 푸르렀고, 금방 음악이 흐를 것 같았다. 우리가 엘리베이터로 내려왔을 때, 내가 시카고 주립병원의 꼭대기에 섰었던 그때가 일 년이 넘었다는 걸 기억해 냈다. 또한 할머니를 포함한 우리 가족이 어떤가를 회고해 보았는데, 어떤 조직에서 벗어나기를 원했던 사이먼만이 제도에서 가까스로 탈피한 유일한 사람이었다. 그러나 지금 난 그를 부러워할 이유가 없다. 부러움? 사랑하는 여인과 결혼하여 단지 인생의 참된 길을 걷고 있음을 알게 된 지금 그를 부러워할 건 없다고 생각했다. 형은 지금 자기의 자녀들—아기가 있는지는 확실히 모르지만—에게 자기가 물려받은 운명을 그대로 물려주며, 세상을 발견했을 때 세상을 하직할 그런 사람이라고 나는 혼자 중얼거렸다. 그건 그런 종류의 사람들이, 마치 산봉우리들이 저마다의 자극(磁極)으로 기울어지듯, 혹은 잡초 속의 능금 열매나 동굴 속의 수정처럼 책 속에 담긴 모든 법칙에 어떻게 복종하는가 하는 것이다. 반면 나는 사랑의 도움으로, 훨씬 좋은 일에 가담하게 되었고, 현실을 창조한 나 자신에 대해 이렇게 설명했고, 단지 운명에 맡겨지도록 스스로를 방치하진 않았다. 그리고 여기 신부가 있다. 행복한 흥분으로 상기된 얼굴을 하고 말이다. 그녀는 내가 원하는 걸 원했고, 과거에 범한 실수는 이 순간 다 사라졌다.

우리는 계단으로 나왔다. 비둘기들이 주위를 날고 있었고, 민투치안이 그곳 사진사들에게 결혼식 파티 사진을 찍게 했다. 그는 사려 깊었으며 친절했다.

나는 바로 전날 십스헤드 학교를 졸업하여 새 등급 자격증[18]을 얻게 되었다. 내 미소는 바뀌었다. 멕시코에서 부러진 아랫니들을 해군에서 무료로 해주었기 때문이다. 열정적인 사랑과 그날의 자랑스러움 외에도 목수 수준의 사람 같은 허풍을 떨었다는 걸 고백해야겠다. 나는 면도를 하고, 배우처럼 머리도 빗었고, 계급장 리본과 별 없는, 새로 잘 다린 제복을 입었다. 내 나라를 위해 군에 나갔던 영웅으로서 미인과 결혼한다는 생각에 기분이 좋았던 나는 정중히 행동하기로 다짐했다. 그러나 그날 내가 얼마나 흥분했었는지는 말할 수 없을 것 같다. 그 흥분의 이유는 결혼식이 끝나면 곧 항해를 해야 했기 때문만이 아니라, 스텔라가 미군 위안협회 쇼단과 함께 알류샨과 알래스카로 가야 했기 때문이다. 난 그녀가 그곳에 가는 걸 원치 않았다. 물론, 거기 가는 걸 그만두란 말은 안 했다. 아그네스와 실베스터도 함께 결혼 파티 기념 사진을 찍었다. 나는 아그네스가 제 목을 졸랐었다는 얘기를 들은 후 그녀를 전과는 다르게 보게 되었다. 그녀는 엉덩이를 과시하려는 듯 회색 옷을 입었는데 목을 감추기 위해서인지 옷깃이 높았다.

스텔라의 아파트엔 칠면조, 햄, 샴페인, 코냑, 과일, 케이크 등 뷔페식으로 음식이 준비되어 있어 실로 볼 만했다. 로베이와 프레이저를 시내에서 만나서 그들도 초대했으므로 난 잘 보일 수 있었다. 프레이저는 육군 소령 제복을 입었고 로베이는 수염이 텁수룩했는데, 워싱턴에 있으면서 체중이 많이 느는 듯했다. 그는 두 손으로 무릎을 잡고 말없이 한 모퉁이에 앉아 있었다. 그가 끼지 않고도 대화는 잘 진행됐다.

샴페인 몇 잔이 오간 후 실베스터는 싱긋 웃으며 나타났다. 그는 재미있는 친구였으나, 우울한 모습이었다. 진지하고 솔직하길 원했으나 어둠 섞인 미소로써 자신을 드러내고 부주의한 면만을 자꾸 보일 뿐이었다. 이중으로 단추가 달린 줄무늬 사무복을 입은 그가 내 옆에 앉았다. 나는 스텔라의 허리를 끌어안고 비단 웨딩드레스를 쓰다듬었다.

"굉장히 차렸는데!"

실베스터는 내게 말을 걸었다.

"무슨 일을 한 거야! 난 네가 나를 위해 항상 뭔가 하는 줄 알았는데 말이야!"

이때 그는, 할머니에게 고통을 주던 치과의사의 병원이 있는 캘리포니아가에 스타 극장을 갖고 있을 때였다. 그는 애송이가 아니었다. 성공하고 있었다. 정치엔 손 뗐다고 말했다. 나는 멕시코에서의 일을 묻고 싶었으나 결혼식 날이라 시간이 없어 그냥 지나쳤다.

파티의 주인공은 나라기보다 프레이저인 셈이었다.

프레이저는 동양에서 방금 돌아왔는데, 어느 정보 기관에 있다가 중국의 충칭으로 가는 한 사절단에 끼었다는 것이다.

그가 아그네스와 민투치안에게 동양에 관한 얘기를 하는 중이었다. 난 여전히 그를 찬양하며 존경했다. 그는 강력하고 매력적이며 이상적인 사나이였다. 또한 호리호리한 미국인답게 우아했다. 즉 그의 긴 다리, 턱에서 머리끝까지 야윈 모습에 강한 남성미를 풍기는, 옆에만 깎은 머리에서 말이다. 회색 눈은 솔직함과 냉정함을 나타내는 듯했다. 그의 얼굴 전부가 강한 인상을 풍겼다. 세파에 시달려 차츰 깊어가는 주름살마저도 그랬다. 그에게는 또 다른 면이 있었다. 마치 이발소에서 면도와 드라이를 한 직후처럼 멋진 서양식 구두가 앞으로 튀어나와 있었다. 그는 역시 많은 걸 알고 있었다. 달랑베르[19]나 세비야의 성 이시도루스[20]에 대한 얘기가 나오면 그는 즉시 토론에 참가했을 것이다. 그를 난처하게 할 화제는 결코 없었다. 그는 중요한 인물이 되고자 했다. 그가 최상에서, 즉 인생의 다른 정점에서 다른 정점으로 어떻게 나는가를 볼 수 있으리라. 그는 때때로 긴장이 풀린 듯이 보이기도 했으나 안락과 여유를 가질수록 더욱 멀리 있는 것을 성취하고 그곳에 섬광이 비치는 걸 보는 듯했다. 그는 투키디데스나 마르크스에 대해 얘기했고, 역사 같은 어떤 미래에 대한 비전의 그림을 제시했다. 그럴 때 사람들은 등이 오싹해지고 이에 전율이 흐름을 느낄 것이다. 나는 그런 훌륭한 친구가 내 결혼식에 와준 게 정말 자랑스러웠다. 그는 결혼식의 품위를 더해 주었다. 그래서 식은 성공적이었다.

그의 훌륭한 교육적 토론을 들으면 아마 놀랄 것이다. 마치 고압선에 닿듯이.

그는 선언, 혁명, 도약 이론, 회의, 왕계, 크롬웰, 로욜라, 레닌

및 러시아 황제들, 인도와 중국의 군중들, 기근, 혼잡, 대량 학살, 희생 등 다방면에 대해 말했다. 그는 내게 베나레스와 런던과 로마의 거대한 군중들을 보여 주었다. 티투스에 반대하는 예루살렘, 율리시스가 방문했을 때의 지옥, 거리에서 말을 도살했을 때의 파리, 폐허가 된 우르와 멤피스. 침묵에 가까운 원자(原子), 이미 죽어 없어진 이런 것들이 집단적인 함성을 내고 있었다. 마케도니아인 보초병들. 지하철. 친구들과 함께 대포 바퀴를 떠밀었던 크레인들 씨. 일본 전쟁이 시작되던 날 오데사 역에서 논쟁을 하던 할머니와 비스듬히 재단한 갑옷을 입었던 전설적인 로시. 나를 임신하던 날 훔볼트 파크의 늪에서 산책하던 나의 부모. 꽃이 만발한 봄.

거기엔 대체로 같이 살 수 있는 이런 게 너무 많다는 생각이 들었다. 얼마간은 이런 건 잊는 편이 좋다. 갠지스 강은 그 강의 수호신과 주인들과 함께 흐르고 있었다. 그러나 당신 역시 거기서 발 씻거나 빨래할 권리를 조금은 갖고 있다. 그렇잖으면 아무리 좋은 차가 있더라도 갈보리를 전부 둘러보려면 일생도 모자랄 게다.

내가 어떤 사람이었건 아무튼 프레이저의 전례대로 나 또한 어려움을 당했겠지만, 클렘과 나눈 인생의 근본적인 노선에 관한 대화나, 터키탕에서 민투치안과 한 얘기는 내 어려움을 훨씬 덜어주었다. 민투치안이 함께 있다는 게 적이 안심이 되었다. 마침내 결혼식 날이 왔고 모든 것이 순조롭게 진행되었다. 샴페인도 바닥이 나고, 흰 고기도 다 먹어치웠고, 테이블에 앉아 피노클 게임을 하던 두 사람도 돌아가려고 윗옷을 걸쳤다. 친구들은 서로 작별 인사를 나누었다. 모두 다 작별을 고했으며 나는 그들에게 감사했다.

"내 친구 프레이저, 똑똑하지 않아?"
내가 물었다.
"그럼요, 하지만 당신이 내 남편인걸요."
스텔라는 내게 키스했다. 그리고 우린 신방으로 들어갔다.

우리의 신혼여행은 단 이틀뿐이었다.
나는 보스턴에서 출항해야 했다. 그 전날 밤 스텔라는 나와 함께 기차로 올라왔다. 말할 필요도 없이 이별은 정말 괴로웠다. 나는 그날 아침 그녀를 보냈다.
"잘 가, 여보."
"오기, 잘 있어요."
그녀는 플랫폼 쪽에서 말했다. 어떤 경우든 누구에게든 역에서의 이별은 정말 괴로운 일이다. 전쟁 중 이 역에서 있었던 수많은 이별들이 얼마나 고통스러웠을까……. 기차가 움직였다. 전송 나온 사람들의 무리와 기름으로 얼룩진 텅 빈 철길과 극도로 더해 가는 사랑의 결속 관계를 뒤에 둔 채 말이다.
"매사에 조심해요, 네?"
"오, 약속하오. 걱정 마. 나는 당신을 너무 사랑해서 첫 번째 항해에서 침몰해 죽을 수가 없지. 당신이야말로 알래스카에 가면 조심해."
그녀는 마치 만사가 내게 달린 듯이, 마치 전시 중 대서양에서 나 스스로 내 안전을 기할 수 있는 양 말했지만, 난 그녀가 말하려는 걸 잘 알고 있었다.
"레이더가 있어서 잠수함 같은 건 필요 없어. 신문에 그렇게 쓰여 있는걸."
이 얘기는 내가 꾸며낸 것이지만 효과가 있었다. 그래서 계속 지껄여 댔는데, 사람들이 나를 늙은 선원으로 여겼을 만큼 너무 노련한 선원처럼 말했다.

차장이 문을 닫으러 왔다.

"이제 가봐, 여보, 어서."

나는 그녀의 큰 눈이 차창에 머무는 마지막 순간까지 보았다. 자리에서 반쯤 일어나 몸을 굽히는 그녀의 아름답고 우아한 모습은 바다에서 몇 달이 지나도 잊히지 않을 만큼 강한 인상을 남겼다.

이렇게 기차는 떠났고, 사람들 틈에 혼자 남은 나는 버림받은 듯한 황막감마저 느꼈다.

잔뜩 찌푸린 날씨에 바람까지 불었고, 내가 탈 샘 맥마너스 호는 낡은 배였다. 부두에는 시커먼 기관이 배 옆에 있었고, 그 위에 험상궂은 비밀 장치가 달려 있었다. 기름투성이에다 어둠과 침울함 때문에 그날 자체가 철로 덮여 있는 것 같았다. 대서양은 크고도 쓰디쓴 아픔과 자극을 준비하고 기다리고 있었다. 마치 바다가 얼마나 깊으며, 인간의 피보다 얼마나 차갑고 매서운가를 생각하게 하고, 무엇이 자기의 거짓과 속임수이며, 무엇이 자신의 참된 뜻이며, 의미 있는 일인가를 말해 주려고 당신을 초대한 것처럼. 그것은 예수의 제자가 건넜거나 트로이 전쟁 때 아테네 용사가 풍파를 일으켰던 지중해도 아니었고, 우리의 굉장히 먼 선조들이 어렸을 때 해수욕을 하던, 따뜻하고 부드러우며 놀랄 만큼 아름답던 바다도 아니었다. 우리가 항구를 떠났을 때 사나운 회색의 북대서양은 강한 힘으로 철썩거리거나 중얼거리거나 밀면서 배를 마구 조롱했다. 굶주린 듯한 파도가 칸막이 벽을 소금물로 절였다.

다음 날 아침 따사로운 태양 아래서 우리는 전속력으로 남쪽을 향했다. 마더실즈란 알약을 먹었어도 소용없었다. 나는 뱃멀미와 알래스카에 대한 그리움과 걱정으로 마음이 아파 갑판으로 올라갔다.

좀 낡은 배는 마치 바다는 깊고 하늘은 향기롭게 빛난다는 걸 느끼게 하려는 듯 바다를 가르며 나아갔다. 그건 확실했다. 하긴 꺼멓게 그을은 맥마너스 호는 만조가 되면, 새벽에 마당으로 뺑소니치는 집벌레 같았으니까 말이다. 푸르스름한 갑판은 쇠사슬처럼 생긴 키, 엔진의 제동기와 함께 발밑에서 털커거렸다. 어떤 것들은 거의 비슷하게 보였다. 구름과 멀리 있는 해안, 새들과 미립자들이 내 시야를 스쳐 갔다.

나는 내 사무실과 일을 좀 살피러 갔다. 대단한 건 아니었다. 이미 말했듯이 약제사와 부기원의 임무였다. 낡은 초록색 서류함 같은 색의 캐비닛, 회전의자와 책을 볼 수 있는 전등. 나는 순풍을 받고 항해했다.

그래서 며칠간은 물 위를 기계적으로 나아갔다. 수평선은 마치 나비를 잡으려는 게같이 갑옷을 입고 구름을 잡으려고 흔들거리면서 일어났다가는 이윽고 떨어지곤 하며 진통을 겪는 듯했다. 뜨거운 태양열과 배가 일으키는 심술궂은 거대한 파문 등도 역시 꿰뚫는 듯한 전진의 고통에 한몫을 맡았다.

혼자 있을 때 나는 책을 읽거나 스텔라에게 끝도 없는 편지를 썼다. 이것을 첫 번째 기항지인 다카르에서 부칠 수 있으리라 생각했다. 물론 고개만 돌리면 눈에 띄는 총과 레이다 장치가 전시의 위험성을 일깨워 주긴 했지만, 아무튼 그런 시간은 퍽 즐거웠다.

오래지 않아 나는 불행한 얘기나 개인적인 얘기, 심지어 배앓이 얘기까지 들어주고 조언을 하는 사람이란 소문이 퍼졌다. 차츰 찾는 사람이 많아지자 내가 꼭 점쟁이가 된 듯했다. 저런, 나는 복채도 받을 수 있었는데! 클렘이 나를 이런 역할로 끌어들였을 때, 그는 그게 뭘 의미하는지 잘 알고 있었다. 그곳에서 난 무보수로, 게다가 위험하기까지 한 상태에서 그런 일을 했던 것이다. 모두 말없이 침묵을 지키긴 했었다. 말하자면, 황금빛 하늘에 놀이 붉게 물들고 넘치는 듯한 바다가 짙푸른 어느 초저녁, 몇몇 친구들이 마치 정신적인 안내를 받으려는 듯이 나와 불빛 사이에 그림자를 만들며 시커멓게 다가온다. 어찌 그걸 귀찮다 할 수 있을까. 오히려 난 비밀을 알게 되고 또 인생 제반 문제에 대해 지껄일 기회를 얻었던 것이다. 사실 난 누구하고나 사이가 좋았다. 노동조합 대표자까지도 내가 친구들의 이해관계에 까다롭게 끼어들지 않는다는 걸 알고 나와 친해졌다. 그런데 노인이 한 사람 있는데 그 노인은 여러 대학의 통신대학 철학과에 취미로 등록을 해서 끊임없이 숙제를 하고 있었다. 그는 나의 관대함을 인정하진 않았지만 나를 좋아했다.

비록 신임이란 게 항상 영혼에 희망을 준다고는 할 수 없지만 아무튼 나는 배 안의 신뢰자가 되었다.

적어도 한 명 이상이 내게 와서 암시장 시세나 이국에서의 쉬운 돈벌이에 대해 떠들어대곤 했다.

어떤 녀석은 전쟁이 끝나면 케노샤의 모든 아가씨들의 머리를 만질 수 있는 미용사가 되겠다고 했다.

낙하산병 학교에서 쫓겨났지만 낙하산용 긴 구두를 계속 신고 있던 한 녀석은 부양가족 얘기가 나오자 자기에겐 펜실베이니아와 뉴저지에 세 명의 합법적인 마누라가 있다고 솔직히 털어놓았다.

어떤 이는 내가 정신과 전문의나 되는 듯이 내게 어떤 진단을 바랐다. 사실 난 항해 덕분에 아스클리피오스[21] 신봉자의 대역을 맡은 하찮은 대역배우였다.

"내가 혹시 열등감에 빠져 있다고 생각하지 않나요?"

이렇게 묻는 사람도 있었다.

난 수없이 좌절을 느꼈지만 입 밖에 내지는 않았다.

실제야 어떻든 인간적으로 눈물을 머금고 들었다.

"자네가 이런 끔찍한 경우에 처했다고 상상해 봐."

"내 친구가 하나 있는데 말이야……"

"그치가 말하길, '너도 늙은이를 잠시라도 받들어 봐. 정말 몸서리가 쳐질걸.' 하더군."

"그는 카니 때문에 도망쳤지."

"그녀는 절름발이인데, 난로 공장에서 페인트칠을 했었어."

"그놈은 루마니아인 스타일의 사기꾼이었는데 몇 달러만 주면 단번에 몇 배로 불려놓곤 했단 말이야."

"그는 자기 배가 지나가기 위해선 다리라도 위로 올려달라고 할 사람이야. 그렇게 지독한 이기주의자라고."

"'요 더럽고 치사한 협잡꾼 녀석, 여기서 가만히 내 얘길 들으란 말이야……' 하고 내가 말했지."

"비록 그녀는 싹싹하고 또 우리에겐 애들까지 있긴 하지만 구구단이 생각나지 않을 때가 있더라고. 그런데 이런 말이 떠오르더군. '너희가 함께하는 자 모두 음란한 여자일지니 그들로 하여금 너희를 약탈하고 걷어차게 내버려 두어라. 그것이면 족하니라!'"

여인들을 버리다니? 미친 짓이야! 여인들을 버리다니!(*Lasciar le donne? Pazzo! Lasciar le donne!*)

"배에서 내리기 전에 그 아가씨와 하룻밤이라도 함께 지내려고 했지. 우리 둘 다 하물 발송계에서 근무했거든. 하지만 도리가 있어야지. 몇 주일간이나 주머니에 콘돔을 넣고 다녔지만 쓸 수 없었어. 한번은 모든 일이 다 계획되었는데 마누라의 할머니가 돌아가셔서 망했지. 난 할 수 없이 할아버지를 장례식에 모셔 가야만 했어. 그분은 아무 영문도 모르더군. 우리는 오르간이 연주되는 교회에 앉아 있었지. 그는 '어렵쇼, 저건 늙은 개가 죽으면 트는 음악이 아니야?' 하지 않겠나. 그러곤 끊임없이 농담을 해대는 거였어. 그러다가 관 속에 누운 자기 처를 알아봤지. 흥분되어 하는 말이 '아이고, 저게 어머니 아니셔. 어제만 해도 'A 앤드 P'[22]에서 뵈었는데 대체 여기서 뭘 하는 걸까? 어머니, 어머니!' 그러고는 이내 알아차리고 울음을 터뜨렸지. 그는 정말 슬피 울었어. 나도 울고 모두들 울었지. 난 아직 주머니에 콘돔을 넣은 채였어. 자네 어떻게 생각해? 사람은 모두 일종의 사기꾼이 아니겠어? 나조차도.

그리고 아내와 딸이 나를 정거장까지 바래다주었지. 난 아직 그 아가씨를 단념하지 못했지만 아마 그녀는 나 같은 건 이미 잊고 다른 녀석과 새로 시작했을지도 모르지. 애가 '아빠, 총이 하나 있어야겠어.' 하더군. 아마 사내 녀석들이 하는 소리를 들었나 봐. 우리는 웃지 않을 수 없었지. 하지만 곧 작별을 해야 했어. 난 마음이 천근 같았어. 오랫동안 또 헤어져야 하다니. 마누라는 기차 창문께서 울었지. 나도 그랬고. 그때도 그 콘돔은 주머니에 있었어. 버리지 않았었거든."

이 사람의 얼굴은 납작하고 가늘었으며 장밋빛이었다. 뼈대는 굵고 코와 회색 눈, 그리고 입은 작았다.

나는 적절한 충고를 해주었다. 완전한 사람은 없다. 나는 특히 사랑을 옹호했다.

굉장히 이상한 사람들이 몇 명 나타났다.

즉 승무원 가운데 그리즈월드 같은 사람이 있었다. 전에는 장의사였으며, 주트슈트[23]를 입은 고양이 같은 친구였다. 쾌활해 보이는 흑인이었고, 굉장히 잘생겼으며, 당당한 풍채에 우아하게 빛나는 짧은 수염이 있고 숱 많은 머리에 기름을 발랐다. 뺨의 상처엔 연고를 발라 빛났다. 헐렁하고 줄무늬 진 바지는 끈이 두 개 달린 구두에까지 늘어져 있었다. 그는 조용히 휴식할 때 차 잎사귀로 만든 담배를 피우면서, 재미로 수개 국어의 문법을 연구하고 있었다. 그는 내게 이런 자작시를 보여 주었다.

내가 얼마나 고통스러운지 물어보겠지요.
자, 들어봐요, 난 허풍쟁이가 아니라오.
내 야망과 포부가 나를 못살게 하지는 못한다오.
나는 고상한 마음을 지니고 태어났고 최상의 것을 목표로 하고 있다오.

내가 이 시를 읽고 있을 때, 그의 무릎은 아래위로 빠르게 움직였고, 두 눈은 어슴푸레하고 초조해 보였다.

만약 선원 개개인에 대해 생각한다면, 그건 어떤 기념비적인 성격을 띠리라. 카나리아 제도를 떠난 지 보름째 되던 날, 샘 맥마누스 호는 어뢰 공격을 받아 침몰됐기 때문이다.

그 일은 내가 비공식적인 고백의 기도를 듣던 중 발생했다. 밤이었다. 12노트로 항해하고 있었는데 갑자기 배의 측면에 치명적인 큰 충격이 왔다. 우리는 내동댕이쳐졌다. 몇 차례의 파열과 굉음이 나더니 선박 내부가 폭발했다. 우리는 재빨리 갑판으로 뛰어나갔다. 깨진 유리를 통해 화염이 이미 번져 나왔다. 배의 윗부분을 불길이 환하게 비췄다. 배 주위의 바닷물이 불탔고 맑은 물결이 다가왔다. 애절하게 갈망하는 고함 소리, 폭발한 후의 증기, 배의 심한 진동이 잇따르더니 바다에 뜬 거대한 뗏목들이 선박의 측면을 휩쓸다가 떨어져 나갔다. 보트들이 대빗에서 풀려 요란한 소리를 내며 떨어졌다. 그 친구와 난 보트들을 간신히 붙잡아 그중 하나를 감아올리기 시작했다. 그것은 묶여서 어떤 갈고리에 매달려 있었다. 나는 그에게 바닷속으로 뛰어들어 뭐가 엉켜 있는가 보라고 소리쳤다. 그는 싫다는 듯 나를 거칠게 쳐다보았다. 나는 두려움에 가득 차서 이상하게 쉰 목소리로 "네가 뛰어들어!" 하고 고함쳤다. 그런 다음 보트가 풀리기를 바랐다. 그런데 윈치가 풀려 브레이크가 걸리지 않아서, 보트는 철썩 소리를 내며 떨어지면서 나를 배 밖으로 밀어내 물속에 빠뜨리고 말았다. 밑으로 가라앉자 나는 배가 침몰하면서 나도 함께 빨아들일 거라고 생각했다. 공포에 질려 사지에 힘이 빠졌다. 그러나 꾸룩꾸룩대는 소리와 오르페우스가 바다 깊숙이에서 현금을 켜는 소리를 들으면서 살려고 발버둥쳤다. 모든 의식은 밀려오는 바다 한가운데서 마치 여자의 머리끈 같았다.

나는 물 위로 올라와 울부짖으려 했으나 그럴 수가 없었다. 턱은 찢어져 겨우 숨을 쉴 정도로 열려 있을 뿐이었다. 구명 보트가 어디에 있을까? 바다의 화염 속 곳곳에는 보트와 뗏목들이 떠다녔다. 나는 바닷물을 계속 토해 냈으며, 눈물을 흘리며 불타는 배에서 멀리 떨어지려고 애썼다. 하얀 화염 속에서, 사람들이 여전히 배에서 뛰어내리고 있었다.

나는 약 100야드 밖에 떠 있는 보트를 향해 헤엄쳐 갔다. 보트가 밀려가 버릴까 봐 두려워 온 힘을 다해 헤엄쳤다. 그러나 노를 볼 수 없었고, 뒤따라가며 외칠 수도 없었다. 내 목소리는 그저

허공에 퍼질 뿐이었다. 보트는 그저 표류 중이었다. 겨우 닿아 밧줄을 붙잡고 안에 누가 있는지 불러봤다. 너무 지쳐서 올라탈 수가 없었기 때문이다. 그러나 보트는 텅 비어 있었다. 그때 맥마너스가 침몰했다. 불빛이 갑자기 사라져 알 수 있었다. 수면 전체에는 여전히 화염이 타고 있었지만, 물결은 빨랐다. 날름거리는 불길 속에서 짐 실은 뗏목을 보았다. 보트에 기어오르려고 다시 한번 시도했다. 뱃전이 비교적 낮은 중심부로 갔다. 배의 뒷부분에 한 가련한 사람이 매달려 있었다. 나는 흥분과 기쁨이 뒤범벅되어 그에게 소리쳤다. 그의 머리가 뒤로 처져 있었다. 웬일인가 하여 미친 듯이 헤엄쳐 그의 뒤로 갔다.

"다쳤나?"

내가 물었다.

"아니, 기진맥진한 것뿐이야."

그가 중얼거렸다.

"이봐, 내가 밀어 올려줄 테니, 올라가서 내 손을 잡아줘. 다른 동료들도 구해야지."

그가 기운을 차릴 때까지 기다려야 했다. 마침내 나는 그를 밀어 올려 보트에 태웠다.

그의 도움을 기다렸으나, 소식이 없었다. 그 바람에 나는 질질 끌려가야 했고, 얼마나 그렇게 하고 있어야 할지 몰랐다. 나는 소리를 지르고 욕을 퍼부으며 보트를 흔들었다. 소용이 없었다. 마침내 한 다리를 측면에 대고 겨우 몸을 끌어 올려 배의 가장자리에 걸터앉았다. 그는 무릎 사이에 손을 넣고, 노 젓는 자리에 앉아 있었다. 나는 화가 치밀어 그의 등을 주먹으로 힘껏 내리쳤다. 그는 비틀거렸으나 꼼짝 않고 헤드라이트 같은 큰 눈으로 짐승처럼 물끄러미 볼 뿐이었다.

"이 개새끼야, 나를 물에 빠뜨려 죽일 작정이야? 머리를 박살 낼 테다!"

내가 소리쳤다. 그는 냉정한 눈으로 나를 바라보며 얼굴을 찡그릴 뿐이었다.

"노를 잡아. 다른 생존자도 구해야 돼."

내가 말했다.

그러나 노는 하나밖에 없었고, 나머지는 없어졌다.

가만히 앉아서 표류하는 수밖에 없었다. 생존자가 있으면 이쪽으로 오도록 불러봤지만, 반응이 없었다. 불길은 차츰 희미해지면서 사라져갔다. 나는 잠수함이 표면으로 떠올라 구해 줄지 모른다고 기대했고 그러기를 원했다. 보트는 파도에 밀려 이리저리 떠다녔다. 나는 뭘 생각했던가? 소리 지를 기회를 잡아서, 내 마음 한 조각이라도 전하고자 했던가? 아니다. 그들은 물론 돌아가 저녁을 먹고 있거나 포커를 하고 있겠지. 밤이 깊어지자, 보트나 뗏목이라곤 보이지 않았다.

나는 앉아서 동트기를 기다렸다. 날이 새면 수평선 멀리 무엇이라도 보이리라 기대했다.

아무것도 보이지 않았다. 동틀 녘에 우리는 마치 월요일 아침, 구식 세탁소의 후텁지근함같이 느껴지는 몽롱한 안개에 싸여 있었고, 태양이 구리로 된 보트 바닥에 내리쬐어 뜨거웠다. 이런 혼미한 공기와 산란한 빛깔 때문에 50야드 밖도 볼 수 없었다. 우리는 어떤 난파선을 보긴 했지만 보트는 한 척도 없었다. 나는 바닷물에 휩쓸린 동료들의 죽음, 생존자들의 행방불명 등에 일종의 두려움을 느꼈다. 기관실 밑에 있던 자들은 탈출할 기회도 거의 없었으리라.

우울하고 쓰라린 기분으로, 나는 남은 것을 조사하기 시작했다. 구조 신호를 할 때 쓰는 모닥불 단지와 조명탄들이 있었다. 다만 두 명이 배에 있었기 때문에, 당분간 식량이나 식수 문제는 염려 없었다. 그러나 나와 운명을 함께하게 된 이자는 과연 누구일까? 지난 밤 내가 온 힘을 다해 때렸던, 노 젓는 의자에 앉은 이자, 나는 그와 어떤 충돌을 하게 될 것인가? 그는 배를 고치는 목수이며, 잡다한 일에 재능이 있었다. 손재주라든가 재능이 전혀 없는 나에겐 어떤 면에선 다행이었다. 그는 노를 세워서 범선으로 만들었다. 그는 우리가 카나리아 제도 서쪽 200마일 이상 떨어져 있지는 않을 거라고 했다. 게다가 만일 어떤 행운이라도 닥치면, 그곳으로 곧장 항해할 수도 있다며 매일 지도를 보았다고 말했다. 그래서 그는 여기가 어딘지, 혹은 어떤 해류가 흐르고 있는지 등을 정확히 알고 있었다. 그는 그런 사실을 아주 만족스럽고 자신있게 말했다. 조금도 당황치 않고 침착했다. 내가 때린 것과 욕설을 퍼부은 일에 대해선 일언반구도 없었다.

그는 작고 옆으로 퍼진 체구에, 현명하게 보이는 큰 머리통을 하고, 머리는 짧았다. 머리카락은 거의 세었으나, 나이 탓은 아니었다. 검은 수염은 입언저리부터 조심스레 나 있었다. 눈은 푸른 빛이었고, 안경을 쓰고 있었다. 무릎이 바랜 작업복 바지는 넓은 장딴지 위에서 서서히 말라가고 있었다.

나는 그의 과거에 대해 상상해 봤다. 어쩌면 그는 열 살 때 이미 《파퓰러 메카닉스》 잡지를 읽었으리라.

내가 그를 평가하듯, 물론 그도 날 평가하리라.

"당신은 사무장 마치 씨군."

마침내 그는 입을 열었다. 마음 내키면 아주 세련된 정중한 목소리로 명령하듯 말했다.

"그래요."

난 갑작스러운 비올라 어조에 놀라 말했다.

"나는 베이스트쇼야. 배의 목수지. 당신도 시카고 출신이지?"

베이스트쇼라고? 그 이름은 들어본 적이 있었다.

"당신 아버지는 부동산업을 하지 않았나? 이십 년 전쯤 아인혼 집 부근에 그런 사람이 있었지."

"부동산업은 취미였어. 실은 생산업에 종사했었지. 수푼그린즈 킹의 베이스트쇼야."

"아인혼 시 위원은 그렇게 부르지 않던데."

"뭐라고 부르던가?"

그 말을 취소하기엔 이미 늦었다.

"시 위원은 그를 '부처 페이퍼'(푸줏간 종이)란 별명으로 부르던데."

베이스트쇼는 웃음을 터뜨렸다. 그의 이는 넓적했다.

"그것 멋있군!"

상상해 보라! 이런 곤경, 고독함, 위험, 재앙의 비탄 속에서 갑자기 향수를 맛보다니. 비록 별명에 대해 실수를 저질렀을지라도 말이다.

그는 자기의 늙은 아버지를 존경하지 않았다. 나는 그것이 믿어지지 않았다.

존경이라고? 그가 아버지를 얼마나 철저히 증오했던가는 곧 나타났다. 그는 아버지의 죽음을 기뻐했다. 난 늙은 베이스트쇼가 폭군이며 구두쇠이고 지독한 사람임을 안다. 그러나 어쨌든 그는 저 친구의 아버지인 것이다.

자신이 마음먹기에 따라 아름답게도 우울하게도 보이는 빛깔 속에서 빛나는 물결이 도처에 흐르며, 번쩍이는 밤의 노도가 밀려오는 가운데, 바다와 하늘은 밤낮으로 끊임없이 순환했다. 낮에는 찌는 듯했다. 우리는 돛배 밑의 좁은 그늘에 앉았다. 처음 며칠은 거의 바람이 없었다. 참 다행한 일이었다.

나는 초조함을 억누르려고 애썼다. 다시 스텔라를 볼 수 있을지, 그리고 어머니, 형제들, 아인혼, 클렘 등을 다시 보게 될지 끊임없이 자문해 보았다. 모닥불 단지의 조명탄을 내 옆에 놓고 말렸다. 이 지역에선 어쩌면 구조될 가망이 있었다. 배의 왕래가 거의 없는 최남단까지 가지는 않을 듯이 생각됐다.

태양이 내리쬘 땐, 녹기 시작하는 눈이나 살랑대는 바람 소리처럼 바닷속 소금의 소리를 들을 수 있었다.

베이스트쇼는 항시 안경을 통해 나를 응시했다. 낮잠을 자면서도 머리를 뒤로 하고 경계하듯 나를 열심히 관찰하는 듯했다. 안나 코블린도 그처럼 뚫어지게 거울을 보진 않았었다. 그는 육중한 가슴에 팔짱을 끼고 생각에 잠겨 앉아 있었다. 마치 말처럼 생겼다. 사람 손이 아니라 말굽이 무릎 위에 있는 듯했다. 첫날밤 내가 그를 때렸을 때, 그 역시 나를 쳤더라면 정말 큰 사고가 났을 것이다. 그러나 그 당시 우리는 싸우기엔 너무 지쳐 있었다. 지금은 그가 모든 일을 잊은 듯했다. 자세는 견고한 성곽 같아서, 아무도 그의 균형을 잃게 할 수 없을 듯했다. 그는 가끔 웃었다. 그 소리가 바다로 퍼지는 동안에도, 작고 푸른 눈은 안경 뒤에서 나를 뚫어지게 보았다.

그가 말했다.

"한 가지 기쁜 일은, 내가 물에 빠져 죽지 않았다는 거야. 하여튼 죽지 않았지. 난 차라리 굶거나 일사병, 또는 다른 것으로 죽기를 원하지. 알다시피 우리 아버지는 호수에서 익사했어."

"그랬던가?"

아, 그때 '잘 가게, 부처 페이퍼.' 란 쪽지가 있었지. 하지만 내가 그의 죽음을 안 건 이때였다.

"휴가 중 몬트로즈 해변에 있을 때였지. 흔히 바쁜 사람들은 마치 일할 땐 죽을 시간이 없다는 듯 휴가 때 죽곤 하거든. 긴장이 풀려서인가 봐. 심장마비였어."

"난 당신 아버지가 익사했는 줄로 알았는데?"

"아버지는 익사했어. 이른 아침이었지. 아버지는 부둣가에 앉아 《트리뷴》을 읽고 있었어. 아버지는 항상 해 뜨기 전에 일어났거든. 시장에서 수년 간을 그랬지. 관상동맥혈전증은 그리 심한 편은 아니었고 치명적은 아니었을 거야. 치명적인 건 폐 속에 물이 들어갔던 거지."

나는 베이스트쇼가 의학적이고 과학적인 대화를 좋아한다는 걸 알았다.

"경비원들이 임무 교대하러 왔을 때 아버지를 발견했지. 석간신문들은 오보를 했어. 아버지의 주머니엔 돈이 있었고, 손가락에는 큰 반지들이 끼여 있었지. 그것이 나를 화나게 했어. 난 내 의도를 말하려고 내려갔지. 그게 매우 괘씸하게 생각됐지. 사람들의 감정을 그렇게 악용하다니. 불쌍한 어머니는 두려움에 떨고 있었어. 살인이라고? 난 그들에게 사과문을 내라고 했어."

나는 30페이지에 작은 활자로 실렸던 몇 문단의 조그만 사과문 기사를 기억한다.

그러나 베이스트쇼는 정말로 자만심에 가득 차서 그걸 말했다. 그는 아버지의 최고급 보르살리노 모자를 쓰고 차고에서 캐딜락을 꺼내 박살 냈다고 했다. 일부러 차를 벽에다 몰았단다. 그의 아버지는 차를 그에게 주지 않고 스위스제 손목시계처럼 모셔 두고 있었기 때문이다. 뒤늦게 '부처 페이퍼'는 파손에 관해서 알게 되었다. 그가 심한 발작을 일으켜 무엇인가 부수려 할 때면 베이스트쇼 부인은 "아론, 아론, 서랍을!" 하고 소리 질렀다. 그가 무엇인가 내던지고 짓밟으려 할 때를 대비해서 부엌 서랍에는 파이 깡통들이 있었다. 그는 아무리 화가 나도 고급 도자기 대신 깡통을 이용했다.

그는 이 말을 하면서 웃었지만 난 슬픔을 느꼈다.

"그 차는 산산이 부서져서 장례식에 쓸 수 없었지. 그래서 그런대로 바이킹식 장례식을 치렀어. 아버지를 매장시킨 후 나의 다음 작업은?"

나는 지레 움찔했다.

"사촌 리와 갈라서는 일이었지. 아버지는 내가 그녀의 애정을 희롱했다고 그녀와 약혼시켰어. 아버지가 간섭하자 난 결코 그녀와 결혼하지 않으리라 마음먹었지."

"희롱? 그게 무슨 뜻이지?"

"내가 그녀와 함께 자고 있었다는 뜻이야. 나는 결코 그 늙은 영감을 만족시켜 주지 않으리라 맹세했지."

"아버지가 간섭하든 안 하든 당신은 그녀와 사랑에 빠졌을지도 모르잖아."

그가 나를 날카롭게 흘겨보았다. 나는 그가 어떤 종류의 인간인지 몰랐다.

"그녀는 폐결핵에 걸렸지. 그런 사람들은 가끔 심하게 자극을 받는 법이야. 체온의 증가가 때때로 성욕을 자극하는 건 대단한 일이지."

그는 강연조로 말했다.

"그런데 그녀는 당신을 사랑했나?"

"체온이 높은 여자들은 또한 더욱 긴장된 감정적인 생활을 하게 되지. 사랑에 대해 말하는 식으로 봐서 자넨 심리학이나 생물학에 관해선 아무것도 모르는 것 같군. 그녀는 내가 필요해서 나를 사랑한 거야. 만약 주위에 다른 녀석이 있었더라면, 그를 사랑했을 거야. 만약 내가 태어나지 않았더라면 그녀는 아무도 사랑하지 않았을까? 아버지가 간섭하지 않았다면 난 그녀와 결혼했을지도 몰라. 아버지는 결혼에 찬성했고 그래서 난 반대했지. 그녀는 죽어가고 있었어. 난 그녀에게 도저히 결혼할 수 없노라고 말했어. 왜 그녀를 속여야 하지?"

짐승!

돼지!

뱀!

살인자!

그가 그녀의 죽음을 재촉했구나. 잠시 동안 그를 쳐다보는 걸 참을 수 없었다.

"일 년 안에 그녀는 죽었어. 임종에 가까워지자, 얼굴이 퍽 창백했어. 불쌍한 여자였어. 원래 예뻤는데."

"입 닥쳐!"

그는 놀랐다.

"왜 그래, 왜 화를 내지?"

"이 자식, 죽어버려라!"

그 역시 나를 빠뜨려 상어밥을 만들고 싶었으리라.

그런데도 대화는 차츰 다시 계속되었다. 그런 상황에서 무슨 다른 방도가 있겠는가?

그래서 베이스트쇼는 또 다른 친척인 어떤 숙모에 대해 얘기했다. 그녀는 십오 년 동안 자다가 어느 날 갑자기 일어나서 마치 아무 일도 없었다는 듯 돌아다녔단다.

"숙모님은 내가 열 살 때 잠들었다가 스물다섯 살 때 깼는데,

나를 보자 곧 알아봤어. 놀라지도 않더군."

정말일까.

"어느 날 나의 숙부인 모트가 일이 끝난 뒤 집으로 돌아오는 중이었어. 일터는 레벤즈우드였지. 거기에 방갈로를 어떻게 지었는지 알고 있지? 그는 두 집 사이의 뒤쪽을 가는 중이었어. 침실을 지나는데 숙모가 창문 블라인드를 잡아당기려는 걸 본 거야. 숙부는 결혼반지를 보고 그게 누구 손인지 알았지. 숙부는 바지를 추키고는 가까이 갔지. 비트적거리며 안으로 들어와 보니 과연 숙모가 저녁을 지어 식탁에 차려놓고는 '손 씻으세요.' 하고 말하더래."

"믿을 수 없어! 정말일까? 전형적인 잠자는 미녀 얘기 같은데. 그게 잠자는 병이었을까?"

"숙모가 미녀였다면 그렇게 오랫동안 자진 않았을 거야. 내 진단으론 일종의 수면병인 것 같아. 순전히 정신적인 원인일 거야. 그런 병은 라자로[24]의 경우를 설명할 수 있을지도 몰라. 어서가의 어서 양이나 다른 사람들 경우도 말이야. 단지 숙모는 좀 더 두드러진 경우야. 인생의 깊은 비밀들이지. 대양보다 더 깊어. 단단히 붙잡으려는 것은 신경과민인 모든 자들의 공통된 소망이지. 자고 있는 동안 숙모는 그 상태를 그대로 유지하고 있었지. 숙모의 마음 한구석에서 무슨 일이 일어나는지 알고 있었어. 숙모가 정확히 십오 년만에 삶을 회복할 수 있다는 사실로 증명되듯이 말이야. 숙모는 물건들의 소재를 알고 있었고 그동안의 변화에 놀라지 않았지. 즉 조용히 누워 있는 자들의 마력을 지니고 있었어."

휠체어에 앉아 내게 힘에 관한 일장 연설을 하던 아인혼이 생각났다.

"곳곳에서 치열한 전투가 벌어지고, 비행기가 날고, 각종 기계가 생산되고, 돈은 이 사람 저 사람의 손을 돌고, 에스키모들은 짐승을 찾아 돌아다니고, 납치범들은 길을 휩쓸지만, 침대에 누워 세상이 자기를 찾아올 수 있게 하는 사람은 여자건 남자건 안전한걸. 에틀 숙모의 전 생애는 이 같은 기적을 준비한 거지."

"그건 대단한 일인데."

"암. 또한 굉장한 의미도 있는 거지. 저 위대한 셜록 홈즈가 어떻게 베이커가의 방에서 사건을 추리해 냈는지 아나? 그러나 그의 동생 마이크로프트에 비하면 셜록 홈즈는 아무것도 아니지. 그 마이크로프트 말이야. 그는 머리가 비상해, 마치! 그의 클럽에서 한 발도 움직이지 않았지만, 머리가 기막혀. 세상일에 훤했지. 셜록이 곤란한 일이 있어 찾아가면 마이크로프트는 해결 방법을 알려 주었어. 웬지 아나? 마이크로프트가 셜록보다 더 꼼짝 않고 앉아 있었던 탓이지. 꼼짝 않고 앉아 있는 게 힘이란 말이야. 왕은 엉덩이를 깔고 앉지만 평민은 돌아다니지. 파스칼은 말하길 사람이 곤란을 당하는 이유는 방에 있지 않고 돌아다니기 때문이랬어. 계관시인—영국인이던가?—은 '신이여, 가만히 앉아 있는 방법을 가르쳐주소서.' 라고 기도했지. 자네 저 유명한 그림 알지? 만돌린을 든 채 잠든 아라비아 집시를 사자가 물끄러미 쳐다보는 그림[25] 말이야. 그것은 사자가 휴식을 소중히 여겼기 때문이 아냐. 천만에. 아라비아 여인의 부동이 이 사자를 압도했기 때문이지. 이게 마법이라는 거야. 립 밴 윙클[26]이 그렇게 곯아떨어진 건 사실 고의적이란 걸 알아두게, 마치."

"그동안 누가 당신 숙모를 돌보았지?"

"바티카라는 폴란드계 여자야. 그런데 그 기적이 일어난 후 숙부는 꼼짝 못할 곤경에 처했어. 숙부의 생활이 잠자고 있는 숙모 위주로 이루어졌었기 때문이지. 숙모가 잠자는 동안 숙부는 카드

파티도 열었고 애인도 두었지. 그러다 숙모가 깨어나니 숙부는 무척 딱하게 된 거지."

"동정에 관해서라면 당신 숙모는 어떻고? 그 많은 시간, 그 많은 부분의 인생을 버렸으니."

울음이 베이스트쇼 콧수염을 움직이기 시작했다.

"한때 난 예술사를 열심히 공부했지. 여름에 아버지는 내가 부지런히 돌아다니길 바랐지만 난 슬그머니 빠져나와 뉴베리 도서관에 가곤 했어. 거기엔 여덟 내지 열 명의 수녀가 책을 읽고 있었고, 총각은 나뿐이었지. 언젠가 기베르티의 책 한 권을 보게 되었는데 그 책은 굉장히 인상적이었어. 그리스의 위대한 조각가와 맞먹을 앙주 공작의 독일 금세공사에 관한 것이었어. 그는 인생 말년에 그의 걸작품들이 금괴가 되기 위해 녹는 걸 서서 바라볼 수밖에 없었지. 온갖 노력이 헛되이 사라진 거야. 그는 무릎 꿇고 '오, 만물의 창조자이신 하느님, 사악한 신을 따르지 않게 하소서.'라고 기도했지. 이 경건한 노인은 수도원에서 그의 일생을 마쳤어."

오! 산산이 부서지다니! 견고한 세상이 생의 종말에 허물어지고 파괴되다니! 그러나 그는 의지할 하느님이 있었다. 그런데 그에게 신이 없었다면 어떡했을까? 또한 진실이란 게 더 끔찍하고 무서운 거라면?

"그러니 에틀 숙모의 병은 예술 작품이 아니고 무엇이겠나? 이 가련한 독일 친구처럼 숙모는 실패에 대비해 준비해야 했던 거야. 바로 이게 사람들이 말하는 시간 파괴라는 거지……."

아니면 무덤인 로마로 가려무나.
자네, 셸리를 알겠지?

로마로 가려무나, 즉시 가려무나.

천국, 무덤, 도시, 그리고 황야가 있는 곳으로.

그러니까 예술 작품이란 영원한 게 아냐. 마찬가지로 아름다움도 사라질 수 있는 거야. 이 경건한 독일인은 수많은 날을 아침이면 희망에 차 기쁜 마음으로 눈을 뜨지 않았겠나? 그보다 더 바랄 게 뭐겠나? 행복하면서 동시에 영원히 옳다는 걸 그는 확신할 수 없었네. 그건 다만 우연에 기댈 수밖에 없는 거야."

그의 생각은 나와 일치했다. 나는 동감이라고 고개를 끄덕여 대답했다. 그에 대해 보다 좋게 생각하게 되었다. 결국 무엇인가 그는 가진 게 있었다. 그는 어딘가 마음이 고결했고 좀 신비스러운 괜찮은 녀석이었다. 그렇더라도 얼마나 이상한 성격의 배합인가?

그사이 보트는 유리처럼 투명한 햇살을 통해 서서히 움직이며 센 물결 위에서 출렁거렸다.

얼마 후 과거의 나 자신을 옳다고 생각하면서 얼마나 많은 잘못된 생각을 해왔나를 마음에 되새기게 되었다.

그리고 또 잘못을 저지르고.

그리고 또 잘못을 저지르고.

그리고 또다시 말이다.

그렇다면 지금 내가 얼마나 오랫동안 옳을 수 있단 말인가?

그러나 난 스텔라와 나의 사랑을 믿었다.

그러나 다시 생각하면 옳고 그름의 모든 문제는 아마 금세 사라질 것이다. 우리는 살아남지 못할지도 모르니까 말이다.

넘쳐흐르는 푸른 강물로부터 현란한 빛이 비쳐 다이아몬드처럼 반짝였다. 물고기와 괴물들은 물속에서 그들의 일을 하고 있었다. 빠져 죽은 누군가가 가까이 왔다가 우리 밑을 지나갔으리라.

지금 그는 그의 숙모 에틀을 예술가로서 말했고 좀 뻐기는 듯했다. 불과 며칠 전만 해도 한가로이 다리를 놀릴 수도 없었으며 놀람에 기가 죽어 아무것도 아닌 것으로 뵈던 그는, 정신력으로 떡 버티고 땀 흘리고 둥근 머리를 하고도 그렇게 꿋꿋이 앉아 있었다.

"당신처럼 교육받은 친구가 왜 목수로 배를 탔지?"

난 오랫동안 궁금했던 질문을 했다.

그런 다음에야 그가 생물학자나 생화학자 혹은 그가 좋아했던 정신생물학자라는 걸 알게 되었다. 여섯 대학교에서 그의 생각이 이상하다고 그를 해고시켰고, 그의 실험 결과를 보려 하지 않았다. 많은 과학 교육을 받았기 때문에 보병이 되려 하지 않았고, 그래서 배를 타게 되었다. 이번이 다섯 번째 항해인 것이다. 바다에서 그는 과학적 연구를 계속할 수 있으리라.

왜 나는 가는 곳마다 항상 이론가들을 만날까?

그는 그의 연구에 관해 내게 얘기하기 시작했다. 그건 그의 인생에 대한 관찰로부터 시작된다.

"당신도 알겠지만 모든 애들은 장래에 하고 싶은 게 얼마나 많은가? 예컨대 내가 열두 살 때 얼음을 잘 타서 스케이트 선수가 될 수 있었어. 하지만 흥미가 없었어. 그다음엔 우표 전문가가 되었지만 거기도 흥미를 잃었고, 그다음엔 사회주의자가 되었지만 오래가지 못했어. 바순도 손대다 집어치웠지. 그렇게 여러 가지에 취미도 가져봤지만 아무것도 내게 맞지 않았어. 그러고 나서 대학에 다닐 때, 르네상스 시대의 추기경이 되려고, 또는 추기경이었다면 하는 강렬한 욕망에 사로잡혔었지. 그게 가능했다면 꼭

하고 싶었을 거야. 아주 사학한 놈으로 말이야. 구원을 비웃고 좋다고 낄낄거리며 호탕하게 돈도 쓰고, 얼마나 좋겠나! 그렇지, 어머니는 수녀원에 넣고 아버지는 큰 삼베 자루에 넣고. 미켈란젤로는 파르네세와 스트로치 이상 가도록 임명하겠어. 나는 자연 정력적이었을 거야. 당황 않고 말이야. 신처럼 행복했겠지. 우리가 할 수 있는 일이 뭔가? 당신 생각을 생활에 강요할 수 있나? 누구나 가장 바람직한 사람이 되려고 하지.

　그런데 그게 어떻게 시작되지? 자, 시립 수영장에서 수영하던 나의 어린 시절로 돌아가 볼까. 비명을 지르고 주먹질을 하고 밀고 발길로 차는 수많은 애들, 수영장 경비원은 호각을 불고 소리치고, 사람들을 혼내고 근무 중인 순경들은 엄지손가락으로 옆구리를 찌르며 건방진 놈이라고 욕하지. 떨고 있는 생쥐처럼 입술은 파랗고 핏기는 가시고 겁에 질려 불알은 팽팽해지고, 너의 조그만 그것 말이야, 짝 오므라드는 거야. 볼 만하지. 밀치는 수많은 군중에 넘겨져 아무것도 아니고 다만 의미 없는 이름에 불과하고, 지금 당장을 제외하고는 영원 속에선 망각에 불과하지. 운명 중에 가장 저질이 인간의 운명인 거야. 죽음! 아니, 그래도 그 운명엔 좀 특이한 데가 있지. 영혼이란 게 이 이름도 없는 것에 반대해서 외치는 거야. 영혼은 과장하여 네게 말하길 '넌 이 세상을 놀라게 하려고 태어난 거야. 히미 베이스트쇼, 세상을 놀라게 하라(stupor mundi)! 기운을 내. 넌 이 세상의 부름을 받았고 또 선택된 사람이야. 그러니 네 역할을 찾아. 인간의 여러 세대는 달력이 존재하는 한 너를 존경할 거야.' 이건 신경병적이란 걸 난 알아. 용서하게, 이런 용어를 써서. 하지만 병적이 아니라면 소위 현실 상황이란 것에 적용해야 하는데, 그 현실 상황이란 게 바로 내가 여태 말한 거지. 수십 억의 영혼이 무의미라는 운명에 대한 분노로 들끓는 거야. 또한 현실은 상상이 만들어내는 이러한 여러 가지 은밀한 희망이지. 희망, 그건 판도라의 상자의 필요악이란 거지. 운명에 대한 확신은 그걸 얻기 위해 고통을 감수할 만한 거야. 다시 말하면 운명에 대한 확신이란 참다운 인간 형태의 틀 속에 던져지고자 하는 욕망이야. 하지만 누가 이 틀 속에 던져지나? 아무도 모르지.

나는 현대의 상황에서 가능한 한 최선을 다해 르네상스적 추기경과 같은 사람이 되려고 애썼어.

영광스러운 표준에 따라 살기 위해 많은 노력을 한 후의 피곤과 퇴색된 희망과 지루함이 탈이었어. 나는 극도의 권태를 맛보았고, 다른 사람들이 권태를 느끼는 걸 보았고, 또 많은 사람들이 그런 게 이 세상에 존재한다는 사실을 부인하려는 것도 보았지. 결국 권태를 내 연구 주제로 삼기로 했어. 그걸 연구하여 제일가는 권위자가 되리라 결심했지. 그날은 인류를 위해 중요한 날이었네. 얼마나 훌륭한 분야인가! 얼마나 기대되고 창조적인 고뇌 영역인가! 난 그것 앞에서 몸을 떨었네. 마음은 부풀고 잠을 잘 수 없었어. 밤이면 아이디어가 떠올라서 모조리 적었다네. 몇 권이나 되지. 이것에 대해 체계적으로 연구한 사람이 없다는 것이 이상해. 물론 감상적 우울증은 연구했지만 현대적 권태에 관해선 없었네. 나는 문학이든가 현대 사상가들에 관해 많은 연구를 했지. 첫 번째 결론들은 명확했어. 권태란 필요없는 노력에서 시작하지. 인간은 결점이 있어. 마땅히 그래야만 되지. 권태란 당신이 변할 수 없다는 확신인 거야. 그래서 성격의 다양성의 상실이라든가 마음속으로 타인과의 비교에서 자신의 뒤떨어짐을 염려하고, 이게 피로감을 느끼게 하지. 사회적인 측면에서 볼 때 자네의 권태란 건 사회의 힘을 인정하는 표시인 거야. 사회의 힘이 강하면 강할수록 그 사회는 사회적 의무를 속행할 수 있도록 자네가 항상 준비 상태에 있기를 바라고, 자네의 융통성이 크면 클수록 당신의 의미는 자꾸 줄어드는 거야. 월요일엔 당신의 일로 자신을 정당화할 수 있지만, 일요일엔 어떻게 정당화하지? 끔찍한 일요일, 인류의 적인 일요일엔 말이야. 일요일은 당신에게 자유롭지. 그러나 뭘 위한 자유란 말인가? 마음속의 생각이나 처자, 친구, 또는 오락에 대한 감정을 찾아내기 위해 자유롭지. 인간 정신은 노예가 되어 혹독한 적대자인 권태와 침묵 속에서 흐느끼는 것이야. 그래서 권태란 건 습관적인 기능의 중지로부터 볼 수 있는 거지. 물론 이 습관적 기능이란 것도 지루하기 짝이 없는 것이지만. 그건 또한 사용되지 못한 능력의 비명이고 위대한 목적이나 설계에, 또는 완전한 힘에 보탬이 되지 못한다는 처지에 놓여 있음을 아는 것이야. 복종을 요구하는 방법을 모르기 때문에 기꺼이 복종을 하지 않는 거야. 이루어지지 않은 조화이지. 이런 모든 것들이 권태의 배경이 되는 거야. 물론 당신은 그 끝없는 광경을 상상할 수 있겠지."

내가! 난 아연했다. 난 그가 마치 알피니스트처럼 두뇌의 꼭대기까지 굳건하게 기어올라 가는 걸 지켜보았다. 조용히 뜬 그의 파란 눈은 확신에 찼다.

그는 계속했다.

"그래서 난 과학적으로 그것에 접근하려 했어. 첫 번째 계획은 권태의 생리학적 측면을 연구하는 거였어. 야콥슨이나 그 밖의 다른 사람들의 근육 피로에 관한 실험을 열심히 조사했고, 결국 생화학을 공부하게 됐지. 자세히 말하면 기록적인 시간 안에 세포화학에서 석사학위를 딴 거야. 해리슨이 그랬고, 나중에 카렐에 의해 발전된 테크닉을 사용하여 쥐의 세포를 유리관에 서식시

컸지. 그래서 폰 베트슈타인, 레오 뢰브 등등의 사람과 가까워지게 됐어. 복합기관들은 권태를 느끼는 반면 그 단순한 세포는 불멸을 원한다니, 왜겠나? 그 세포들은 그들 본질 속에서 존재하려는 의지를 갖고 있지······."

그러고도 몇 가지 더 늘어놓았지만 효소의 작용 등등의 물리·화학 용어를 되풀이할 필요는 없겠고, 결국 그가 하려는 얘기는 원형질의 자극 반응성으로부터 생명의 어떤 비밀을 발견해냈다는 것이다.

"그다음에 일어난 일을 당신은 믿으려 하지 않을 거야. 아무도 그걸 믿을 사람은 없으니까."

"설마 생명을 만들어낸 건 아니겠지!"

"온갖 모욕 속에서 그게 바로 내가 한 일이지. 그렇게 주장한다고 대학교에서 나를 쫓아냈어."

"아니, 당신 미쳤나? 정말 생명을 만들어냈다고?"

"농담이 아니야."

그는 딱딱하게 말했다.

"여태까지 내가 살아온 것은 지극히 심각했지. 허황된 주장을 외치면서 제정신을 흐리게 하는 모험을 하진 않았어. 매번 똑같은 결과를 얻었지. 원형질을 말이야."

"당신은 천재군."

그는 이것을 애써 부정하지 않았다.

그가 천재인 편이 낫다. 만약 천재가 아니라면 나는 미치광이와 함께 이 보트에 있는 셈이 되니까.

"우연히 이것을 만들어낸 거야. 난 신은 아니야."

"그렇지만 그네들은 당신이 그것을 해냈다는 걸 알 수 없었단 말이야?"

"그들은 믿으려 들지 않더군. 그리고 처음 내가 만들어낸 세포들은 재생력과 생식력의 두 가지 본질적인 힘이 없었지. 그래서 종자를 늘릴 수 없고 연약한 형태였어. 그러나 지난 이 년 동안 생물의 조직 기관에 대해 특별 연구를 했고 생태학도 취급하고 해서 보다 새로운 발견을 하게 됐지."

그는 꿀꺽꿀꺽 물을 마셨다. 너무 지껄여 침이 말랐던 것이다. 커다란 머리에 떡 벌어진 가슴을 한 건장하고 조용한 그는 마치 무엇이든 해낼 만한 굉장한 능력을 간직한 거대한 케이스 같아 보였다. 시체의 윤곽을 따라 감싸고 있는 이집트의 미라 덮개 같기도 했다. 말을 닮은 듯한 인상이 계속 강렬하게 풍겼다.

"당신처럼 능력 있는 사람이 맥마너스 호에서 목수로서 무얼 하고 있었는지는 설명하지 않았어."

"실험을 계속하는 거지!"

"배에 어떤 원형질이 있다는 말이야?"

"사실이 그래."

"그러면 그것이 지금 바다 위를 떠돌아다니나?"

"그렇고말고!"

"그럼 그다음 어떻게 되는 거야?"

"나도 몰라. 이것은 최근에 만든 거니까 쉽게 죽어가는 지난번 것보다 훨씬 나을걸."

"일련의 새로운 진화가 시작된다면 어떻게 되나?"

"바로 그거야. 그렇게 되면 어떻게 될까?"

"아마도 끔찍한 일이 벌어질 거야. 당신들은 자연을 희롱하면서 결과는 생각도 하지 않아. 언젠가는 누가 대기를 태워버리거나 가스로 인류 전체를 죽일걸."

나는 극도로 화내며 말했다.

그럴 수도 있다고 그는 말했다.
"어떤 놈이 자연을 파괴하고 오염시킬 권리가 있지?"
나는 물었다.
"그렇게야 되지 않겠지."
그는 더 이상 말은 않고 넋을 잃고 생각에 잠겼다.

가끔 베이스트쇼는 내 머릿속에 무슨 생각이 있을까 생각하는 듯했다. 그는 때때로 이상한 기분에 젖어 있는 듯 보였는데, 그럴 때면 무언가 심각하거나 유쾌한 일을 보는 듯한 표정을 지었다. 그런 표정으로 그가 뭘 생각하고 있는지 궁금했다. 오랫동안 몰래 곁눈으로 나를 관찰하고 나의 일거일동을 알면서도 마치 주물공장의 놋쇠처럼 무거운 표정을 짓는 것이다. 그럴 때면 나는 극도로 불안했다.

며칠이 지났으나 말이 없었다. 처음엔 별 얘기를 다했으나 이젠 완전히 멀어져 있어서 참 이상했다. 권태가 어떻다고! 난 보트만큼이나 몸이 굳은 듯 느끼기 시작했다. 하긴 내게 잘못이 일부 있긴 하다. 나는 혼자 생각했다.

'네가 대할 사람이라곤 이 사람뿐인데 뭘 생각하나? 좀 더 잘 할 수 없나? 이자도 너와 다를 바 없지. 어떤 사자가 자기 동료인 모든 사자들과 다를 바 없듯, 더구나 이곳에는 오직 우리 둘밖에 없지 않은가? 그러니 이 세상 모든 일을 서로 말할 수 있을 텐데. 사실을 알려면 너의 지금 행동은 옳지 못해.'

그날 저녁 보트에 누워 이상한 꿈을 꾸었다. 꿈은 다음과 같다. 들창코에다 마당발에 운동화를 신은 어느 늙은 여자가 내게 구걸을 했다. 나는 그녀를 보고 웃었다. "이봐요, 술주정뱅이, 당신 쇼핑백에서 맥주 깡통이 달랑달랑거리는 소리가 나는데!" "아니, 그건 맥주가 아니에요. 창문닦이죠. 물걸레 같은 것들이지요. 제기랄, 일생 동안 매일 마흔다섯 개나 되는 창문을 닦아야만 하겠소? 그러니 적선 좀 합쇼. 네!" "알았어요, 알았어." 관대한 기분에 싱글거리며 나는 말했다. 시카고의 웨스트사이드를 바라보는 것은 다른 어떤 것만큼이나 기분이 좋았다. 호주머니에 손을 넣고, 그녀에게 다만 잔돈 몇 푼을 주려고 했다. 그렇다고 내가 지독히 인색한 탓은 아니고, 사실은 가끔 돈이 궁할 때가 있기 때문이다. 무슨 영문인지 나도 모르게 맥주 한 잔 값이 아닌 50센트, 25센트, 10센트, 5센트짜리 그리고 1센트짜리 각각 하나씩을 주었다. 91센트를 일렬로 손바닥에 쥐고 그녀의 손에 떨어뜨렸다. 그 순간 미안한 감이 들었다. 너무 많은 돈이었기 때문이다. 그러나 다음 순간 자신이 자랑스러웠다. 몹시 추악한 얼굴을 한 그녀는 내게 감사했다. 그 여자는 거의 난쟁이 같았고 엉덩이는 굉장히 컸다. "창문은 몇 개 닦지 않아도 되겠는데요. 내 거라고 부를 만한 창문은 없지요." "자, 이리 와요. 맥주 한턱 내지요." 그 여자는 부드럽게 말했다. "괜찮아요, 아주머니, 난 가야 해요. 하여튼 고마워요." 나는 마음속 깊은 곳으로부터 친절한 마음이 생겼다. 그래서 흰머리에 손을 얹었다. 이상한 전율이 그곳에서부터 전신으로 흘렀다. 나는 말했다. "아, 아주머니, 당신의 머리는 천사의 머리 같습니다." "나라고 다른 사람의 딸들처럼 예쁜 머리를 갖지 말라는 법 있어요?" 그녀가 부드럽게 말했다.

내 가슴은 놀라움과 터질 듯한 행복으로 가득 찼다.

"하느님이 당신에게 진실을 보내주시길!" 하고는 그 난쟁이 창문닦이는 시원한 맥주집으로 걸어갔다.

나는 긴 한숨을 내쉬며 마지못해 꿈에서 깨어났다. 별들은 쉴 새 없이 찬란하게 빛났다. 베이스트쇼는 앉은 채 잠들어 있었다. 그가 깨어 있다면 좋겠다는 생각이 들었다. 그러면 곧 그와 얘기할 수 있었을 텐데.

그러나 다음 날의 일은 우정이 아니라 싸움이었다.

베이스트쇼는 우리가 틀림없이 육지 가까이에 있다고 우겼다. 육지 새라든가 해초, 나뭇가지가 떠돌아다니는 걸 보았다고 했다. 그러나 난 믿을 수가 없었다. 또 바닷물 색이 변하여 더욱 연둣빛이 됐다고 그는 말했지만 내겐 그렇게 보이지 않았다. 자기의 과학적 지식을 강조하여 나를 누르려 했다. 결국 자기는 과학자여서 해도도 찾아보고 해류를 연구하고 측정도 해보고 모든 징후를 관찰했기 때문에 틀림없다는 것이었다. 내가 그를 믿지 않으려는 건 희망에 가득 찼다가 어그러질 때의 그 엄청난 실망을 두려워해서였다.

하여간 서쪽 수평선 위에 한 척의 배를 봤다고 내가 생각하기 전까지는 골치 아픈 일은 벌어지지 않았다. 난 펄쩍 뛰어 일어나 소리를 지르며 셔츠를 흔들었다. 마치 미치광이 같았다. 연막 단지를 급히 바닷물 속에 집어넣었다. 신호용 장비는 항상 잘 보관하였고 그걸 사용하기 위해 사용법에 대한 지침을 쉰 번은 읽었다. 모닥불을 준비하기 시작하자 내 손은 흠뻑 땀에 젖었고 손가락은 근심으로 말을 잘 듣지 않았다.

그때 베이스트쇼가 차분한 목소리로 물었다.

"신호는 왜 하나?"

나는 내 귀를 믿을 수 없었다.

빌어먹을 놈! 구조받고 싶지 않은가? 구조의 기회를 팽개치려 하다니!

나는 그에게 등을 돌리고 연막 단지를 수면 가까이 가져갔다. 검은 연기가 맑은 공기를 뚫고 오르기 시작했다. 셔츠도 계속 흔들었다. 이미 스텔라의 팔이 내 허리를 감고 그녀의 얼굴이 내 어깨에 올려진 걸 느낄 수 있었다. 그러는 사이 나는 멍청한 그를 죽이고 싶은 생각이 가득했다. 그는 고물 쪽에 팔짱을 끼고 앉아 있었다. 그 꼴이 나를 미치게 만들었다.

그러나 이제 수평선 위에는 아무것도 보이지 않았다. 상상이 나의 의식을 방해했었다고 생각됐다. 나는 어찌할 바를 몰랐고 생전 처음으로 피로와 허약함을 느꼈다. 염려해 왔던 것처럼 희망이 사라지고 암흑이 내리깔렸다.

"안됐네만 환상을 본 거야."

그는 말했다. 나의 몸은 맥없이 땀으로 젖어 있었다.

"이 눈먼 멍청이 같으니라고! 수평선 너머 저기 배가 있단 말이야! 내 시력은 양쪽 다 2.0이야."

그는 말했다. 바로 이와 같은 잘난 체하는 면이 나로 하여금 그를 미치도록 미워하게 했다.

"눈을 넷 가진 이 안경쟁이 바보야. 왜 그렇게 짖어대나? 배 속에 나침반이라도 들어 있나? 당신은 이 배를 몰고 갈 수 있다고 생각하는데 난 그렇게 허무맹랑한 자신은 없어. 어떤 기회도 놓쳐 버릴 수는 없어!"

"진정해. 아무도 투덜대는 사람은 없어. 우리가 여기로 흘러내려오는 몇 시간 동안 코스를 잘 살펴봤지. 우리는 육지에 가까이 있어. 틀림없이 정동 쪽으로 향하고 있어. 스페인 영토에 다다르게 될 거고 거기서 억류될 거야. 제발 바보처럼 굴지 마. 당신은 이미 오래 전쟁을 겪어오지 않았나? 운이 나빴다면 당신은 벌써 타버렸거나 상어 밥이 되어버렸을걸."

이렇게 말하면서 그의 어조는 격렬해지기 시작했다.

"그러니 내 말을 잘 듣게. 난 한 말을 되풀이하기 싫으니까. 행운이 우리 편에 있어. 나는 죽 그렇게 생각해 왔고 또 지금도 믿고 있지. 난 카나리아 제도에 상륙하여 거기서 억류될 거야. 전쟁이 끝날 동안 그곳에 머물러 연구를 계속할 작정이지. 본국에 있을 때 워싱턴에 가서 그 연구로 징집 면제를 호소했으나 헛수고였어. 난 미국에 가진 돈이 많아. 우리 부친이 10만 달러 가까이 내게 남겨줬어. 그러니 우린 여기서 일할 수 있어. 내가 당신에게 가르쳐주겠어. 당신은 머리가 썩 좋은 친구지. 비록 당신 자신에 대해 별 뚱딴지 같은 생각을 하고 있지만 말이야. 일 년만 지나면 당신은 생화학 분야에서 박사학위를 소지한 자보다 더 나을 거야. 얼마나 좋은 기회인가 생각해 봐. 생명의 발생을 이해하거나 가장 심오한 비밀을 알게 된다는 것을! 스핑크스보다도 더 많이 알고 우주의 신비를 이해하며 바라볼 수 있다는 걸 말이야!"

그는 웅변을 계속했다. 나는 놀랍고 두려웠다. 물론 그의 사고의 폭발은 대단한 것이었지만, 다만 그 때문만은 아니고 내가 이 세상에 태어날 때의 그 풋내기의 감정이 다시 나타날 징후를 보였기 때문이다.

"당신에게는 굉장한 기회야. 다만 명성을 얻는다거나 지력을 최대한으로 개발하기 위한 기회라기보다는 인류의 행복에 역사적인 공헌을 하는 데 도움이 될 수 있다는 기회지. 세포에 관한 이 같은 실험은 고등동물에 있어서 권태의 근원을 밝혀 내는 단서가 되겠지. 게으름의 죄라고 불려온 권태 말이야. 옛사람들의 말이 맞아. 권태는 죄악이거든. 그것은 생에 대한 외면, 분리, 비수용성, 불안에 떨고 지나치게 자기 방어적인 육신의 희미한 벽, 신과 자연의 오묘성에 대한 무지, 미에 대한 무감각인 것이지. 이봐, 마치, 이 같은 권태에서 해방될 때 모든 남성은 시인이 되고 여성은 성인(聖人)이 되는 거야. 세상은 사랑으로 충만하고 부정이나 굴종, 피비린내 나는 살상(殺傷)이나 잔악성은 사라지겠지. 그것들은 과거의 일들이 되고 말아. 인류는 지난날의 참상을 보고는 주저앉아 그 기억에 한탄하여 울 거야. 피에 대한 기억과 모나드[個體]의 처참한 생애에 대한 기억, 오해와 살인적인 분노, 죄 없는 자의 살육에 대해 우는 것이지. 사람들의 가슴과 창자는 과거의 이 같은 광경에 녹아버릴 거야. 그런 다음에는 새로운 형제애가 시작되지. 감옥과 정신병원은 박물관으로 바뀌고, 마치 피라미드나 마야 문명의 유적처럼 인간 지성의 획기적 향상을 기념할 거야. 정치나 혁명에 의하지 않는 진정한 자유가 나타나겠지. 정치나 자유는 그런 자유를 줄 수 없었어. 자유란 선물이 아니라 권태를 모르는 사람의 소유물이기 때문이야. 바로 이것이 내가 실천할 길이라네. 마치, 난 생명수[聖水]를 만들려 하네. 제2의 요단 강 말이야. 그러면 나는 모세가 되고 당신은 여호수아가 되지. 그래서 이스라엘이라는 온 인류를 이끌어 그 강을 건너게 하는 거야. 그래서 미국으로 돌아가고 싶지 않다는 거야."

나는 초조해졌고 질식할 것만 같았다. 내 머리 위를 지나는 공기마저도 마치 예언자의 입에서 흘러나오는 듯했다. 그동안도 줄곧 연기는 단지로부터 퍼져 나왔다. 그는 마치 적을 바라보듯 그것을 쳐다봤다.

"난 구조받을 기회를 포기하지 않겠어. 억류되고 싶지 않아. 난 결혼한 지 얼마 안 돼. 그러니 비록 당신이 제정신으로 그런 얘길 한대도 난 찬성할 수 없어."

"당신은 내가 헛소리를 지껄이고 있다고 생각하지?"

나는 좀 더 신중했어야 했다. 그는 내가 생각한 것이 바로 그것이라는 걸 알았다.

"난 지금 당신에게 모험의 가치가 있는 인생의 위대한 길을 제시하고 있는 거야."

"난 벌써 인생의 한 길을 걷고 있어."

"정말 그럴까?"

"그래. 그리고 난 전체 인류를 위해 무언가를 하는 데는 질색이야. 난 남이 내게 어떤 일을 해주는 것도, 남의 일에 간섭하기도 싫어. 당신이 사람들과 장난한다 해서 그네들이 시인이나 성자가 되는 건 아니지. 난 현재의 내가 되기에도 이미 충분한 고통을 겪었어. 당신과 카나리아 제도에 갈 수 없어. 나는 아내가 필요해!"

그는 큼직이 팔짱을 끼고 앉아 있었다. 그의 얼굴엔 표정이 없었다. 연막 단지에서는 여전히 신선한 아침 바다를 향해 명주실 같은 흰 연기가 피어올랐다. 동쪽 하늘 끝과 바다가 맞닿는 곳에는 아직 이른 아침의 붉은빛이 서려 있었다. 난 수평선을 계속 바라봤다.

그는 말했다.

"난 당신 생각이 어리석다고 생각하지 않아. 당신 말은 솔직하지만 생각엔 별 중요성이 없어. 인생이 보다 더 큰 규모를 갖지. 시간이 가면 당신은 나와 같은 생각을 할 거야. 우리가 그 섬에서 같이 일하고 의견을 나눈 후에 말이야. 그건 참 매력 있는 일이야."

"그 섬의 북쪽 또는 남쪽으로 100마일이나 지나고 있기 때문에 결코 이러한 섬을 볼 수 없을지도 몰라. 당신은 위대한 과학자니까 두뇌의 힘으로 배를 끌고 갈 수 있다고 주장하는데, 좋을 대로 해봐. 난 기회만 있으면 구조를 받겠어."

"어느 순간에라도 곧 육지가 보일 것이라고 난 확신해. 저 모닥불을 왜 끄지 않지?"

"아니! 그럴 수 없어."

나는 외쳤다.

"결코 그럴 수 없어!"

그 친구는 정말 제정신이 아니었다. 그러나 그럴 때조차 그가 정말 천재라면? 하고 반문했다. 신이 미웠다. 나는 신념을 잃고 있었다.

그는 침착하게 말했다.

"알았어."

수평선을 바라보기 위해 나는 돌아섰다. 바로 그때 강한 타격이 내게 떨어졌고, 나는 쭉 뻗어버렸다. 그는 새로운 공격을 준비하고 있었다. 모세와 구세주라고 하던 놈이! 그는 육중한 다리를 버티고 일어섰다. 그의 얼굴엔 하고 싶은 욕망보다는 해야 한다는 의무의 빛이 떠올랐다. 나는 몸을 굴러, 얻어맞지 않으려고 기를 쓰며 외쳤다.

"제발, 날 죽이지 마!"

그런 다음 나는 그를 향해 돌진했다. 내가 그를 붙잡는 순간 만약 할 수만 있다면 그를 죽이고 싶었다. 그만큼 나는 분노에 가득 찼다. 그의 목을 조르고 싶었다. 그가 나를 집어 던지고 옆구리를 죄어서 나는 팔을 쓸 수가 없었다. 머리로 받고 발로 차기도 했으나 그가 점점 팔에 힘을 가해 와, 마침내 숨을 쉴 수가 없었다.

그는 미치광이였다.

그리고 살인자였다.

미친 듯이 두 육지 동물이 바다 위에서 서로 머리를 맞대고 다투며 안간힘을 썼다. 가능하다면 틀림없이 그를 죽여 버렸을 것이다. 그러나 더 힘센 자는 그였다. 그는 거대한 몸을 내게 던졌다. 그는 마치 놋쇠처럼 무거웠다. 나는 횡목에 걸려 나자빠져 얼굴이 보트의 갈고리에 닿을 듯했다.

난 이제 마지막을 기다리는 수밖에 없었다.

우주의 힘이 이 세상에 나를 보낸 것처럼 이제 다시 나를 거둬들이려 하는 것이다.

죽음이라니!

그러나 그는 나를 죽일 마음이 없었다. 그는 나의 옷을 잡아 벗겨서는 그것으로 묶으려 했다. 셔츠를 꼬아 팔목을 묶었다. 바지로 다리를 묶었다. 나의 속옷을 벗겨 내 얼굴의 피를 닦고 자신의 땀을 닦았다. 밧줄을 잡아당겨 나를 더 세게 묶었다.

그런 다음 연막 단지를 물로 끄고 캔버스천과 함께 노를 제자리에 놨다. 그 후에 그가 그렇게도 장담하던 해변을 찾아 동쪽을 쳐다보며 앉았다. 나는 내버려져 모로 누워 발가벗은 채 가쁜 숨을 몰아쉬고 있었다.

나중에 그는 나를 들어 올려 방수포 밑에다 내려놓았다. 해가 뜨겁게 비쳤기 때문이다. 그의 손이 내게 닿자 나는 놀라고 허덕거렸다.

"어디 터진 데는 없나?"

의사처럼 그가 말했다. 그리고 얼굴과 옆구리와 어깨를 만졌다. 나는 목이 아플 때까지 그를 저주했다.

식사 시간이 되자, 그가 밥을 먹여 주었다. 그는 말했다.

"대소변이 보고 싶으면 말해. 안 그러면 곤란해."

"풀어주면 결코 신호를 보내지 않겠다고 맹세하지."

"이건 너무 중요한 일이라 당신 말만 믿을 수는 없어."

가끔 그는 혈액 순환을 위해 내 팔과 다리를 비볐다.

나는 그에게 애걸했다.

"이러다간 썩어버리겠어."

그러나 그는 막무가내였다. 그가 말하길, 모두 다 내가 저지른 탓이고 더구나 곧 그 행복의 제도(諸島)에 도달할 거라고 했다. 오후 늦게 육지에서 불어오는 바람의 냄새를 맡을 수 있다고 주장했다.

"점점 더워오는데."

그는 말하고 자신의 눈을 가렸다. 저녁이 되자 그는 노를 힘껏 저었으나 동작은 둔해 보였다. 나는 그를 바라보며 죄악이 내려지기를 빌었다. 그는 밀가루같이 허연 큰 다리와, 나를 때려눕혔고 밤새 묶어둘 기미를 보이며 아직도 더욱 나쁜 일을 지시할 듯한 지칠 줄 모르는 사고의 그릇인 머리를 쭉 펴고 누웠다.

달이 비치고 이슬이 내렸다. 보트는 기어갔다. 수면 위에서 거의 꼼짝도 않는 듯했다. 내 손목은 묶인 걸 풀려는 노력으로 온통 벗겨졌다. 기어가서 금속 로커의 모퉁이라도 찾을 수 있다면, 그 모퉁이에 비벼 줄을 끊을 수 있을 것이라 생각했다. 나는 뒤로 누워 발뒤꿈치로 그쪽으로 가기 시작했다. 베이스트쇼는 깨지 않았다. 그의 발은 툭 튀어나왔고 머리는 돌 같아 마치 채색한 거대한 미라같이 누워 있었다.

그는 나의 등에 채찍으로 심한 상처 자국을 남겼는데 이것이 내가 기어가는 동안 벗겨져서 나는 멈춰서 입술을 깨물고 그것을 떼내야 했다. 아무 소용이 없는 듯했다. 깊은 슬픔이 엄습해 왔다. 난 그가 깰까 봐서 속으로 울었다.

로커까지 가서 손을 푸는 데 절반의 밤이 걸렸다. 그러나 마침내는 셔츠가 찢어지고 밧줄을 물에 불려 조금씩 비벼 벗겼다. 결국 밧줄이 끊어지고 나는 그곳에 웅크리고 앉아 쓰라린 손목을 핥았다. 등은 타격으로 화끈거렸지만 내 몸 한구석은 베이스트쇼를 죽이려는 마음으로 차가웠다. 살금살금 그에게 기어갔다. 그가 깨어 달빛에 나를 볼까 두려워 일어설 수가 없었다. 그를 물속에 처넣거나 목을 조르거나, 그가 한 것처럼 노로 치든가 또는 그의 뼈를 분질러 피를 보든가 하는 것은 이제 내 마음에 달렸다.

우선 첫 단계로 그를 묶고 안경을 벗기기로 결심했다. 그다음은 뒤에 생각하고 말이다.

그러나 복수심에 불타 밧줄을 쥔 채 그를 막 덮치려 할 때, 그에게서 뜨거운 열을 느꼈다. 그의 뺨을 살며시 만져봤다. 불처럼 뜨거웠다. 그의 심장에 귀를 기울였다. 공허하고 무서운 포격이 벌어지는 듯했다.

복수심은 사라졌다. 사실상 나는 그를 돌보았다. 다른 옷은 찢어졌기 때문에 캔버스천 조각에 구멍을 뚫어 판초를 만들어 입고는 그의 곁에 앉아서 밤을 새웠다.

마치 켄터키 경계선의 헨리 웨어와 오하이오의 위대한 두목인 티멘디카스처럼. 그는 티멘디카스를 찌를 수도 있었지만 그냥 보내주었다.

그에게 미안한 마음과 동정이 갔다. 자기 생각대로의 사람이 되기 위해, 그가 얼마나 많은 헛된 노력을 했고 또 하려고 하는가를 깨달았다. 마음으로부터라기보다 머리로부터였지만, 그는 인류의 구제를 가져오고 모든 형제인 인간을 고통에서 구원하려 하지 않았나?

그는 다음 날 온종일 헛소리를 했다. 만일 내가 그날 늦게 영국 유조선을 발견하고 신호를 하지 않았더라면 그는 마지막이었을 것이다. 나중에 안 사실이지만, 우리는 카나리아 제도를 훨씬 지나 리오데오로 근처에 있었다. 위대한 과학자 베이스트쇼! 그는 정말 바보였다. 우린 정말로 그 아프리카 바다에서 썩어버릴 뻔했다. 보트도 썩었을 것이고 그러면 다만 죽음과 영원한 미친 생각만이 남았을 것이다. 그렇지 않았다면 그는 나를 죽여 잡아먹고도 여전히 침착한 채, 극도로 현명하게 그의 목표를 찾아 항해를 계속했을 것이다.

하여튼 우리는 배 위로 끌어 올려졌다. 우리의 건강 상태는 나빴다. 영국 배가 처음 닿은 곳은 나폴리 항이었다. 그곳 당국은 어느 병원에 우리를 처박아 놓았다. 몇 주일이 지난 후에야 나는 일어설 수 있었다. 그리고 복도를 따라 목욕 가운을 입은 채 천천히 다가오는 베이스트쇼를 만났다. 그는 제정신이 든 것 같아 보였다. 자신에 차 있고 오만했다. 그러나 결심이라도 한 듯이 내게 냉정히 굴었다. 그의 위대한 계획의 좌절에 대한 비난을 내게 하고 있는 걸 알 수 있었다. 이제 그는 배를 다시 타야 할 것이다. 물론 카나리아 제도는 아니다. 그의 연구는 인간 생존 자체의 필요 불가결한 요소여서 연기한다는 건 결코 작은 일이 아니었다.

"여보게, 위대한 항해사, 길을 잘못 들었었다는 걸 깨달았나?"

과거에 일어났을지도 모를 일에 아직도 분개하고 있었으므로 난 그의 급소를 찔렀다.

"당신 말을 들었더라면 아내를 다시는 못 볼 뻔했네."

그는 끝까지 내 얘기를 들으면서 뜻을 헤아리고 있었다. 그는 말했다.

"지금은 인류를 위한 동기 때문에 지성을 통해 행동하는 개인의 힘은 점점 작아지고 있네."

"계속하게! 인류를 구해 줘! 하지만 당신 마음대로 하면 당신은 죽는다는 걸 명심해."

그 후로 그는 얘기하려 하지 않았다. 나는 별로 상관 안 했다. 우리는 복도에서 서로 못 본 체했다. 하여간 내가 생각하고 있었던 건 전부 스텔라였다.

내가 뉴욕에 다시 돌아온 건 육 개월 후였다. 병원에서 여러 이유를 붙여 오래 가두어놓았기 때문이다.

그리고 9월의 어느 날 밤, 택시가 스텔라의 집 앞에, 그리고 이제는 내 집이기도 한 그 집 앞에 나를 내려주었다. 스텔라가 계단을 내려와 내게로 달려왔다.

## 26장

 만약에 내가 돌아와서 행복하고 평화로운 인생을 시작할 수 있다면, 그런 인생을 위해 입장료를 지불할 마음이 여전히 내게 없다거나, 지불하지 않았다고 비난할 수 있는 권리는 거의 아무에게도 없으리라. 누가 그 가격을 정하든지 간에 말이다. 적어도 멕시코 산속에서 건강을 해친 코사크인 같은 녀석들과 또 다른 대변인들이라면, 내가 잠시의 휴식을 취할 것이라는 점에 서로 일치해야만 될 것이다. 그러나 내겐 휴식이 없었다. 휴식을 바란다는 건 아마 지나친 일인가 보다.

 이 기록에 착수하던 처음부터 나는 내가 솔직할 것이며, 노크 소리가 들릴 때 항상 그것에 유의하리라 다짐했으며, 또한 한 인간의 성격은 그의 운명이라고 말한 바 있다. 그렇다면 한 인간의 운명 또한 그가 결정하는 바, 그것이야말로 그의 성격이라는 것이 이제 분명하다. 그리고 또 내가 안식처마저도 소유한 적이 없으므로, 내게는 평온하기에 고통이 따랐고, 게다가 내 소망이란 내 인생의 본 궤도에 발견될 수 있도록 평온해지는 것에 기초를 두었다는 결론이 마땅하다. 갈망의 추구가 멈추는 때, 진실은 자비심, 조화, 사랑 등의 선물로써 나타난다. 아마 나는 내가 원하는 이런 것들을 얻을 수 없으리라.

이런 문제를 토론할 때, 언젠가 나는 민투치안에게 다음과 같이 말했다.

"내가 어디에 머물건 그것은 언제나 다른 사람의 호의에 말미암은 것이었지요. 첫 번째에는 노쇠한 할머니였는데 그건 정말로 그 할머니의 집이었어요. 다음에는 에반스턴에 살던 렌링가였고, 그 뒤엔 멕시코에 있는 카사 데스퀴타다, 그리고 유고슬라비아 사람인 파슬라비치 씨였습니다."

"어떤 사람들은 만약 스스로 고난을 택하지 않는다면 잠에 빠질 수가 있네. 사람의 아들이었던 예수조차도 그가 우리들 종족의 하느님이기 위해서 인류와 충분히 공감하려고 그토록 고난에 찬 삶을 살았던 것이니까."

"나는 아카데미 육아원이나 그와 비슷한 것을 해볼까 생각했었지요."

"잘 안 될 거야. 미안하지만 그런 생각은 우스꽝스러운 것이지. 물론 그런 생각 중에도 쓸모 있는 것이 있지만 말이야. 돌봐야 할 아이들이 많은 자네의 경우에 그 같은 생각은 문제 해결에 도움이 안 돼. 자네는 그런 타입의 사람이 아니고 스텔라는 더욱 아니야."

"아, 물론 내가 아이들을 교육시킨다는 것이 얼마나 얼빠진 생각이란 것을 알고 있어요. 도대체 내가 누구를 교육시킬 수 있단 말입니까? 교육이라기보다는 차라리 사랑이라고 하는 편이 옳겠죠. 바로 그런 뜻이니까요. 내가 원했던 것은 어떤 변화를 위해서 그 누구로 하여금 나와 같이 살도록 하려는 것이었죠. 내가 그 누구와 같이 살려고 변화를 원했던 건 아니었어요."

나는 나 같은 부류의 사람 중에 내가 유일한 존재라는 생각을 항상 거부했었다. 그러나 두 개의 상상이 일치하기란 얼마나 드문가! 그것은 야심에 찬 상상들이기 때문이다. 만일 이런 상상들이 충족된다면 그들은 서로 일치할 것이다.

우리들이 아카데미와 육아원 같은 것을 생각할 때 나와 스텔라는 각기 다른 면을 보았던 것이다. 내가 꿈꾸었던 것은 벨벳 빛 숲과 빛나는 정원, 그리고 링컨 파크의 잔디 씨앗들과 함께 심은 극락잔디로 둘러싸인 따스한 태양 아래에서, 가느다란 나무를 엮는 월든 호수나 이니스프리 호수의 녹색 사유지가 아니었다. 그러나 우리는 복합적인 것들에 의해서 이끌려 가고 그러면서도 친구인 올리버와 함께 사라센인들에 의해서 축출되던 때의 기사(騎士) 롤랑의 먼 뿔피리 소리처럼 단순한 것들을 듣고자 했던 것이다. 나는 스텔라에게 양봉에 관심을 가졌다고 말했다. 어처구니없게도 독수리와 같이 지냈는데, 그 대신 어째서 날개 달린 또 다른 생물과 꿀마저 얻으면서 함께 살아갈 수 없을 것인가 하고 생각했던 것이다. 그래서 그녀는 내게 양봉에 관한 책을 사 주었고, 나는 그걸 두 번째 항해에 지니고 나섰던 것이다. 그러나 우리의 아카데미가 결국 어떤 것이 될 것인가에 관해 그녀가 생각했던 바를 나는 이미 알고 있었다. 먼지를 뒤집어쓴 지친 나무 아래에서, 두들겨 맞추어지는 술취한 값싼 날림꾼의 가옥과 마당 가운데 있는 세탁용 화덕솥 줄에 묶인 불운의 병아리들, 지친 아이들, 내 헌 신발을 신은 눈먼 어머니, 신발을 깁는 조지, 숲 속에서 한 통의 벌을 돌보는 나.

처음에 스텔라는 그것이 훌륭한 아이디어라고 말했지만, 내가 그녀에게 배가 어떻게 가라앉았는가에 등등에 관해서 얘기했을 때 재결합의 감정 속에서 그녀는 달리 뭘 말하려 했을 것인가?

그녀는 내게 매달려 울었고, 그녀의 눈물이 뚝뚝 내 가슴에 떨어졌다.

"오, 오기, 그런 일들이 당신에게 일어나다니! 가엾은 오기!"

우리는 침대에 있었다. 나는 벽난로 선반 위에 걸린 크고 둥근 이탈리아식 거울을 통해 그녀의 둥글고 부드러운 잔등을 보고 있었다.

"빌어먹을 놈의 전쟁, 물에 빠지고 어쩌고 다 없었으면! 나는 우리의 안정된 생활을 가질 수 있는 장소를 갖고 싶어."

"오, 물론이죠."

그녀가 말했다. 그 당시에 그녀가 달리 뭘 말할 수 있었겠는가?

여하간 난 그 일을 어떻게 착수해야 할지 전혀 몰랐다. 그리고 그것은 물론 자기가 어떤 사람이며 무얼 의도하는가를 아직도 깨닫지 못한 사람들의 정신 나간 꿈에 불과한 것이었다.

나는 주로 그녀가 원하는 대로 행동할 거라는 것을 곧 깨달았다. 결국 그 여자를 가장 사랑하는 사람은 나이기 때문이다. 그녀가 원하는 것이 무엇인지는 당분간 분명치 않았다. 왜냐하면 낭만적 생존자와 도피자인 베이스트쇼와 바다의 위험으로부터 무사히 귀향했다는 무한한 기쁨이 있었기 때문이다. 마치 프란츠 조셉 하이든이 작사를 하고 대성당의 성가대가 불렀던 것처럼 추수감사절의 떠들썩한 외침이 있어야만 했다는 것은 당연한 일이었다. 결국 스텔라는 정말 나를 사랑했고 우린 아직도 신혼여행의 기분을 살릴 수 있었다. 그래서 가끔 그녀가 어떤 일에 몰두하고 있는 것을 볼 때는 아마도 그녀의 생각은 나에 대한 것이려니 생각했다. 그렇게 생각하는 것은 당연한 일이었다. 그러나 실제로 그녀의 마음을 사로잡고 있는 사람은 내가 아니었다. 습관적인 노력으로 그들이 전념하고 있는 곳으로부터 사람들을 끌어낸다는 것을 여러분은 어떻게 생각하는가! 처음에 당신들은 그녀와 같은 용모와 자격, 결코 경박해 보이지 않고 완전한 것을 부여받고 또한 부드러운 검은 단발의 섬세한 머리를 향해 솟아오르는 육체를 한 그런 여자에 관해서는 아무것도 생각하지 않으려고 한다. 어떤 사람들은 그들 주위의 공간은 오직 그들만의 것이다. 그래서 당신이 접근하고자 할 때는 그들의 영역을 건너야 하고 그들에게 어떻게 행동하여야 할까 하는 것은 그들의 통제에 있는 것이다. 그런 다음 그들이 아마도 다른 사람보다도 더 그들 자신의 주위 때문에 고통받고 있는가를 발견하게 된다는 것은 항상 놀라운 일인 것이다. 이제 나는 육아원이나 아카데미에 관한 꿈에 집착하고 있지 않다. 그것은 다만 정신 나간 천년왕국설에 대한 생각이나 여름의 나비와 같은 것이었다. 말하자면 이와 같은 나비를 기름에 요리하려 하면 안 된다는 것이다. 내가 몰두한 다른 것들은 운명이라든가 또는 인생과 사유를 채우는 것들이다. 그들 중에는 스텔라에 대한 생각이 있고, 따라서 그녀에게 일어나는 일은 자연히 내게도 일어나는 것이다.

사람들은 아마, 그래, 제기랄! 운명이 어떻단 말인가? 라고 말하고 또 그와 같은 생각은 이 세상에 없는 어떤 다른 시대, 즉 잘못된 시대에서부터 왔다고 생각할 것이다. 그 시대에는 이 세상에 사람들이 아주 적어 그들 사이에는 보다 넓은 공간이 있어서 잡초처럼이 아니라 공원의 나무들처럼 서로 멀리 떨어져 있고 장밋빛 태양 속에서 해마다 자랐던 것이다. 이제 당신이 생각하는 그런 비유 대신에 그것을 잡초로 보지 말고 다만 입자들의 무리, 입자들로 된 우주의 솔로 보자. 그러면 이들 입자들은, 기능은 가졌으나 운명은 결코 갖지 않은 것이다. 인간이면서 기능을 갖지 않는다는 건 구역질 난다고 생각하는 사람도 있다. 하여튼 내 운명에 관한 생각을 거두지 않겠다. 운명이라는 것에 대한 기능은 보다 깊은 실망을 가진 대체물이다.

얼마 전 나는 이탈리아 플로렌스에 있었다. 스텔라와 나는 지금 유럽에 있는데 전쟁이 끝난 이후 줄곧 이곳에 있었다. 그녀는 직업적인 이유로 이곳에 오기를 원했고, 나는 곧 얘기하겠지만 어떤 용무가 있었다. 하여튼 나는 따뜻한 시칠리아를 여행하기 며칠 전 플로렌스에 있었다. 내가 도착했을 때는 물이 얼 만큼 추웠다. 역에서 나왔을 때 수많은 별들이 출렁였다. 트라몬타나라는 바람이 몰아쳐 오고 있었다. 아침에 아르노 강 바로 뒤에 있는 포르타 로사 호텔에서 깨었을 때, 나는 추웠다. 하녀가 커피를 갖다 주어 몸을 약간 녹일 수 있었다. 어떤 교회탑에 있는 낡은 쇠붙이에서 들려오는 가벼운 종소리가 투명하게 보이는 산 공기의 빠른 흐름을 타고 들려왔다. 나는 나무 바닥에 물을 튀겨 가면서 더운 물로 얼굴을 닦았다. 몸을 비비고 따뜻한 코트에 싸여 차가운 날 밖에 나가는 것은 기분 좋은 일이었다.

나는 호텔 직원에게 물었다.

"한 시간 동안 구경할 만한 좋은 곳이 어딥니까? 정오에는 약속이 있어서요."

나는 이 질문이 매우 미국식으로 들렸을 것이라는 걸 알았지만, 그것은 사실이었다.

나는 그 약속이 무엇인지 숨기지 않겠다. 나는 어떤 사업에서 민투치안의 대리 역할을 하고 있었다. 그러므로 독일에서 싸게 산, 특히 비타민 약제 같은 군 잉여물자를 하역하는 데 필요한 이탈리아 수입 허가서를 우리에게 얻어주려는 사람과 접촉해야 했다. 민투치안은 이 같은 유형의 투기에 훤했고, 따라서 우리는 상당한 돈을 벌고 있었다. 나는 로마의 한 명사(名士)의 조카뻘이 되는 이 플로렌스 사람에게 돈을 지불해야 했는데, 이 사람은 내게 한 가지 이유가 있다면 그는 다섯 가지 이유를 가진 교양 있는 인물 중의 하나였다. 하여튼 지금쯤은 그들을 다루는 방법을 알았고 또 의심이 날 때는 대서양 횡단 국제전화로 민투치안에게 알리면 어떻게 하라고 그가 말했다.

포르타 로사 호텔의 직원이 말했다.

"기베르티의 조각이 있는 세례실(洗禮室)의 황금문을 보시죠."

나는 언젠가 그 미치광이 베이스트쇼가 이 기베르티에 관해 이야기했던 것을 상기했다. 그래서 직원의 지시대로 두오모 광장으로 갔다.

말들은 살을 에는 듯한 바람에 떨고 있었다. 차가운 골목 저쪽 벽과 벽이 마주치는 돌모퉁이와 자갈들 위에는 군밤장수들의 불꽃들이 석쇠로부터 날름거렸다. 세례실 옆에는 사람들이 많지 않았다. 추위 때문인지 서너 사람만이 옹기종기 모여 눈물을 글썽이며 기념품을 내보이고 우편엽서 다발을 흔들었다.

나는 다가가서 온 인류의 역사 전체가 기록된, 금으로 된 벽을 자세히 들여다봤다. 내가 이렇게 응시하고 있고 또 아마도 우리의 공통된 아버지요 어머니인 이들 금으로 된 머리들이 햇빛을 받으며 그들이 누구였다는 것을 영원히 말하고 있을 때, 어떤 노파가 다가와 그것들이 뜻하는 바를 설명해 주겠노라 했다. 그러면서 노파는 요셉의 이야기와 천사와 씨름하고 있는 야곱의 이야기와 이집트로부터의 탈출 및 열두 제자에 대해 얘기하기 시작했다. 노파는 모든 걸 뒤범벅하여 알 수 없게 만들어버렸다. 라틴계의 나라에서는 성경에 대해 그리 밝지 못하기 때문이었다. 나는 혼자 있고 싶어서 다른 곳으로 갔으나 노파는 따라왔다. 그녀는 지팡이를 끌고 다녔는데 그 지팡이 손잡이를 따라 그녀의 소형 책이 자꾸 흘러내렸다. 노파는 베일을 쓰고 있었다. 마침내 나는 베일 밑의 그녀의 얼굴을 쳐다봤다. 입술은 타르같이 얼룩졌고, 지저분한 반점으로 뒤덮인, 한때는 유명했을 여인의 늙어버린 얼굴이었다. 코트의 털은 닳아 없어졌고, 벗겨진 가죽은 찢어져서 빵껍질 같아 보였다. 노파가 내게 할 수 있는 말은 이런 것이었다.

"자, 이제 이 문에 대해 얘기해 주겠어요. 당신은 미국 사람이죠? 당신을 도와줄게요. 도움 없이는 이 같은 것들은 결코 이해하지 못할 테니까요. 전쟁 동안 난 많은 미국인을 알았죠."

"당신은 이탈리아인이 아니죠?"

나는 물었다. 그녀는 독일식 악센트로 말했다.

"피에몬테 사람이죠. 많은 사람들은 내가 이탈리아인처럼 영어를 하지 않는다고 합니다. 나는 나치가 아닙니다. 만약 당신이 알려 하는 것이 그것이라면 말이죠. 당신이 유명한 사람들의 이름을 안다면 나의 이름을 알려 드리겠지만, 아마 당신은 모를 거예요. 그러니 이름을 대봐야 무엇하겠어요?"

"당신 말이 백번 맞습니다. 낯선 사람에게 이름을 말할 필요는 없어요."

불어오는 트라몬타나 바람에 얼굴이 얼얼했지만 계속 걸었다. 다시 그 문의 조각을 들여다봤다.

노파는 허우적거리며 빠른 걸음으로 곧 뒤따라왔다.

"안내는 필요 없습니다."

나는 호주머니에서 몇 푼 꺼내어 노파에게 100리라를 주었다.

"이게 뭐죠?"

그 여자는 물었다.

"무슨 말을 하는 거요? 이건 돈입니다."

"나에게 지금 무얼 주는 거예요? 당신은 내가 첩첩 산속의 수녀원에서 수녀들과 함께 머물러야 하고, 그들이 내주는 방에서 열네 명과 함께 자야 한다는 걸 알기나 하나요? 별의별 여자들과 말예요. 열네 명의 다른 사람과 같이 자야 하죠. 그래서 난 시내까지 걸어가야 해요. 그 수녀들이 버스 삯을 주려 하지 않거든요."

"그들은 당신이 그곳에 머물기를 원하는가요?"

"수녀들은 별로 똑똑하지 못해요."

노파는 그곳 꼭대기에 머물며 지루한 일과를 보낼 수 없었고 따라서 도시로 도망 나온 것이다. 그녀는 증오로 가득 찼다. 그러나 뼈는 드러났으며 이는 고르지 못했고, 쓰고 있는 베일은 턱과 입의 떨리는 솜털을 완전히 가릴 수는 없었다. 옛날 젊은 숙녀의 매끈함에 대한 웃지 못할 익살이었다.

나는 문들을 보고 싶었다. 하지만 왜 이들은 나를 홀로 내버려두지 않나 하고 생각했다.

"이건 희생하러 가는 이삭이죠."

그녀는 말했다.

나는 쳐다보고, 정말 그 말이 맞는지 의심했다. 나는 그녀에게 말했다.

"안내가 필요없습니다. 이렇게 얘기하면 불쾌할지 모르지만 나더러 어쩌란 말인가요? 줄곧 사람들이 내게 다가오니 제발 이 돈을 받고……"

"사람들이라뇨! 난 다른 사람들과 달라요. 그것을 아서야 해요. 난……"

그리고 그녀는 말을 멈췄다. 그녀는 화가 나 있었다.

"이런 일이 내게 일어나다니!"

그녀는 팔꿈치로 자기의 가슴을 조이는 듯하며 그 괴상한 애원과 강요를 다시 시작했다.

아, 파괴의 법이여!

어찌 된 일이야, 일은 아주 오래 걸렸잖아. 아주 천천히 온 것이 아닌가? 내 말은 주름살이 생기고, 검은 머리가 세게 되며, 피부가 처지고, 근육이 실처럼 늘어져 버리지 않느냔 말이다. 노파는 여전히 마음속의 잃어버린 별장, 남편이나 옛날 연인들, 아이들, 융단이나 피아노, 하인이나 돈 등을 생생하게 기억하고 있을까? 노파가 아직까지 심한 타락으로 인해 처음으로 고통받은 것처럼 그렇다는 게 무슨 상관인가?

나는 노파에게 100리라를 더 주었다.

"500리라를 주세요. 그럼 성당도 보여 주고 산타마리아 노벨라에도 모시고 가죠. 가까워요. 누군가에게 듣지 않으면 당신은 아무것도 모를 거예요."

"사실, 난 사업상 즉시 어떤 사람을 만나야 해요. 아무튼 고맙습니다."

나는 그곳을 떠났다. 그러는 게 나았으리라. 그때 기베르티는 내게 충분한 설명을 해주지 않았으니까.

이 노파도 역시 옳았다. 늘 발생하는 건 내게 일어나는 일이다. 죽음은 우리에게 어떤 경계선을 없애 버리려 한다. 즉 우리는 더 이상 인간일 수가 없단 말이다. 그런데 삶도 역시 뭘 창조할 때 반항 이외에 그 무엇을 느낄 수 있단 말인가?

그렇다, 나는 전쟁 때 세 번의 항해를 한 후, 스텔라와 함께 유럽으로 갔다.

　나는 이런 기억들을 기록해 두었다. 왜냐하면 여행자로서 홀로 여행하는 시간적 여유가 많았기 때문이다. 작년에 두 달간 나는 로마에 있어야만 했다. 여름이었다. 그곳은 붉은 꽃이 만발했고, 무덥고 졸음이 왔다. 남쪽의 모든 도시들은 여름 동안 잠든 도시가 되고, 낮잠은 나를 나른하고 무미건조하게 만들어버린다. 오후에 잠이 깨면 늘 커피를 마시고 담배를 피우곤 했다. 낮잠에서 깨어나 제정신을 차릴 즈음은 거의 저녁 녘이었다. 그럼 저녁식사를 하게 된다. 거리의 조용한 가스등불이 찬란히 빛나고, 칠흑같이 어둔 밤에 끊임없는 소리를 내며 타고 있는 부드럽고 활기 없는 푸른 밤인 것이다. 다시 잠잘 때가 되면, 침실로 가 침대 깊숙이 눕는다.

　그래서 나는 오후마다 핀치오 산꼭대기의 보르헤즈 가든에 있는 카페 발라디르에 가는 버릇이 생겼다. 눈 아래 구름에 싸인 전 로마 시가가 펼쳐지는 그곳 테이블에 앉아, 나는 내가 미국 시카고 태생이라든가 갖가지 다른 사건들을 생각해 봤다. 이건 상당히 중요하기 때문에 말한 게 아니라 단지 인간이란 말할 능력이 있고 적당한 때 그 능력을 사용해야 한다는 이유에서일 뿐이다. 마침내 말해 버리고 나면, 그 뒤로는 영원한 벙어리가 돼버리고, 흥분을 다하고 나면 조용해지리라. 그러나 이것 때문에 말하지 않거나 흥분하지도 않으며 본연의 자기를 그대로 내보이지 않으려 한다는 건 좋은 게 못 되리라.

　나는 가능하면 대개의 시간을 파리에 있으려 했다. 거기서 스텔라가 일하고 있었기 때문이다. 그녀는 국제적인 영화사에서 일하고 있었다. 우리는 프랑소와 거리 1번지에 아파트를 얻었다. 그곳은 조르주 5세 호텔 부근으로 아주 아름다운 지역인 데다 잘 가꿔진 사치스러운 곳이었지만, 스텔라와 내가 세든 집은 지독한 곳이었다. 집주인은 영국인 노인이고, 아내는 프랑스 여자였다. 그들은 우리에게 엄청난 세를 받아서 멘톤으로 가버렸다. 이곳은 겨울 내내 비와 눈이 그치지 않았다. 나는 곰팡내가 나도 엄청난 값을 준 이 아파트에 약간 고집스럽기는 하지만 이게 내가 살 곳이리라 여기고 정을 붙이려 애썼다. 그러나 카펫과 의자, 또는 코니 섬에서 다 타버린 듯 보이는 램프, 고양이 집 사진, 무시무시한 눈을 한 올빼미 석고상, 냄새나는 가죽 표지를 한 위다[27]와 마리 코렐리[28]의 책 등은 참을 수 없었다. 집주인인 그 늙은 영국인 사기꾼의 서재라는 게 있었는데, 지저분한 카펫 조각이 깔린 조그마한 방으로서, 입구 뒤편에 라루스의 백과사전 한 질이 꽂혀 있고 초록빛 테이블이 있는 게 고작이었다. 초록색 펠트가 씌워진 이 테이블 서랍에는 파운드, 프랑, 달러, 페세타, 실링, 마르크, 에스쿠도, 피아스터, 심지어는 루블까지를 환산한 숫자들로 덮여 있는 종잇조각들로 꽉 차 있었다. 사실 죽은 자나 다름없는 이 라이허스트 노인은 접은 깃도 없고 단추나 단춧구멍도 없는 자주색 플란넬로 만든 수의 같은 옷을 입고 여기 앉아서는 돈 계산을 하며, 프랑스의 함락에 관해서 신문에다 편지를 쓰거나, 어떻게 하면 농부들이 숨겨 놓은 금덩이를 얻어낼 수 있을까, 운전사들에게 어떤 길이 이탈리아로 가는 가장 좋은 길인가 등을 생각하는 게 고작이었다. 젊어서 그는 투린부터 런던에 이르는 자동차 경기의 스피드 기록을 낸 적이 있었다. 경주용 차에서 찍은 사진이 있었다. 조그만 아일랜드산 테리어 개가 그와 투견장에 앉아 있었다.

앞방들은 나빴지만, 식당은 오히려 내게 과분했다. 스텔라는 스튜디오에 가기 위해 일찍 나가곤 했다. 아침을 준비해 줄 하녀

(bonne à tout faire)는 있었지만, 나는 노란 바탕에 빨간 수를 놓은 터키식 옷을 입고 커피를 마시러 내려가 앉을 수 없었다.

그래서 나는 아침을 먹으러 조그만 카페에 가곤 했다. 어느 날 거기서 나는 우연히 옛 친구 후커 프레이저를 만났다. 로즈레라는 카페는 광란적인 곳이었는데, 둥근 테이블, 버드나무 의자, 청동화분의 종려나무, 캔디 줄무늬 천으로 된 카펫, 붉은색과 흰색이 섞인 차양, 수백 잔이 나오는 새로 고안된 거대한 커피 끓이는 기구에서 피어나는 증기, 셀로판지에 싸인 케이크 등 그런 종류의 것이 있었다. 나는 석탄 난로를 피워 놓은 뒤—재클린이란 이 하녀는 훌륭하긴 했지만 석탄불을 붙이는 건 전혀 몰랐다. 나는 전부터 이건 박사였다.—아침 식사를 하러 갔다. 어느 날 아침 로즈레에서 커피를 시킬 때였다. 노인네들이 알마 광장의 시장에서 말먹이, 딸기 등을 사서, 레이스 달린 거실인 것처럼 슬리퍼를 신고 거리를 걷고 있었다. 갑자기 프레이저가 지나갔다. 나는 결혼식 날 이후 그를 보지 못했다.

"헤이, 프레이저!"

"오기 아냐!"

"이 친구, 어떻게 파리에 왔지?"

"잘 있었어? 항상 건강한 안색에 미소 짓고 있군! 난 세계교육기금에서 일하고 있어. 지난 한 해 동안 여기서 내가 아는 사람은 다 만난 것 같아. 하지만 오기, 널 만나다니 놀라운데. 이런 인간의 낙원에서!"

그는 퍽 으스댔다. 그곳이 그에게 그런 감정을 불러일으켰기 때문이다. 그는 앉아서 내게—굉장히 놀랄 만한 얘기였다!—파리에 대해서, 그리고 이와 같은 곳이 왜 다른 데엔 없는지에 대해 말했다. 인간이 신의 도움 없이 자유로울 수 있고 깨끗한 마음을 갖고 개화되고 현명하고 명랑해질 수 있는 희망의 도시 말이다. 네게 이곳에서 누얼 하느냐고 물으면서 그가 웃음을 터뜨린 데 대해 약간 모욕감을 느꼈다. 어울리지 않을지 모르지만, 파리가 인간을 위한 곳이라면, 나를 위해서는 안 된단 법이 어디 있는가? 그렇지 않다면 아마 그건 백 퍼센트 내 잘못만은 아니리라. 어떤 인간의 도시란 말이냐? 또다시 다른 형태로 해석을 한다. 늘 좀 더 달리 이모저모 해석을 하는 것이다.

그러나 이렇게 생기 차고 아름다운 파리가 회전목마처럼 급히 돌아갈 때 어느 누가 그 도시를 불평할 수 있으리오. 금빛 브리지 호스, 튈르리의 그리스 영웅들, 돌로 조각한 미인상, 붐비는 오페라 극장, 산뜻한 쇼윈도 색깔들, 5월제 기둥을 상징하는 오벨리스크, 천연색 아이스크림, 현란한 세계의 꾸러미인 파리를 말이다.

나는 프레이저가 내 감정을 상하게 하려는 게 아닐 거라고 생각했다. 다만 여기서 나를 만나게 돼 놀랐을 뿐이리라 생각했다.

"종전 후 줄곧 여기 있었지."

나는 말했다.

"그래? 뭘 하고 지내?"

"내 결혼식 때 만난 적이 있는 아르메니아인 변호사와 사업하고 있어. 그 변호사 기억나?"

"아 참, 자네 결혼했지. 부인도 여기 같이 있나?"

"물론. 아내는 영화계에서 일하고 있어. 아마 「고아들」이라는 난민에 관한 영화에서 본 적이 있을걸."

"아니, 사실 난 영화를 많이 보는 편이 아니야. 그러나 자네 부인이 배우라 해서 놀라진 않아. 알다시피, 퍽 아름답잖아. 그래, 일은 잘돼 가나?"

"난 그녀를 사랑해."

나는 대답했다.

마치 그게 대답인 듯 말이다. 그러나 내가 그에게 더 이상 말하고 싶지 않다고 해서 나를 책망할 수 있을까? 만일 내가 "그녀도 날 사랑하지. 하지만 파리가 모든 인간의 낙원이라는 그런 식으로 사랑하는 거야." 하고 장황하게 설명을 늘어놓거나, 그녀의 편견—사랑은 편견을 이겨낸 사랑의 승리이다.—을 버리고는 무슨 목적으로 파리를 오게 됐다는 걸 얘기하거나, 민투치안이 그날 오후 터키탕에서 소위 가장 유력한 아이디어라던 걸 얘기한다고 가정해 보자. 나는 이 모든 걸 프레이저와 말하고 싶진 않았다. 내가 스텔라에게 그런 얘기를 했을 때—때론 그런 얘기도 했고, 하려고 노력했다.—미친 사람 얘기처럼 들렸을 것이다. 그리고 그건 어쩜 자신들의 사상을 위해 사람들을 팔거나 모집하려고 자랑을 하며 과장하는 자들이 내게 그렇게 보였듯이 그녀에게도 그렇게 들렸을지 모른다. 이게 그녀로 하여금 내 스스로가 과거의 내 고집이나, 내가 멈췄을 때 그 고집이 어떻게 보였을까 하는 걸 볼 수 있게 하는 것, 즉 거울 같은 역할을 하도록 했다. 아카틀라의 일본인 별장의 정원에 숨었을 때, 우리는 서로 퍽 비슷하다고 하던 그녀의 말이 옳았다. 우리는 정말 비슷했다.

그러나 비록 내가 이 세상에서 가장 정직한 타입은 아닐지라도 일반인들 이상으로 거짓말하기를 원치 않는다. 그러나 스텔라는 그렇지 않았다. 물론 그걸 거짓말이라 생각할 수도 있고, 혹은 자신의 견해에 대한 방어책이라 할 수도 있다. 나로서는 두 번째 표현이 더욱 좋다. 스텔라는 행복하고 단호하게 보였고, 나도 자기와 똑같이 보이기를 원했다. 그녀는 살롱에 있는, 새 가슴 모양으로 만든 난로 옆에 놓인 의자에 앉아 있었다. 늙은 영국 신사인

라이허스트가 내게—마음속으로는 손해를 끼칠 생각을 하고—그건 진짜 치펜데일식 가구라고 경고한 의자였다. 그녀는 조용하고 지성적이며 강하고 활동적이며 굉장히 아름다웠다. 그런데 그녀는 이런 식으로 자신을 사람들 앞에 드러냈다. 그건 영화 장면에서였다. 내가 가끔 우리가 정말 어디 있는가를 알아보는 데 시간이 걸리는 건 당연했다. 그녀는 스튜디오에서 일어난 얘기를 하면서 그날 있었던 농담을 들려주며 뚜렷하고 애정 어린 목소리로 웃음을 터뜨렸다. 그런데 난 무얼 해왔을까? 아마 나는 다카우 사람을 만나서 독일에서 도입된 치과용 의료 기구의 거래에 관한 어떤 일을 했으리라. 그건 약 한두 시간이 걸렸다. 그리고 아마 루브르 박물관의 시원한 홀에 구경 가거나, 네덜란드 학교를 방문해 보거나, 혹은 센 강이 어떻게 약 냄새를 풍기는가를 눈여겨보거나, 카페에 가서 편지를 쓰는 등 그런 식으로 하루를 보냈으리라.

그녀는 담배를 문 채 숱 많은 머리를 셋으로 갈라 올리고 집에서 입는 바틱 염색의 코트를 걸치고 다리를 꼬고 앉아 있었다. 그리고 잠시 동안이기는 하지만 내가 요구하는 가장 중요한 걸 거절했다.

그 모든 것이 어떻게 일어나는가는 정말로 어마어마한 일이었다. 거기에 얼마나 많은 노력이 기울여졌는지 아무도 상상치 못할 것이다. 다만 얼마 전에 그 노력이 얼마나 엄청났던가 하는 생각이 내게 떠올랐을 뿐이다. 그녀는 스튜디오에서 돌아오자 목욕하러 가서는 목욕탕에서 소리쳐 나를 불렀다.

"여보, 수건 좀 가져다줘요."

나는 내가 봉마르셰 백화점에서 산 타월 중의 하나를 가져다주었다. 조그마한 욕실은 뿌옇고 희미했다. 가스 불꽃을 뿜는 이

빨 모양의 청동 화로의 물 끓이는 기구에서는 푸른 금속 가루들이 천 개의 촛불이 타는 것처럼 이는 뜨거운 불꽃 속에 떨어졌다. 따스한 여자의 체취에 싸인 그녀의 몸은 물이 올라와 가슴까지 잠겨 버렸다. 약상자의 유리가 마치 파리의 잿빛 안개가 아니라, 저녁 바다의 황혼이 반사되는 창문인 양, 벽 속의 짙푸른 곳처럼 빛났다. 나는 어깨에 잠옷을 걸치고 앉았다. 아주 평온함을 느낄 수 있었다. 잠시 동안 아파트가 깨끗해 보였고 온기가 돌았다. 중오는 뒤로 사라져버렸고, 난로는 빛나 보였다. 재클린이 저녁을 만들고 있었는데, 고깃국 냄새가 났다. 나는 안정감과 평온함을 느꼈고, 가슴은 자유로웠고, 손가락은 편안하고 쫙 펼쳐져 있었다. 그런데 이제 여기에 문제가 있다. 자신의 마음이 얼마나 아파 왔는지 알아내려면 이처럼 시간이 걸린다. 더구나 할 일 없이 빈둥거리며 돌아다닌다고 생각하는 동안 끔찍하게 어려운 일이 일어나고 있었다. 죽도록 굴 파는 일, 광산 채굴, 굴 뚫기, 쌓는 일, 밀어당기는 일, 바위를 옮기는 일, 계속해서 일하고 일하고 또 일하고 일해서 헐떡거리며 잡아당기고 감아올리는 등의 일이다. 그런데 이 모든 일은 외부에서는 보이지 않는다. 그것은 내면에서 이루어진다. 그리고 그런 일은 아무 힘이 없고 어느 곳에도 도달할 수 없고, 정의를 쟁취하거나 보답받을 수 없기 때문에 생기며, 따라서 자신의 내부에서 괴로워하며 애쓰고, 투쟁하며 스코어를 적어놓고 모욕을 기억하며 싸우고 응수하고 부정하며 수다를 떨고 고발하거나 승리하거나 속여 넘기고 극복하고 자신을 옹호하고 울부짖고 저항하고 용서하며 거의 죽어가다가 다시 일어서게 된다. 이 모든 것을 혼자서 말이다! 모두 어디에 있는가? 자신의 가슴과 피부 속에 모든 것이 있는 것이다.

   스텔라는 목욕통 속에 누워서 어려운 일을 수행하고 있는 것이다. 내게는 분명한 일이었다. 그리고 대체로 나도 힘든 일을 하고 있는 셈이었다. 그런데 왜일까?

모두들 나에게 파리는 편안한 곳이고 '조용함', '질서', '쾌락'이라는 단어를 언급하지만, 거기서는 이런 어려운 일이 행해지고 있었다. 모든 귀중한 인격이란 것은 극적으로 형성되어 필요불가결한 일을 수행하는 것이다. 만약 스텔라가 가장 어려운 일을 하지 않을 수 있다면, 우리는 소위 평온과 사치의 도시라고 불리는 이곳에 있지 않을 것이다. 의상, 나이트클럽과 오락, 스튜디오에서의 가상적인 연기, 그리고 예술가들의 우정—이 예술가란 자들은 마치 우리의 친구인 알랭 뒤 니보처럼 매우 고상한 성품을 지닌 자들 같은 인상을 풍겼다.—이런 일들에는 손쉬운 것이 하나도 없었다. 이 니보란 친구는 파리 사람들이 흔히 말하는 '난봉꾼'이었다. 곧 그 말은 그에게는 항상 결혼 첫날밤 같았고, 또한 음악적인 잠자리를 벌였다는 말이다. 적어도 그 정도의 의미를 지니고 있는 것이다.

어쨌든 나도 미국에 머물며 아들딸을 낳고 살기를 원했다. 그런데도 여전히 낯선 굴레에 얽매여 있다. 그것은 일시적인 것뿐이어서 우리는 그것에서 벗어날 수 있으리라.

스텔라는 불행히도 거짓말이 보통 이상이라고 내가 말했다. 그녀는 내게 사실이 아닌 얘기를 많이 했으며 또한 사실을 말해 줄 걸 잊어버렸다. 예를 들면, 그녀는 자메이카에 있는 그녀의 아버지로부터 돈을 타 쓴다고 했으나, 자메이카에는 그러한 사람이 없었다. 그녀는 또한 대학에 다닌 적도 없었다. 올리버에 대해 관심을 둔 적도 없었고, 별로 중요한 인물도 아니었다. 중요한 인물은 컴벌랜드라고 하는 증권 투기업자였다. 그자에 대해 처음 얘기를 들려준 사람은 그녀가 아니고 어떤 사람을 통해서 그런 자가 있다는 얘기를 들었다. 그러고 나서도 그녀는 내게 이 컴벌랜드라는 친구는 사기꾼이라고 말했다. 도덕적인 면에서는 사실 그랬으나 사업적인 면에서는 존경받을 만할 뿐 아니라 위대한 인물이었다. 사실상 그는 지탄을 받기엔 너무나 강력한 인물이어서 신문에 사진 따위가 공개되지도 않는 유력한 인물 중의 하나였다. 그녀가 고교 시절부터 사귀어왔던 이자는 팔로마 산에 새로 설치한 망원경 같은 눈을 하고는 거의 주피터 태양신처럼 혹은 황제이며 지도자인 티베리우스처럼 사악한 자로서의 명성을 쌓았다. 사실 나는 운명을 조작할 만한 이러한 거물들, 유력한 두뇌 소유자들, 마키아벨리나 그 외 굉장한 악인들, 거물급들, 사기꾼, 절대주의자들에는 아주 신물이 났다. 베이스트쇼가 나를 압도적으로 이긴 후 나는 지키지 못할 맹세를 했다. 하지만 이 맹세는 아마 생쥐와 인간 간의 문제일 것이다. 이런 것 중에 무시무시한 게 나를 압도했기 때문이다. 형제여! 결코 성공하지 못하리라. 단지 자신이 성공했다고 생각할 뿐이리라!

컴벌랜드에 관한 얘기를 처음으로 들은 것은 바로 알랭 뒤 니보에게서였다. 그는 전쟁 중 뉴욕에서 영화 사업에 종사하고 있었다. 민투치안은 그를 알았으며 아그네스도 그를 알았다. 그는 원래 아그네스 친구였다. 우리가 그를 만났을 때 그는 내게 자기가 생시몽 공작의 후손이라고 얘기했다. 나는 항상 혈통 관계에 대해선 잘 속았지만 이 니보란 자야말로 잘생기지 못했다. 그는 푸른 눈과 그리 건강하지 못한 안색에다 팽팽하고 침울한 얼굴을 하고 있었다. 표정에 비록 악의는 없었지만 어딘가 오만한 데가 있었다. 숱이 적고 부드러운 갈색 머리는 마치 영국 관리처럼 말끔하고 쌀쌀맞게 빗질되어 있었다. 구두엔 양털 장식이 달렸고, 긴 오버코트는 아름다운 스웨이드 가죽이었는데 발목까지 덮여 있었다. 몸집은 뚱뚱했다. 그는 지하도에서 아가씨들 뒤를 쫓아다니는 이리 같은 녀석이었다. 그가 얘기한 대로 그가 그런 불쌍하고 연약한 아가씨들이 혼자 있을 때 쫓아가 잡으면, 그녀들은 마치 열화의 신을 만난 듯한 표정을 지었으리라.

그가 내게 컴벌랜드에 대해 언급했을 때, 우리는 파라마운트 극장 로비에서 스텔라를 기다리던 중이었다. 올리버의 이름이 나오자, 니보가 말했다.

"그는 아직도 감옥에 있어."

"자넨 그 녀석을 알고 있나?"

"그럼. 컴벌랜드를 따르고 있는 그녀로선 무슨 추태란 말인가. 나도 역시 알고 있지."

"누굴?"

그는 자기가 말한 것을 깨닫지 못했다. 거의 알지 못하는 듯했다. 나는 마치 추잡한 속에서 갑자기 떨어져 어떤 갱도 속에 갇힌 듯했다. 끔찍한 좌절, 분노, 질투심이 마음속에서 울컥 솟구쳤다.

"누구라고? 대체 컴벌랜드가 누구야?"

그러자 그는 나를 쳐다보고는 왠지 나의 두 눈이 불타고 있고 고통에 차 있다는 걸 알아챘다. 나는 그가 매우 놀라며 이러한 난처함에서 어떤 위엄을 부림으로써 빠져나오려 한다는 걸 느꼈다.

사실, 나는 조만간 해명되어야 할 어떤 특별한 것에 대해 어느 정도 알고 있었다. 사람들은 끊임없이 스텔라를 괴롭혔다. 차에 대한 문제도 있었다. 즉 그녀는 자기 차를 갖지 못했다. 또한 주택 지구의 아파트에 대한 소송건도 있었다. 그녀는 주택 지구에 무슨 아파트를 가지고 있었을까? 그리고 필시 그 일에 대해 언급하지 않는다면 비인간적이라고 나는 생각한다. 그녀는 내게 7500달러 나가는 밍크코트와 다이아몬드 목걸이를 팔지 않으면 안 되겠다고 말했다. 사업상의 편지가 우편으로 왔으나, 그녀는 펴보려고도 하지 않았다. 내가 거들떠보지 않은, 또박또박 장방형으로 주소가 쓰인 그 편지들에 관해 무엇인가 사연이 있었다.

그러면 난 민투치안이 터키탕에서 내게 얘기했던 걸 흘러가는 얘기로 들었던가? 내가 왜 그랬을까?

"대체 컴벌랜드란 자가 누구야?"

내가 물었다.

바로 그때 스텔라가 숙녀 휴게실에서 내려와서, 나는 그녀의 팔을 잡고 급히 차 속으로 들어갔다. 우리는 황급히 아파트로 돌아왔다. 난 벌컥 화를 내며 그녀에게 고함쳤다.

"뭔가 솔직하지 못한 게 있었음을 내가 미리 알았어야 했을걸! 컴벌랜드란 작자가 누구지?"

그녀는 파랗게 질려 말했다.

"오기, 그만해요. 진작 얘기했어야 했는데, 그게 무슨 상관인가요? 난 당신을 사랑해요, 그런 얘기로 당신을 잃고 싶지 않았어요."

"그 작자가 당신에게 코트를 준 놈이야?"

"그래요. 하지만 나는 그가 아니라 당신과 결혼했어요."

"그리고 그 차도?"

"선물이에요. 여보, 내가 사랑하는 건 당신이에요."

"그러면 이 집에 있는 모든 물건들도 그렇소?"

"가구들 말인가요? 단지 시시한 것들이잖아요. 중요한 건 당신뿐인걸요."

차츰차츰 그녀는 나를 진정시켰다.

"나는 이 년간 그와 아무 관계도 없었어요."

"난 그따위 작자들의 얘기가 싫어. 도저히 얘기할 수 없어. 이런 비밀들을 감춰둬서는 안 돼."

"하지만 그건 내게 더 쓰라린 얘기죠. 난 그 사람 때문에 실제로 고통받았거든요. 당신은 지금 단지 그에 관한 얘기만 듣고 괴로워하는군요."

그녀는 소리쳤다.

그 얘기가 드러났기 때문에 결론을 맺기가 퍽 힘들어졌다. 그녀는 그것에 대해 말하고 싶어 했다. 내가 질투를 느낄 이유가 없다는 걸 증명하기 위해 그녀는 마지막으로 일어났던 모든 일을 상세하게 얘기해야 했다. 난 그녀의 말을 중지시킬 수 없었다. 용감하고 불 튀듯 활발한 기질의 그녀를 쉽게 막을 수는 없으리라.

"개새끼! 비겁한 녀석! 그는 인간성이라곤 조금도 없는 사람이었죠. 그는 내게 자기 사업 친구들을 대접하고 그들에게 자기 자랑거리를 늘어놓는 걸 도와달라곤 했어요. 자기 아내는 부끄럽게 여겼기 때문이에요."

뉴저지에서 여름철 승마 경기, 세금 계산, 메르세데스 벤츠 차 등 그녀가 즐겼던 것들에 대한 그녀의 태도는 완전히 솔직하진 않았다. 그 태도는 극히 빈틈없었다. 그녀는 세금이나 보험 등에 관해 정보를 잘 입수했다. 물론, 그녀가 그런 것들을 이해한다는 건 여자라는 점에서 별로 불리할 건 없었다. 그녀가 그런 것들을 이해해선 안 될 법이 있는가? 그러나 난 그녀의 과거 얘기를 듣는 걸 단념하게 될까 봐 두려웠다. 글쎄, 반드시 그래야만 하지는 않았으리라.

"그는 나를 독립시키려 하지 않았어요. 만약 내가 예금통장이라도 가졌다는 걸 알면 그는 그 돈을 다 쓰도록 만들었죠. 그는 내가 무력해져야 한다고 생각했어요. 한번은 내가 알고 있던 목재회사 사장이 롱아일랜드에서 큰 도박장을 벌이려 할 때, 내게 일 년에 1만 5000달러 줄 테니 호스테스를 맡아달라고 했어요. 컴벌랜드는 이 소식을 듣고 굉장히 화를 냈었지요."

"그는 모든 걸 알아냈었나?"

"그는 흥신소 사람을 댔어요. 당신은 그런 사람에 대해 많이 알고 있잖아요. 그는 필요하다면 달까지도 빌리려 들 거예요."

"내가 알고 싶은 건 이미 다 알았어."

"오기, 여보, 제발 당신도 많은 실수를 저질렀다는 걸 기억해요. 당신은 캐나다에서 오는 이민들을 숨겨 주고, 절도도 했었잖아요. 많은 사람들이 당신을 방황하게 했었죠."

좋다, 그런데 왜 그녀는 내가 자기를 사랑한다는 데 만족할 수 없으며, 왜 이 얘기를 멈추지 못하는 것일까? 목재회사 사장에 대한 얘기는 무슨 말인가? 정말로 호스테스가 되려고 했을까? 나는 앉아서 그 점에 대해 곰곰 생각해 보고는 몸서리쳤다. 의자 팔걸이가 나를 찌르는 것 같았고, 화려한 바바리아제 침대와 자질구레한 장식품들, 속을 넣어 박제한 꾀꼬리 등 모든 것이 내겐 장애물로 보였다. 난 또다시 잘못하고 있단 말인가? 내가 잘못을 거듭해 왔다는 생각은 베이스트쇼와 함께 표류할 때 보트에서 가졌었다.

그런데도 결국 우리는 성공하리라고 나는 믿었다. 난 백 퍼센트 실망에 가득 찬 거짓 인상을 남기고 싶지 않다. 그것은 좋지 않다. 잠에서 깨어나 머리를 쳐들고 입을 열어, 은총이란 게 모든 창조물에 내리기는 하지만 어떤 곳엔 더욱 두텁게 내린다는 신비스러운 꿈에 대해 털어놓는 그 성인이라는 자가 누구인지 나는 모른다. 그가 누구이든 그런 꿈에 반응을 보인다는 건 나의 큰 약점이리라. 이게 사랑의 운명이다. 이게 내 약점이다. 또는 발생한 어떤 일에 대한 신비스러운 동경이다.

  스텔라에겐 속이는 기질뿐 아니라, 단순함, 일종의 순진한 진지함 같은 것이 있었다. 그녀는 매우 진지한 태도와 깊은 애정으로 흐느꼈다. 그러나 어쨌든 그녀의 마음을 바꾸기란 쉽지 않았다. 예를 들면, 나는 그녀의 손톱을 짧게 깎도록 했다. 그녀는 손톱을 길게 기르고 있는데, 손톱들이 일단 갈라지기 시작하면, 아프게 속살에 닿을 정도로 갈라진다. 그래서 그녀는 울기 시작하는 것이다. 그럴 때면 나는 "저런, 왜 손톱은 그렇게 길게 기르는 거요!"라고 말하면서 가위로 손톱을 다듬어준다. 그러면 그녀는 거기에 순순히 응한다. 그러나 그녀는 다시 손톱이 길게 자라도록 둔다. 뿐만 아니라 진저라는 고양이의 경우도 그렇다. 그놈은 매우 버릇이 나빠서 밤마다 램프와 접시들을 뒤집어 잠을 깨워놓고 먹이를 달라고 한다. 그래서 그놈을 밤에는 부엌에 가둬놓아야 한다고 말다툼하다가도 단지 자신이 어리석다는 것을 깨달을 뿐이었다. 그녀는 자기가 얼마나 독립하고 싶어 했던가를 계속 되풀이했다.

  "당연하지, 누가 그것을 원하지 않겠어?"

  "아니에요. 내 말은 나 자신의 생각대로 어떤 일을 해보고 싶었다는 거예요. 그건 단지 돈 문제가 아니죠."

  그는 그녀를 억압했다. 즉 실질적으로 그의 손아귀에 꼭 쥐였기 때문에 그녀는 내게 그를 혹평한 것이었다.

  "그는 내게 어떤 일을 시켜주겠다고 약속만 해놓고는 항상 자기 의견대로 했어요. 그래서 결국 나는 그곳을 떠나서 캘리포니아로 갔죠. 그곳에선 나를 스크린 테스트한 적이 있는 사람 하나를 알고 있었어요. 나는 시험을 아주 훌륭하게 쳐서 뮤지컬의 일부를 맡게 되었는데, 영화가 개봉됐을 때 내 대사가 전부 잘려 나갔어요. 난 말 한마디 없이 미소만 짓는 바보같이 보였어요. 시사회가 있은 후 나는 아팠어요. 그는 자기의 영향력을 발휘해서 제작자로 하여금 그렇게 하도록 한 거예요. 나는 그에게 전보를 쳐서 영원히 절교하겠다고 했어요. 다음 날 난 맹장염에 걸려서 병원으로 갔는데 24시간 내에 그는 내 곁으로 왔더군요. 나는 그에게 '이 여행에 대해 부인에게 뭐라고 변명하겠어요?' 하고는 그와의 관계를 영원히 끝냈죠."

나는 부부들이 지난 결혼이나 과거 일에 대해 얘기하는 걸 들을 때마다 움찔하게 된다. 나는 이 점에서 특히 민감하다.

물론 이게 스텔라에겐 어려운 일이라는 것을 알고 있었다. 그녀는 그것으로 인해 고통을 겪지 않았다. 절대로 아니다. 그녀는 그에 대한 기억에 거듭 괴로워했고, 그러면서 또한 나를 상당히 들볶았다.

"알았어, 스텔라, 자, 제발."

마침내 나는 말했다.

"뭘 알겠단 말예요? 난 그것에 대해 전혀 얘기하지 말란 건가요, 항상?"

그녀는 화를 내며 말했다.

"하지만 당신이 항상 얘기했잖아. 그리고 다른 사람보다도 그에 대해 더 많이."

"그가 밉기 때문이죠. 난 아직도 그가 진 채무 때문에 빚지고 있단 말예요."

"우리가 그것을 갚을 수 있을 거요."

"어떻게요?"

"아직은 잘 모르겠어. 민투치안과 의논해 보겠어."

그녀는 그러는 걸 원치 않고 심각하게 반대했으나 여전히 그를 만나러 갔다.

그는 이미 컴벌랜드에 관해 모든 것을 알고 있었으므로, 조금도 놀라운 일이 아니었다. 우리는 5번가에 있는 그의 사무실에서 그 일에 관해 얘기했다.

"자네가 얘기를 들춰내니까 하는 말이지만, 그녀는 그에게 해로운 존재였지. 그는 그녀에게 부당하게 대했어. 하지만 그는 이제 좀 더 나이가 들었고 모든 것이 끝났어. 그의 가족에겐 힘들어. 이젠 그의 아들이 그 회사의 사장이 됐어. 그가 말하길, 그녀가 그들을 위협할지라도 어디서나 이길 수 없을 거야. 게다가 법적으로도 그녀는 크게 유리할 게 없지."

"위협, 무슨 위협? 그녀가 그를 귀찮게 한다고요? 그녀는 그와 이 년간 아무 관계도 없었다던데요!"

"아마 그녀가 속인 게로군. 엄격히 말해서 말이야."

나는 이 말에 아찔했다. 퍽 부끄러웠다. 어떻게 더 이상 나아갈 수 있을까? 자신을 방어하지 않는다면 살해될 것이고, 스스로를 방어한다 할지라도 그것 때문에 역시 죽게 마련인 것을.

"난 그녀가 법적 투쟁을 벌일까 두렵네. 그녀는 침착하지 못하거든."

민투치안이 말했다.

나는 스텔라에게 말했다.

"이제 이 문제를 단념해. 소송은 더 이상 없을 거야. 그가 어디에 있는지, 뭘 하고 있는지 항상 알고 있잖아. 당신은 진실을 얘기하지 않았어. 당장 중지해. 난 일주일 내에 다시 배를 타야 해. 이런 문제를 몇 달이나 생각하고 싶지 않아. 내게 약속하지 않으면, 돌아오지 않겠어."

그녀는 드디어 포기했다. 내가 자기를 위협했다는 괴로움에 울었지만 약속은 했다. 이제 그녀는 다시 쉽게 얼굴을 붉히며, 애정에 찬 스텔라로 돌아온 것이다. 그녀가 울자 분홍빛 얼굴은 어두워 보였고 두 눈까지 그랬다. 그 모습은 내가 아카틀라에서 처음으로 봤던 때만큼 사랑스러웠다. 마치 자바인이나 혹은 수마트라인의 유전질을 받은 듯이 그녀의 모습은 얼굴 표면이 약간 돌아 나왔다. 그녀가 울 때 난 상하기도 하고 평온하기도 한 마음으로 앉아 있었다. 운다는 건 어떤 여인들에게는 더욱 완강한 고집이지만 스텔라에겐 진정한 순간이었다. 그녀는 자기가 그에 대해 그렇게 많이 말하지 말았어야 했다면서 그를 마구 비난했다.

그래서 나는 기분이 한결 나아졌다. 그녀가 내게 벌들의 문명에 대한 책을 사준 건 이때였다. 나는 그 책을 열심히 읽어 벌과 꿀에 대한 지식을 얻었다. 그러나 그게 실제적인 유용성을 갖고 있지는 않음을 알았다.

물론 모든 영화 기업체는 그녀가 독립적으로 성공을 이루어낼 수 있음을 컴벌랜드에게 보여 주었다. 그녀는 그리 대단한 연기력을 갖진 않았으나 겉으론 그렇게 보였다. 사람들은 자기의 재능을 발휘하는 게 아니라 선입견이 이끄는 대로 행동한다. 그들이 자동차 수리를 잘해도 돈 조반니 노래를 불러야 하고, 노래를 잘한다 해도 건축가가 되어야 한다. 그리고 건축에 재능이 있는 자들은 감독관이나 추상화가, 혹은 그 외 다른 것이 되어야 한다. 무엇이든 말이다! 그것은 일종의 심술이다. 그것은 자기를 위해 어떤 일을 하는 데 다른 사람은 필요치 않다는 망상이나 자만심이란 걸 입증해야 한다.

어쨌든 스텔라는 니보의 영화사에 나가고, 나는 자학하기 위해서 암거래에 손대고 있다. 하긴 유럽의 사업만이 그런 식이긴 하지만 말이다. 이건 정말 미친 짓이다. 그러나 나는 그것에 대해 어떻게 할 수가 없다. 그럼에도 내가 희망에 찬 사람이라는 건 틀림없었고, 이제 내 희망은 단지 어린애들과 내 생활에 정착하는 것뿐이었다. 아직은 스텔라를 납득시킬 수 없었다. 그러므로 내가 증기를 뿜으면서 질주하는 급행열차에 몸을 싣고 멀어지는 지평선과 알프스 지방을 돌아다니거나 혹은 담배를 피우면서 폴라로이드 선글라스를 통해 길을 응시하면서 내 검은 시트로엥 자가용으로 대기를 뚫고 달릴 때 사업 문제보다 더 골똘히 생각했던 건 아직 태어나지 않은 어린애들에 대해서였다.

그것이 인생의 한 단계에 불과한 건지는 모르겠으나, 때때로 나는 이미 아버지가 된 듯한 기분을 느꼈다.

얼마 전에 로마의 비바 베네토 거리에서 한 창녀가 나를 꾀려 했었다. 그때의 상황은 좀 특이했다. 난 원래 키가 큰 편이었고 내게 말을 붙이던 그녀는 작고 뚱뚱하며 2년이나 3년상의 상복을 입고 있었다. 몹시 슬픈 얼굴이었다.

"나와 가요."

그녀가 말했다. 내가 조금도 끌리지 않았었다고 말함으로써 거짓말쟁이가 되고 싶진 않다. 사람이란 다 어느 정도는 그런 면이 있으리라. 그럼에도 거절은 그다지 힘들지 않았다. 싫다고 하자, 그녀는 자기 딴에는 깊은 상처를 받은 것처럼 보였다.

"왜 그러죠? 내가 당신에게 적당하지 않나요?"

"오! 아가씨, 그런 게 아니라 난 이미 결혼했다오. 애들이 있어요. 애들 말이오."

그러자 그녀는 완전히 풀이 꺾였다.

"미안해요. 애들이 있는 줄은 몰랐어요."

그녀는 자기의 실수에 대해 울음을 터뜨리려 했다. 완전히 공평을 기하기 위해, 난 그 말은 거짓이며 지금 막 그런 거짓말을 하고 싶은 충동을 느꼈다고 얘기했다. 그러나 어린애가 있다는 거짓말은 어디에서 연유한 건지 나는 안다. 전에 프레이저에게 얘기했던, 스텔라가 출연한 「고아들」이란 영화가 생각난 것이었다. 나는 작업 도중에 그 영화를 여러 번 보아야 했다. 그중 한 장면이 검열실에 있던 내게 인상적이었다. 검열실은 판자로 둘러싸여 외부와 차단된 곳으로 누런 삼베가 드리워져 있고 골루아 담배와 고급 향수 냄새가 풍겼다. 인상적인 장면은 스텔라가 한 여인과 아기를 위해 이탈리아 의사에게 호소하는 장면이었다. 그들은 그녀에게 이탈리아어로 대사를 코치했다. 그래서 그녀는 "그러나 마리아님과 아기 예수님! 아기 예수님!" 하고 외쳤다. 그러자 아무런 도움도 줄 수 없었던 그 의사는 어깨를 으쓱하며 "어찌하오리까! 어찌하오리까!" 하고 말했다.

나는 이 장면을 되풀이해서 보고 슬픔에 잠겨서 하마터면 울음을 터뜨릴 뻔했고, 또한 감정이 고조되어 스텔라에게 "여기, 여기, 당신이 소리 질러야 할 곳은 바로 여기란 말이오! 왜 이론적인 사람과, 그리고 전혀 이 세상의 것이 아닌 감정들의 유령을 원하는가 말이오?" 하고 소리칠 뻔했다. 그런 비통함이 막 내 두 눈에서 떨어지려는 찰나였다.

헤카베[29] 같은 여인들이나 가상적인 인물들 때문에 고통을 겪는 건 비교적 쉬운 일이라고 생각된다. 자기에게 상처를 주었던 사람들로 인해서 고통 받는 것보다도 훨씬 쉬운 일임에 틀림없으리라. 자기 자신이 누군가의 생활을 방해하고 있다거나 그에게 해를 끼치고 있다는 것보다는 타인들의 적이나 박해자들을 더 잘 알 수 있기 때문이다.

그런 일이 있을지도 모르기 때문에 내가 이미 어린애를 가졌다고 상상했다.

사이먼과 샬럿이 파리에 와서 크리용에서 묵고 있었다. 나는 그들이 엄마도 모시고 왔었으면 했다. 비록 그게 엄마에게 어떤 효과가 있는 건 아니지만 말이다. 나는 요즘 무언가 큰 일이 엄마에게 일어나야 한다고 생각했다. 난 뭐가 적당한가를 결정해야 했다. 이젠 돈이 있으므로 혼자서 그것을 결정할 수 있었다. 내가 일자리를 갖고 있다는 사실은 사이먼을 만족시켰다. 샬럿은 더 자세한 것을 알고자 했지만 역시 좋게 생각했다. 드디어 샬럿은 나로부터 상세한 것을 알아낼 기회를 포착했다! 나는 그들을 투르 다르장,[30] 라팽 아질,[31] 카지노 드 파리, 로즈 루즈, 그 외 사람들이 자주 드나드는 화려한 곳을 구경시켰으며 계산도 내가 했다. 사이먼은 샬럿에게 자랑스럽게 말했다

"자, 어때? 내 동생도 이젠 어른이 다 됐지."

스텔라와 나는 로즈 루즈에서 테이블을 사이에 두고 마주 보며 미소를 지었다.

이 단단하고 의심 많은 30대 초반의 샬럿, 아름답고 소신이 강한 그녀는 원한에 가득 차 있었다. 그녀는 전에 사이먼에게 불평이 있으면 내게 분풀이를 하곤 했다. 이젠 내가 과거보다 형편이 나아 보이고 어떻든 올바른 사고를 지닌 듯 보였기 때문에 내게 사이먼에 관한 불평을 할 수 있었다. 나는 그 이유가 몹시 알고 싶었다. 처음 일주일가량 우리는 도시에 있었기 때문에 나는 많은 것을 알아낼 수 없었다. 뒤 니보가 많이 도와주었다. 그는 진짜 귀족이었고 레스토랑, 나이트클럽, 그리고 패션쇼에서 그에게 아첨하는 자들 덕분에 사이먼 부부에게 큰 히트를 쳤다. 스텔라도 역시 왔다.

"굉장한 식사군!"

사이먼이 말했다.

"아내도 역시 잘 얻었구나. 너를 출세시킬 거다."

그의 말은 아름다운 여인을 소유하는 건 정착이라는 뜻이었다. 그것 때문에 남자는 돈을 벌게 되는 것이다.

"그런데 단 한 가지, 왜 그녀를 그렇게 누추한 곳에 있게 하니?"

"파리의 이 구역에서 샹젤리제에 가까운 아파트는 구하기 어려워. 게다가 우린 둘 다 집에 오래 있지 않거든. 만일 이곳에 정착해야 한다면 교외로 나가 생클루에 별장을 하나 마련할 작정이야."

"정착해야 한다면? 너는 마치 이곳에 정착하고 싶지 않다는 듯이 말하는구나."

"어디에 살건 마찬가지지."

여러 장소 중에서 우리는 뮌헨의 피나코테크에서 가져온 그림 전시회가 열리는 프티 팔레로 갔다. 굉장한 걸작들이었다. 뒤 니보는 빨간 스웨이드 가죽 코트를 입고, 잘 닦은 끝이 뾰족한 구두를 신고 육중한 몸을 이끌고 따라다녔다. 스텔라와 샬럿은 밍크 목도리를 둘렀고, 사이먼은 양쪽으로 단추가 달린 망토를 하고, 악어가죽 구두를 신었으며, 나는 낙타털 코트를 입고 있었다. 우리는 금과 보석들로 장식한 이탈리아인의 초상화들 앞을 지나가기에 어울릴 정도로 화려했다. 뒤 니보는 말했다.

"나는 그림을 좋아하지만 주제가 종교적인 건 참을 수 없어."

가끔 그림을 그리는 스텔라를 제외하곤 그림에 관심 있는 사람은 아무도 없었다. 나는 우리가 어떻게 거기에 가게 되었는지 설명할 수 없다. 아마 그 시간에 더 좋은 다른 곳이 없었기 때문일 것이다.

사이먼과 내가 잠시 뒤에 처지게 되었다. 나는 그에게 물었다.

"르네에게 무슨 일이 있어?"

하얀 그의 얼굴이 붉게 상기됐다. 그는 매우 살이 쪄 있었다.

"하필 왜 여기서 묻니!"

"형, 얘기해. 그들에겐 들리지 않을 거야. 르네가 아기를 가졌나?"

"아니, 아니야. 거짓말일 뿐이야. 아기는 없어."

"그렇지만 형이 말하기를……."

"내가 한 말에 신경 쓰지 마. 네가 물었기 때문에 지금 얘기하는 거야."

나는 형을 믿어야 할지 말아야 할지 몰랐다. 그는 화제를 바꾸려고 그렇게 서둘러댔다. 게다가 그는 얼마나 화를 잘 냈던가! 그는 남의 입에 오르내리기를 원치 않았다.

그러나 점심 식사 때 스텔라와 뒤 니보가 스튜디오로 돌아가자 샬럿이 입을 열었다. 그녀는 밍크 목도리를 세우고 벨루어 모자를 쓰고 앉아 있었다. 희고 보드라운 피부를 가진 그녀에겐 잘 어울렸다. 사이먼과 르네의 사건은 분명히 시카고 신문에 실렸으리라. 그래서 그녀는 내가 당연히 그 기사를 읽었으리라 생각하나 보다. 그러나 난 그 일에 대해 모른다. 나는 굉장히 놀랐다. 사이먼은 여지껏 입을 다물고 있었는데 샬럿이 모르는 일을 내가 공연히 말하지나 않을까 하는 생각이 그를 괴롭힌 듯싶다. 나는 그러지 않았다. 침묵을 지키고 아무것도 묻지 않았다. 르네는 그를 고소해서 스캔들을 일으켰다. 그녀는 아기를 가졌다고 주장했다. 그녀는 또 다른 남자 세 명도 고소했을지 모른다고 샬럿이 말했다. 샬럿은 그녀가 무슨 얘기를 하고 있는지 알고 있었다. 그렇다, 그녀는 박식했다. 만일 그 사건이 즉시 법정에서 해결되지 않았더라면, 그녀는 곧 많은 증거를 준비했을 것이다.

"내가 그녀에게 소송을 걸었을 텐데요!"

그녀가 말했다.

"하찮은 창녀 같은 년!"

대화가 진행되는 동안 사이먼은 우리에게 아무 참견도 하지 않았다. 그는 식탁에만 앉았을 뿐 우리의 친구는 되어주지 않았다. 샬럿이 말했다.

"그와 함께 있을 때 그녀는 항상 증거를 모으고 있었지요. 그들이 어느 곳에 들를 때마다 그녀는 성냥갑을 가지고 다니면서 그 속에 날짜를 적어두었어요. 심지어 그의 담배꽁초까지도 증거로 가지고 있었지요. 그런데 그런 행동을 항상 사랑으로 생각했겠죠. 왜 당신을 사랑했을까요?"

샬럿은 갑자기 감정을 폭발시키며 말했다.

"당신의 뚱뚱한 배 때문에? 흥, 그건 돈 때문이었죠. 돈 이외엔 아무것도 아니란 말예요."

이런 얘기가 나오자 난 숨고 싶었다. 어깨가 움찔했다. 그것이 우리 위에 불타 떨어지는 것 같았다. 사이먼은 조금도 동요하지 않고 생각에 잠긴 듯 담배만 계속 피우고 있었다. 대답도 없었다. 아마 그는 자기도 돈을 원했기 때문에 돈 때문에 그랬던 르네를 경멸할 수 없다고 생각했으리라. 그러나 입 밖에 내지는 않았다.

"그러고는 내게 전화를 걸어 '당신은 아기를 가질 수 없으니 그를 내버려 둬야 해요. 그는 아기가 있는 가정을 원해요.' '계속해 봐요. 재주껏 그를 데려가 보라고요.' 하고 나는 그녀에게 말했어요. '당신은 자신이 하찮은 창녀여서 그를 차지할 수 없다는 걸 알 텐데요. 당신이나 그나 둘 다 좋지 않아요.' 그러나 그녀는 사이먼을 법정에 출두시킬 명령을 얻어냈어요. 그가 소환됐을 때 내가 그에게 전화를 해서 이 마을에서 떠나라고 했죠. 그는 혼자 떠나려 하지 않았어요. '대체 뭘 두려워하죠? 그건 당신 아이가 아녜요. 그녀에겐 사내가 셋이나 더 있어요.' 하고 나는 말했어요. 나는 독감에 걸려 누워 있어야 했지만 그가 혼자 떠나려 하지 않아 그를 만나러 비행장으로 갔어요. 폭풍우가 치던 날이었죠. 마침내 우린 함께 떠났는데 네브래스카에 불시착해야 했어요. 그는 말했죠. '진작 그만둘걸. 내 인생을 갉아먹었어.' 만약 그가 그랬다면 난 뭘 했나요? 난 왜 거기 있었나요? 거기에 나를 위한 무엇이 있었나요? 사태가 악화되자 그는 나를 보호하려 달려왔고 나 또한 그를 보호했어요. 만약 처음에 그가 행복에 대해 그처럼 괴상한 사고방식을 갖지 않았더라면 그런 일은 없었을 테죠. 그가 모든 걸 기대할 일자리를 가졌다고 누가 말했나요? 누가 그런 권리를 가졌나요? 그런 권리란 없어요."

뒤에선 악사들이 활을 부드럽게 움직이며 악기를 연주하고 있었다.

"그녀는 결혼했어요. 그 녀석 중 한 명과 결혼해서 어디론가 사라졌죠……."

나는 샬럿이 그만했으면 했다. 폭풍우 속에서 비행하며 헛되이 지나간 인생에 대해 떠들어댄다는 건 지나친 일이었다. 사이먼은 점점 더 무관심한 듯이 보였지만, 그 이외에 달리 뭘 할 수 있겠는가. 나는 기침을 시작했다. 오랫동안 계속됐다. 그 이유는 다음과 같다. 옛날 내가 어렸을 때 편도선을 제거하러 병원에 갔었다. 내게 에테르 마스크를 씌우자 나는 울기 시작했다. 한 간호사가 "이렇게 큰 소년이 울어?" 하고 말했다. 또 한 간호사가 "아냐, 그는 용감한 소년인걸. 우는 게 아니라 기침하는 거야." 하고 말하자, 나는 정말로 기침을 시작했다. 지금 하는 기침도 그런 거였다. 고통에 찬 기침이었다. 그러자 대화가 중단됐다. 웬일인가 하여 호텔 지배인이 와서 물 한 컵을 주었다.

맙소사! 사이먼은 이런 얘기를 얼마나 들어야 한담? 그녀가 그만두지 않았다면, 오래전에 그는 목석이 됐으리라. 뭘 해야 한단 말인가? 인생을 버리란 말인가? 그녀가 그로부터 원하고 말하는 '옳은 것'이란 바로 이걸 뜻하는 거였다. 순수한 살인이다. 그녀가 속으로 누구든, 어떻게든 죽기를 원하고 그것도 늦는 것보다 빠를수록 좋다고 생각한다면 살인 범죄다.

그는 부끄러웠다. 그래서 거의 무표정해졌다. 그의 비밀이 드러났다. 그의 비밀들이! 대체 그 비밀들이 얼마만큼 될까? 히말라야 산만큼 쌓였으리라 생각할지 모르나 그런 비밀들이란 살아나가기 위해 잘못 처리된 노력에 불과한 것이다. 살기 위해, 죽지 않기 위해서란 말이다. 이거야말로 그가 부끄러워했어야 할 것이리라.

"감기 때문에 조치를 취해야겠군요."

샬럿이 냉정히 말했다. 나는 형을 퍽 사랑한다. 그를 만날 때마다 내 마음은 그에 대한 지극한 사랑으로 가득 찼다. 그도 그랬다. 비록 우리가 싸우는 것 같아도 말이다.

"네가 옛날에 하던 기침 소리 같구나."

사이먼이 말하면서 다시 한 번 나를 쳐다봤다.

바로 그때, 그에게 가장 나쁜 건 아이가 없는 거라는 생각이 들었다.


나는 파리에서 사이먼과 오래 지낼 수 없었다. 민투치안이 나더러 브루게로 가라고 전보를 쳤다. 대규모 나일론 거래를 할 생각이 있는 녀석이 있는데 그를 찾아보라 했다. 나는 곧 출발했다. 하녀 재클린과 동행했다. 그녀는 노르망디에 친척이 있는데 그들에게 크리스마스 방문을 하러 가는 길이었다. 그녀가 선물이 가득 든 여행 가방을 두 개 들어서, 내가 하나 들어주었다.

니보가 재클린을 스텔라에게 부탁했던 것이다. 그가 그녀를 처음 알았을 땐, 프랑스가 패한 바로 직후로 그녀는 비시에서 웨이트리스였고, 그는 고국을 떠나는 중이었다. 그들은 분명히 서로 친했을 것이다. 그러나 그녀가 너무 괴상하게 생겨서 그런 일을 상상하기가 힘이 들었다. 비록 그게 얼마 전의 일이긴 하지만 그녀는 자신의 한창때가 다 지난 걸 알았을지도 모른다. 그녀의 눈꼬리는 이상하게 처져 있었다. 커다랗고 구부러진 노르만인들의 코를 하고, 그리 좋지는 않으나 꽤 아름다운 머리, 핏줄이 보이는 관자놀이, 긴 턱, 그리고 엄격하게 보이는 입술에 루즈를 발랐으나 별 효과는 없었다. 그녀는 고상하게 화장했고, 화장품과 클리닝 액체의 달콤한 향기가 났다. 태도는 항상 바쁜 듯했고, 걸을 때처럼 마루에서도 쿵쿵거리며 빨리 걸었다. 성격은 부드러웠다. 수다를 좀 떨고 이해할 수 없는 사회적 야망에 가득 차 있기는 했다. 그녀는 집안일 외에도 늘 극장 안내원 따위의 일을 했다. 그건 대부분 니보의 영향이었다. 그래서 그녀가 커피를 마시려고 쿠폴에 들를 때쯤엔, 영화와 관련된 그리고 퇴근 시간 후의 거친 밤의 인생에 관련된 많은 사회 경험을 갖고 있었다. 그녀는 늘 강탈이나 강간 같은 폭행을 당했고, 아랍인들은 그녀를 때리거나, 밤에 그녀의 방으로 강제로 끌고 가기도 했다. 그녀의 엉덩이는 크고 다리는 정맥류(靜脈瘤)증을 앓고 있으면서도 잽싸게 움직였다. 그리고 날카로운 얼굴과 납작한 가슴을 갖고 있었다. 그런데 그런 게 사람들로부터 욕망을 없애 버릴까? 내가 말할 문제는 아니다. 그녀는 자신의 관능과 모험심에 불굴의 자만심을 갖고 있다. 그녀가 이런 난폭한 외모를 하고 앵무새처럼 문다면

26장 **303**

어떨까?

우리가 출발했을 때는 굉장한 휴가 때였다. 그녀는 가장 좋은 방법이라면서 차잎사귀로 내 낙타털 코트의 때를 벗겨 냈다. 나는 짐을 쑤셔 넣어 주석 열쇠가 처진, 두꺼운 판자로 된 그녀의 여행 가방을 가지고 와서 시트로앵 차의 트렁크 속에 집어넣었다.

날씨가 몹시 추웠고 눈발이 날렸다. 우리는 에투알을 돌아 루앙을 향해 요란하게 소리 내며 출발했다. 나는 아미앵을 거쳐 가야 했지만, 그녀 때문에 돌게 되는 건 아니라고 생각했다. 그녀는 친절하고 고마워할 줄 알았으며 온순했다. 우리는 느린 속도로 루앙을 지나 해협을 향해 북쪽으로 갔다. 그녀는 옛날 한창때인 비시에서의 얘기와 그곳에서 알게 된 모든 명사들 얘기를 했다. 그것은 니보에 대해 간접적으로 얘기를 꺼내는 그녀의 교묘한 화술이었다. 그녀는 기회만 있으면 내게 그의 얘기를 하려고 애썼기 때문이다. 그녀가 정말 원했던 건 내게 주의를 주며 그가 음흉한 자라고 경고를 하는 거였다. 보다시피 그녀가 배은망덕해서가 아니라 내게도 신세 진 처지이므로 그가 저지른 여러 범죄에 대해 암시해 준 것이다. 그녀가 그에 대한 얘기를 꾸며냈다는 걸 나는 알았다. 그는 그녀에게 그녀의 영혼이 갈망하는 어떤 훌륭한 이상을 제시했다.

그녀의 목적지가 가까워졌다. 쓸쓸하고 어두운 날에 나 혼자 브루게로 계속 가야 했지만, 그리 서운하진 않았다. 덩케르크와 오스탕드를 거쳐 가는 길은 폐허와 무시무시한 해협을 지나야 하므로 지극히 우울했다.

그녀 아저씨의 농장으로부터 몇 킬로미터 못 미쳐서 시트로앵의 엔진이 꺼져, 마침내 우리는 멈췄다. 차 뚜껑을 열어보았으나 모터에 대해 아는 게 없었다. 게다가 얼어붙었다. 그래서 우리는 들판을 지나 농장까지 걷기 시작했다. 거기 가서 그녀의 조카를 시켜 마을의 기능공을 불러올 참이었다. 우리는 터벅터벅 꽤 걸었다. 잔디가 있는 갈색 벌판을 가로질러 3, 4마일을 걸었다. 이 벌판에서 백년전쟁이 일어났었다. 전사한 영국군의 뼈는 교회에 안치되기 위해 본국으로 보내졌고, 늑대와 까마귀 떼가 시체들을 파먹던 곳이었다. 잠시 후 추워서 숨이 찼다. 재클린의 얼굴에 눈물이 흘러 화장이 지워졌다. 나는 손발이 얼어서 감각이 없었다.

"위장까지 얼겠어요! 퍽 위험해요."

1마일쯤 걷자, 그녀가 말했다.

"위장? 어떻게 그게 얼지?"

"그럴 수 있죠. 그렇게 되면 일생 고통 당할 거예요."

"어떻게 하면 막을 수 있지?"

"노래를 부르면 되죠."

그녀는 얇은 파리제 구두를 신고 절망에 차서, 머리 뒤의 머플러를 끌어당기려 했다. 그런 다음 나이트클럽 노래를 부르기 시작했다. 추위에 떠는 검은 새들이 낙엽진 참나무숲에서 날개를 치며 날아갔다. 새들마저 너무 추워 지저귈 수 없었나 보다. 그놈들의 소리가 들리지 않았다. 단지 재클린의 희미한 목소리만 들렸다. 그 소리는 눈 쌓인 산골짝이나 고랑을 넘어 멀리까지 들릴 것 같지 않았다.

"당신도 노래 불러요. 그렇지 않으면 무슨 일이 생길지 몰라요."

그녀가 말했다. 나는 그녀와 의학적인 미신이 옳다거나, 혹은 현대과학이 얼마나 정확하고 우수한가에 대해 다투기 싫어서, 노래 부르기로 마음먹었다. 정말 나 역시 노래 부르는 편이 나을지도 모르겠다. 내가 부를 수 있는 노래는 「라 쿠카라차」뿐이었다.

1, 2마일가량 계속「라 쿠카라차」를 불렀지만, 괜찮아지기는커녕 더 추웠다. 거친 바람 속에서 숨 쉬고 노래 부르는 데 지치자, 그녀가 말했다.

"당신이 부르는 노래는 프랑스어 같지 않은데요?"

나는 멕시코 노래라고 했다.

그러자 그녀가 환성을 질렀다.

"난 멕시코에 가보는 게 평생 소원이에요!"

평생 소원이라고? 뭐야, 사이공이 아니고? 헐리우드도 아니야? 보고타나 알레포도 아니고? 나는 눈물이 반짝이는 그녀의 두 눈과, 추위에 떠는 모습, 마스카라를 칠해 귀신같이 보이지만 진지하고 교훈적인 모습, 막에 싸였지만 화려한 얼굴, 새까만 눈썹, 함정 같은 붉은 입술의 그녀를 다시 보게 되었다. 그녀는 여성적이나 심술궂은 면이 있었다. 하지만 여전히 희망에 차 있고, 끈질기게 유혹적이었다. 멕시코에 간다면, 그녀는 거기서 뭘 할까? 멕시코에서의 그녀를 상상해 봤다. 얼마나 괴상할까! 나는 크게 웃었다. 그런데 이 노르망디 숲 속에서 도대체 내가 무슨 짓을 하고 있는 걸까? 그 일은 어떻게 된 거지?

"무슨 재미있는 생각을 했나요, 마치 씨?"

그녀는 어깨가 넓고 소맷부리가 좁아지는 짧은 재킷을 입은 팔을 흔들며, 나와 바삐 걸으며 말했다.

"꽤 우스운 것이죠!"

그때 그녀가 손으로 가리키며 말했다.

"저 개들 보여요(*Vous voyez les chiens*)?"

농장의 개들이 우리를 보자 냇물을 뛰어넘어 요란히 짖어대며 달려왔다.

"걱정 마세요."

그녀는 나뭇가지를 집었다.

"저놈들은 나를 잘 알아요."

정말 그랬다. 개들은 길길이 뛰어올라, 그녀의 얼굴을 핥았다.

차는 점화 플러그가 고장이었는데 금방 고쳐졌다. 나는 덩케르크와 오스탕드로 가는 걸 포기했다. 영국인이 그렇게 죽어갔던 그 마을은 지금 폐허가 됐다. 콘셀형 병사(兵舍)가 그 폐허에 서 있었다. 유서 깊은 바다 저편은 늑대의 털빛처럼 잿빛 같았다. 길게 펼쳐진 백사장 위로 파도가 하얗게 밀려왔다가 산산이 부서졌다. 나는 저 원시적인 희부연 바다로부터 분노에 찬 무서운 흰 파도가 하얗게 밀려왔다가 다시 북쪽으로 밀려가는 것을 보았다. 현대 문명의 모든 파괴적인 것, 바로 옆에서 영원처럼 입을 벌리고 있는, 분노의 흰 파도로부터 벗어나, 급히 브루게로 돌아가고자 했다. 내가 만일 밤을 새워 브루게에 닿을 수 있다면, 그 푸른 운하와 고궁을 보게 되리라고 생각했다. 오늘같이 추운 날, 이것을 위안으로 삼을 수 있었다. 들판을 걸어왔기 때문에 아직도 추위가 가시지 않았다. 그러나 재클린과 멕시코를 생각할 때, 다시 빙그레 웃음이 나왔다. 그것은 내 속에 있는 동물의 속(屬)이다. 즉 끊임없이 고개를 들고 일어나는 웃음의 생물인 것이다. 무엇이 그렇게 우스운가? 예를 들어 거친 힘에 의해 그처럼 시달린 재클린 같은 여자가 아직도 좌절하지 않고 인생을 살아가려는 것이 그렇게 우스운 것일까? 아니면 웃음은 우리들 인간을 이겨내고 또 인간의 희망을 꺾을 수 있다고 생각하는—영원을 포함한—자연에 대한 웃음일까? 아니다, 아니다! 결코 그렇지는 않으리라. 그러나 아마 그건 자연에 대한 것이 아니면 인간의 희망에 대한 익살이리라. 그런데 웃는다는 것은 양면성을 포함하고 있는, 수수께끼와도 같은 언어이다. 어디든지 가는 나를 보라! 글쎄, 나는 주위에 있는 일종의 콜럼버스 같은 사람이다. 그리고 모든 사람들이 현재 어느 곳으로 보나 펼쳐져 있는 이 지구상의 미지의 세계(terra incognita)에서 이와 같은 사람들을 접촉할 수 있으리라 믿는다. 이런 노력을 하다가 나는 실패자가 될지도 모른다. 콜럼버스 역시 쇠사슬에 묶여 본국으로 송환됐을 때 아마 자기가 실패자라고 생각했으리라. 그러나 그것이 아메리카 대륙이 없다는 것을 입증하지는 못했다.

작품해설

# 솔 벨로의 문학 세계

이태동

무질서와 혼돈, 그리고 인간의 비인간화로 인한 '자아 상실'이라는 현대적 상황에서 전후 미국 소설의 방향은 사회 비평에서부터 자아에 대한 이해로 전환되어 왔다.

이러한 '자아의 문학'이라는 새로운 전후문학을 일으키는 데 가장 중심적인 역할을 한 작가가 솔 벨로이다. 그는 유명한 전미도서상(National Book Award)을 1954년 이래 세 차례나 받았을 뿐 아니라, 1945~1975년에 활동한 미국 현대 작가들 가운데 가장 큰 명성을 얻고 있다. 현재 대부분의 그의 작품은 미국문학의 고전이 되어 있을 뿐만 아니라 여러 나라 말로 번역되어 세계 각국에서 널리 읽히고 있다.

오늘날 그를 이와 같이 높은 위치에 올려놓는 데 결정적인 역할을 한 작품은 다름 아닌 1953년에 발표한 『오기 마치의 모험』이다. 솔 벨로는 이 작품에서 포올 틸리히가 말한 '인간의 궁극적인 문제'를 새로운 각도에서 취급했을 뿐만 아니라, 당시 문단을 지배했던 자연주의와 신화 그리고 심리학적인 경향을 깨뜨리고 새로운 경향의 문학, 즉 실존적 액티비즘을 담은 '신피카레스크' 형식을 완성했다.

그가 대부분의 작품에서 취급하고 있는 문제는 인간 조건과 지성인이 부닥친 현대적인 상황으로서, 실존주의적인 경향을 짙게 풍기고 있다. 많은 비평가들이 이미 밝힌 바와 같이 『오기 마치의 모험』의 주제는, 1941년 《파티잔 평론(Partisan Review)》에 처음 발표한 「두 개의 아침 독백」이란 단편에 이미 잉태되어 있었다. 이 작품에 나오는 첫 번째 독백은 징집영장(徵集令狀)을 기다리는 어느 젊은이의 독백이다. 그는 마치 카프카의 조셉처럼 이 영장을 방황하는 자신의 인생에 종말을 고하기 위한 수단으로 받아들인다. 두 번째 독백 역시 자아 상실이라는 강박관념에 쫓겨 광적으로 몸부림을 치는 어느 도박사의 고백이다. 그는 "누가 우리를 선택하며, 누가 그리고 무엇이 우리의 위치를 결정하는가?"라고 회의한다. 그리고 이어서 "잘해서 죽지 말아야 한다⋯⋯. 모든 것은 너의 손에 달려 있고, 너의 힘에 달려 있다."라고 독백을 하며 의무적인 충동에서 도박을 한다. 그의 도박은 인생을 하나의 '게임'으로 보게끔 하는 상징이다. 이렇게 도박을 하면서 그는 이기고 지는 흥분 가운데서 움직이는 삶의 위대함을 체험하고 인생의 '히로이즘'과 '패배' 및 '굴욕'의 양극적인 경험이 무엇인가를 이해한다. 다시 말하면 이러한 그의 행동주의는 인간의 절대적인 자유를 주장하려는 처절한 노력이다.

이와 같은 두 가지 주제, 즉 인간은 인간 자신이 결코 만들지 않은 이 세상에 태어나서 방황해야만 한다는 것, 그리고 감옥과도 같이 우리 주위를 둘러싸고 있는 존재의 벽을 뚫고 완전한 자유를 쟁취하려는 욕망 사이에 가로놓인 실존적인 딜레마를 취급한 것이 『오기 마치의 모험』이다.

이 작품의 주요 배경은 소설 첫 장에도 나타나 있는 것처럼, 비인간적인 사회를 상징하는 '음울한 도시' 시카고이고, 주인공은 자칭 철학자라고 말하는 '피카로'(Picaro: 스페인어로 '악한')이다. 그는 헤라클레이토스의 말을 인용해서 "인간의 성격은 그의 운명이다."라고 말한다. 그가 사는 곳의 이웃들은 더럽고 비열한 사람들이다. 그는 유대인이다. 그러나 이것은 그 자신의 믿음에서가 아니라 이웃의 불량배들이 그렇게 믿고 박해를 하여 확인된 사실이다. 이와 같이 오기 마치가 살고 있는 세계는 현대인이 처한 어려움 많은 실존적 상황으로, 약한 자와 불행한 자를 차별하고 학대하는, 견디기 어려울 만큼 잔인한 곳이다.

소설은 인간에게 주어진 감옥과도 같은 현실과 '운명'이라고 말한 '인간 성격' 가운데 내재해 있는 자아 발견을 위한 자유 의지 사이의 갈등을 말한다. 그래서 주인공 오기는 주어진 현실을 그대로 받아들이지만, 그것의 희생자가 되지 않고 오히려 그 속에서 인간에게 주어진 성격, 즉 운명의 길에서 소외된 자아 탐색을 위한 모험을 끊임없이 계속한다. 이것은 자아 발견을 위한 편력이며 형이상학적인 항해이다. 다시 말하면 인간의 마음 가운데서 갈구하는 궁극적인 어떤 것을 충족해 주고 영원한 인간을 구현하기 위한 자유를 쟁취하려는 처절한 인간 투쟁이다.

자유는 실존적인 의미에서 선택을 조건으로 하며, 선택을 하지 못한다는 것은 결국 자유가 없는 자아 상실을 의미한다. 그런데 선택은 행동과 움직임을 수반해야 하기 때문에, 자유는 침체와 정지 상태에서는 존재하지 않는다. 이러한 의미에서 오기의 모험은 속박과 침체 상태에서부터 벗어나려고 노력하는 사람이 겪는 사건의 연속이다.

주인공 오기는 온전한 가정이라고 말할 수 없는 어느 가난한 집에서 고아 아닌 고아로 태어났다. 그의 아버지는 누구인지 모르지만 이야기가 시작되기 전에 이미 그의 어머니를 버렸다고 한다. 어머니는 지극히 착하지만 항상 남에게 짓밟히기만 하며 살아가는 슬픈 운명의 여인이다. 형 사이먼은 세속적인 출세와 돈에 깊숙이 빠져버린 속물이고, 동생 조지는 지적장애아다. 집에는 어머니가 있으나 하숙인으로 들어온 로시 할머니가 가정을 지배한다. 이렇게 어려운 상황에서 태어난 오기는 일찍부터 자활(自活)의 길을 걷지 않으면 안 된다. 그 과정에서 자신을 속박하려는 사람들과 끊임없는 갈등을 하며 자유를 추구한다. 로시 할머니의 경우도 그러했지만 신문 배달 일을 도와주고 돈을 벌기 위해 찾아간 사촌 코블린가(家)에서도 그를 집 나간 아들 대신으로 사위를 삼겠다고 한다. 그러나 그는 자기는 '보다 나은 운명을 생각하고 있다.'고 생각하면서 그들의 간청을 뿌리치고 그곳을 떠나버린다. 그 후 소년의 꿈을 버리고 세속적으로 타락해 가는 형 사이먼이 그를 위해 일자리를 구해 주나, 그 일을 하지 못하고 마키아벨리적 인간인 아인혼이란 앉은뱅이 밑에서 비서 노릇을 한다. 오기는 신에게 저주받은 불구의 몸을 가지고 있으면서도 그것을 이겨내려는 인간적인 모습을 아인혼에게서 발견하고 때때로 그를 존경하기도 했지만, 그의 밑에 있는 것이 자신의 운명이 아니라 생각하고 잡화상을 경영하는 렌링가에 점원으로 들어간다. 이번에는 렌링 부인이 그를 양자로 삼으려고 하자, 그는 또다시 '그것은 내가 찾으려는 운명이 되지 못한다.'고 생각하며 그곳을 나와 도둑질하는 친구의 일에 가담하는 등 뼈아픈 고생을 한다.

그러는 동안 오기는, 돈과 권력이 있는 부유한 집 딸 샬럿이라는 여자와 결혼을 해서 타고난 환경이 허락지 못했던 사치와 권력을 줄 욕망에 가득 찬 사이먼의 사업을 돌본다. 이때 사이먼은 오기가 루시 매그너스라는 돈 많은 집 딸과 결혼을 해서 그녀가 받은 유산으로 안정되고 부유한 생활을 하도록 종용한다. 그러나 그는 '나는 보다 나은 운명을 개척해야 한다……. 그것이 무엇보다 중요하다.'고 생각하며 사이먼과 같은 길을 걷기를 거부한다.

그 후 오기는 노동조합 조직책으로서 일하면서 호텔 하녀 소피 게라티스와 관계를 맺는다. 이 무렵 그가 렌링가에 있을 때 벤턴하버 관광지에서 처음 보고 사랑에 빠진 에스터 펜첼이란 여인의 언니인 테아 펜첼이 그를 찾아온다. 그는 다시금 조직 사회라든지 정치적인 단체가 자신이 원하는 게 아니라는 것을 깨닫고 테아를 따라 멕시코로 떠난다. 멕시코에서 테아가 하고자 하는 일은 독수리를 훈련시켜 이구아나(도마뱀)를 사냥하는 것이었다. 그러나 그들이 훈련시킨 독수리가 사냥하려는 도마뱀에게 물려서 도망을 가버린다. 테아는 크게 분개한다. 그러나 오기는 이와 반대로 동정적인 태도를 취한다. 테아는 모든 것이 비인간적이 될 수 있을 정도로 날카롭고 극단적이 되기를 원하며 잔인하고 가혹한 자연을 믿는 유형의 상징이다. 그러나 오기는 자연 가운데 섞여 있는 인간적인 요소에 마음을 주고 독수리를 동정한다.

그래서 오기는 테아의 비인간적이고 비현실적인 사랑에 회의를 느끼게 된다. 그때 스텔라라는 여인을 만나게 되어 테아는 떠나고, 그는 시카고로 다시 돌아온다. 그 뒤 스텔라를 다시 만나 결국 자신의 인생 목표라 생각한 결혼을 하기에 이른다. 그들이 결혼하게 된 이유 중의 하나는 스텔라가 오기에게 "당신이나 나는 타인들이 항상 자기네들 계획에 끌어들이려고 하는 그런 종류의 사람이죠. 그러니 우리가 누군가를 따라 행동하지 않는다면 어떻게 될까요?" 하고 말한 데 있다. 오기는 스텔라의 친구인 세속적인 법률가 민투치안에게 자기는 "더 나은 '오기 마치'를 창조하기 위해 운명의 손을 강요한다거나 시간을 황금의 시기로 돌리는 짓 따윈 결코 안 하겠어요."라고 말하고 그의 축복을 받으면서 스텔라와 결혼한다. 그러나 전쟁이 나서 상선대(Merchant Marine)에서 근무하다 어뢰정에 배가 침몰되고, 정신이 이상한 배의 목수인 베이스트쇼와 함께 구명보트를 타고 헤매다가 다행히 영국 상선(商船)에 구조된다. 그러고는 프랑스로 와서 상류사회 생활을 하며 자서전을 쓴다.

한편 스텔라는 영화를 만들고 오기는 민투치안이 주관하는 사업에 손을 대어 돈을 벌면서 파리에서 산다. 그리고 고아 및 그의 동생 조지와 같은 불행한 사람을 위한 학교를 세울 꿈을 가진다. 그러나 그는 이러한 꿈을 현실화할 수 없다는 것을 알며 또 그것을 이루지 못한다.

그러나 오기의 이러한 태도는 그 당시 자신의 상황을 마음속으로 완전히 받아들인 것은 아니다. 그는 계속 침묵을 지키고 있음에도 불구하고 말을 하고 있으며, 그의 숙명적인 성격 때문에 자기의 행위가 허망한 것으로 끝날지라도 그러한 행위를 계속하기를 주장한다.

이러한 오기의 태도는 소설의 결론이라고도 할 수 있는 끝 장면의 에피소드와 그곳에서 오기가 독자들을 향해 말하는 독백에서 잘 나타난다. 소설이 보여 주는 마지막 '오기의 모험'은 민투치안의 전문을 받고 브루게로 가는 길에서 일어난다. 노르망디에 친척을 만나러 가는 낙천적이고 바보스러운 하녀 재클린이 동행하는데, 가는 도중 차가 고장이 나서 차가운 벌판길을 걸어야만 했다. 모랫벌 해안에는 무서운 자연의 위력을 상징하는 성난 파도가 하얗게 부서지고 있었다. 그러나 그는 계속 길을 걸어가면서 어둠을 뚫고 브루게까지 가면 그곳에는 푸른 운하와 고궁을 볼 수 있을 것이라는 생각을 한다. 잔인하고 거친 자연의 힘을 상징하는 추위에 시달려도 오기를 좌절시키거나 그가 가는 길을 막지는 못했다.

자아 발견을 위해 이렇게 처절한 길을 걷고 있는 그는 자신을 콜럼버스와 같은 사람으로 비유한다. 자아 발견을 위한 노력에서 실패할지도 모른다고 생각한다. 그러나 실패가 자아 발견, 다시 말해 이상적인 인간 구현을 할 수 있을 것이라는 희망을 꺾지는 못하리라 생각한다. 마치 "콜럼버스 역시 쇠사슬에 묶여 본국으로 송환됐을 때 아마 자기가 실패자라고 생각했으리라. 그러나 그것이 아메리카 대륙이 없다는 것을 입증하지는 못했다."라는 그의 독백처럼.

그러나 오기의 자세가 반드시 낙천적인 것만은 아니었다. 그는 죽음과 더불어 어둠 속에서 실패로 끝나 버릴 가능성이 있는 자아 발견의 길을 끝까지 추구하려는 비극적인 인간의 처절한 욕망은 물론 그 목적을 성취하려는 희망과 노력을 꺾어버리는 자연의 부조리에 대해 웃음을 터뜨린다. 그러나 양면성을 지니고 있는 웃음의 미학 속에는 단순한 조롱과 풍자만이 있는 것이 아니라 눈물보다 짙은 비극적인 반항이 있다.

그러면 플롯을 전개시키고 오기를 계속 가게 만든 그의 성격이라고 말한 운명의 실제는 어떠한가?

노스캐롤라이나 대학 교수 흐와아드 M. 하퍼 2세가 예리하게 분석한 바와 같이 운명은 두 가지 종류로 되어 있다. 하나는 우리가 선택한 종류이며 다른 하나는 우리에게 선택되어진, 다시 말하면 태어날 때부터 주어진 운명이다. 오기는 이 두 가지 운명의 차이를 확실히 알 수 없었으나, 그는 선택을 위한 선택을 했다.

선택을 위한 선택은 주어진 운명의 성격 즉 인간 조건을 바탕으로 해서 '보다 나은 운명'을 찾으려는 자유로운 인간 의지가 이룩한 선택을 말한다.

그래서 오기는 남들에 의해서 선택된 운명을 현실적으로 받아들이지만, 그것을 벗어나서 자신이 선택한 실존적인 의미에서의 '보다 나은 운명'을 찾으려고 항상 노력한다. 그래서 오기가 추구하는 목표가 자아 발견이라면 자연이 아닌 인간의 의지와 힘을 바탕으로 한 선택이란 필요불가결한 것이다. 왜냐하면 실존주의자들이 말한 것처럼 나 자신의 자유를 위해 선택을 하지 않고 다른 사람의 선택으로 피난처를 찾거나 혹은 그것에 의해서 자신을 모호하게 만든 경우에는 자아를 발견할 모든 기회를 포기하는 결과가 되기 때문이다.

이와 같이 오기는 자아 발견을 위한 선택의 수단이 되는 위대한 힘을 획득하는 것이 휴머니티라 생각하고, 인간적인 것을 위축시키거나 저해시키는 비인간적 요소로부터 벗어나려고 한다. 그는 형 사이먼을 살아 있는 죽은 사람으로 만든 것이 무엇이며, 테아 펜첼이 찾으려고 했던 '인간 이상의 것'이 얼마만큼 인간적인 것에 배치된다는 점을 사실적으로 나타내 줄 뿐 아니라, 전문화된 현대 문명과 인간을 하나의 독립적이고 자유로운 개체로 두지 않고 군상이나 혹은 집단의 세포로 만들려는 전체주의 사회를 공격한다.

그는 무엇보다 인간적인 것을 소중히 여겼으며 인간의 행위가 아무리 이상하게 나타나더라도 궁극적인 면에 있어서 인간의 동기는 순수하며 선한 것이라고 본다.

그래서 항상 자신이 인간적인 것에는 약한 어머니의 기질을 닮았다고 말한다. 그가 로시 할머니, 안나 코블린, 아인혼, 렌링 부인, 사이먼, 테아, 소피 게라티스 그리고 기타 많은 작중 인물들에게 인간적인 면에서 희생자가 되는 것은 이러한 면을 반증한다. 그러나 그들이 '보다 나은 어떤 운명', 즉 자아 발견을 위한 노력을 방해할 때는 자신의 자유를 찾기 위해서 그들에게 반항하고 새로운 편력의 길을 떠난다.

완전한 자아 발견, 즉 그가 말한 '인생의 축선(軸線)'이라는 종착점의 이상 세계란 현실 세계에서는 실제로는 존재하지 않는다. 이와 같은 지점에 도달하기 위해서는 인간 이상이 되어야 한다. 그러나 아이러니하게도 우리는 이것을 끊임없이 추구하는 과정에서만 자아를 상실하지 않으며 인간의 존엄성을 유지할 수 있는 것이다. 또 '인간의 성격이 그의 운명'이라고 말한 것처럼 우리에게 일차적으로 주어진 운명, 즉 성격을 유지하는 가운데 자아 추구를 할 수 있다는 조건이 있는 것이다. 이런 성격이 민투치안이 말한 것처럼 자신을 죽이는 '망치와 못'이 된다 해도, 이것을 구현하는 것이 자아 발견이라는 인간의 사명이며 또한 숙명이다.

이러한 성격의 구현, 다시 말하면 '보다 나은 운명'의 개척은 다만 선택을 통해서 이루어진다. 그러나 이러한 선택은 인간 조건 속에서 이루어져야 하기 때문에 지극히 어렵고 고통스럽다. 그러나 어둠을 벗어나기 위해서는 어둠 속을 찾아야만 하는 것이 부조리한 인간의 조건이며 주어진 현실이다. 왜냐하면 우리는 어둠이라는 실존적인 상황에 놓여 있으며, 우리는 피할 수 없이 그 속에서 선택을 해야 하기 때문이다. 오기가 구원의 수단이 항시 우리에게 제공되어 있다고 말한 것은 바로 이 인간 조건 가운데서이다. 어두움은 빛에 의미를 부여해 주는 것처럼 고통은 인생의 길에 새로운 차원을 더해 줄 뿐만 아니라 위에서 말한 존재의 선택 문제에서도 새로운 의미를 부여해 준다.

『오기 마치의 모험』이 문제작이 된 다른 하나의 이유는 그것이 지닌 피카레스크(Picaresque)라는 소설 형식과 생명이 넘치는 언어 때문이다.

　그는 전통적인 헨리 제임스의 복잡한 소설 형식을 피하고 『허클베리 핀』의 소설 형식을 닮은 피카레스크라는 단순한 소설 형식을 사용해서 플롯을 지나치게 논리적으로 꾸미지 않고 사건을 일어나는 순서대로 자유로이 기록했다. 그래서 그 자신은 이것을 catch-as-catch-can(레슬링 용어. 자유형으로서 몸의 어느 부분에든지 발이나 손을 걸어 넘어뜨릴 수 있음.)이라고 부르기도 했다.

　이러한 피카레스크 소설 형식은 그의 소설의 주제와도 조화를 이룰 뿐만 아니라 오기의 모험을 닮을 수 있는 형식은 이것 이외에는 있을 수 없을 것이라고 그는 생각했다. 피카레스크 소설은 순수한 반항 정신을 가진 인물이 무질서한 세상을 살아가면서 겪는 여러 가지 경험을 자서전의 형식으로 기록한 일종의 연대기이다. 피카레스크 소설은 그 성격에 있어서 삽화적이기 때문에 일반적인 의미에서 치밀한 구성은 없다. 중심인물인 '피카로'는 영웅적인 성격을 지니지 못한 채 어둡고 무질서한 세계를 벗어나기 위해 끊임없는 편력을 계속한다. 그러나 이러한 편력 가운데서 많은 사람을 만나 세상 경험을 한다. 이때 그가 환경이나 자신을 이용하려는 사람들에게 희생되는 게 일반적인 형태이다.

　여기서 우리는 일반적으로 피카레스크 소설 형식의 역사와 계보를 말할 때 토머스 내시의 『불운한 나그네』(1594), 르 사주의 『질 블라스』(1715), 디포의 『몰 플랜더스』(1722), 필딩의 『톰 존스』(1749), 마크 트웨인의 『허클베리 핀의 모험』(1884) 등을 주로 들고, 아울러 『오기 마치의 모험』을 현대의 대표적 작품으로 꼽고 있는 오늘의 문학적 추세를 간과해서는 안 되겠다.

울리크 위크 교수의 피카레스크 형식에 대한 일반적 특징의 분석이 『오기 마치의 모험』에서는 어떻게 발전되어 있는가를 재검토하기 위해서, 그것을 참고로 살펴보기로 하자.

1. 형식(modal)은 낭만적인 추구와 방황적인 편력, 비극과 센티멘털리즘 그리고 희극 및 풍자의 혼합체이다.

2. 그러나 일반적 의미의 구성은 없고 다만 파노라마적이다. 그래서 이 피카레스크 서술체가 지닌 외형적인 리듬은 소위 '시지프스 리듬'을 가지고 있다.

3. 1인칭 시점을 사용하고 경험하는 '나'와 서술하는 '나'사이에 균열을 가져오고 서술 면은 액션 면이 사이에 낀 '서술 거리(narrative distance)'를 가져와서, 서술 과정 그 자체가 가장 중요한 문제가 된다.

4. '피카로'를 소설의 푸르타고니스트[주역(主役)]로 한다. 피카로는 매우 드라마틱하나 원칙이 없고, 탄력성이 있지만 고독한 인물이다. 하지만 탁한 세상에서 죽지 않고 살아남는 그는 삶의 기복 과정을 되풀이하면서 때로는 세상을 대단히 긍정적으로 받아들이면서 옹호하기도 한다. 또 그는 변화무쌍한 인물이라 여러 가지 주인의 역할을 하나 또 기타 다른 역할까지도 한다. 그래서 그의 근본적인 특색은 그의 인생에 있어서의 역할이나 자신의 정체(self-identity)에 있어서 일정치 않다는 것이다. 즉 현실 상황에 부딪혔을 때 유동적인 것은, '일정치 않은 것 그 자체보다 일정한 것'이 패러독스이기 때문이다.

5. 작품의 여러 가지 삽화를 하나로 설명할 수 있는 상황과 피카로와의 관계는 개인과 사회와의 상호작용이다. 이런 작용의 일반적인 형태는 소외 외 참여, 또 참여에서 소외로의 반복 과정

이다.

6. 이 형식은 여러 인간 유형을 포함한 하나의 거대한 화랑(畫廊)이다. 보통 이런 여러 유형의 인물들은 풍자적인 자화상을 그리고 있다.

7. 작품의 근본적인 주제는 도덕적인 생존과 자유이다. 다시 말하면 '피카로'는 보통 어떤 필요성에 의해 일반적인 사회생활의 한계에서 벗어나 세상을 방황한다. 자신을 현재의 자기 생활에서 벗어나 자유롭게 만든 후 '예술(창조)'을 하도록 한다.

위에서 살펴본 것과 같이 솔 벨로가 『오기 마치의 모험』에 사용한 형식에 있어서의 언어는 생명이 넘쳐흐르는 산 언어이다. 그래서 많은 부분이 채 퇴색되지 않은 도시적인 슬랭[俗語]과 언어의 탄력성을 유지하고, 메마른 비정 속에 느끼는 페이소스는 시적인 향취를 지니기 위해 새롭고 독특한 어휘를 즉석에서 만들었고, 언어의 리듬과 생명에 넘친 처절한 분위기를 살리기 위해서 여러 외국어와 미국 중서부 지방에서 사용되는 말들을 대담하게 사용했다. 이러한 '언어의 위기'는 독자들에게뿐만 아니라 역자에게 큰 위험이 되었으나, 실존적인 경험을 전달하기 위한 방법으로서는 더없이 효과적이었다. 이를 통해 작품 전체가 생동의 리듬으로 넘쳐나서 그대로의 예술적인 가치를 지니게 되었다. 노먼 메일러가 말했다. "실존주의자가 되기 위해서는 자신을 느낄 수 있어야만 한다. 사람은 자신의 욕망과 분노, 고통을 알아야만 한다. 또 자신의 좌절감과 그 성향을 인식해야만 하고 무엇으로 그것을 만족시킬 것인가를 알아야 한다." 이것은 솔 벨로가 실존적인 경험을 담은 그의 소설에 어떠한 언어를 사용해야만 했던가를 간접적으로 시사해 준다.

이러한 실존적 경험과 '풍경'을 가능한 한 생생하게 부각시키기 위해서 벨로는 폴란드어, 이디시어, 독일어, 프랑스어, 미국 중서부 방언 및 속어 등을 어려운 문맥 속에다 다양하게 사용했다. 그 결과 이 작품을 원문으로 읽기는 어려운 일에 속한다고 하겠으나, 어려운 작품을 힘들여 읽을 때 우리는 소설에 나타난 경험에 보다 깊이 참여할 수 있어서 이원적인 부를 독자들이 획득할 수 있다. 끝까지 읽을 수 있는 독자라면 이런 의미에서도 『오기 마치의 모험』이 보기 드문 현대의 고전이란 것을 깊이 느끼게 될 것이다. 왜냐하면 한 권의 예술 작품을 통해서 독자들은 자기가 누구인지, 다시 말해 자아를 발견할 수 있겠기 때문이다.

이 작품에 나오는 영어가 아닌 다른 여러 나라 외국어는 독자들의 편의를 위해서 우리말 뜻을 적고 괄호 안에 원어를 표기했음을 밝혀 둔다. 번역 도중 뜻하지 않게 잘못을 저지를 수도 있으니 강호제현(江湖諸賢)의 끊임없는 충고를 기대한다.

지극히 난해한 이 작품의 미로를 헤쳐 번역하는 과정에 있어서 충고를 아끼지 않았던 서강대학교 제롬 부르닉, 다니엘 키스트 두 분 교수에게 이 자리를 빌어 심심한 감사를 표하며, 염열(炎熱)하는 더위 속에서도 이 한 권의 책을 세상에 내놓기 위해 수개월 동안 한마디 불평 없이 성심성의로 도와준 제자 박충선 선생의 헌신적인 노력에 깊이 감사한다. 아울러 완전하지 못하게 번역되어 세월 속에 묻혀 있던 이 작품을 새로운 언어로써 수정에 수정을 거듭해서 진면목을 독자들에게 보여 주게 해준 박상순 대표와 심하은 편집장, 김재실 에디터님께 감사의 마음을 전한다.

## 작가 연보

1915년 7월 10일, 캐나다 퀘벡 주 라신에서 태어남. 양친은 유대계로 1913년 러시아의 상트페테르부르크에서 이주하여 가난한 편이었는데, '캐나다에서의 생활은 프론티어적이었고, 폴란드계 유대인 가정에서 중세풍으로 살았다.'고 벨로는 회고. 곧 몬트리올로 이사.

1924년 (9세) 가족이 시카고로 이사, 대부분의 청소년기를 여기서 보냄. 고교 시절부터 창작을 하는 한편 러시아문학 연구 동아리를 만듦. 아버지는 석탄 판매업을 했는데 생활이 어려웠음.

1933년 (18세) 중서부의 몇몇 대학을 전전하다가 시카고대학에 입학, 이 년 뒤 까다로운 수업 분위기 때문에 자퇴함. 다시 이 년 뒤에 노스웨스턴대학에 들어가 면학에 힘씀.

1937년 (22세) 시카고대학을 우등으로 졸업하고 인류학과 사회학 이학사(理學士)가 됨. 이 무렵 실업계에 뛰어들어 직업 생활을 함으로써 작가로서의 임무를 다하려 했다고 뒷날 술회. 위스콘신대학에서 장학금을 받고 문학 인류학 석사 과정을 마치고 공사기획청(公事企劃廳)(WPA)의 저술가 계획에 참가. 이때

|  | 아니타 코시킨과 연애 결혼. 이듬해 시카고의 페스탈로치 프뢰벨교육대학 교사로 근무하면서 창작에 전념. |
|---|---|
| 1941년 | (26세) 처녀 단편 「두 개의 아침 독백」을 《파티잔 평론》에 발표, 이 년 후 엔사이클로피디어 브리태니커사 편집부에 입사. |
| 1944년 | (29세) 장편 『허공에 매달린 사나이』를 뱅가드 출판사에서 처녀 출판, 일부 평론가와 독자들에게 주목을 받고, 에드먼드 윌슨으로부터 '불황 시대, 제2차 세계대전 시대의 세대에 대한 심리를 가장 충실히 증언한 작품'이라고 격찬을 받음. 이 무렵 미국 상선대에서 복무. 이 년 뒤 미네소타대학 강사로 취임. |
| 1947년 | (32세) 제2의 장편 『희생자』를 뱅가드 출판사에서 출판한 이듬해 구겐하임기념기금의 특별 연구생으로 유럽에 건너가 폭넓은 견문을 쌓고 대작 『오기 마치의 모험』 집필에 착수. |
| 1952년 | (37세) 뉴욕대학 초청 강사를 거쳐 프린스턴대학에서 교편을 잡음. 다음해 출세작 『오기 마치의 모험』을 바이킹 출판사에서 발간한 뒤 '이것이 세 번째의 소설, 앞의 두 권은 버린 것이다. 내게는 애착이 가는 작품'이라고 말했는데, 《네이션》의 맥스웰 가이즈머에게 '훌륭한 작품이지만 위대한 작품은 아닌 것 같다.'는 평을 받았지만, 영국의 킹슬리 에이미즈와 J. B. 프리스틀리에게 각각 '드물게 보는 중요한 작품인 동시에 그 오락성을 높이 평가', '수년래를 통틀어 미국 소설 중 가장 새로운 형식'이라는 찬사를 받고 1954년도 전미도서상까지 수상, 일약 금세기 미국문학의 중심적 작가로 군림. 바아드대학 영문학 교수 역임. |
| 1956년 | (41세) 미네소타대학 영문학 부교수로 있으면서 『오늘을 잡아라』(표제작 중편과 단편 3편, 단막극 1편 모음)를 출판, 알프레드 케이진으로부터 '감동적인 젊은 작가'라는 찬사를 받음. |

이혼(장남 그레고리가 있음)하고 알렉산드라 차크바소프와 재혼.

1959년 (44세) 포드창작기금을 받고, 네 번째 장편 『비의 왕 헨더슨』을 바이킹 사에서 출판. 현실세계로부터 공상세계로 소설 무대를 비약시킨 작품으로 허버트 고울드는 '현실적인 픽션이며 상징적 구성'이라 했고, 마틴 프라이스는 헨더슨을 '미국의 아담'이라고까지 극찬. 이듬해 연 2회 발행 문예지 《노블 세비지》를 주재. 포드창작기금과 문학동우회상 받음.

1961년 (46세) 푸에르토리코대학 초청 교수를 역임. 둘째 처(차남 아담이 있음)와 헤어지고 수전 글래스만과 결혼. 다음해 시카고 대학 교수 겸 사회사상문제위원회 위원 역임.

1964년 (49세) 다섯 번째 장편 『허조그』를 출판, 제임즈 L. 다우상과 두 번째 전미도서상 수상. 이 작품에서 두 번 결혼에 실패하고 정신착란에 빠진 퇴직 대학교수의 내면적 독백을 다뤄, 『비의 왕 헨더슨』의 현란한 외부세계로부터 다시 회색의 내면세계로 작가의 눈을 돌림. 또 희곡 『최후의 분석』이 브로드웨이에서 상연되었으나 반응이 나쁨.(이듬해 바이킹 사에서 간행)

이후 프랑스의 국제문학상과 레종 도뇌르 훈장을 받았고, 극작 『그런 날씨에』(1966), 『대도시』(1967), 『오렌지 수플레』(1967) 등을 계속 발표하고, 미정책연구학술원 회원에 피선됨. 이어 『모스비의 회고록 및 기타 작품』을 내놓고 유대인 전통 문학상 수상(1968).

1970년 (55세) 2월 여섯 번째 장편 『샘러 씨의 혹성』을 발표(이듬해 세 번째의 전미도서상 수상). 이 작품은 70세의 폴란드계 유대인 샘러 씨를 주인공으로 한, 지금까지의 작품 중 가장 내성적이고 흥미 있는 것으로 광폭한 행성 지구를 다룸.

1975년 (60세) 자서전 소설인 일곱 번째의 장편 『험볼트의 선물』을 발표. 시카고대학 대학원에서 영문학을 가르침. 세 번째 아내와 이혼함.
1976년 (61세) 대표작 『오기 마치의 모험』 등 탁월한 문학적인 업적으로 노벨문학상과 퓰리처상을 수상함.
1981년 (66세) 『학장의 12월』을 발표함.
2005년 (90세) 매사추세츠 주의 브루클린에서 4월 5일 사망.

# 옮긴이 주

1) 테르툴리아누스(Tertullianus, 160~220년)는 카르타고의 신학자로 그리스도교를 지키는 데 온 힘을 쏟았다.
2) 가브리엘레 단눈치오(Gabriele D'Annunzio, 1863~1938년)는 이탈리아의 시인이며 소설가이다.
3) 사물의 눈물(lacrimae rerum)은 Tears of things의 라틴어로, 베르길리우스(Vergillius)의 장편 서사시 『아이네이스(Aeneis)』에 나온다.
4) 밀턴 벌(Milton Berle, 1908~2002년)은 미국의 코미디언이며 배우이다. 1930~1950년대에 텔레비전과 라디오, 연극 무대에서 유명 스타로 이름을 날렸다.
5) 아치볼드 세이스(Archibald Sayce, 1845~1933년)는 영국의 언어학자로, 아시리아어를 비롯한 고대 히브리어, 이집트 상형 문자 등을 연구하면서 수많은 관련 사료의 해독과 연구에 공헌하였다.
6) 오지만디아스(Ozymandias)는 고대 이집트의 람세스 2세의 이름이다. 영국의 시인 퍼시 셸리가 쓴 「오지만디아스」라는 시에 '몸체가 없는 거대한 돌다리 두 개가 사막에 서 있다.'라는 내용이 있다.
7) 장 드 라 브뤼에르(Jean de Le Bryuère, 1645~1696년)는 프랑스의 수필가이며 모럴리스트이다.
8) 프로스페로는 셰익스피어의 작품 『템페스트(The Tempest)』에 나오는 마법사이다. 원래는 밀라노 공작이었지만 동생에게서 밀라노 공국을 빼앗기고 딸 미란다와 함께 추방되어 섬에서 생활한다. 이곳에서 마법을 익혀, 나중에 동생에게 복수하게 된다.

9) 은둔자 피터(Peter the Hermit, 1050?~1115년)는 프랑스의 수도사로, 제1차 십자군 전쟁을 이끈 주요 인물 중의 한 사람이다.
10) 아티스(Attis)는 프리기아의 토착신으로 여겨지는 퀴벨레의 사랑을 받은 청년이다. 고대 로마인들은 퀴벨레를 기리고 그의 연인 아티스의 죽음과 부활을 위한 축제 의식을 지냈다.
11) 히에로니무스 보슈(Hieronymus Bosch, 1450?~1516년)는 네덜란드의 화가로, 환상적이고 상상력이 풍부하면서도 종교색이 짙은 그림들을 많이 남겼다. 선과 악, 인간의 광기와 괴기스러움 등을 표현하여 20세기의 초현실주의자로 평가받고 있다.
12) 크리세이드 혹은 크레시다는 셰익스피어의 희곡 『트로일루스와 크리세이드』에 나오는 여자이다. 크리세이드는 트로일루스와 사랑에 빠지나, 후에 트로이의 멸망을 앞두고 그를 배신한다.
13) 헹기스트(Hengist)와 호사(Horsa)는 덴마크의 북쪽에 살던 주트 족의 형제로, 5세기 무렵 영국을 처음으로 침공하여 켄트 왕국을 세웠다.
14) 게오르기 구르지예프(Georgi Gurdzhiev, 1877?~1949년)는 아르메니아 출생의 러시아 종교인이다.
15) 엘즈워스 헌팅턴(Ellsworth Huntington, 1876~1947년)은 예일 대학교의 지리학 교수로, 기후와 인간 생활의 관계에 대한 연구로 유명하다.
16) 성 블라스(St. Blas)는 아르메니아의 주교로, 로마 제국 시대 때 그리스도교 박해로 동굴에 갇혔다가 양털을 깎는 강철 빗으로 고문을 받아 316년에 죽었다.
17) 메트(Met)는 메트로폴리탄 오페라 극장을 가리킨다.
18) 등급 자격증에는 함선 승무원 등의 등급 표시가 있다.
19) 달랑베르(D'Alembert, 1717?~1783년)는 프랑스의 수학자이며 철학자이다.
20) 세비야의 성 이시도루스(Isidore of Seville, 570?~636년)는 스페인 세비야의 대주교이며 역사학자이다.
21) 아스클레피오스(Asclepius)는 그리스·로마 신화에서 아폴론의 아들로 전해지는 의술의 신이다.
22) A 앤드 P는 미국의 식품 회사 The Great Atlantic and Pacific Tea Company의 약어이다.
23) 주트슈트(zoot suit)는 1930~1940년대에 유행했던 남성복을 가리킨다. 상의는 어깨에 패드를 대어 넓고 무릎 위까지 길게 내려오며, 바지는 통이 넓고 바짓단

을 졸라맨 듯한 스타일이다.
24) 라자로(Lazarus)는 성서에 나오는 인물로, 죽었던 그를 예수가 되살려 내었다.
25) 프랑스의 화가 앙리 루소(Henri Rousseau, 1844~1910년)가 그린 「잠자는 집시 여인(The Sleeping Gypsy)」을 말한다.
26) 립 밴 윙클(Rip van Winkle)은 미국 작가 워싱턴 어빙의 단편에 나오는 주인공으로, 낯선 사람들의 술을 훔쳐 마신 뒤 이십 년 만에 깨어나게 된다.
27) 위다(Ouida, 1839~1908년)는 영국의 소설가로, 본명은 마리아 루이즈 라메이다.
28) 마리 코렐리(Marie Corelli, 1855~1924년)는 영국의 소설가이다.
29) 헤카베(Hecuba)는 그리스 신화에서 트로이의 프리아모스 왕의 아내를 가리킨다.
30) 투르 다르장(Tour d'Argent)은 은탑이라는 뜻으로, 1582년에 프랑스 파리에 세워진 레스토랑이다.
31) 라팽 아질(Lapin Agile)은 프랑스 파리의 몽마르트르에 있는 유명한 카바레이다.

# PENGUIN  CLASSICS

유토피아 토머스 모어
서문 폴 터너/류경희 옮김

젊은 베르테르의 슬픔 괴테
김재혁 옮김/작품해설 마이클 헐스

크로이체르 소나타 레프 톨스토이
서문 도나 터싱 오윈/이기주 옮김

동물농장 조지 오웰
서문 맬컴 브래드버리/최희섭 옮김

좁은 문 앙드레 지드
이혜원 옮김·작품해설

성 프란츠 카프카
홍성광 옮김·작품해설

도리언 그레이의 초상 오스카 와일드
서문 로버트 미갤/김진석 옮김

노생거 수도원 제인 오스틴
임옥희 옮김/작품해설 매럴린 버틀러

인간의 대지 생텍쥐페리
허희정 옮김/작품해설 윌리엄 리스

위대한 개츠비 스콧 피츠제럴드
서문 토니 태너/이만식 옮김

벤자민 버튼의 시간은 거꾸로 간다
스콧 피츠제럴드 서문 오도넬/박찬원 옮김

아가씨와 철학자 스콧 피츠제럴드
서문 오도넬/박찬원 옮김

홍길동전 허균
정하영 옮김·작품해설

금오신화 김시습
김경미 옮김·작품해설

소송 프란츠 카프카
홍성광 옮김·작품해설

지하로부터의 수기 도스토옙스키
조혜경 옮김·작품해설

이탈리아 기행 괴테
홍성광 옮김·작품해설

첫사랑 이반 투르게네프
서문 빅터 S.프리쳇/최진희 옮김

차라투스트라는 이렇게 말했다
니체 서문 홀링데일/홍성광 옮김

별에서 온 아이 오스카 와일드
서문 이언 스몰/김전유경 옮김

고독의 우물 래드클리프 홀
임옥희 옮김·작품해설

오페라의 유령 가스통 르루
홍성영 옮김

기쁨의 집 이디스 워튼
서문 신시아 그리핀 울프/최인자 옮김

데이지 밀러 헨리 제임스
서문 데이비드 로지/최인자 옮김

이반 일리치의 죽음 레프 톨스토이
서문 앤서니 브릭스/박은정 옮김

대위의 딸 푸시킨
심지은 옮김·작품해설

군주론 니콜로 마키아벨리
서문 앤서니 그래프턴/권기돈 옮김

지킬 박사와 하이드 스티븐슨
서문 로버트 미갤/박찬원 옮김

PENGUIN  CLASSICS

주홍 글자  너새니얼 호손
김지원, 한혜경 옮김·작품해설

채털리 부인의 연인  D. H. 로렌스
서문 도리스 레싱/최희섭 옮김

톰 소여의 모험  마크 트웨인
서문 존 실라이/이화연 옮김

로빈슨 크루소  대니얼 디포
서문 존 리체티/남명성 옮김

야간 비행·남방 우편기  생텍쥐페리
서문 앙드레 지드/허희정 옮김

광막한 사르가소 바다  진 리스
서문 앤젤라 스미스/윤정길 옮김

전원 교향악  앙드레 지드
김중현 옮김·작품해설

인상과 풍경  로르카
엄지영 옮김·작품해설

논어  공자
논어집주 주자/최영갑 옮김·작품해설

크리스마스 캐럴  찰스 디킨스
서문 마이클 슬레이터/이은정 옮김

켈트의 여명  윌리엄 버틀러 예이츠
서혜숙 옮김·작품해설

피터 팬  제임스 매튜 배리
서문 잭 자이프스/이은경 옮김

드라큘라  브램 스토커
서문 프레일링/박종윤 옮김·작품해설 힌들

1984  조지 오웰
서문 벤 핌롯/이기한 옮김

자유론  존 스튜어트 밀
서문 거트루드 힘멜파브/권기돈 옮김

오만과 편견  제인 오스틴
서문 비비엔 존스/김정아 옮김

대위의 딸  푸시킨
심지은 옮김·작품해설

한밤이여, 안녕  진 리스
윤정길 옮김·작품해설

세월의 거품  보리스 비앙
이재형 옮김/작품해설 질베르 페스튀로

그렌델  존 가드너
김전유경 옮김·작품해설

7인의 미치광이  로베르토 아를트
엄지영 옮김·작품해설

왕자와 거지  마크 트웨인
남문희 옮김/작품해설 제리 그리스월드

소공녀  프랜시스 호즈슨 버넷
곽명단 옮김/작품해설 크노이플마커

헨리와 준  아나이스 닌
홍성영 옮김

셜록 홈즈 : 주홍색 연구  코난 도일
남명성 옮김/작품해설 이언 싱클레어

퀴어  윌리엄 버로스
조동섭 옮김

정키  윌리엄 버로스
서문 올리버 해리스/조동섭 옮김

모피를 입은 비너스  자허마조흐
김재혁 옮김·작품해설

PENGUIN CLASSICS

오셀로 윌리엄 셰익스피어
서문 톰 매캘린던/강석주 옮김

리어 왕 셰익스피어
서문 키어넌 라이언/김태원 옮김

맥베스 윌리엄 셰익스피어
서문 캐럴 칠링턴 러터/김강 옮김

햄릿 셰익스피어
서문 앨런 신필드/노승희 옮김

코·외투·광인일기·감찰관 고골
서문 로버트 맥과이어/이기주 옮김

가든파티 캐서린 맨스필드
서문 로나 세이지/한은경 옮김

알렉산드리아 사중주 : 저스틴
로렌스 더럴 권도희 옮김

공산당 선언 마르크스, 엥겔스
서설 개레스 스테드먼 존스/권화현 옮김

알렉산드리아 사중주 : 발타자르
로렌스 더럴 권도희 옮김

80일간의 세계 일주 쥘 베른
서문 브라이언 앨디스/이효숙 옮김

알렉산드리아 사중주 : 마운트올리브
로렌스 더럴 김종식 옮김

무도회가 끝난 뒤 레프 톨스토이
박은정 옮김·작품해설

알렉산드리아 사중주 : 클레어
로렌스 더럴 권도희 옮김

월든 헨리 데이비드 소로
서문 마이클 마이어/홍지수 옮김

셜록 홈즈: 바스커빌 가문의 개 코난 도일
남명성 옮김/작품해설 크리스토프 프레일링

허클베리 핀의 모험 마크 트웨인
백낙승 옮김·작품해설

사랑에 관하여 안톤 체호프
안지영 옮김·작품해설

인간 불평등 기원론 장 자크 루소
김중현 옮김·작품해설

이상한 나라의 앨리스 루이스 캐럴
서문 휴 호턴/이소연 옮김/존 테니얼 삽화

사회계약론 장 자크 루소
김중현 옮김·작품해설

거울 나라의 앨리스 루이스 캐럴
주해 휴 호턴/이소연 옮김/존 테니얼 삽화

정글북 러디어드 키플링
서문 대니얼 칼린/남문희 옮김

메피스토 클라우스 만
오용록 옮김·작품해설

감정교육 귀스타브 플로베르
서문 제프리 월/김윤진 옮김

제인 에어 샬럿 브론테
서문 스티비 데이비스/뮤경회 옮김

레 미제라블 위고
이형식 옮김

목요일이었던 남자 체스터턴
김성중 옮김·작품해설

더블린 사람들 제임스 조이스
서문 테렌스 브라운/한일동 옮김

PENGUIN  CLASSICS

말테의 수기 릴케
김재혁 옮김·작품해설

마지막 잎새 오 헨리
서문 가이 대번포트/최인자 옮김

자기만의 방 버지니아 울프
서문 미셸 배럿/이소연 옮김

타임머신 허버트 조지 웰스
서문 마리나 워너/한동훈 옮김

시학 아리스토텔레스
머리말 토도로프/서문 뒤퐁록, 랄로/김한식 옮김

작은 아씨들 루이자 메일 올컷
서문 일레인 쇼월터/유수아 옮김

쟈디그·깡디드 볼떼르
이형식 옮김·작품해설

반짝이는 것은 모두 오 헨리
최인자 옮김

어느 영국인 아편 중독자의 고백
토머스 드 퀸시 서문 헤이터/김명복 옮김

테레즈 데케루 프랑수아 모리아크
서문 장 투조/조은경 옮김

밤의 종말 프랑수아 모리아크
조은경 옮김

벨아미 기 드 모파상
윤진 옮김·작품해설

사물들 조르주 페렉
김명숙 옮김·작품해설

W 또는 유년의 기억 조르주 페렉
이재룡 옮김·작품해설

낙원의 이편 스콧 피츠제럴드
서문 오도넬/박찬원 옮김

고흐의 편지 빈센트 반 고흐
서문 로날드 데 레이우/정진국 옮김

죽은 아버지 도널드 바셀미
김선형 옮김·작품해설

비의 왕 헨더슨 솔 벨로
이화연 옮김

허조그 솔 벨로
이태동 옮김·작품해설

오기 마치의 모험 솔 벨로
이태동 옮김·작품해설

목로주점 에밀 졸라
윤진 옮김·작품해설